Salas
OVIEDO
SANTIAGO DE COMPOSTELA
COMARCA DE BABIA
RÍO MIÑO
LEÓN
SAHAGÚN
castillo de condes de Saldaña
BURGOS
PALENCIA
castillo de muñó
BRAGA
RÍO DUERO
CORONA DE LEÓN
TOLEDO
RÍO TAJO
REINA URRACA DE LEÓN
Imperio Almorávide

Año
1120 DC
REINOS CRISTIANOS
PAMPLONA
CORONA DE ARAGÓN y PAMPLONA
RIO EBRO
CASTILLO DE MONTEARAGÓN
HUESCA
ZARAGOZA
BARCELONA
Taifa de Zaragoza
REY ALFONSO DE ARAGÓN

BESTSELLER

Isabel San Sebastián (Chile, 1959) es periodista todoterreno. Ha trabajado en prensa (*ABC*, *El Mundo*), radio (Cadena SER, Onda Cero, RNE, Cope, Punto Radio y Es Radio) y televisión (TVE, Antena 3, Telecinco, Telemadrid, 13TV, Cuatro), actividades a las que roba tiempo para dedicarse a su pasión: escribir. Autora de diversos ensayos y enamorada de la historia y la novela histórica, ha publicado con gran éxito *La visigoda* (2007, Premio Ciudad de Cartagena), *Astur* (2008), *La cátara* (*Imperator*, 2010), *Un reino lejano* (2012), *La mujer del diplomático* (2014), *Lo último que verán tus ojos* (2016), *La peregrina* (2018), *Las campanas de Santiago* (2020) y *La Dueña* (2022), que suman juntas más de 500.000 ejemplares vendidos. *La temeraria* (2024) es su última novedad.

ISABEL SAN SEBASTIÁN

La Temeraria

DEBOLS!LLO

Papel certificado por el Forest Stewardship Council®

MIXTO
Papel | Apoyando la silvicultura responsable
FSC® C117695

Penguin Random House Grupo Editorial

Primera edición en esta colección: julio de 2025

Diseño de la cubierta: Penguin Random House Grupo Editorial / Yolanda Artola
Imagen de la cubierta: © José Luis Paniagua

Printed in Spain – Impreso en España

ISBN: 978-84-663-7947-2
Depósito legal: B-8.809-2025

Compuesto en Mirakel Studio, S. L. U.
Impreso en Black Print CPI Ibérica
Sant Andreu de la Barca (Barcelona)

P 3 7 9 4 7 2

A Elena y Mateo, manantiales de felicidad

Nota de la autora

La Temeraria no pretende ser una biografía imparcial, aunque siga de cerca los pasos de Urraca Alfónsez, la primera mujer que alcanzó el título de reina y emperatriz de pleno derecho no solo en León, sino en toda España y en Europa, desde el momento de su coronación, acaecida en el año 1109, hasta su muerte, en 1126.

Tampoco es esta una historia novelada en sentido estricto, por más que la mayoría de los episodios referidos a la soberana, incluidos los más crudos, estén consignados en documentos o crónicas de la época, a menudo puestos en su propia boca. He variado ligeramente las fechas de algunos acontecimientos en aras de agilizar el relato, pero su esencia forma parte de la Historia, con mayúscula. El modo de presentarlo, empero, corresponde a mi interpretación y difiere notablemente de lo que se recoge en los códices medievales. La luz bajo la cual aparece dibujada doña Urraca en estas páginas no se parece en nada a la que alumbró el juicio de sus contemporáneos, porque ellos la trataron con una crueldad despiadada, tanto en la vida real como en la narración de su reinado, ensañándose con ella por su condición femenina. Incluso la *Historia compostelana* o las *Crónicas anónimas de Sahagún*, supuestamente partidarias de la reina en su enfrentamiento a muerte con su propio esposo, Alfonso el Batallador, destilan una misoginia feroz. Los autores de esos textos cargan las tintas contra el rey aragonés, pero al mismo tiempo impregnan sus escritos de un prejuicio venenoso que en buena medida ha manchado la memoria de esta soberana hasta el día de hoy.

De haber sido varón, Urraca habría pasado a la posteridad con el sobrenombre de «el Audaz», «el Valiente» o «el Intrépido». Tratándose de una mujer, la hija de Alfonso VI y Constanza de Borgoña fue apodada «la Temeraria» por atreverse a defender con uñas y dientes el legado de su padre. Por hacer uso de todo el poder simbolizado en el cetro y la corona, con los que se hizo retratar a fin de exhibir ante el pueblo su determinación de reinar. En definitiva, por ejercer la función que se le había encomendado, con sus aciertos y sus errores, sus luces y sus sombras, como cualquier ser humano.

La mirada de Muniadona —el personaje que acompaña a la reina, escucha sus confidencias y nos relata sus aventuras— es la mía. Una mirada indulgente, comprensiva, amable. Una mirada cargada de respeto, admiración y cariño. Todo el respeto, la admiración y el cariño de los que no gozó en vida doña Urraca, quien honró el trono de León según su leal saber y entender a pesar de verlo convertido en un potro de tortura.

1

Bodas de hielo

Otoño del año 1109 de Nuestro Señor
Castillo de Muñó
Reino de León

Malditas mujeres, hijas de Satanás!

La voz del rey retumbó como un proyectil de almajaneque, mientras él abandonaba la estancia con una violencia tal que a punto estuvo de arrancar las gruesas cortinas de cuero custodias de su intimidad. Quienes tratábamos de dormir en la antecámara retuvimos el aliento, pues don Alfonso era célebre por sus accesos de ira. En esa ocasión, no obstante, parecían vencerle las prisas por alejarse de allí, lo que nos libró de recibir una patada o algo peor. Pasó ante nosotras sin vernos, medio desnudo, con el cuerpo de un Sansón cosido a cicatrices de guerra, mascullando improperios soeces contra la dama cuyo lecho acababa de abandonar.

Era su noche de bodas.

—¡Muniadona! —rugió la voz de doña Urraca desde el interior de la alcoba, todavía envuelta en tinieblas.

De cuantas habíamos presenciado la escena, presas del estupor, mi nombre era el último que habría esperado oír. Yo no era nadie, una simple muchacha al servicio de Eylo Alfonso, esposa del conde Ansúrez y dueña del castillo de Muñó, cuyos muros infranqueables habían acogido el enlace. ¿Qué podía desear de mí la soberana de León?

—¡Ha pretendido montarme como si fuera una yegua! —exclamó nada más verme, conteniendo a duras penas las ganas de ponerse a gritar—. ¿Te das cuenta? Ni siquiera se ha molestado en fingir interés o consideración. Con razón decía Gelmírez que este desposorio ofendía a Dios. Si hubiera escuchado al obispo, esto no habría pasado...

Yo no me daba cuenta, no. Apenas entendía el significado de sus palabras, y mucho menos por qué me las decía a mí. No me atrevía a mirarla por temor a que leyera en mis ojos la mezcla de extrañeza, terror y lástima que sentía al verla descompuesta, fuera de sí, revelándome detalles íntimos que ni siquiera su confesor habría debido conocer.

—Huelga decir que se ha ido sin perpetrar tal afrenta —añadió algo más serena, como si el hecho de proclamar esa pequeña victoria le permitiera aliviar el peso de la humillación sufrida.

La escena resultaba harto desconcertante.

La hija de Alfonso VI, emperador de toda España, había abandonado la cama e iba de un lado a otro como una fiera enjaulada, dando rienda suelta a un torrente de emociones que la habría sofocado de no salir por su boca. Su figura menuda se agigantaba a la tenue luz de una candela de cera, cuyo perfume dulzón competía con un penetrante olor a sudor. Yo contemplaba ese vaivén airado, inimaginable en una dama de su alcurnia, preguntándome si acertarían quienes auguraban un reinado infausto, marcado por las discordias, alegando que el ánimo mujeril es débil para gobernar en paz y justicia.

¿Tan sombrío era el horizonte al que nos enfrentábamos los cristianos hispanos?

En ese momento doña Urraca no se asemejaba en nada a la reina que la víspera habíamos bañado, perfumado y ataviado con un hermoso vestido de brocado, a juego con la sobreveste forrada de armiño cuyo intenso color carmesí resaltaba el blanco inmaculado de las perlas trenzadas en su cabellera oscura. Del peinado, elaborado para la ocasión durante buena parte de la mañana, solo quedaban greñas que le caían hasta la cintura, donde un desgarro en la camisa de hilo finísimo daba fe de la resistencia que opuso la que iba a ser mi señora. Las sábanas, revueltas hasta formar un amasijo informe, atestiguaban la dureza de la batalla librada entre los recién casados, en modo alguno semejante a las que juglares y comadres narraban con picardía.

—Me habían advertido de lo que cabía esperar de un hombre así —escupió su rabia a borbotones—. Ha cumplido treinta y seis años y hasta ayer permanecía soltero, sin que se le conozcan hijos bastardos, amantes o concubinas. ¿Es eso normal? ¿Es propio del soberano de Pamplona y Aragón, obligado a engendrar un heredero? Dime, muchacha, ¿por qué me dejé arrastrar a esta trampa?

—No sabría... —logré mascullar, a duras penas, antes de comprender que no esperaba una respuesta, sino oídos dispuestos a escuchar ese lamento.

—Tendría que haber previsto que no recibía en el tálamo a un esposo, sino a un monje guerrero que prefiere la compañía de sus mesnaderos a la de cualquier hembra. Un rudo supersticioso que aprecia el trato con apóstatas, cree que cuervos y cornejas pueden dañarnos, confía en augures y adivinos, evita a hombres sabios y nobles y desdeña el culto divino de la Iglesia. Todo eso y cosas peores se decían de su persona, pese a lo cual acepté uncirme al yugo de este matrimonio.

Corrían de boca en boca en todas las villas del reino habladurías referidas al personaje en cuestión, escogido por el mismísimo Rey Sabio, nuestro Alfonso, como esposo y protector de su legítima heredera, de España y de la cristiandad. Se decía que a Urraca el enlace distaba de serle grato, dados sus amoríos con un conde castellano, pero que se había plegado a la voluntad paterna, tal como se esperaba de ella. A tenor de sus palabras, lamentaba esa decisión.

—Ahora es tarde para lamentarse —añadió, secándose una lágrima de la mejilla con el dorso de la mano—. Estoy encadenada a él y debo honrarlo y obedecerle, como una buena mujer ha de hacer con su señor, so pena de perder mi reino.

Al llegar a ese punto se hizo un silencio espeso que ella misma quebró, al cabo de unos instantes, alzando con orgullo la cabeza. Se había terminado el llanto. Volvía a ser una reina:

—No siente gusto por las damas. Sea. Si me cabía alguna duda, se ha despejado esta noche. Pero yo no soy una cualquiera a la que pueda forzar ni tampoco desdeñar, como cuentan que hizo en sus dominios con la hija de un caudillo moro cuando este se la puso en bandeja. ¡Soy la soberana de León, y juro ante ti y ante Dios que aprenderá a respetarme!

De nuevo pareció interrumpirse su soliloquio desgarrado. Yo pensé en aprovechar la ocasión para retirarme en silencio, pues mi temor iba en aumento ante la magnitud de las confesiones que se me hacían sin yo quererlo, pero ella dispuso otra cosa. El alba estaba lejana, en ese tiempo de vendimia que extendía sobre la tierra el manto de noches más largas, y mi señora, desvelada, tenía ganas de hablar.

—¿Acaso te he despachado? —inquirió con brusquedad y un gesto del mentón suficiente para detenerme en seco—. Sírveme hidromiel.

Le tendí, con la cabeza gacha, una copa de plata llena del licor ambarino preparado con el propósito de endulzar un lance amoroso devenido en atroz desengaño. Ella dio un par de pequeños sorbos, recuperando los modales regios aprendidos en la corte de su padre, antes de continuar desgranando su letanía doliente.

—El destino vuelve a ensañarse conmigo. ¿Sabías que concertaron mis esponsales con Raimundo de Borgoña cuando apenas contaba seis años de edad y él ya llevaba tiempo guerreando? Su ambición no veía en mí a una mujer, sino un trono, y mi padre, buen jugador de ajedrez, otorgaba gran valor a lo que aportaba su familia, emparentada con el poderoso monasterio de Cluny, partero de ilustres papas...

Decididamente, aquella noche iba a ser la más larga de mi vida y a lo peor la última, si con el día la soberana se arrepentía de ese desahogo y decidía asegurar mi silencio arrancándome la lengua o la vida.

—Al cumplir los doce se consumaron aquellas bodas —prosiguió, no sin antes aclararse la garganta apurando el contenido de la copa—. Poco o nada sabía yo de lo que me aguardaba en el lecho, donde era mi deber entregarme a la voluntad de mi esposo y dejar que él me guiara hasta alcanzar el goce previo a las delicias de la maternidad. Eso me dijo la condesa Eylo sin añadir nada más.

Un escalofrío recorrió mi espalda ante la posibilidad de verme pronto en semejante trance, al tener yo unos años más de los que cumplía doña Urraca en aquel lejano entonces y saber de los enredos en los que andaba metida mi madre con el empeño de buscarme esposo.

—Poco importaba que a esas alturas los ojos de todo el reino ya no estuvieran puestos en mí como heredera de la Corona llamada a engendrar un varón, sino en mi medio hermano, Sancho, designado sucesor por nuestro padre —continuó recordando mi señora, cuya nostalgia la había llevado de regreso al año 1092, en pleno esplendor del reinado de don Alfonso el Bueno—. Ese niño acabó muriendo en el desastre de Uclés, Dios lo tenga en su gloria, pero nadie podía augurar entonces tal calamidad.

Si poco antes la reina se mostraba furiosa al referirse a quien acababa de convertirse en su segundo marido, la evocación de

Raimundo y del pequeño infante, abatido en dicha batalla por los almorávides venidos de África, parecía infundirle una emoción semejante a la melancolía.

¿En verdad amaba a ese muchacho con quien tan poco trato había tenido y que al nacer la había privado de su derecho a heredar el reino, o era el causante de su viudez la persona cuyo recuerdo le infundía ese sentimiento?

Mi familia había tenido algún trato con el noble borgoñón, dada nuestra proximidad con su prometida a través del conde Pedro Ansúrez, encargado por el rey Alfonso de criar y custodiar a doña Urraca hasta el momento de entregarla a su marido, así como de instruirla en las artes de la guerra, la equitación y la caza, que, aunque generalmente reservadas a los hombres, eran indispensables en una infanta llamada por las circunstancias a reinar.

Don Pedro y su esposa, Eylo, en uno de cuyos castillos nos encontrábamos, también habían velado por mi madre y mis hermanos después de que nuestro padre, su leal servidor Diego de Mora, cayera defendiendo la fortaleza de igual nombre, asaltada por los sarracenos en la brutal acometida lanzada por el emir Yusuf recién estrenado el siglo. Yo era entonces muy pequeña, aunque en mi retina había quedado grabado el abrazo que me dio, vestido de hierro para la refriega, poco antes de subirme al carro que nos trasladó hasta Toledo. Al abrigo de sus poderosas murallas nos refugiamos nosotros mientras él derramaba su sangre por el rey y por la Cruz.

No había transcurrido ni una década desde entonces y la memoria permanecía intacta, al igual que la inquietud y el miedo. Huérfana de guerra, como tantos otros hijos de soldados caídos en ese tiempo despiadado, sujeta a la tutela de un conde que al cuidar de nosotros honraba la palabra dada a un infanzón fiel, mi futuro era en extremo incierto. ¿Hasta cuándo podría contar con ese auxilio? ¿Qué sería de mí y de los míos si la parca, siempre hambrienta, se llevaba a nuestro benefactor?

Un temblor incontrolable recorrió de nuevo mi cuerpo, apenas cubierto con una camisa de lino, si bien supe que no era el frío la causa de esa reacción.

La aceifa nos había desposeído de la tierra ganada por mi padre, y mis posibilidades de encontrar marido se ceñían a las conversaciones que mi madre había entablado recientemente con un viudo que me triplicaba la edad, a quien yo ni conocía ni deseaba conocer. Si la reina expresaba alguna queja sobre mí a la condesa Eylo, la vida se me acabaría antes de comenzar. ¿Cómo no sentir vértigo ante semejante panorama?

Esos pensamientos fueron acudiendo a mi cabeza como sombras fugaces, sin llegar a tomar forma definida, al oír a doña Urraca hablar de su primer marido, fallecido dos años antes no en el campo del honor, sino a consecuencia de una enfermedad que lo consumió poco a poco.

Yo había oído hablar en mi entorno de la frágil salud del franco, de su débil corazón, de su final prematuro y del bello sepulcro que habían labrado en piedra para él dentro de la catedral compostelana. Mi mente todavía infantil comparaba su figura quebradiza con la de nuestro querido Ansúrez, un gigante de más de seis pies en quien siempre había visto a un guerrero invencible, y me parecía extraño el modo en que doña Urraca se refería a ese hombre, recordándolo en su juventud.

Claro que lo peor aún estaba por venir.

¿Era consciente la reina de mi absoluta inocencia en todo lo concerniente a los asuntos carnales? Apenas unos meses atrás había alcanzado la pubertad para descubrir con espanto las molestias y vergüenzas inherentes a tal condición, mientras que ella, con tres décadas a cuestas, había enterrado a un marido y parido varias veces. Resultaba de todo punto imposible que ambas nos entendiésemos. Mas, como ya he dicho, no era comprensión lo que buscaba la soberana en esas horas oscuras, sino sosiego. Descargar su espíritu herido del peso que lo abrumaba.

—Ni yo estaba preparada para lo que me aguardaba en el tálamo —retomó el relato doliente de esa otra noche de bodas, tan semejante y a la vez distinta de la vivida junto al rey de Aragón— ni él puso excesivo empeño en hacerme placentero el trance. Pero, con el tiempo, ese aspecto de nuestra unión mejoró. No era un gran amante, desde luego, aunque me dio dos hijos sanos y nunca me faltó al respeto como acaba de hacer Alfonso.

Su tono volvió a alterarse al recordar lo sucedido. Su gesto se crispó. Sus manos se cerraron en puños deseosos de golpear al autor de tal ultraje. Después, entornó los ojos, respiró y recuperó la calma para proseguir:

—Tampoco lo hice yo. Mientras él vivió, lo honré con una conducta intachable. Bien lo saben los cielos. Tras su muerte me sentí libre de buscar consuelo en los brazos del conde Gómez, quien supo despertar en mi piel sensaciones que hasta ese día no había creído posibles... ¿Te escandalizo?

En lugar de responder, rehuí de nuevo su mirada, pues cada vez estaba más convencida de haberme labrado la ruina al convertirme en depositaria de semejantes secretos. Quería desaparecer. Anhelaba con todas mis fuerzas escapar de esa habitación convertida de pronto en mazmorra donde doña Urraca se sentía libre de abrirse en canal ante mí sin darme la oportunidad de rechazar sus confidencias.

—Gómez era el elegido de mi corazón cuando el rey me comunicó que habría de volver a casarme. —Donde antes había ira, añoranza o pena, ahora resplandecía la ilusión de un gran amor—. Un caballero de los pies a la cabeza. Valiente, galante, apuesto, entregado. Un hombre en quien he confiado desde que, siendo yo niña, dirigía con mano firme la hueste leonesa como alférez de mi padre. Mucho mayor que yo, al igual que Raimundo, pero, a diferencia de este, un trueno. ¿Entiendes lo que quiero decir?

Yo seguía sin comprender. ¿De qué clase de trueno hablaba? ¿Se refería a su ardor en el combate? De todos era conocida en España la bien ganada fama del conde Gómez González en el campo de batalla, pero también el rey de Aragón y Pamplona era un guerrero reputado cuyas hazañas militares se contaban por decenas. Si ese era el rasero por el que habían de medirse, ninguno de los dos desmerecía a su rival.

—No, claro que no me entiendes —interrumpió mis cavilaciones—. ¿Cómo podrías hacerlo? Es preciso haber conocido el goce para poder reconocerlo. La pasión se siente, no se expresa. Y yo no pienso renunciar a ella. Si he de soportar el matrimonio con el Batallador por el bien del reino, lo haré con el consuelo de Gómez.

¿Me estaba declarando su intención de ser infiel a su esposo? ¿A esa clase de consuelo se refería? ¿O simplemente hacía alusión al consejo irrenunciable del conde en asuntos de naturaleza política? Una vez más, me propuse no llegar a averiguarlo nunca, por mi propio bien y el de toda mi familia.

* * *

Una pálida claridad otoñal se filtró a través de la tronera orientada a levante, indicándonos que el día se abría finalmente paso. Amanecía otra jornada gris, desapacible, propia de un invierno empeñado en adelantarse.

Bajo esa luz blanquecina, doña Urraca mostraba un semblante demacrado, donde las ojeras violáceas, los ojos surcados de pequeños hilos rojos, las arrugas marcadas en la frente y el rictus de profundo dolor dibujado por sus labios daban testimonio incuestionable de los estragos causados por la frustración y el insomnio. Supongo que otro tanto habría podido decirse del mío si doña Urraca se hubiese dignado dirigirme una mirada. Pero la magia surgida fugazmente entre nosotras había desaparecido. Ella volvía a ser la reina de León, emperatriz de las Españas, y yo la última dama al servicio de Eylo Ansúrez. Poco más que una criada.

—Tráeme un desayuno abundante, vino caliente y ropa limpia —me ordenó enérgica—. Tengo apetito.

Mientras me retiraba, preguntándome cuánto tardaría en venir a buscarme un sayón para rajarme la garganta, la oí murmurar:

—Es difícil encontrar un hombre con arrestos suficientes para acompañar a una mujer poderosa. Un hombre que no se deje amilanar por el cetro y la corona, no recule ante los celos, no se guíe por la codicia, el afán de gloria o las apetencias, y no ceda a los prejuicios. Hay que ser muy hombre para aceptar esa carga…

2

Almas gemelas

Pasé las jornadas siguientes procurando esconderme, evitando el trato con mis compañeras y pretextando tener fiebre para que me dejaran tranquila. A las preguntas de las más curiosas sobre lo ocurrido en los aposentos reales respondí cerrándome en banda, lo que me valió críticas ácidas que, bien lo sabía yo, podían acabar llegando a oídos de doña Eylo en forma de acusaciones tan graves como infundadas. La envidia y la maledicencia abundaban en nuestro mundo, sin que escapasen a ellas labriegos, siervos, clérigos o gentes de condición superior, en quienes tales pecados causaban consecuencias trágicas. Solían relacionarse esas prácticas desdeñables con nosotras, las féminas, aunque pese a mi corta edad yo ya intuía con claridad que dichos males eran comunes a todos los hijos de Dios. ¿Acaso no procedíamos de un mismo barro?

Mis labios estaban sellados, empero, no solo por el temor a sufrir represalias, sino porque de algún modo extraño yo interpretaba la franqueza con que doña Urraca se había expresado aquella noche en mi presencia como una muestra de confianza a la que solo podía corresponder entregándole mi lealtad.

«¡Qué disparate! —advertía otra parte de mi ser, más realista y sensata—. ¿De verdad crees que la reina de León confiaría en alguien tan insignificante? Ni siquiera recordará tu nombre. Y si lo hace, peor. ¡Guárdate de su venganza por haber osado escuchar lo que nunca debiste oír!».

Entre tanto, la vida en el castillo se desarrollaba con total normalidad, como si la disputa feroz protagonizada por Alfonso y Urraca no hubiera tenido lugar. Los esposos comían juntos, departían amablemente con el anfitrión y otros miembros de la nobleza presentes en el castillo, comentaban planes de futuro en lo relativo a la guerra contra el moro y daban buena cuenta del vino que los criados servían en las copas, cada vez más aguado e insípido, dado que el preciado caldo empezaba a escasear en la bodega sin que se anunciara una cosecha capaz de reponer las reservas.

Y es que esos días hacía un frío impropio de la estación, que ni braseros ni capas de piel bastaban para mantener a raya. En los campos el hielo causó estragos terribles en el momento de comenzar la vendimia, hasta el punto de echar a perder la mayor parte de la uva y transformar en ponzoña la que pudo recogerse. ¡Más valdría habérsela dejado a los pájaros! Pese a los muchos años transcurridos, aún conservo su acidez en mi boca y recuerdo los retortijones causados por aquel brebaje. ¡Ningún galeno ha mezclado nunca purga más eficaz!

¿Sería ese viento glacial una señal divina? ¿Un mensaje del Señor, contrario a unas nupcias que la Iglesia condenaba por sacrílegas? Decían que mi señora y su esposo compartían la sangre de su bisabuelo, Sancho el Mayor, motivo por el cual su enlace era odioso a los ojos de Dios. Hablaban de estupro y fornicación. Algunos presagiaban que semejante coyunda no podría acarrear nada bueno, que de esa abominación nacerían únicamente muerte y devastación. En aquel entonces yo no era capaz de atisbar semejantes tinieblas, aunque conociendo el modo en que don Alfonso se había comportado con su esposa, no era preciso ser adivina para saber que la unión traería ríos de llanto.

Ni en mis peores augurios habría imaginado, empero, la cantidad de sangre y dolor que iba a acompañar a las lágrimas.

* * *

Al cumplirse justo una semana desde la boda, la reina me convocó a sus aposentos privados, cedidos por el conde Ansúrez durante la estancia de la soberana en el castillo y contiguos a los que ocupaba su propia esposa. A mí me traían los peores recuerdos de una noche inolvidable y no me avergüenza reconocer que acudí presa del terror, sintiendo cómo las piernas me sostenían a duras penas.

En la soledad de sus estancias, doña Urraca me interrogó con descarnada frialdad sobre mi linaje, mis eventuales compromisos matrimoniales, mi dote y mis anhelos, sin que yo alcanzara a comprender el porqué de esa entrevista. Fuera cual fuese, no obstante, el hecho de seguir viva y estar en su presencia era una excelente señal.

Apelando a todo mi valor y a la educación recibida, respondí con la cabeza alta que mis raíces se hundían en las Asturias, Navarra y la frontera del Duero, de donde procedían mis antepasados; que los hombres de mi familia habían honrado siempre su condición de guerreros al servicio de la Cruz y que por ese motivo precisamente yo era una huérfana libre, aunque carente de fortuna. Añadí que me había criado en Toledo, junto a mi madre y mis dos hermanos, acogida al amparo del conde Ansúrez, y justifiqué mi presencia en Muñó aludiendo a la reciente aceifa lanzada por los sarracenos contra la ciudad del Tajo, que resistía a duras penas parapetada tras sus murallas.

Con la llegada del verano, el califa Alí ben Yusuf había cruzado el Estrecho al frente de un poderoso ejército, para arrojarse sobre nosotros como una plaga de langostas. Sus hombres arrasaron Madrid, Guadalajara, Atienza, Talavera y toda la marca fortificada años antes por el padre de la reina con el propósito de impedir los ataques dirigidos contra las tierras bañadas por el río, que separaba desde antiguo la España cristiana de al-Ándalus. Vano empeño, a la vista estaba, dado que únicamente resistió Toledo, merced a sus formidables defensas y al coraje de Álvar Fáñez, quien tributaba a doña Urraca la misma lealtad inquebrantable que había mostrado a su progenitor. Era su más fiel caballero, su principal valedor. Ante el lecho de muerte de don Alfonso había jurado servirla y protegerla a costa de su propia vida, juramento que cumplió sin escatimar sacrificios.

Yo tenía grabado en el alma el terror sufrido en esos días, la angustia provocada por el retumbar de los proyectiles al impactar en las fortificaciones con tanta fuerza como para sacudir los cimientos de nuestras casas, los gritos de los heridos mezclados con los aullidos proferidos por los asaltantes, las súplicas de clemencia elevadas al cielo desde todos los hogares e iglesias, empezando por la catedral, donde el obispo Bernardo dirigía las plegarias de la multitud de fieles refugiados en el interior del templo.

Nos salvó de morir o caer cautivos el coraje demostrado una vez más por nuestro príncipe, Fáñez, quien realizó una salida a la desesperada acompañado de un grupo de valientes entre los que estaba mi hermano Lope, tres años mayor que yo, escudero en la tropa del castellano. Con la ayuda de Dios, astucia e increíble arrojo, consiguieron quemar las máquinas de guerra de los africanos y regresar con bien para ver a esos demonios desmontar su campamento y batirse en retirada en busca de otros lugares donde acumular botín.

Habíamos logrado salir vivos de la aceifa, aunque el miedo padecido tardaría en desaparecer.

Aquella acometida mora no hizo sino reforzar la convicción de quienes consideraban indispensable el matrimonio de la reina con Alfonso de Aragón, único guerrero capaz de encabezar a la hueste cristiana y plantar cara a los almorávides colocando a tal fin guarniciones aragonesas en los bastiones fronterizos más amenazados, como Guadalajara, Gormaz, Segovia o la propia Toledo. Guarniciones que, llegada la hora, utilizaría para fines muy distintos de los previstos.

Pero no adelantemos acontecimientos...

Mi señora era sabedora de esos hechos terribles, por lo que no hizo falta que le relatara lo acaecido en la capital rescatada del dominio musulmán por su augusto padre. En esas circunstancias dramáticas, mi madre había suplicado a la condesa Eylo que me alejara del peligro, llevándome con ella a su castillo en tierras palentinas, y yo agradecía esa merced tratando de aliviar en lo posible con mis remedios los sufrimientos derivados de la dolencia que padecía. Porque así como en mi estirpe paterna destacaban los hombres de armas, dije sin disimular mi orgullo, la mujer de ascendencia astur que me había dado la vida atesoraba valiosos conocimientos sobre la capacidad sanadora de diversas plantas, que pasaban de madres a hijas desde tiempos inmemoriales.

* * *

Doña Urraca se mostró distante en todo momento, severa, altiva hasta el punto de quebrar con su actitud la poca seguridad que conservaba en mí misma. Cuando acabó de hablar, guardó silencio, mientras me escudriñaba de arriba abajo, quién sabe en busca de qué. Al cabo de una pausa interminable, escupió finalmente el hueso:

—Dado que no ha llegado hasta mis oídos rumor alguno referente a lo que ocurrió entre el rey y yo la otra noche en nuestra alcoba, deduzco que sabes guardar un secreto.

—Si algo sucedió, señora, lo he olvidado —contesté cautelosa.

—Buena respuesta —replicó, sonriendo por vez primera—. Y, además de guardar secretos y preparar pócimas sanadoras, ¿qué más sabes hacer, Muniadona?

En realidad, poco sabía hacer yo aparte de lo descrito y otras tareas tales como leer, escribir, bordar, hilar o bailar, comunes entre las damas que rodeaban a la soberana. ¿Era eso lo que ella esperaba oír o acaso me estaba pidiendo que la sorprendiera de algún modo? Apenas dediqué unos instantes a pensar, antes de decidirme a embocar el camino de la verdad desnuda:

—Como veis, señora, nada hay en mí digno de ser destacado. Únicamente, tal vez, una destreza natural en el arte de hacerme invisible, basada en toda una vida experimentando esa sensación. Mi madre, Juana, posee una luz susceptible de alumbrar la noche más negra. Sabiduría, alegría y una habilidad natural para contar historias que deja chico a cualquier juglar.

El rostro de la reina resultaba inescrutable.

—Mi hermano mayor —continué— se forma en la mesnada de Álvar Fáñez, donde ha destacado por su coraje. Sigue los pasos de nuestro padre y, al igual que él, logrará abrirse camino con la espada; estoy segura. En cuanto a la pequeña de la casa, Leonor, deslumbra con su belleza además de ser un ángel, pura dulzura y bondad. Ellos acapararon las virtudes. Yo he aprendido a conformarme con mi suerte, que es pasar desapercibida.

—Un don extremadamente valioso en el que ya había reparado —comentó ella, satisfecha.

¿Explicaba esa sorprendente declaración el hecho de que hubiese recurrido precisamente a mí para servirle de paño de lágrimas en su funesta noche de bodas? No tenía sentido. Si yo pasaba desapercibida, ¿por qué se había fijado en mí? Tal vez las reinas tuvieran la capacidad de ver lo que a los demás se nos escapaba.

—¿Estás comprometida? —interrumpió mis reflexiones enseguida, empleando un tono algo más suave del utilizado hasta entonces.

—No, señora. Mi madre ha entablado conversaciones con un viudo, pero nada se ha decidido todavía.

—¿Deseas tú ese casamiento?

—¿Debo ser sincera?

—¡Desde luego!

—En tal caso os confesaré que no solo no lo deseo, sino que aborrezco la idea de ser entregada a un hombre que podría ser mi abuelo.

—¿Conoces su nombre y su posición? —prosiguió con su interrogatorio, acaso buscando no interponerse en los planes de alguien importante.

—No, mi señora. Tan solo se me ha informado de que se trata de un comerciante poseedor de medios sobrados para que no me falte de nada. Al parecer tiene varios hijos, algunos mayores que yo.

—Comprendo tu desazón —dijo de una manera en la que creí atisbar un resquicio de ternura—. El matrimonio rara vez guarda alguna relación con los sentimientos, y nosotras, las mujeres, siempre llevamos la peor parte.

De nuevo tenía la sensación de que en realidad no se dirigía a mí, sino que pensaba en voz alta, cuando me espetó:

—¿Te gustaría permanecer conmigo, aun despidiéndote definitivamente de tu hogar y tu familia?

—¿Aquí? —inquirí aturdida por semejante propuesta.

—Y allá —respondió ella, diría que divertida—. Como seguramente sabrás, esta es una corte viajera. Hoy en Muñó, mañana en Burgos, Sahagún, Oviedo, Compostela o alguno de los muchos castillos esparcidos por el reino. Y a partir de ahora también en cualquier lugar de Aragón, puesto que los súbditos de Alfonso han pasado a ser igualmente míos, de la misma forma que los míos deben mostrarle fidelidad.

Aunque nuestros cuerpos se rechacen, nuestros intereses se han unido.

Habría querido disponer de tiempo para sopesar los pros y contras de tan inesperado ofrecimiento, pero era evidente que ella esperaba una contestación inmediata. Rechazarlo habría sido una locura, por lo que tomé aire y exclamé:

—¡Sí!

Ya buscaría después el modo de mitigar la dureza de ese «definitivamente».

—No serás una de mis damas y mucho menos una criada —añadió la reina a guisa de explicación, retomando la actitud suficiente que adoptaba o abandonaba a capricho—. En realidad, todavía no sé exactamente qué funciones voy a asignarte, aunque intuyo que vas a serme de una gran utilidad. ¿Puedo fiarme de ti?

—Desde luego, mi señora. Mi lealtad es vuestra.

—¿Harás lo que yo te ordene sin preguntar, aunque suponga asumir graves riesgos?

—Lo haré, siempre que pueda.

—Y cuando no puedas, también —enfatizó—. No me conformo con menos cuando otorgo mi confianza. Si me sirves con lealtad, serás generosamente recompensada. En caso contrario, lo pagarás. Ya irás viendo que la compasión no figura entre mis cualidades.

* * *

A partir de ese mismo instante me convertí en una sombra, una presencia silenciosa en quien nadie reparaba. Mensajera, observadora, testigo, depositaria de secretos, espía o cómplice, según las necesidades de mi señora.

En más de una ocasión me arrepentí de haber aceptado su propuesta sin sopesar debidamente el sacrificio que asumía, aunque nunca vaciló mi ánimo a la hora de servirla con la devoción prometida. Jamás le di la espalda, no solo porque me inspiraba terror incluso después de aprender a quererla, sino porque la traición siempre me ha parecido la peor de las vilezas. Y sabe Dios a cuántas de ellas hubo de enfrentarse doña Urraca.

A su alrededor todo eran conjuras y maledicencia. Pocos deseaban verla sentada en el trono de su padre, aduciendo su condición de mujer incapaz de llevar semejante carga, e incluso entre quienes se declaraban defensores de sus derechos y posición, la mayoría lo hacía únicamente pensando en satisfacer sus respectivas apetencias. Estaba sola, rodeada de enemigos, en un mundo peligroso que rezumaba hostilidad hacia ella. Es cierto que en ese momento contaba aún con los incondicionales Fáñez, Ansúrez y desde luego Gómez González, su amante y su consejero, pero no lo es menos que, en su entorno más íntimo, su esposo, su propio hijo y hasta su hermanastra constituían amenazas de las que debía guardarse.

Me pregunto si alguna vez llegó a conocer la dicha de la verdadera amistad. Desde luego, si lo hizo, no fui yo quien trenzó ese lazo con la emperatriz de España. Yo fui tan solo un instrumento; un espejo destinado a devolverle la imagen más hermosa de cuantas habitaban en ella.

Entré al servicio de doña Urraca por mediación del azar, sin la menor pretensión de ocupar un lugar impensable entre personas de condición tan alejada. ¿Qué representé para ella? Nunca me lo dijo. Supongo que necesitaba alguien como yo a su lado. Una persona inocua, carente del poder o de la ambición suficientes para preocuparla, ajena a banderías y dispuesta a cumplir al pie de la letra su voluntad. Una muchacha anónima, sin familia ni influencia, dependiente, agradecida y no completamente necia.

Con el tiempo he llegado a pensar que, pese a nuestra diferencia en años y procedencia, evoqué de algún modo en su mente la memoria que atesoraba de su propia juventud, aunque solo fuera por un notable parecido físico, disimulado en su caso con ropajes suntuosos y carísimos afeites. Lo cierto es que ninguna de las dos había sido agraciada por la Providencia con el don de la belleza. De estatura baja, rostro de facciones angulosas y piel imperfecta, ambas compartíamos, no obstante, unos ojos semejantes a carbones encendidos, reflejo de la pasión que ardía en nuestro interior. Su fuego, propio de la realeza, ardía en forma de desafío allá donde dirigiera la vista. El mío, imposible de ocultar, lo había prendido una madre orgullosa de su estirpe astur.

La historia de esa mujer sin igual, resuelta, valerosa, cruel, impredecible, fuerte ante la adversidad e ingeniosa frente a los obstáculos que le puso delante la vida es la que me propongo contar en las páginas de este manuscrito. Ella no me lo pidió, aunque siento que se lo debo. Conocí de cerca sus éxitos y sobre todo sus fracasos. Traté de endulzar sus amarguras, me alegré de sus victorias y sufrí en más de una ocasión sus iras. Ella cumplió su palabra y jamás me abandonó. Desde el cielo, donde espero que descanse a la diestra del Señor, sabrá perdonar mis errores, mis olvidos y también las ocasiones en que caiga en la tentación de embellecer el relato.

3

Un mal negocio

Diciembre del año 1109 de Nuestro Señor
Reino de León

Se acercaban las fiestas de la Natividad cuando fueron convocados algunos magnates de ambos reinos para asistir a la firma de la carta de arras otorgada por don Alfonso a su esposa, Urraca, y la de donación entregada por esta a su marido. Dos documentos de la mayor trascendencia, según se comentaba en los corrillos de palacio, elaborados bajo los auspicios del conde Ansúrez, cuya influencia abarcaba todo el territorio de la cristiandad hispana, al haber sido el ayo de la infanta antes de ceñir ella la corona y un vasallo destacado del rey de Aragón en su etapa de regente de Urgel.

Esa mañana mi señora amaneció con el ánimo sombrío, acaso porque intuyese las funestas consecuencias que traería la ceremonia. A esas alturas de nuestra extraña relación yo ya le había preparado alguna tisana destinada a aliviar los dolores del sangrado menstrual, que sufría en grado extremo, además de un ungüento de efectos asombrosos en la piel, prematuramente envejecida por el trajín de una vida errante y las constantes preocupaciones. También servía de enlace habitual entre ella y el conde Gómez, con quien había interrumpido toda forma de intimidad, forzada por las condiciones aceptadas al casarse.

—Debemos extremar la discreción —me insistió la primera vez que me entregó un mensaje para él, conminándome a cumplir la misión con la mayor de las cautelas—, porque si doy pie a que se me acuse de haber deshonrado a mi esposo, mis súbditos estarán en su derecho de abandonar la obediencia que me deben y entregársela a Alfonso.

—¡Pero si es él quien os ofende frecuentemente con sus palabras! —objeté, indignada, tras haber oído en más de una ocasión al aragonés proferir expresiones hirientes.

—Así es, bien lo sabes tú. Sin embargo, mientras no me abandone o repudie sin causa justificada, estoy en sus manos. Así se ha dispuesto en las capitulaciones que aguardan a que estampemos en ellas nuestra rúbrica. Me obligan a someterme, como corresponde hacerlo a toda buena mujer.

—¡¿También a una reina?!

Yo era testigo privilegiado de su poder, reflejado en la pleitesía que le rendían cuantas personas se cruzaban en su camino. Me fascinaba su autoridad y me halagaba su confianza, aunque nunca bajaba la guardia ante ella, temerosa de hacer algo que pudiera indisponerla conmigo. A mis ojos, casi infantiles, doña Urraca era un ser a medio camino entre el cielo y la tierra. Alguien a quien no lograba imaginar sojuzgada.

—Una reina mujer —respondió ella seca.

En ese instante estaba sentada con una expresión triste en el rostro, mientras yo peinaba despacio su melena castaña. A pesar de los braseros dispuestos por la estancia, de los tapices colgados en las paredes con el propósito de abrigar la cámara y del fuego prendido en la chimenea, hacía un frío capaz de calar hasta los huesos. Mi señora, todavía en camisa, se cubría con un grueso manto de lana que parecía engullirla y llevaba los pies calzados en cálidas zapatillas de piel vuelta.

Era menuda, aparentemente frágil, rehén de una situación endiablada, pero en absoluto débil. Su determinación permanecía intacta, al igual que su negativa a rendirse.

—Si creen que me engañan, se equivocan —añadió al punto, levantando la barbilla en un gesto cargado de arrogancia regia—. Firmaré, porque no me queda otro remedio, pero soy consciente de salir perdiendo en el reparto y sabe Dios que me resarciré cuando llegue el momento oportuno. Alfonso me entrega media docena de castillos, que ni deseo ni necesito, mientras él recibe de mí toda la tierra que perteneció a mi padre. Curioso pacto de unión es este que apenas esconde su voluntad de arrebatarme mi reino.

—¿Por qué aceptasteis plegaros a un arreglo tan desventajoso? —me atreví a preguntar, sin dejar de desenredar su hermosa cabellera cobriza.

Doña Urraca tardó en contestar, como si su mente estuviera ordenando recuerdos dispersos antes de satisfacer mi curiosidad.

—Tras enviudar de Raimundo y convertirme en heredera al trono al morir mi hermanastro Sancho, mi deseo habría sido desposar al conde Gómez. No solo es un leal consejero, un capitán entregado en el campo de batalla y un devoto servidor de la Corona, sino un amante extraordinario...

Me disponía a señalar que esas cualidades lo convertían en un candidato idóneo, cuando pareció leerme el pensamiento:

—Gómez era sin lugar a dudas mi elección, aunque su nombre despertaba recelos insalvables entre sus pares, reacios a inclinarse ante él. Buena parte de la nobleza se opuso al enlace, alegando que no los superaba en linaje ni merecía por tanto desposar a una dama de condición superior. Adujeron que la boda sería desdoro para su honor y un agravio intolerable a otros condes castellanos.

—¿Y vuestro padre pensaba igual, tratándose de su propio alférez?

—El rey fue, precisamente, quien impuso su negativa tajante —esbozó algo parecido a una sonrisa sarcástica—. Yo sabía que mi opinión no sería tenida en cuenta, de modo que busqué aliados. Un grupo de magnates accedió finalmente a plantearle la cuestión, sin que ninguno de ellos se arriesgara a hacerlo personalmente. No me sorprende; las cóleras de mi padre resultaban aterradoras.

Esa revelación me desconcertó, dado que el difunto Alfonso VI era venerado por todos, gentes grandes y pequeñas, como un ejemplo de bondad, justicia y sabiduría. Un referente inalcanzable para su hija, llamada a reinar en un mundo donde los hombres dictaban las reglas y veían en nosotras a criaturas pusilánimes, lujuriosas, volubles, llamadas a causar desgracias, incapaces de valernos por nosotras mismas y mucho menos tomar decisiones que les afectaran a ellos.

—Se reunieron en Magán, cerca de Toledo —prosiguió ella—, y acordaron enviar como emisario a Cidiello, su físico judío, con quien mantenía una relación cordial, que algunos habrían confundido con la camaradería, en caso de que los reyes pudiéramos establecer un vínculo semejante.

—¿Y qué pasó? —Yo estaba en ascuas.

—¡Pobre Cidiello! —Esbozó de nuevo esa mueca sardónica—. Mi padre estuvo a punto de rebanarle el gaznate. Se contuvo a duras penas, no sin advertirle a voces: «No te echo a ti la culpa de que te hayas atrevido a decirme esto, sino a mí, pues con la confianza que te di has osado tanto. Guárdate en adelante de presentarte ante mí, porque si lo haces serás hombre muerto».

—Tenía otros planes para vos... —deduje en voz alta, tomando buena nota de la experiencia del hebreo con el fin de evitar provocar a mi señora excediéndome en mis atribuciones o llevándole la contraria.

—Así es —asintió ella—. El interés del rey y de España me echó en brazos del soberano de Aragón y Pamplona, en aras de unir los dos reinos, evitar suspicacias entre nuestros nobles, al tratarse de un esposo de sangre real, y poner a un guerrero acreditado al frente del combate contra los sarracenos.

—También el conde González es diestro con la espada, además de gran jinete de valor probado —salí espontáneamente en su defensa.

—Muniadona querida —me dirigió una mirada entre afectuosa y despectiva—, qué ingenua eres. Gómez es, como bien dices, un gran capitán, y será mi favorito siempre. Mi corazón es suyo. Él me corresponde con su amor, me respeta y me respalda. A diferencia de otros, conoce su lugar y no discute mi derecho a reinar. Está y permanecerá a mi lado, en la corte y la batalla. Cosa distinta es que ahora debamos mantener las distancias o cuando menos guardar las apariencias, en razón de un matrimonio que estoy obligada a honrar aun cuando todo en él me repugne.

* * *

El salón de palacio había sido despejado de casi todo su mobiliario, a fin de acoger a las muchas gentes principales acudidas a presenciar el acto en que Urraca y Alfonso sellarían con sus firmas el pacto de unión dinástica entre los reinos de León y Aragón. Un acuerdo ansiado por toda la cristiandad hispana, a la sazón enfrentada a una guerra brutal contra los almorávides, decididos a conservar la tierra perdida por nuestros antepasados godos y uncida al yugo de su falso dios, que lentamente iba reconquistándose desde la gesta de Pelayo en Covadonga. Mediante ese gesto ambos reyes juntaban sus respectivos dominios para beneficio de ambos, aunque bajo esa apariencia idílica, de mutuo gobierno y auxilio, se escondían piedras punzantes llamadas a abrir heridas.

Los cónyuges, vestidos con sus mejores galas, ocupaban sendos tronos de roble macizo mullidos con cojines de seda, colocados sobre una tarima lujosamente alfombrada. Aunque ninguno de los dos destacaba por su estatura, el hecho de presidir la estancia desde esa posición elevada y lucir con orgullo en la cabeza sus respectivas coronas los hacía parecer más altos. Ella llevaba un precioso brial azul de manga ancha, bordado con hilos de oro, cuyo ribete dorado era de la misma tela con que habían sido forrados sus escarpines. Le enmarcaba el rostro un velo blanco finísimo que le tapaba cabello y cuello para ir a morir en su pecho, donde parecía fundirse con el manto regio color púrpura sujeto mediante una fíbula enjoyada. Su mano izquierda sujetaba fuertemente el cetro, símbolo de su poder. Él no la desmerecía en elegancia, aunque sus ricas vestiduras no lograran disimular unos rudos modales de soldado, impropios de la corte leonesa.

Ninguno de los dos mostraba el menor signo de felicidad.

En primera fila se alzaba la figura hercúlea del conde Ansúrez, quien con siete décadas a las espaldas y un sinfín de combates librados conservaba la apariencia de un luchador formidable. Él también había escogido para la ocasión su mejor túnica, seguramente cosida por un sastre moro, pero a diferencia de los esposos su expresión era la viva imagen de la satisfacción, al haber alcanzado al fin un objetivo largamente buscado, en cuya consecución había empeñado toda su influencia, que era mucha.

Todo esto lo sabía yo por las reflexiones de mi señora, quien amaba y respetaba de corazón a su antiguo ayo, sin por ello bajar la guardia ante sus intentos de manejarla. Don Pedro veía acrecentado su poder con la firma de esas capitulaciones, en cuya redacción había colaborado decisivamente dada su cercanía a los esposos. Cuando se produjeran las primeras disputas, que no tardarían en llegar, él ocuparía una posición inmejorable para mediar y, de paso, sacar provecho.

—Mi buen Ansúrez —había comentado la reina esa misma mañana, quién sabe si arrepentida de haber expresado esos recelos—, no hay hombre más leal. Si algo guía sus pasos es la defensa de nuestra fe, pues nadie ha contemplado de tan cerca la ferocidad de los sarracenos que encabeza el emir Alí.

Bien conocía yo también la brutalidad de esos africanos, tras haber vivido en mis carnes su última acometida. En ese momento, llegado el invierno y con él la tregua impuesta por las nieves y el barro, habían regresado al desierto del que procedían, arrastrando cuerdas de cautivos cuyo destino sería peor que el de los soldados caídos. Pero con la primavera regresarían y a saber si en esa ocasión todo sería aún peor. Se decía que la mayoría de los castillos habían resistido la embestida y se mantenían en pie, aunque sus alfoces mostraban las huellas de la devastación sufrida.

A excepción de Toledo, la joya de la corona defendida por Álvar Fáñez, la frontera regresaba al Duero tras haber logrado avanzar hasta el Tajo en tiempos del buen Alfonso. Claro que él había recibido un legado mucho mejor del que dejó a su hija; unas taifas divididas y enfrentadas entre sí, cuyos reyezuelos pagaban onerosas parias a los cristianos que avanzaban, victoriosos, soñando con llegar al Estrecho, hasta el día en que el emir Alí puso fin a esas ilusiones.

Aquellos guerreros de Alá, de una fiereza implacable, resucitaron la pesadilla de Almanzor, sometieron a su dominio a los musulmanes hispanos y recobraron buena parte del territorio reconquistado, sin que hubiese ejército capaz de frenar su acometida. Desde la derrota de Sagrajas, acaecida en el funesto 1086 de Nuestro Señor, todo había ido de mal en peor, y esa era la España que había heredado mi señora de su padre, tras la muerte de su hermanastro en Uclés, ocurrida dos años después. En ese descalabro debía de pensar cuando añadió:

—También yo tuve ocasión de contemplar la obra de esos demonios a los pies de la fortaleza donde cayeron el pobre Sancho y siete condes de Castilla que entregaron su sangre en vano con el empeño de salvarlo… ¡Dios los tenga en su gloria!

—Perdisteis a un hermano y ganasteis un trono —apunté, rememorando lo que se oía decir en las calles al hablar de esa batalla.

—Gané un trono y perdí la libertad —replicó ella con amargura—. Lo creas o no, mientras cabalgaba junto al obispo Gelmírez hacia el lugar del desastre, nada más tener noticias de lo sucedido, mi corazón no exultaba ante la idea de ser coronada, sino que lloraba por la vida que dejaba atrás en Galicia.

Viendo su porte regio, la serenidad de su rostro, el modo en que se erguía sobre el escaño sin mover un músculo, escuchando al notario del reino leer los términos del contrato matrimonial leonino que estaba a punto de firmar, nadie habría discutido que era reina desde la cuna.

* * *

Unos días antes yo había escrito a mi madre para comunicarle mi decisión de permanecer en la corte, sin proporcionarle detalles sobre cuál sería mi posición. Doña Urraca me había prohibido taxativamente revelar a nadie la naturaleza de nuestra relación e incluso hacer comentario alguno sobre el hecho de servirla a ella. Yo no existía, no era nadie, ni siquiera a ojos de mi propia familia. Únicamente me autorizó a tranquilizarlos haciéndoles saber que estaba bien. En el futuro, concedió, ya se vería si era oportuno desvelarles algo más. Quien presenciaba ese acontecimiento solemne oculta tras una columna no era por tanto Muniadona Diéguez, hija del difunto señor de Mora, sino un espectro sin nombre, sin identidad, sin carne.

El tiempo discurría con lentitud en el interior de ese salón abarrotado de nobles y clérigos. El aire parecía cargarse por momentos. La voz cascada del notario resultaba desagradable y además leía en latín, lengua que yo conocía por encima, así que se me escapaba el significado de un buen número de palabras. Mi mente se había evadido hacia territorios más gratos, cuando oí al funcionario proclamar, elevando el tono:

—Emperador de España, rey de toda España y magnífico emperador. Emperador por la gracia de Dios.

Aquello me despabiló de golpe. El rey de Aragón y Pamplona se adueñaba en ese instante de los títulos de mi señora, por cuyas venas corría la legitimidad centenaria de la Corona leonesa.

4

Reina y madre

De regreso en sus aposentos privados, una vez cumplidos los trámites de rigor, doña Urraca me pidió una tisana para el dolor de cabeza...

—Aunque lo que en verdad me duele es el alma —añadió sombría.

Tardé un buen rato en llegarme hasta las cocinas en busca de agua hirviente con la que preparar un brebaje a base de corteza de sauce, que llegó casi frío a los labios de mi señora. Cuando regresé, la encontré con un vestido más sencillo y abrigado, dando vueltas por la estancia, como hacía siempre que alguna preocupación acuciante corroía su espíritu.

—Lo peor es que esas capitulaciones no solo comprometen mi destino, sino el de mi hijo. —Había rabia e inquietud en su tono—. Y eso va a traernos grandes males.

—¡Dios no lo permita! —Me santigüé.

—Si llegara a alumbrar un vástago del aragonés —ignoró mi comentario—, sería él quien heredaría todo y mi pequeño

Alfonso quedaría desposeído de su derecho al trono. ¡Qué desatinos llegan a tejerse invocando un bien superior! Ten por seguro que sus partidarios no aceptarán nunca verlo privado de lo que su abuelo le dejó en herencia.

El niño, que a la sazón contaría cuatro o cinco años de edad, calculé, se criaba lejos de la corte, en Galicia, bajo la protección del conde Pedro Froilaz, quien devolvía de ese modo el favor recibido tiempo atrás del rey Alfonso, que lo había acogido bajo su techo como si de un hijo se tratara, para educarlo y formarlo amparándolo frente a sus enemigos.

Ahora que la suerte me había colocado en una posición tan cercana a la mismísima reina, agradecía las tardes interminables de costura y charla en nuestro humilde hogar toledano, donde la conversación solía girar en torno a las múltiples habladurías que suscitaban esas gentes. Nuestra madre, Juana, siempre se las arreglaba para mantenerse al día de los acontecimientos importantes, pues nunca cejó en el empeño de procurarnos un futuro acorde con los sueños de nuestro padre. Según su modo de ver, cimentado en su propia experiencia, a fin de alcanzar tal propósito debíamos conocer a fondo el mundo en el que nos moveríamos.

Si alguien nos hubiera dicho a cualquiera de las dos entonces dónde iba a encontrarme yo en este preciso momento, nos habríamos echado a reír.

* * *

Era costumbre entre los grandes del reino que los hijos de los magnates crecieran en casa de otros nobles de confianza, por su propia seguridad y la de sus respectivos linajes. De esa forma se garantizaba la supervivencia de al menos un descendiente en caso de que los ataques o la peste acabaran con la vida de los padres, cosa harto frecuente. Cada aceifa sarracena se llevaba por delante familias enteras de campesinos o infanzones de frontera semejantes a la mía, sin que su pérdida resultara excesivamente gravosa a ojos de los poderosos. Nuestra sangre valía solo en la medida en que servía para defender la patria. Pero príncipes o condes eran harina de otro costal. Ellos debían preservar a toda costa su estirpe. Así lo había dispuesto el Altísimo al colocarnos a cada uno en el lugar que ocupábamos. Y nosotros no éramos quiénes para discutir sus designios.

Alfonso Raimúndez, el hijo de mi señora, llevaba el nombre de nuestro rey bueno y era el único varón continuador de su linaje, una vez caído el infante Sancho en Uclés. De haber tenido edad suficiente para reinar, probablemente habría sido el escogido. Al tratarse de un niño pequeño, el soberano designó sucesora a su hija y cedió a su nieto el señorío de Galicia, que había pertenecido hasta entonces a su madre y al borgoñón Raimundo, especificando en su testamento que, a la muerte de doña Urraca, Alfonso recibiría la corona de León.

Esa voluntad firme, indiscutible mientras vivió, iba a ser puesta a prueba por las ambiciones de unos y otros.

—Los mismos que me apoyaron cuando fui desplazada por el bastardo de mi padre y su concubina mora —continuó diciendo la reina, en alusión despectiva al príncipe fallecido combatiendo a los almorávides y a su madre, viuda del último rey taifa cordobés— lucharían a muerte por Alfonso si pretendiéramos apartarlo.

—¿No os son leales, mi señora?

—Las lealtades son tan mutables como los cielos en primavera, Muniadona. Gelmírez y buena parte de la nobleza gallega defenderán a mi hijo incluso de mí, llegado el caso, no solo porque es el infante a quien juraron fidelidad, sino porque está en sus manos y a buen seguro lo estarán moldeando del modo que más convenga a sus intereses.

—Él es hijo de su madre y nieto de su abuelo —rebatí, todavía pasmada por esa frialdad con la que enjuiciaba siempre los asuntos del reino—. Sabrá honrar ese legado.

—Esperemos que así sea —respondió sin variar el tono—. Para ello, no obstante, debe empezar por vivir, y en este momento está sometido a una infinidad de peligros. Pronto te enviaré a comprobar que se encuentre a salvo. No pongo en duda la devoción que le profesan tanto su ayo, el conde Pedro, como la esposa de este, doña Mayor, pero me llegan rumores del profundo malestar que este desdichado matrimonio ha causado en Galicia y necesito tener allí ojos y oídos atentos, ajenos a las intrigas habituales.

—¿Vais a alejarme de vos? —inquirí asustada—. ¿Tan pronto?

—Voy a encomendarte una misión delicada que requiere discreción, inteligencia y esa extraña capacidad tuya para pasar desapercibida —me contestó, sorprendida por mi actitud—. ¿Con qué otro propósito crees que te tomé a mi servicio?

—Es que no creo ser capaz todavía de cumplir semejante cometido —aduje, cada vez más encogida—. Apenas empiezo a distinguir a unos personajes de otros entre las gentes que os rodean.

—Aprenderás, no te inquietes. Por ahora te basta con saber que prácticamente ninguno es de fiar, e incluso los que lo son pueden darme la espalda si con ello medran.

—Ahora tenéis un esposo poderoso que os respalda...

—... Y que ha colocado guarniciones aragonesas en un buen número de castillos y plazas de mi propiedad —me informó, como si yo alcanzara a comprender el significado de ese movimiento—. El Batallador no es diferente a los demás. Estará conmigo mientras le convenga y piense que puede manejarme. En cuanto le plante cara, utilizará todo su poder para aplastarme.

En ese instante atribuí tan funesto augurio al dolor de cabeza.

Me equivoqué por completo.

* * *

Pocos días después conocí a la infanta Sancha, la primogénita de mi señora, a quien esta no solía mencionar a menudo, acaso para protegerla del mal que podría ocasionarle su cariño. Después de haber perdido a tantos seres queridos, ponía sumo cuidado en no prodigar su amor, no sé si por miedo a sufrir un nuevo desgarro o por el temor de que su afecto pudiera resultar dañino.

Sancha y yo teníamos una edad similar. Ese era nuestro único parecido. Por lo demás, ella era tranquila, reflexiva, sosegada, serena. Yo, un manojo de nervios que no terminaba de creer en mi suerte ni acomodar mi conducta a la extraña posición en que me hallaba. Su presencia se hacía notar en cualquier lugar, porque irradiaba esa luz especial que emana de la belleza aliada con la sabiduría. Una belleza ajena a ropajes o afeites, elegante y natural. Una sabiduría alcanzada, letra a letra, a base de trabajo y perseverancia desde la cuna. Ella era culta, merced a la exquisita educación recibida; refinada; prudente. Yo, una muchacha del común carente de la menor gracia.

Las mismas razones que habían conducido a su hermano pequeño hasta un remoto castillo de Galicia la habían llevado a ella a criarse en varios monasterios del reino, bajo la custodia de su tía abuela, Elvira, poderosa titular de cuantiosos bienes del infantazgo dispuestos para ella en su testamento por su padre, el rey Fernando.

Con apenas trece años, Sancha era inmensamente rica. Al fallecer su benefactora había heredado buena parte de sus posesiones, a las que se unían otras no menos valiosas recibidas de su otra tía abuela, Urraca —a quien debía su nombre mi señora—, la hermana más querida de nuestro añorado emperador, quien la había convertido en vida en su más estrecha consejera y había acrecentado con generosas donaciones el inmenso patrimonio heredado de su padre.

Desde la muerte de su aya, Elvira, Sancha iba y venía de sus dominios a la corte, no tanto por necesidad cuanto por el placer de compartir algún momento con su madre. La posición de la que gozaba nada tenía que envidiar a la de los condes de mayor renombre, por lo que era libre de casarse o permanecer soltera y seguir los pasos de las grandes damas a las que debía su fortuna; unas figuras sobresalientes en el reino, de las que mucho se había hablado en las tardes invernales de tertulia en nuestra casa de Toledo, porque a mi madre la fascinaba el parecido que a su modo de ver guardaban con nuestras antepasadas astures.

La primera vez que nos cruzamos, Sancha salía de los aposentos de la reina, a los que me dirigía yo. Quedamos frente a frente en un angosto pasillo y yo agaché la cabeza, temerosa de ofenderla.

—¿Quién eres tú? —Despejó mis temores con una sonrisa radiante—. Nunca antes te había visto por aquí.

—Muniadona, mi señora, para serviros.

Me observó con curiosidad, tratando de averiguar mi condición estudiando mi aspecto. La situación era harto incómoda, porque una de las dos debía apartarse a fin de dejar paso a la otra y a mí me parecía un desaire pasar por delante de ella. Me limité pues a esperar, hasta que dijo:

—¿Muniadona qué?

—Muniadona Diéguez —contesté, eludiendo responder al fondo de la cuestión, que se refería al motivo por el cual me encontraba allí.

—No eres muy habladora, ¿verdad, Muniadona Diéguez?

—Solo hago mi trabajo, señora —traté de zafarme del aprieto, sin faltar a mi juramento de ocultar a todos la naturaleza de mi relación con doña Urraca—. Si me permitís pasar, debo atender la llamada de la reina.

—Demasiado misterio para ser una simple criada —comentó jocosa—. Ya me enteraré yo de lo que tramáis mi madre y tú...

Dicho lo cual se marchó, dejando tras de sí un aroma fresco a jabón de heno.

Mi señora debió de contarle más tarde lo que a mí me estaba prohibido desvelar, porque durante su estancia en León acabamos compartiendo más de una confidencia. No me recrearé en el detalle de esos encuentros, pues ello me desviaría de mi propósito de relatar las venturas y desventuras vividas junto a doña Urraca. Baste decir que gracias a la infanta Sancha, a su inmensa generosidad, hoy subsisto acogida a la paz de este convento donde nada me falta; ni siquiera una novicia joven dispuesta a transcribir con paciencia las palabras que brotan de esta memoria reacia a dejarse vencer por el paso inexorable del tiempo.

Rara vez vi a la infanta vacilar ante una decisión. Su ánimo en general alegre, así como sus atinados consejos, contribuían a elevar el espíritu de la reina cuando estaban juntas, y me consta que también el de su hermano, Alfonso, años después, aunque esto último lo sé únicamente de oídas. Si nos es dado alcanzar la felicidad en este valle de lágrimas, diría que ella lo consiguió.

—¿Ninguno de los caballeros que frecuentan la corte ha llamado tu atención? —me lanzó con picardía una mañana soleada, poco antes de despedirnos para marchar junto a la reina a Aragón.

—Vuestra madre me dejó muy claro cuál es mi papel aquí —traté de eludir la cuestión.

—¡No te escapes! —se burló de mí.

—¿Y si yo os preguntara lo mismo?

—En verdad eres despierta —constató divertida—. Mi madre tiene buen ojo. Bien, Muniadona Diéguez. Si tú me preguntaras lo mismo, te diría que en modo alguno entra en mis planes desposarme, porque si lo hiciera perdería no solo mis bienes terrenales y mi capacidad de disponer de ellos, sino mi libertad. Si algo aprendí de las damas que me criaron fue a valorar el poder del infantazgo, cuya única condición es permanecer soltera.

—Ojalá pudiera decir yo lo mismo —repuse sombría.

—¿Te han concertado ya un matrimonio que no es de tu agrado? —se interesó de una manera en la que intuí genuina hermandad.

—En ello estaba mi madre cuando marché de Toledo hace unos meses.

—En tal caso hallarás tu dicha en la maternidad —me consoló—. Traer hijos a este mundo no solo es misión sagrada, sino fuente de inmenso placer, a cuanto dicen.

—Salvo si hablamos de infantas —rebatí, irritada por ese cambio de actitud que trocaba comprensión por condescendencia. Al punto me arrepentí, convencida de haber ido demasiado lejos, pero ella no parecía en absoluto ofendida. Lejos de captar el sarcasmo presente en mis palabras, las había interpretado como la constatación de una realidad inmutable y sagrada.

—Así es, querida. Dios, en su sabiduría, ha dispuesto un lugar para cada una de sus criaturas. En lo más alto de esa escala se encuentran los reyes y, a su lado, las infantas reales. Mis tías abuelas, Elvira y Urraca, vivieron para honrar la memoria de sus padres, Fernando y Sancha, así como para ayudar a su hermano Alfonso en el trono...

—¿Y la reina Constanza, vuestra abuela? —interrumpí perdida—. ¿Acaso no era ese su papel?

—También mi tía abuela Urraca obtuvo del soberano el título de reina. Ella era su verdadera consejera. Las otras, sus esposas, debían garantizar la continuidad del linaje pariendo un vástago varón, y a la vista está que no fueron capaces de hacerlo.

Mi expresión desconcertada ante esa muestra de menosprecio debió de resultar suficientemente elocuente, porque al instante añadió:

—No niego la complejidad de cuanto estoy tratando de explicarte. Hablamos de tradiciones antiguas, que ni yo misma he llegado a comprender del todo. Tampoco lo pretendo. No nos corresponde juzgar, sino acatar la voluntad divina. Me enseñaron que un esposo o unos hijos me impedirían dedicarme de lleno a la tarea de asegurar con mis plegarias y donaciones el eterno descanso de mis antepasados, o auxiliar en su día a mi hermano en lo que pueda requerir de mí. Esa es mi obligación y a ella me debo.

En ese momento, ese discurso enrevesado me pareció una monserga. No le di mayor importancia. Después, con el correr de los años, entendí por qué mi madre seguía con tanto interés el quehacer de las infantas e insistía en compararlas con las matriarcas astures. Claro que para hacerlo antes tendría que descubrir yo lo que me aguardaba en un valle perdido de las Babias y sumergirme en el mundo mágico de mis antepasadas... Un viaje fascinante que aún tardaría en llegar.

Lo que sí empecé a vislumbrar con mayor claridad a raíz de mis encuentros con la infanta Sancha fue la razón última por la cual la reina había confiado en mí sin apenas conocerme, atendiendo a una intuición que a la postre demostró ser certera. Se resumía en una palabra: mujer.

Doña Urraca, su hija Sancha y yo misma habíamos crecido rodeadas de mujeres en un universo dominado por los hombres. La reina, en compañía de su madre, Constanza; sus hermanastras, Elvira y Teresa, hijas de la amante de su padre; y sus tías Elvira y Urraca, a quienes más tarde encomendó la educación de su hija Sancha. Yo, con mi abuela paterna, mi madre viuda y una hermana pequeña de la que ocuparme. A pesar de las enormes diferencias existentes entre nuestras familias, tengo para mí que todas aprendimos a edad muy temprana los beneficios derivados de apoyarnos unas a otras. ¿Hubo traiciones entre nosotras? Las hubo. La ambición y la mentira no visten calzón ni saya. Son como el lino o la lana con que se tejen uno y otra.

5

Fuego en la piel

Año 1110 de Nuestro Señor
Reino de León

En lo más crudo del invierno, cuando la nieve daba tregua a la guerra y las gentes aprovechaban para descansar y hacer hijos, don Alfonso decidió solazarse con una partida de caza. Era evidente que la vida cortesana le desagradaba en lo más hondo, así como a los extranjeros que habían llegado con él; gentes rudas, montañeses procedentes de ambos lados de los Pirineos cuya lengua y costumbres no se parecían en nada a las nuestras.

El Batallador y sus compañeros partieron de buena mañana, entre vahos levantados por el aliento de los caballos, en busca de osos, jabalíes o venados en los que aplacar su sed de acción. Mi señora celebró su marcha con alivio, pues para entonces su esposo ya le había ensuciado el rostro con las manos más de una vez, además de ofender sus oídos escupiéndole palabras gruesas.

Era evidente que entre ellos no existía ni afecto ni deseo, emociones a las que ella no había renunciado y que la echaban en brazos de su amante, Gómez González, a quien extrañaba tanto más cuanto mayores resultaban ser los desplantes de su marido. La ausencia del soberano le brindaba la oportunidad de dar rienda suelta a sus anhelos abriéndole sus aposentos tras varios meses de alejamiento forzoso, y ella no la desaprovechó.

El romance de la reina con el conde era de todos conocido, aunque nadie se atreviera a llamarlo de ese modo. El noble, huelga decirlo, contaba con amigos y enemigos entre los grandes del reino, aunque ninguno tan enconado como el propio Batallador. ¿Por amor o celos? No. Su inquina hacia el hombre que había poseído a su esposa procedía de la afrenta que tal conducta infligía a su honor.

El nuevo rey había vetado la presencia del castellano en palacio y proscrito su rúbrica de los documentos oficiales, donde antes era frecuente verla flanqueando la de doña Urraca. Cualquier acercamiento conocido entre ella y su amante habría mancillado de modo irreparable la honra del soberano, proporcionándole al mismo tiempo el pretexto perfecto para repudiarla y arrebatarle definitivamente la corona. Una contrapartida ciertamente atractiva, que obligaba a mi señora a redoblar la cautela.

Yo conocía los sentimientos de la soberana hacia el noble, porque ella misma me los había confesado. Lo que no podía imaginar era que su pasión la llevase a desafiar toda prudencia invitándolo a visitarla en ausencia de su esposo. ¿Acaso había enloquecido? ¿Realmente era tan débil e inestable su ánimo como decían las malas lenguas? No iba a tardar en descubrir que el fundamento de esa osadía radicaba precisamente en lo contrario a esas razones.

Tiempo al tiempo.

—Nadie puede saber que está aquí, ¿entendido? —me conminó al enterarse de su llegada inminente, anunciada mediante un mensaje—. Tendremos que arreglárnoslas para ocultarlo, porque doy por hecho que Alfonso habrá sembrado el palacio de espías.

—¿Cómo burlaremos a los guardias? —inquirí, consciente de que tal cosa era imposible—. No hay manera de entrar, y mucho menos llegar hasta vos sin ser visto por ellos.

—Los guardias no me preocupan. Han sido escogidos a conciencia, darían su vida por mí y tendrán sujeta la lengua. El peligro está en las damas y los sirvientes, cuya lealtad ha podido ser comprada con la plata que maneja alegremente el aragonés.

Cada vez más angustiada ante la necesidad de cumplir un mandato irrealizable o indisponer a mi señora conmigo, protesté:

—¿Cómo impediremos que se acerquen hasta aquí unas y otros?

—Algo se te ocurrirá. Lo dejo en tus manos.

Aquella noche no dormí. El conde tenía previsto presentarse al atardecer del día siguiente, cuando la oscuridad facilitase su acceso discreto hasta los aposentos de doña Urraca, situados en una de las alas del edificio de forma cuadrada levantado al amparo de la sólida muralla romana. Claro que facilitar era una cosa y conseguir, otra muy distinta.

La reina casi nunca estaba sola. Incluso de noche velaban su sueño las hijas de la nobleza premiadas con el privilegio de dormir cerca de ella. Una merced tan preciada que nadie, por nada del mundo, renunciaría a disfrutarla. ¿Qué podía idear yo para alejarlas de allí? La respuesta se me ocurrió rayando el alba. Nada aseguraba que fuese a funcionar, pero al menos podía intentarse.

Cuando poco después le fue servido el desayuno, entré a comunicarle mi plan.

—Fingiremos que estáis gravemente enferma y que vuestro mal constituye una amenaza grave para su salud —espeté, satisfecha de poder proponer algo.

—Dudo que eso las arredre —repuso la reina en referencia a sus acompañantes, mientras degustaba un huevo escalfado acompañado de queso curado, pan blanco y vino ligero—. ¿Por qué razón iban a creer que una dolencia mía fuese a causarles daño a ellas? Nunca se oyó tal disparate.

—Dejad eso de mi cuenta —la tranquilicé—. Todo el mundo conoce mis habilidades con hierbas y pócimas. Creo que me tienen en mayor estima que al galeno a la hora de sanar un mal. Si las asusto lo suficiente describiendo vuestros terribles padecimientos y resulto convincente al asegurar que mostráis los síntomas de una peste fulminante, tal vez consigamos ganar unas horas de intimidad.

—¿Es tu mejor idea?

—La única, majestad. Y para llevarla a buen puerto deberéis ayudarme a engañarlas profiriendo lamentos propios de una agonía insufrible.

—Sea pues —concedió ella, esbozando una sonrisa pícara—, con tal de que esta noche Gómez encienda fuego en mi piel.

* * *

Había entrado al servicio de doña Urraca a comienzos de la vendimia y vivido junto a ella todo el tiempo del Adviento. Conocía bien sus dotes de soberana y sus preocupaciones de madre. Lo que nunca habría sospechado era su habilidad para interpretar un papel como el mejor de los cómicos. Un talento desbordante, tal como comprobé al escucharla gemir, suspirar, jadear e incluso gritar desde poco después de vísperas hasta pasada la hora prima. Tan convincente fue la actuación que a punto estuve de irrumpir en la alcoba compartida con su amante para comprobar que no hubiera enfermado de verdad. A Dios gracias, no lo hice.

El conde marchó envuelto en una capa oscura antes de rayar el alba, aprovechando que el mundo dormía. De inmediato acudí al cabecero de mi señora, alarmada por lo que temía fuera señal de algo grave. La encontré completamente desnuda, a pesar de la temperatura gélida, ojerosa tras una noche insomne, pálida, desgreñada, somnolienta, feliz.

—¿Os encontráis bien? —Le toqué la frente con cuidado, por ver si tenía fiebre.

—Mejor que bien —ronroneó ella—. Colmada.

—En verdad cumplisteis el plan al pie de la letra —constaté, sin ocultar mi admiración.

—¿Qué plan? —Levantó levemente la cabeza de la almohada, interrogándome con la mirada.

—El de fingiros indispuesta, tal como acordamos ayer.

Su reacción fue una carcajada sonora que no supe cómo interpretar.

—Mi pequeña Muniadona, ¡cuánto te queda por aprender! —Se dio la vuelta entre las sábanas revueltas, ordenándome que avivara la lumbre mortecina—. Lo que has oído no era fingido, sino muy real.

—¿Entonces también el conde os ha ultrajado como pretendió hacer don Alfonso en vuestra noche de bodas? —deduje alarmada—. ¿Por qué no pedisteis auxilio?

La reina se incorporó, me hizo un gesto para que le acercara la camisa, que yacía en el suelo junto a un amasijo de ropa revuelta, y contestó en tono severo:

—No vuelvas a comparar a Gómez con mi esposo. Nunca. Son el día y la noche. El alfa y el omega. El conde es gentil, delicado, apasionado, generoso. El rey demuestra la torpeza de quien no tiene apetito, ni experiencia, ni deseos de agradar, ni galantería. Uno me ama. El otro ambiciona mi trono.

Aquella regañina no explicaba el porqué de sus lamentos, aunque no me atreví a insistir por miedo a desatar su cólera. Opté por la retirada y dediqué toda la mañana a correr la voz de que el peligro había pasado. Doña Urraca se recuperaba, merced a mis remedios infalibles, y retomaría ese mismo día sus múltiples obligaciones.

Nadie pareció poner en duda mis palabras.

Cuando volvimos a vernos a solas, al cabo de un par de días, seguía de excelente humor, con el ánimo dispuesto a la confianza o al desahogo, quién sabe si a consecuencia de un último resquicio de culpa que rechazaba con la misma fuerza con que defendía sus privilegios de reina.

—Solo tú estás al corriente de lo sucedido la otra noche —constató, como si yo no fuera consciente de llevar tal carga—. ¿No me juzgas?

—¿Quién sería yo para hacerlo? —De nuevo volví a sentir el hormigueo del terror, semejante a un escalofrío—. Sois mi señora y he jurado serviros con lealtad.

—Y lo haces, a fe que sí. Pero dudo que en tu corazón no censures mi conducta.

—Os aseguro...

No me dejó seguir. En realidad, mi opinión le traía sin cuidado. Lo único que pretendía era justificarse en voz alta, pues a pesar de la valentía con que se enfrentaba a los prejuicios y las maledicencias de las gentes, ella también sangraba, sufría, sentía, dudaba.

—Sé que se murmura a mis espaldas reprochándome haber tenido tratos carnales con un hombre al poco de enterrar a Raimundo. ¡Qué no dirían de mí si supieran que sigo haciéndolo después de desposar a Alfonso!

Iba a replicar que aquello no era de mi incumbencia, cuando retomó su alegato.

—Se me echaría encima hasta la Iglesia, que condena mi unión con el Batallador aduciendo nuestro parentesco, aunque en realidad sean otras las razones de su oposición. Ni el obispo Bernardo de Toledo ni Gelmírez, contrarios a mi matrimonio, vacilarían en arrojarme a las llamas del infierno.

Yo no tenía valor ni mucho menos capacidad para replicar, luego callé, a la espera de que vaciara la rabia que la atenazaba.

—¿Y todo por qué? Por comportarme como lo han hecho los reyes desde que existe memoria. Por seguir los pasos de mi padre y cuantos lo precedieron. ¿Acaso ellos no engendraron en sus amantes hijos ilegítimos a los que colmaron de mercedes sin esconderse? ¿No tengo yo dos hermanastras, Elvira y Teresa, fruto de sus amoríos con Jimena Muñoz, mantenidos a cielo abierto en vida de mi pobre madre? Las casó nada menos que con los condes Raimundo de Tolosa y Enrique de Borgoña, convertido gracias a ese arreglo en conde de Portugal a través de la dote recibida por su esposa. ¿Por qué debería ser yo diferente y renunciar a mis prerrogativas? ¡Soy la reina de León!

—Nadie lo discute, majestad —traté de aplacar su ira, que iba en aumento.

—Te equivocas —me reprendió—. Lo discuten cuantos aducen mi condición de mujer para cuestionar mi derecho a comportarme como lo que soy y escoger por compañero a quien me plazca. Pero no pienso rendirme ni someter la cabeza. No soy menos que mi padre ni tengo intención de renunciar a ese derecho.

Si alguna duda alimentaba yo todavía en lo que se refiere al visitante nocturno, quedó despejada por completo cuando añadió, más serena:

—Gómez no es un capricho ni el objeto de mi lujuria, como dicen las lenguas de víbora, sino un amigo fiel, un consejero preciado y un aliado valioso. ¿Por qué debería prescindir de alguien así?

—No lo hagáis, mi señora —respondí convencida—. Sois por mandato de Dios la reina de León, emperatriz de las Españas…

—… Hija del católico emperador Alfonso, de feliz memoria, y de la reina Constanza —completó orgullosa su título—. Sabré honrar mi alto linaje sin renunciar al hombre que amo. Mi deber de engendrar un heredero de la Corona está cumplido. El próximo rey será, Dios mediante, el infante don Alfonso, puesto que no albergo deseo alguno de concebir hijos con el soberano de Aragón, quien por fortuna tampoco pone gran empeño en que así sea.

—Quiera el cielo guardar al príncipe de todo mal. —Me santigüé, evocando los temores de mi señora a ese respecto.

—Por ello elevo yo cada día mis plegarias, máxime ahora que sé con cuánta fuerza anhela mi esposo aniquilarlo, considerando que de algún modo podría apoderarse él del reino si el niño fuera asesinado.

6

Vasallos aragoneses

Primavera del año 1110 de Nuestro Señor
Castillo de Montearagón
Reino de Aragón

Cuando la tierra empezó a deshelarse y ser arada nuevamente antes de sembrar el trigo, partimos hacia Aragón, formando una comitiva como pocas veces se había visto. La encabezaban los reyes, a lomos de corceles briosos, ataviados con un lujo desconocido para el vulgo, seguidos de sus caballeros, damas, sirvientes e integrantes de sus guardias personales, que cabalgaban a la distancia precisa para poder intervenir en caso de necesidad. En total, casi un centenar de almas atravesando los campos yermos en dirección a levante.

Nos dirigíamos a la fortaleza de Montearagón, levantada algunos años antes en territorio reconquistado a los moros, que don Alfonso había entregado a su esposa como parte de las arras acordadas en sus capitulaciones. Mi señora iba a tomar posesión de la plaza con toda la pompa debida, pues mediante ese acto exhibía ante sus nuevos súbditos aragoneses su condición de soberana de los dominios que hasta entonces habían pertenecido únicamente a su esposo.

Yo montaba una mula parda, de lomo ancho, que parecía descoyuntarme con cada paso. Me dolía todo el cuerpo por la falta de costumbre, aunque mi mente estaba con ese infante huérfano de padre a quien imaginaba tan desvalido como lo había estado yo tras la muerte del mío. ¿En verdad querría el rey arrebatarle la vida a ese inocente? Tal grado de ruindad no me cabía en la cabeza tratándose de un hombre ungido por el Altísimo. Mi señora se equivocaba, cegada por el desamor. No cabía otra explicación aceptable para mi espíritu, incapaz de abarcar todavía la infinita gama de maldades de la que éramos capaces los hijos de Dios.

Tras un viaje harto penoso por caminos embarrados, descansando poco y mal en castillos y monasterios, arribamos finalmente a nuestro destino, situado en lo alto de un cerro achatado, rodeado de gigantes de roca y montañas cuyas cimas aún estaban cubiertas de nieve. La visión de aquel lugar resultaba impresionante.

Montearagón era un baluarte inexpugnable, una fortificación de tamaño colosal construida con piedra maciza, en cuyo interior se adivinaban diversas construcciones de mayor o menor altura, repartidas por el vasto recinto amurallado que ocupaba prácticamente todo el espacio del otero. Lo primero que pensé al comenzar el ascenso hacia las puertas fortificadas fue que no habría almajaneque almorávide capaz de resquebrajar semejantes defensas. Un alivio.

A los pies de la imponente fortaleza iba creciendo la villa de Quicena, poblada por gentes curiosas que saludaban a los monarcas con grandes muestras de júbilo. Los campos circundantes habían sido primorosamente roturados y desde arriba, a vista de pájaro, se divisaban aquí y allá otros caseríos y cultivos, a la sazón en barbecho, que, según supe más tarde, formaban parte de la dote entregada por don Alfonso a la reina. También estaba incluida en ella el monasterio de Jesús Nazareno, instalado dentro del complejo, junto a las dependencias militares pegadas a las estancias donde nos acomodaron.

Decididamente, la del Batallador era una corte guerrera que a duras penas distinguía entre la cruz y la espada.

El recibimiento hecho por los lugareños a mi señora debió de ser de su agrado, pensé, a tenor de las disposiciones que dictó al poco de su llegada. En ellas ordenaba a sus merinos y potestades respetar todos los privilegios de que gozaba la iglesia, además de confirmar que los habitantes de las aldeas pasaban a depender de ella, al igual que los alcaides de los castillos circundantes. Todos ellos gozarían de su protección a cambio de fidelidad.

—No es regalo deshonroso este que os ha hecho el rey —le comenté una mañana, mientras le aplicaba un ungüento emoliente en el rostro, quemado por el sol pese al velo utilizado con el vano empeño de evitarlo—. La tierra parece buena y los vasallos, devotos.

—No lo sería si Alfonso no lo hubiese desvirtuado con sus ardides —me contestó, enojada, dando por hecho que yo compartía el contenido de sus reflexiones.

—Me temo que no os comprendo.

—Claro que no —suspiró—. Hay que conocer muy bien los entresijos del poder para hurgar entre sus pliegues y descubrir lo que ocultan.

—¿Acaso os han mentido?

—Más bien me he dejado embaucar.

Con la cara cubierta de esa pasta verdosa, las primeras canas asomando a su cabellera suelta y en camisa, doña Urraca me pareció en extremo vulnerable. Contra todo sentido y cordura, tuve la impresión de que era yo quien debía velar por ella. Fue solo un instante. Enseguida se recompuso para añadir, llena de rabia:

—Si no me comporto como se espera que lo haga, si rehúso obedecerle o me aparto de él, todos los hombres de estas tierras, nobles y villanos, me darán la espalda y solo le servirán a él, con fe, con verdad y sin engaño.

—Entiendo que lo mismo harán vuestros súbditos si es don Alfonso quien falta a sus deberes de esposo, ¿no es así?

—Así debería ser. Aunque la realidad es muy otra. Alfonso tendría que deshonrarme públicamente para perder la potestad que le he entregado sobre el reino de mi padre, e incluso si eso ocurriera, le bastaría con restituirme el honor mancillado para retomar las riendas.

—Vuestro honor y el suyo no significan lo mismo, ¿verdad? —me pareció entender.

—Así es. Lo cierto es que con este matrimonio él ha ganado un imperio sin entregar prácticamente nada a cambio. Claro que no pienso aceptar mansamente el expolio. Si he de luchar, lucharé.

—Y la nobleza leonesa os respaldará.

—Ya lo veremos.

—¿Dudáis de su lealtad?

—Dudo de que se atrevan a desafiar a un rey. No en vano me echaron en brazos del aragonés alegando que a él nadie de inferior condición podría confrontarle o contradecirle.

—Vos sois reina.

—Y haré valer mi corona —exclamó rotunda—. Quítame este emplasto del rostro. Tengo mucho que hacer.

* * *

No había transcurrido ni un año desde su boda y mi señora ya lamentaba haber cometido un terrible error. Demasiado tarde se daba cuenta de haber renunciado a su poder cediéndoselo a un esposo a quien ni amaba ni respetaba, que no mostraba hacia ella sino desprecio e inquina. Una sensación amarga apenas percibida en León, el corazón de sus dominios, que se agudizaba hasta sangrar al encontrarse lejos de casa, en el feudo del aragonés, dedicado a expandir sus fronteras a costa de los musulmanes.

En lo más crudo de ese invierno, la caballería cristiana había derrotado y dado muerte al rey de Zaragoza, Al-Musa-In, en ausencia de don Alfonso, quien se encontraba en tierras leonesas. El Batallador negociaba ahora con su sucesor, Imad al-Dawla, una alianza contra los almorávides y la cesión de alguna villa importante. Eso lo mantenía ocupado en los asuntos de su interés, felizmente lejos de doña Urraca.

Tengo para mí que de tanto en tanto ella añoraba sus días como condesa de Galicia, donde, a tenor de sus recuerdos, gozaba de una vida plácida, gobernaba y disponía. Allí se preparaba para ocupar el trono a la muerte de su padre, en compañía de un marido cada vez más enfermo, que mostraba poco interés en discutir sus decisiones. Su mayor problema era poner coto a la ambición del obispo de Compostela, Diego Gelmírez, cuya influencia sobre el moribundo iba en aumento a medida que la parca acrecentaba con su aliento gélido la disposición del conde a donar cuantos bienes fueran precisos para que el clérigo se asegurara de abrirle las puertas del cielo.

—¡Cuánto porfié con el pobre Raimundo en su lecho de muerte por culpa de ese hombre insaciable! —me dijo un buen día, refiriéndose al prelado—. Cada vez que lo visitaba aprovechaba para exigirle una nueva dádiva.

—No parece muy caritativo, tratándose de un moribundo —señalé.

—La caridad no era la finalidad de esas visitas. —Esbozó esa mueca sardónica que tantas veces había visto dibujarse en sus labios—. Él le administraba el santo sacramento y después se dirigía a mí, unas veces anunciándome el terror del fuego eterno y otras prometiéndome los gozos de la felicidad futura, hasta lograr que diera mi brazo a torcer y accediera a confirmar la cesión de los bienes solicitados.

No me sorprendió tanto la conducta de ese Gelmírez, de quien ya había oído yo hablar, cuanto la crudeza con que mi señora relataba su proceder. En todo caso, si la prodigalidad era la llave para alcanzar la gloria, doña Urraca ya la tenía ganada con su contribución a la inmensa riqueza acumulada por la Iglesia de Santiago gracias a las donaciones de tierras, villas, aldeas, castillos, monasterios, oro, gemas y plata que ella misma, y antes su padre, habían hecho al santo patrón.

—Pronto lo conocerás —concluyó enigmática—. Su talento para la intriga está a la altura de su ambición. Es mucho lo que le debo, por su respaldo cuando Sancho nos apartó de la sucesión, pero nunca le daría la espalda en la batalla. Me estremezco al imaginar lo que pueda estar haciendo con mi hijo.

* * *

Los días en ese frío castillo discurrían lentamente, a pesar de las salidas a caballo que la reina efectuaba a menudo al objeto de recorrer sus posesiones y dejarse ver por sus nuevos súbditos. Estaba incómoda. Desconfiaba de la servidumbre tanto como de las damas escogidas para ella por su esposo, y en particular de una, llamada Clara, a quien otorgaba sin vacilar la condición de espía. De ahí que me ordenara desplegar mis habilidades en aras de tirarle de la lengua y averiguar cuanto pudiera sobre las intenciones de Alfonso. Mucho no conseguí sonsacarle en lo referente al soberano, aunque sí lo suficiente para constatar hasta qué punto era recíproca la hostilidad que mi señora sentía hacia su marido.

—¿Regresaréis con nosotras a León cuando la reina decida partir? —la abordé una mañana en la antecámara de sus aposentos, tratando de aparentar cordialidad.

—No parece que mi señor tenga prisa por verla marchar —respondió evasiva Clara, cuyo modo extraño de hablar delataba su origen franco.

—No creo que eso la detenga —repuse yo, sin arredrarme ante la insinuación contenida en sus palabras, que convertían a doña Urraca en prisionera—. Como bien sabéis, ella no está sujeta a su tutela ni necesita pedirle permiso para moverse por los dominios que su padre le dejó en herencia.

La dama captó la acritud de mi tono y se me encaró, airada.

—Vuestra reina haría bien en aceptar que jamás ocupará el mismo lugar que su esposo ni mucho menos estará a su altura. El trono es cosa de hombres y, por si su digno linaje no fuera razón suficiente, don Alfonso no tiene par como guerrero. ¿Dónde se ha visto que una mujer ejerza el poder real?

—En León. —Le sostuve la mirada, profundamente contrariada por ese discurso—. Doña Urraca se sienta con pleno derecho en el trono que le dejó su padre, emperador de España, quien la designó su legítima heredera. Ambas sabemos cuál de nuestros señores salió más beneficiado de una unión que ninguno de ellos deseaba.

—Decís bien, pequeña Muniadona. —La aragonesa pretendía intimidarme con esa alusión a mi edad—. Desconozco los sentimientos de vuestra señora, pero puedo aseguraros que mi señor estaba lejos de anhelar ese matrimonio.

—No es de extrañar —convine con cierta retranca—. Vuestro señor es sin duda mejor guerrero que esposo…

—De hecho, su voluntad era combatir en la cruzada de Tierra Santa —repuso ella, fingiendo ignorar la pulla contenida en mi afirmación—. Si accedió a desposarse fue únicamente para cumplir con su misión sagrada de defender a la cristiandad hispana, gravemente amenazada por los infieles africanos. Sabe Dios que doña Urraca no habría podido hacerlo.

—En León y Castilla sobran caballeros valientes dispuestos a luchar con bravura —rebatí, pensando en mi hermano Lope y en cuantos, como él, libraban esa dura batalla.

—¿Comandados por una mujer? —Se rio, despectiva—. Hace falta un capitán para dirigir una tropa. Y ahora, si me disculpáis, tengo deberes que cumplir.

Los hechos nos dieron la razón a ambas algún tiempo después, cuando los habitantes de Zaragoza expulsaron al rey taifa por haber traicionado su fe entendiéndose con un cristiano y abrieron las puertas de la ciudad a los africanos, que se instalaron en el palacio de la Aljafería, reputado por su esplendor. Su victoria, sin embargo, fue efímera. El Batallador se apresuró a convocar a su hueste y les hizo frente en campo abierto, infligiéndoles una derrota aplastante con la ayuda decisiva de su esposa.

Apremiada por el conde Ansúrez en nombre de la cristiandad, doña Urraca acudió con su ejército en auxilio de su marido y compartió con él las mieles del triunfo antes de regresar a León. Juntos formaban una fuerza arrolladora frente a la brutal acometida sarracena, tal como había previsto el rey Alfonso al disponer su matrimonio. Su convivencia, no obstante, era cada vez más difícil y ni los más optimistas auguraban que pudiera llegar a arreglarse. Antes al contrario, lo peor estaba por venir.

7

Un milagro

Camino de Santiago
Reino de León

Me enteré de esas noticias por los arrieros y peregrinos con los que nos cruzamos en alguna de las posadas donde pernoctamos a lo largo de las semanas siguientes, porque para entonces yo ya había partido hacia Galicia, siguiendo órdenes de la reina, con la misión de visitar al infante don Alfonso en casa de su ayo, llevarle regalos de su madre y recoger para esta toda la información posible sobre las intenciones de la nobleza local, cuyo malestar, se decía, estaba a punto de estallar en una revuelta.

Doña Urraca me proporcionó un salvoconducto con su sello y una bolsa repleta de monedas, además de asignarme a un miembro de su escolta con órdenes de acompañarme y mantenerme a salvo.

Teníamos ante nosotros un viaje tan largo como azaroso, siguiendo el Camino de Santiago desde los Pirineos hacia poniente, tras los pasos de los penitentes que acudían a postrarse a los pies del Hijo del Trueno.

Antes de dirigirnos a los dominios del conde de Traba, asomados al océano en cuyas aguas acababa el mundo, debíamos pasar por Oviedo y entregar una carta al obispo Gudesteo. Un documento de suma importancia, me dijo doña Urraca en el momento de confiármela, que debía proteger con mi vida.

—Ese hombre sabio es un aliado esencial para los tiempos que se avecinan —recalcó—. Uno de los pocos en quienes puedo descansar. Una vez que te asegures de que ha leído la misiva, apresúrate a llegar hasta las tierras de don Pedro.

Era más fácil decirlo que hacerlo.

Al principio sufrí sobre todo de soledad. Mi guardián, llamado Froilán, era un hombre adusto, de pocas palabras, quien rechazó de plano mis intentos de entablar conversación. Me vi pues en la tesitura de cabalgar en silencio, acosada por mis propios temores y abocada a superarlos sin nadie con quien compartir las dudas que me asaltaban.

¡Qué joven era yo entonces! ¡Cuántas cosas ignoraba! Las primeras noches lloraba, abrumada por la incertidumbre, hasta que el sueño acudía en mi auxilio llamado por el cansancio. Después me fui acostumbrando, aprendí a aceptar mi suerte e impuse a nuestra marcha un ritmo infernal, con el propósito deliberado de caer rendida allá donde hiciéramos noche, nada más engullir un mendrugo y algo de cecina o queso.

El camino, que a decir de los lugareños era el que había llevado antiguamente al rey Casto desde su corte ovetense hasta el sepulcro del Apóstol, atravesaba bosques prácticamente impenetrables, bordeaba precipicios vertiginosos, serpenteaba por un terreno terriblemente abrupto, siguiendo antiguas calzadas romanas convertidas en lodazales por el paso de los siglos, de las que apenas quedaban trazas en forma de losas pulcramente talladas visibles aquí y allá.

Con el fin de no matar de agotamiento a nuestras monturas, cada cierto tiempo les dábamos descanso a costa de soportar en nuestras propias piernas la dureza de esos senderos. Para empeorar las cosas, una lluvia fina, persistente, nos acompañó como un flagelo desde el principio, empapándonos las ropas hasta duplicar su peso y haciendo aún más penoso el calvario.

Criada en la soleada Toledo, tierra de cielos azules, los rigores del clima norteño me parecían un suplicio. De no haber sido por la hospitalidad que regalaban a manos llenas los habitantes de esas comarcas, acostumbrados a socorrer y compartir su pan con los peregrinos, acaso me hubiera rendido antes de alcanzar la meta. Pero cuando empezaban a fallarme las fuerzas y me preguntaba si sería capaz de honrar la confianza depositada en mí por la reina, llegamos a las puertas de Salas y mi vida cambió para siempre.

* * *

La villa de Salas había crecido alrededor de una construcción fortificada levantada con el propósito de guardar el paso del río Nonaya, en la que destacaba la torre cuadrada, no demasiado grande, aunque de hermosas proporciones. En torno a ella proliferaban viviendas de una sola planta, casi todas muy humildes, donde bestias y personas compartían techo y calor una vez terminada la jornada de trabajo extenuante. Un humo negruzco escapaba de los agujeros abiertos en los tejados de paja, justo encima de la lumbre donde a esa hora de la tarde estaría hirviendo el puchero.

Solo con imaginar el contenido de esas ollas se me disparó el apetito, de tal manera que al llamar a las puertas del castillo lo único en lo que pensaba era en un plato de sopa caliente, un fuego junto al cual secarme y un lecho mullido en el que dormir a pierna suelta. El sello de doña Urraca bastó para que, al instante, fueran satisfechos todos mis deseos.

Tras una noche de sueño reparador en una estancia sorprendentemente limpia, provista de una gran chimenea cebada con abundante leña, me presenté al tenente de la plaza, quien resultó ser un hombre de porte y modales toscos, aspecto recio y corazón noble. Le acompañaba un muchacho algo mayor que yo, alto, espigado, de abundante cabello cobrizo que le caía hasta los hombros, rostro alargado, curtido por el sol, ojos oscuros bien abiertos, sorprendidos, y labios finos ligeramente curvados hacia arriba, como si esbozaran permanentemente una sonrisa tímida. Ambos llevaban los brazos y las piernas desnudos, desafiando la humedad; calzaban botas de suelas gruesas y vestían túnicas cortas de lino basto, ceñidas a la cintura mediante correas de piel sin curtir. El más joven lucía además un peto de cuero bruñido y se había colgado al cinto una espada, sospecho que con el propósito de causar una mejor impresión a la visitante portadora de un salvoconducto real. A pesar de no guardar el menor parecido físico, deduje que serían parientes. Un padre y su hijo o tal vez su nieto.

—Es para nosotros un honor recibiros en Salas, señora —rompió el fuego el de mayor edad, esbozando una reverencia torpe—. Mi nombre es Bermudo Pérez, para serviros. Nadie nos avisó de vuestra llegada. De haberlo sabido...

—No tengo quejas de vuestra acogida —lo tranquilicé—. Todo lo contrario, os la agradezco en lo mucho que vale. Tanto es así que, si no os incomoda, me gustaría permanecer un par de días más, hasta reponerme de la fatiga acumulada.

El viejo soldado se limitó a asentir con la cabeza, mientras el chico se mantenía erguido, rígido, con la vista baja, claramente nervioso. Cuando al fin alzó la frente, vi que sus mejillas ardían de vergüenza, lo que me causó un gran malestar. ¿Quién era yo para azorar de tal modo a dos leales súbditos de la reina? ¿De qué tenían miedo? Hasta ese momento no había tomado plena conciencia del poder que me otorgaba el documento del que era portadora, pero resultaba evidente que constituía una baza muy valiosa que había de administrar con prudencia.

—Nuño os atenderá en cuanto preciséis —ofreció Bermudo, señalando al de los ojos curiosos—. Solo tenéis que pedirlo.

—Lo que sea —añadió él, solícito.

—¿Qué tal si empezamos por una buena comida? ¡Estoy hambrienta!

* * *

Los dos días siguientes se convirtieron en tres, luego en cuatro, y cuando quise darme cuenta eran diez. Aquello constituía una dejación grave de mis responsabilidades, cuya razón de ser, trataba de convencerme a mí misma, doña Urraca sabría entender. Y es que me había enamorado hasta perder la noción del tiempo y del deber. ¿Cómo no iba a comprenderme ella, que arriesgaba su corona por una noche junto al conde Gómez? La reina mejor que nadie sabría perdonar las faltas cometidas bajo el influjo de esa locura capaz de nublar el buen juicio, o eso al menos me decía yo con la esperanza de aliviar mi conciencia.

* * *

Es difícil explicar de qué manera llegué a caer en un embrujo tan absoluto. Nunca había experimentado nada semejante. Empezó con una simpatía espontánea que pronto derivó en atracción y de ahí, sin apenas darme cuenta, pasó a convertirse en una necesidad imperiosa. Cuando no estaba con Nuño pensaba en él y, en ambos casos, me poseía la urgencia apremiante de abrazarlo, sentirlo cerca, tocar su piel. ¿Por qué motivo? He llegado a pensar que simplemente era mi destino, aunque la fortuna se alió con un viento muy favorable para mezclar los ingredientes de un filtro de amor verdadero.

Compartir tiempo y espacio a solas con un varón interesado en agradarme constituía para mí una novedad excitante, suficiente por sí sola para explicar la tormenta de emociones que se desencadenó en mi interior sin que yo intentara domeñarla. Me embargaba el vértigo de esa libertad recién descubierta, mis sentidos habían despertado de golpe y venía de padecer una auténtica travesía del desierto en la soledad del camino recorrido desde Aragón. Nuño no solo apareció en el sitio adecuado y el instante preciso, sino que vio en mí algo que yo nunca había creído poseer y lo persiguió con ahínco. Eso fue lo que me derrotó. ¿Quién en mi lugar habría opuesto resistencia a un cortejo tan hermoso?

Mi único afán era disfrutar de su compañía, sentirlo cerca, dejarme llevar por la corriente que me arrastraba inexorablemente hacia él tras haber sido conquistada por su ingenuidad, su nobleza, sus ganas de reír, su disposición a satisfacer hasta el último de mis deseos y, por encima de todo, la forma en que me miraba, como si estuviera contemplando algo realmente bello. Nadie me había mirado jamás de ese modo.

Una mañana de niebla en que habíamos salido muy temprano con el propósito de «asistir a un milagro», según me prometió, apelé a todo mi valor para advertirle medio en broma:

—Si crees que soy un buen partido, te equivocas. En realidad...

No me dejó seguir. Detuvo su caballo en seco y me espetó, entre dolido e incrédulo:

—¿Qué te he hecho yo para merecer ese golpe? ¿Por qué me ofendes insinuando una bajeza semejante?

En verdad lo había herido con esas palabras pronunciadas sin otra finalidad que la de curarme en salud, aterrada ante la fuerza de mis propios sentimientos. Palabras viles. Palabras necias que lo llevaron a alejarse de mí al galope.

Tardé un buen rato en darle alcance. Cuando finalmente lo encontré, estaba sentado junto al río, en silencio, observando cómo la bruma se levantaba poco a poco e iba mostrando un paisaje de belleza sobrecogedora, que cambiaba de formas y colores bajo la luz del sol victorioso.

—Gracias por este prodigio —le dije al oído, en un intento evidente de arreglar el desaguisado.

No respondió.

—Te pido perdón —añadí, tragándome el orgullo—. No debí dudar de ti.

—Desconozco de dónde vienes o lo que haces aquí, Muniadona —me lanzó con una brusquedad inusitada en él—. Tampoco me importa. Al principio me intimidó ese salvoconducto que exhibías como un estandarte...

—Ya me di cuenta —traté de quitar hierro a la gravedad del momento.

—Después comprendí que aquello no era más que miedo y me propuse conseguir que te sintieras como en casa. Aquí la hospitalidad es sagrada, ¿sabes? Así la entendemos nosotros —afirmó, tajante.

—¿Nada más? —inquirí coqueta.

—Nada más —replicó muy serio, antes de arrojarse sobre mí, tumbarme en la hierba fresca y cubrirme de caricias, que devolví con idéntico ardor. Nos detuvimos justo antes de empezar a desnudarnos, asustados ante el cariz que estaba tomando aquello.

—No era mi intención... —se disculpó, tratando de domeñar la pasión que amenazaba con desbordarse.

—Yo lo deseaba tanto como tú —contesté ruborizada—, pero hemos de ser cautos. Para mí es la primera vez, aunque he reconocido el peligro del que me advirtió mi madre.

—En lo sucesivo me comportaré como se espera de un caballero. —Se ahuecó al decirlo, antes de exponer, ufano, su experiencia en la materia—. Tú no eres una lavandera, sino una dama de la corte.

—Te engañas —repetí la advertencia causante de nuestra disputa—. En realidad no soy nadie. Ni siquiera una criada.

—Eres la mujer con la que voy a casarme —zanjó la conversación, con un beso galante en la mano cuyo sabor no se desvanece pese a los años transcurridos.

Varias veces me preguntó por mi trabajo en palacio y mi relación con la reina, y otras tantas lo detuve en seco, apelando a mi obligación de guardar secreto sobre todo lo concerniente a un asunto que me estaba severamente prohibido revelar. Le hablé en cambio de mi familia, mi pasado y lo mucho que temía acabar desposada con un anciano.

—Eso no sucederá —me aseguró—. Cuando fallezca Bermudo heredaré este castillo y tú serás su dueña y la madre de mis hijos.

—¿Por qué lo llamas por su nombre? —inquirí sorprendida—. ¿No se trata de tu padre?

—No —me sacó de mi error, sonriendo como de costumbre—. Él y su esposa, que en paz descanse, me acogieron siendo muy chico, me criaron y me han tratado siempre como a un hijo, a pesar de no llevar su sangre.

—¿Habías quedado huérfano?

—¡Dios no lo quiera! —exclamó.

—Me he perdido...

—Mis padres viven y gozan de buena salud, gracias al cielo —se explicó—. Yo soy el quinto de la prole y cuando madre me destetó no había con qué llenar el puchero. En casa del señor, en cambio, lo que no había eran chiquillos. Por eso se ofrecieron a hacerse cargo de mí y de una de mis hermanas.

—Comprendo —asentí, pensando para mis adentros en la dureza de ese arreglo para los padres desposeídos.

—En estas tierras ariscas, donde falta pan y sobran lobos, eso es muy común —continuó diciendo Nuño, sin asomo de acritud en el tono—. Las familias más pudientes auxilian a las que sufren calamidades y velan por que no pasen hambre; al menos, los más pequeños. ¿De donde vienes tú no hacéis eso?

Me pregunté si la costumbre de educar a los infantes de León lejos de la corte, en casa de grandes magnates, respondería a una idea parecida de la caridad cristiana, aunque hube de concluir que no era así. Esos príncipes eran alejados de sus familias con el fin de protegerlos de la guerra o las conjuras, cierto, pero el hecho de recibirlos constituía un honor y un privilegio para sus ayos. Los hijos de estas gentes humildes, en cambio, suponían una carga enorme para la mayoría de los hogares que les abrían sus puertas, pese a lo cual eran tratados como uno más de la casa.

—Yo crecí en una ciudad —contesté a falta de mejor respuesta—. Nunca nos faltó de nada.

—Tampoco a mí, gracias a Bermudo —repuso él, risueño—. Y cuando nos desposemos, Muniadona, te prometo que tendrás todo lo que desees.

* * *

Partí de aquella torre hospitalaria con el corazón ardiendo, pues Nuño había prendido en él una llama inextinguible. El deseo me impulsaba a buscar algún pretexto para alargar todavía más mi estancia, aunque acabó imponiéndose el deber, forzándome a retomar la misión que me había conducido hasta allí y me obligaba a seguir el camino del sol hacia poniente, en busca del heredero de mi señora, la reina.

Nos despedimos una mañana lluviosa, a orillas de ese río donde nos habíamos besado por primera vez, jurándonos buscar el modo de volver a vernos pronto. Marché sin mirar atrás, a fin de ocultarle el llanto que no podía contener. Lo oí gritar con voz firme:

—¡No olvides cuánto te quiero!

Mi guardián armado me lanzaba desde la distancia miradas asesinas, visiblemente enojado por el retraso que acumulábamos, pues sabía que le valdría, como mínimo, una buena reprimenda de la soberana. Yo la había apartado por completo de mi mente durante esos días de felicidad completa, pero empezaba a tomar conciencia de la grave falta cometida. En el mejor de los casos, la cosa quedaría en un buen rapapolvo. En el peor, sería apartada de su lado y arrastraría en mi caída a mi familia, empezando por mi hermano Lope. De ser así, no podría perdonármelo.

La sombra oscura de la culpa me acompañó el resto del viaje.

* * *

Era aquella una primavera fría y húmeda, tanto más inclemente cuanta mayor la proximidad con las montañas cubiertas de nieve. Avanzábamos al pie de sus estribaciones, siguiendo antiguo senderos más o menos transitables. Una vez superados los tramos más abruptos, no obstante, avistamos finalmente los paisajes de Galicia; esos que mi señora ponderaba tan a menudo, fundiendo color y alegría en una misma sensación placentera.

Se trataba en verdad de una tierra amable, suave, salpicada de colinas cuyas lomas exhibían todas las tonalidades del verde. Generaciones de labradores habían ido ganando terreno al monte, roturando palmo a palmo a costa de sudor y yunta. Ahora abundaban los prados donde pastaban ganados de todas clases, aunque el bosque conservaba con fiereza su protagonismo salvaje.

Devoramos leguas sin apenas descanso, alimentándonos de lo que comprábamos a los campesinos locales: algo de tocino, carne en salazón y sobre todo pan de escanda, a cuyo sabor agrio y textura áspera acabé por acostumbrarme. Aquellas gentes recelaban de extraños como nosotros, hasta que veían en la sobreveste de mi acompañante los colores de doña Urraca, indiscutible reina y señora suya. Entonces se descubrían e inclinaban, sin saber muy bien quiénes éramos, antes de regresar a su faena en los campos, hombres y mujeres por igual, bajo sombreros de ala ancha sujetos con cuerdas o trapos. Se acercaba el tiempo de la siembra y era menester acondicionar la tierra, que recompensaría el esfuerzo en forma de cosecha abundante.

Debíamos de estar ya cerca, a tres o cuatro jornadas de nuestro destino, cuando toda aquella paz quedó truncada de golpe por el estruendo de un ejército avanzando en formación de combate. Antes de divisarlo, lo oímos. El suelo retumbó bajo nuestros pies con una cadencia aterradora.

En un principio pensé que serían los sarracenos, aunque resultaba extraña su presencia tan al norte. No eran ellos, en efecto. A la cabeza de esa hueste marchaba la emperatriz de España, precedida por su flamante portaestandarte, y a su lado, vestido de hierro, cabalgaba el rey de Aragón.

8

Sin piedad

Verano del año 1110 de Nuestro Señor
Castillo de Monterroso, Galicia
Reino de León

Tuve que recurrir de nuevo al salvoconducto expedido por mi señora para llegar hasta ella, después de sortear varios cinturones de seguridad dispuestos a su alrededor en el campamento que empezaba a instalarse y donde, a ojo de buen cubero, se concentraría una tropa compuesta por no menos de mil soldados, entre jinetes e infantes.

Cuando finalmente llegué a su tienda, custodiada por capitanes de los más altos linajes integrantes de su guardia personal, yo temblaba como una hoja. A regañadientes me dejaron pasar, después de comprobar la autenticidad del sello. Tras encomendarme a la misericordia divina, tomé aire y entré.

A falta de coraje para enfrentarme a las consecuencias de la verdad, había ideado una excusa con la que cubrirme, aunque nada me garantizaba que fuese a funcionar. Todo dependía del estado de ánimo en que se encontrara doña Urraca, cuya presencia en Galicia, acompañada del esposo a quien tanto aborrecía y al frente de un contingente armado de tamaña envergadura, resultaba harto inquietante.

¿Qué había sucedido en el reino mientras yo me olvidaba del mundo en brazos de Nuño?

—Mi señora —me incliné ante ella, humillando la cabeza con una reverencia más profunda de lo habitual.

La reina descansaba sentada en un escabel plegable, de patas de madera y asiento y respaldo de cuero, con una copa de vino en la mano. Llevaba puesto un brial de seda ligera color crudo y recogía su melena en un sencillo moño a la altura de la nuca. Parecía sofocada por el calor, exhausta. A su lado, de pie, se erguía la figura apuesta de su alférez real, don Pedro González de Lara, con quien debía de estar discutiendo algún asunto militar, asesorada igualmente por su capellán.

—¡La hija pródiga! —me recibió empleando un sarcasmo que acrecentó mis temores—. ¿No deberías estar en los dominios del conde Froilaz, tal como te ordené?

—Es que enfermé, majestad —mentí como una bellaca.

—No se te ve desmejorada —me recorrió de arriba abajo con ojos cargados de reproche.

—Gracias a los cuidados del alcaide del castillo de Salas y de su hijo, que me acogieron en su casa mientras mi cuerpo combatía esas fiebres —persistí en el embuste, dejando que mi angustia sincera tiñera de veracidad esas palabras.

A juzgar por el modo en que me miró, tengo para mí que no dio crédito al engaño. Aun así, o tal vez por ello, ordenó a los hombres:

—Salid. Continuaremos más tarde.

Una vez a solas, insistió:

—Dime la verdad y tal vez te perdone.

En un instante hube de calcular los riesgos y beneficios de reconocer mi pecado. Habría sido más liberador confesar, pero no me atreví. Todas mis certezas previas se habían desvanecido. No estaba ante una mujer vulnerable y por ende comprensiva, como la Urraca de su noche de bodas o la que había necesitado mi colaboración para encontrarse clandestinamente con su amante, sino ante una emperatriz dispuesta para el combate. Y esa dama intimidaba. Era mi reina, mi señora, la dueña de mi vida.

Atenazada por el miedo, me aferré a lo dicho, añadiendo un toque de franqueza indispensable si en el futuro necesitaba su permiso para regresar a Salas.

—Os juro por la salvación de mi alma que estuve enferma —exclamé sin que me temblara la voz—. No os oculto, empero, que acaso mi convalecencia durara algo más de lo necesario por lo grata que estaba siendo mi estancia en dicha villa…

—¡Muniadona se ha enamorado! —declaró en un tono burlón, con tintes de amenaza—. Ya que has faltado a tus deberes, confío en que al menos no hayas traicionado tu palabra en lo que a mí respecta.

—¡Por supuesto que no! —respondí, aterrada por una duda que ponía en juego mi cuello—. Que me corten la lengua si ha salido de mi boca una palabra de más. Nunca os traicionaría.

—Bien —zanjó ella, aparentemente satisfecha—. En todo caso ya no importa. El conde Froilaz se ha alzado contra mí, encabezando a buena parte de la nobleza gallega, y tiene en su poder al infante. No me ha dejado otra opción que someterlo por la fuerza.

—¿Junto al soberano aragonés? —inquirí incrédula.

—Junto a mi esposo, don Alfonso, rey de León y emperador de toda España.

Por el modo en que lo dijo no supe discernir si trataba de convencerse a sí misma de estar haciendo lo correcto o simplemente se resignaba a las consecuencias de su matrimonio.

* * *

Mientras yo perdía la noción del tiempo en brazos de Nuño, el ayo del príncipe Alfonso se había levantado en armas en defensa de los derechos sucesorios de su pupilo, arrastrando consigo a buena parte de los magnates con mando en plaza en dicha tierra. Únicamente la postura del poderoso obispo Gelmírez no terminaba de estar clara, pues a oídos de la reina llegaban noticias contradictorias respecto de su lealtad. Fuera de él, la práctica totalidad de esos vasallos antaño tan fieles le habían dado la espalda para proclamar rey a su hijo, invocando el testamento de su abuelo, que le otorgaba la soberanía sobre toda Galicia en caso de que su madre se volviera a casar. Los temores que abrigaba ella desde el mismo día de su desposorio se sustanciaban en forma de revuelta violenta, precisamente en la región a la que la unía un mayor afecto.

Jamás se lo habría dicho, pues yo no era nadie para albergar tal sentimiento respecto de una reina, pero me compadecí de su tormento.

Sin necesidad de escucharlo de sus labios, me hacía una idea precisa del dolor que estaría sufriendo, viéndose obligada a escoger entre la carne de su carne y el deber de hacer valer su autoridad desafiada. El infante era una criatura inerme, utilizada como estandarte por el hombre en quien ella había depositado su confianza al entregarle a su heredero para protegerlo y educarlo en el honor y la lealtad. Un ser profundamente amado, inocente e indefenso, convertido en arma arrojadiza contra ella y contra el rey legítimo, su esposo, por quien no sentía la menor estima. ¿Cómo responder a esa afrenta y resolver el entuerto? ¿Qué parte del corazón amputarse?

Por un lado, no podía permitir en modo alguno que se salieran con la suya los instigadores de semejante insurrección, tanto más insidiosa cuanto que trataba de enfrentarla con el vástago cuyos derechos era la primera en defender, en el bien entendido de que llegaría su turno de ocupar el trono después de su muerte y no antes. Por otro, temía que el aragonés aprovechase la ocasión para suplantarla en las decisiones, imponer la fuerza de su ejército y adueñarse de su reino.

Estaba ante una encrucijada maldita, se mirara como se mirase.

Me doy cuenta de que escribo esto con la perspectiva que dan los años, pues en aquel entonces carecía de la experiencia necesaria para hacerme una idea precisa de lo que implicaban esos hechos. Sí intuía su enorme gravedad, así como la necesidad de mantenerme alerta ante cualquier imprevisto.

Los días siguientes a mi regreso tuve poco trato con mi señora. Anduve deambulando por el campamento, observando, recopilando información, escuchando las murmuraciones. Así comprobé que la tropa congregada con el propósito de sofocar la revuelta contaba con aproximadamente medio millar de caballeros y el doble de peones entre castellanos, leoneses, aragoneses y francos, dado que en las mesnadas de don Alfonso abundaban los capitanes de dicha procedencia, en quienes el monarca depositaba una fe ciega. Se decía que su madre, Felicia, descendía de un rey francés y que él había crecido bajo su influencia, mucho más marcada que la de su padre, Sancho Ramírez, casado con ella en segundas nupcias. Fuera cierto o no, era innegable que en aquella hueste había gentes venidas del otro lado de los Pirineos e incluso algunos mercenarios moros que me infundían un miedo atroz.

Empezaba a apretar el calor cuando nos pusimos en marcha en dirección a un castillo llamado de Monterroso, en cuyas inmediaciones, al parecer, se concentraban los alzados. Se trataba de ponerle cerco, hacerles capitular o bien tomarlo al asalto e infligirles un castigo acorde con su osadía.

La noche previa a la embestida, doña Urraca me mandó llamar.

—¿Por qué has desaparecido tanto tiempo de mi vista? —inquirió con extrema dureza.

—No sabía si me habríais perdonado, majestad.

Su doncella la había preparado para descansar en su austero lecho de campaña, ciñéndole la melena suelta con una cinta de seda y sustituyendo el camisón de lino fino por una túnica cómoda, que pudiera servirle de vestido en caso de tener que abandonar rápidamente la tienda a resultas de un ataque. Estaba sentada como la vez anterior, sobre un escabel plegable, erguida, serena. Me tendió la pequeña vasija en la que guardaba su ungüento favorito, mostrándome las manos irritadas por el cuero áspero de las riendas, incluso a través de los guantes que siempre llevaba al montar.

Era su forma de decirme que volvía a contar con su favor.

—Mañana correrá la sangre —afirmó resignada—. No veo la manera de evitarlo.

—Tal vez podáis mostraros clemente —apunté, a falta de opinión más valiosa, mientras masajeaba sus dedos, uno a uno, con la mezcla de avena molida, agua de rosas y miel.

—Yo lo haría, pero dudo que Alfonso esté dispuesto a secundarme. Sus hombres ya velan armas para lanzar el asalto en cuanto despunte el alba, y los leoneses no se quedarán atrás.

Se refería a tomar el castillo de Monterroso, a cuyos pies acampábamos, donde se había hecho fuerte el grueso de los rebeldes dispuestos a plantar cara. No se sabía a ciencia cierta si el infante estaba dentro junto al conde Froilaz o permanecía alejado, en la seguridad de sus tierras, lo que contribuía a incrementar el sufrimiento de doña Urraca.

—Si el rey tiene ocasión de eliminar a mi hijo…

—No penséis en eso, mi señora —exclamé—. ¡Dios no permitiría tal infamia!

—Cosas peores ha permitido, mi pequeña Muniadona —suspiró—. En todo caso, nadie sería capaz de interpretar su voluntad con tanta precisión como el obispo Gelmírez, quien espero haya puesto los medios necesarios para evitar que se derrame su sangre inocente.

—¿Qué os dicen vuestros espías?

—Ninguno me da certezas, aunque parece ser que ni el infante, ni su ayo, ni tampoco Gelmírez se hallan entre los combatientes acantonados en la fortaleza. ¡Quiera el cielo que así sea!

—Confiad en su infinita misericordia, señora.

—A ella me encomiendo —me dirigió una mirada triste, mientras se frotaba las manos pringosas para dejar penetrar el bálsamo antes de aclarárselas con agua fresca.

—No podrán con vos —la animé.

—Eso tenlo por seguro. —Se irguió en su banqueta—. A menudo me siento como un juguete que los hombres de mi alrededor pretenden manejar a su antojo, pero entonces invoco el recuerdo de las mujeres que me precedieron y recobro la determinación de no dejarme domeñar.

—Sois la reina —remaché el clavo, con el entusiasmo de una admiración sincera—. La legítima soberana de León y de toda España.

—La hija de Constanza, la sobrina de Urraca y Elvira y la nieta de la reina Sancha —recitó cual letanía—. Mi madre descendía de la gran Casa de Borgoña. Mis tías fueron las mejores consejeras de su hermano, el rey don Alfonso, que las honró con un patrimonio superior al de cualquier conde, y a mi abuela debemos todos la corona de León en virtud de su linaje real.

—De todo ello nos hablaba mi madre a fin de instruirnos —le confesé, orgullosa de conocer la historia de nuestro reino.

—Pues tu madre es una mujer sabia —repuso doña Urraca, tranquilizada por el recuerdo de esas damas poderosas—. Acaso hayas salido a ella…

* * *

Tal como me había adelantado la reina, el asalto del castillo comenzó antes del amanecer. A falta de máquinas de guerra, los atacantes derribaron la puerta mediante un artefacto llamado tortuga, empleado a modo de ariete, consistente en un tronco de gran tamaño colgado mediante sogas de las vigas que soportaban una suerte de cabaña rodante. Los carpinteros y herreros del ejército lo habían estado fabricando los días previos, bajo la supervisión de los capitanes, que dieron su visto bueno tras constatar la solidez del tejadillo, dispuesto sobre el madero con el fin de proteger a los soldados encargados de empujarlo hasta el portón y accionar su mecanismo de vaivén a base de fuerza y coordinación.

Doña Urraca cabalgó junto a su esposo, rodeada de su guardia personal, hasta situarse a una distancia prudencial de la fortificación, fuera del alcance de las flechas y del aceite hirviente que desde lo alto de los muros lanzaban los defensores de la plaza. Yo me quedé con el resto de la servidumbre en el real, hasta donde llegaban con nitidez los alaridos de los guerreros, los lamentos de los heridos y el hedor a muerte y a miedo característico de la batalla.

El combate se prolongó durante buena parte del día, entre aullidos más propios de bestias que de seres humanos, acometidas de peones que trataban de colocar escaleras con el claro objetivo de trepar a las murallas y eran repelidos desde arriba con determinación fiera, caídos cuyos cuerpos se iban acumulando en el fango sanguinolento, alardes de los caballeros, retando desde fuera a los encerrados, y finalmente la rendición, perdida toda esperanza de contener la embestida.

La reina regresó a su tienda abatida por la carnicería acaecida ante sus ojos, aunque aliviada tras constatar que su hijo no estaba allí. Mientras la ayudaba a despojarse de la armadura y cambiarse de ropa, murmuraba:

—Eran cristianos, hermanos; eran mis súbditos... Nunca debimos llegar a esto.

A la mañana siguiente regresó a la fortaleza conquistada y me pidió que la acompañara. Intuía lo que la aguardaba y no deseaba afrontarlo sola.

En la plaza de armas del castillo varios cautivos maniatados, muchos de ellos heridos, esperaban en fila su turno para ser ajusticiados. Supuse que se trataría de los cabecillas de la sublevación, pues otros combatientes derrotados habían sido obligados a presenciar la ejecución en pie ante el cadalso, para mayor escarnio de quienes iban a ser decapitados.

Presidían la siniestra ceremonia doña Urraca y don Alfonso, sentados en sendos escaños de madera oscura colocados en uno de los laterales del patio. Él mostraba una sonrisa altanera. Ella contenía a duras penas las lágrimas. Cuando rodó la primera cabeza, la sangre salpicó el velo blanco que la cubría y un murmullo horrorizado se alzó de todas las gargantas ante lo funesto del presagio. La reina se quitó la prenda manchada, imbuida de un profundo asco, dejando al descubierto su cabellera recogida en un moño. El verdugo continuó desempeñando su tarea con parsimoniosa eficacia.

De pronto, uno de los condenados salió corriendo de la formación y se arrojó a los pies de doña Urraca implorando su clemencia. Tenía el rostro magullado, aunque incluso así se veía que era un chico apuesto, de rostro aniñado. Lloraba, desconsolado, a la vez que repetía:

—Apiadaos de mí, señora, os lo suplico. Por la devoción que mis padres os profesaron siempre a vos y al difunto conde, no permitáis que mis días terminen hoy aquí de esta forma infamante.

La reina lo reconoció y le tendió una mano para ayudarlo a levantarse, acompañando el gesto con palabras dulces:

—Mi querido Prado, tu reina perdona el error que cometiste asociándote a estos traidores. Ya buscaremos la manera de hacerte pagar ese pecado de juventud…

Estaba cubriéndolo con su propio manto, en aras de evidenciar de un modo inequívoco la gracia concedida, cuando su esposo se levantó furioso, arrebató un venablo al guardia situado a su lado y se lo clavó en el pecho al muchacho a quien doña Urraca abrazaba en ese preciso momento. Con sus propias manos lo asesinó, ante el estupor de los congregados. Después de lo cual volvió a ocupar su improvisado trono e hizo señas al sayón para que reanudara su faena.

Los nobles leoneses y castellanos presentes prorrumpieron en exclamaciones indignadas ante la afrenta intolerable infligida a su soberana. Alguno echó mano al acero, en un claro desafío a los aragoneses que jaleaban la conducta de su rey con júbilo. El ambiente se caldeó hasta tal punto que el aire parecía poder cortarse. Habría bastado una chispa para prender un incendio de consecuencias imprevisibles.

Mi señora no reaccionaba. Permaneció un buen rato en pie, con el vestido ensangrentado, contemplando al hombre que agonizaba en el suelo y le dirigía una mirada vidriosa mientras exhalaba su último aliento. Tengo para mí que jamás se había enfrentado a una situación parecida ni sospechaba que su esposo pudiera llegar a tanto y con tal desfachatez. Estaba desconcertada, superada por la situación.

A riesgo de incurrir en la ira del monarca, me acerqué a ella y la cubrí con un velo limpio, diciéndole al oído:

—Venid conmigo, os lo ruego.

Para entonces los más fieles de sus caballeros se arremolinaban a su alrededor a la espera de instrucciones. Más de uno habría estado dispuesto a morir con tal de vengar el ultraje si la reina se lo hubiera ordenado. A falta de esa voz de mando, ninguno de ellos osaba enfrentarse a su legítimo rey. El linaje del Batallador, procedente de una estirpe real, era la razón por la cual Urraca lo había desposado. Esa superioridad de cuna, fruto del designio divino, pesaba más que cualquier infamia cometida, aun siendo esta inconcebible a sus ojos.

* * *

Al cabo de un tiempo que se me hizo eterno, la reina alzó al fin la frente, dio la espalda a su marido y abandonó la plaza seguida por mí, indicando mediante gestos a sus leales que nos acompañaran. Alfonso permaneció impasible, sin darse por aludido.

—¡Se acabó! —sentenció ya en el interior de su tienda, recobrada la serenidad tras apurar dos copas de vino fuerte—. Hasta aquí han llegado estas bodas malditas. Juro ante Dios y ante ti que Alfonso no volverá a injuriarme delante de mis propios súbditos, como acaba de hacer dando muerte al pobre Prado.

—¿Lo conocíais? —inquirí.

—¿Y qué importa eso? —replicó iracunda—. Le había perdonado la vida. El acto vil de mi esposo ha sido propio de un bárbaro, amén de un desafío abierto a mi persona. Una provocación que no pienso tolerar. Hoy mismo regreso a León.

—¿Nos vamos?

—Me voy. Tú permanecerás aquí custodiada por el mismo guardia que te acompañó en tu viaje. Serás mis ojos y oídos. Quiero saber exactamente qué hace el rey y con quién. Después de lo ocurrido hoy, desconfiará de los leoneses y se guardará de cuantos nobles me son leales. Tú, en cambio, no atraerás su atención y podrás mantenerme informada.

—Pero majestad... —intenté protestar.

—No hay peros que valgan. La vida de mi hijo corre más peligro que nunca. Busca el modo de acercarte a él y recordarle cuánto lo quiero.

9

Mártires de Santa María

Ojalá pudiera olvidar lo que hubieron de ver mis ojos a lo largo de las semanas siguientes a esa amarga despedida!

En ausencia de la reina, única capaz de frenarlo, el aragonés dio rienda suelta a sus mesnadas para imponer a sangre y fuego su dominio sobre quienes se habían levantado contra él. Nadie escapó a su furia ciega. No hubo aldea, fortaleza, monasterio o caserío cuyos moradores escaparan a ese feroz castigo.

El territorio sobre el cual ejercía su influencia Gelmírez se caracterizaba por una gran abundancia, manifestada en multitud de granjas, corrales, pastos ricos en hierba fresca para el ganado, pequeños recintos monásticos rodeados de huertos feraces y aldeas cuya presencia se anunciaba a distancia por el olor acre del estiércol almacenado a las afueras. Cuanto más intenso el hedor, mayor número de bestias y por tanto mayor riqueza. Todo lo que me había dicho la reina era cierto y aún se quedaba corto. Pero ese año quiso Dios que todo cambiara de golpe bajo el fuego de la guerra. Ese año no hubo cosecha, ni abundancia, ni feracidad, sino tierra quemada y yerma. Muerte, dolor, brutalidad.

Durante todo el verano, Alfonso devastó Galicia.

* * *

Acompañaba al ejército una corte patética de prostitutas, rufianes, taberneros, charlatanes, adivinos y demás gentes de malvivir, que seguían a los soldados como los buitres a las reses débiles, aguardando su caída para aprovechar los despojos. Allí todos compartían una misma condición miserable, ajena a juicios o preguntas. Vistiendo la ropa adecuada y manteniendo la boca cerrada, resultaba bastante sencillo hacerse pasar por uno de ellos para después escuchar con atención lo que decían los capitanes cuando el vino o la lujuria les soltaban la lengua.

Así me enteré de que el rey contaba únicamente con el respaldo de los burgueses de Lugo y un puñado de miembros de la pequeña nobleza local, toda vez que las grandes casas se habían alineado en el bando de don Pedro Froilaz, conde de Traba, y su apoyo incondicional al infante don Alfonso como único heredero legítimo de la Corona leonesa a la muerte de su madre. También el poderoso obispo de Compostela, horrorizado ante la violencia del aragonés, se había decantado por el ayo del príncipe y tomado bajo su protección al niño, cada vez más expuesto al peligro. Gelmírez se sumaba así al grupo de clérigos contrarios al matrimonio que empezaban a denominar sacrílego, alentados por la denuncia del obispo de Palencia al papa, aduciendo consanguinidad.

Mi señora se encontraba atrapada en un desposorio que no solo le resultaba aborrecible desde el punto de vista del afecto y de la carne, sino que amenazaba con condenarla al fuego eterno del infierno si, como aseguraban esos hombres de Dios, la boda ofendía al cielo. Detestaba al marido con el que debía compartir alcoba y poder, pero estaba ligada a él por los sólidos vínculos políticos aceptados al firmar sus capitulaciones, así como por los lazos sagrados de un sacramento indisoluble mientras la Iglesia no dispusiera otra cosa. Pese a su voluntad de divorciarse, que a esas alturas yo conocía ya de sus propios labios, el destino parecía obligarla a bailar en la cuerda floja.

Claro que no estaba sola. Además de mi humilde persona, dedicada en cuerpo y alma a su servicio, doña Urraca podía contar con la lealtad incondicional de los condes Gómez González y Pedro González de Lara, quien a mi entender ya entonces la miraba con algo más que respeto o devoción, tal como el tiempo se iba a encargar de confirmar llegado el momento. Ellos encabezaban a una nobleza castellana de fidelidad incuestionable, al igual que sus pares asturianos, leoneses y de la frontera de Toledo, donde destacaba la gigantesca figura de Álvar Fáñez, Minaya, inquebrantable en su lucha en defensa de la Cruz.

Tales eran las fuerzas en liza en ese húmedo verano gallego del año 1110, mientras el Batallador infligía a los lugareños un escarmiento feroz y yo buscaba desesperadamente cómo llegar hasta la costa septentrional, al norte del río Tambre, donde al parecer se refugiaba el hijo de la reina al cuidado de la condesa de Traba, en el castillo inexpugnable de su esposo, enfrentado a la hueste real a la cabeza de sus mesnadas. Su determinación de resistir no cedía ante el empuje del aragonés, pese a que muchos de sus hombres habían perecido en combate. Eso al menos decían los soldados a quienes escuchaba hablar, que entre jarra y jarra de vino se regocijaban narrando el modo en que habían saqueado sus mansiones y palacios antes de prenderles fuego para verlas convertidas en teas.

Hasta entonces yo solo había conocido el horror de las aceifas lanzadas contra nosotros por los sarracenos, a cuyo falso dios achacaba la culpa de tanto sufrimiento. Sin embargo, el odio con que esos cristianos hablaban de sus enemigos, su brutalidad y su codicia nada tenían que envidiar a los exhibidos por los almorávides durante sus incursiones. ¿Cómo era posible tal cosa? ¿Serían los hombres y no su religión los responsables de esa barbarie? Tuve que convencerme a mí misma de que esa era la explicación, porque me negaba a aceptar que el dios en el que yo creía pudiera bendecir los estragos causados por mis hermanos de fe.

* * *

Tras unos días de vacilación, dedicados a recabar información y buscar una ruta segura, Froilán y yo decidimos abandonar el grueso de la tropa para tomar el camino del norte, sin sospechar la trampa mortal a la que íbamos directos.

La vida me ha colocado en muchas encrucijadas terribles, de las que a menudo creí no llegar a salir, aunque nunca podré olvidar esa primera vez en que vi la muerte tan cerca que llegué a sentir su aliento.

Ya he apuntado que las filas aragonesas incluían contingentes de guerreros sarracenos, cuya ferocidad aterrorizaba a una población acostumbrada hasta entonces a una existencia pacífica, quebrada de la noche a la mañana por el azote de una guerra despiadada. No eran los únicos causantes de las calamidades debidas a esa campaña de castigo, aunque sí los más temidos por razones que pronto iba a descubrir.

Dondequiera que miráramos, las huellas de la devastación saltaban a la vista en forma de granjas incendiadas, torres derruidas hasta ser reducidas a escombros, campos de labranza pisoteados y animales despedazados. Los supervivientes de esas matanzas, especialmente cruentas con el pueblo llano, contaban que los invasores se habían llevado consigo cuantos caballos, reses, cerdos u ovejas eran capaces de acarrear, entreteniéndose en matar al resto con el propósito de condenarlos a morir de hambre ese invierno.

—¿Qué daré de comer a mis hijos cuando llegue el frío? —se lamentaba una mujer cubierta de ceniza en señal de luto, implorando limosna mientras me ofrecía a una criatura envuelta en harapos—. Llévese a este y que al menos él viva.

Rechacé al pequeño con todo el dolor de mi corazón, tras entregar a su madre el pan que llevaba para mí. Le habría dado gustosa una moneda, de no haber corrido el riesgo de ser asesinada allí mismo para robarme la bolsa, tal como me había advertido mi ángel guardián.

En medio de esa desolación afloraba lo peor del ser humano. Los bajos instintos se agudizaban al servicio de la supervivencia. Solo saldrían adelante los más fuertes, a costa de pisar y abandonar a los demás.

Me propuse grabar a fuego esas imágenes en mi memoria, a fin de poder relatárselas a la reina sin ahorrar detalles. Ella merecía saber lo que había hecho su esposo y mi deber era contárselo, tal como me había ordenado.

¡Cuánto añoré a Nuño en esas horas amargas! Mientras cabalgaba junto a Froilán, tratando de evitar a las partidas armadas que recorrían aquellos parajes en busca de botín y venganza, no dejaba de pensar en la dulzura de su rostro sereno, sus manos cálidas, sus ojos risueños. ¡Me hacía tanta falta esa risa!

A mi alrededor solo se escuchaban lamentos o el silencio denso de los cementerios. Los pájaros y las chicharras habían sido ahuyentados por las llamas prendidas en sembrados, casas y aldeas. Sin mies que segar y sin brazos dedicados a hacerlo, no resonaban en los campos los cánticos habituales de los labriegos. Todo era desolación, un inmenso camposanto.

En ese momento sombrío habría dado cualquier cosa por una caricia del hombre que esperaba mi regreso en Salas, el llamado a ser mi esposo cuando encontrara el coraje de pedir permiso a la reina para marchar a su lado, casarme con él y disfrutar de su amor en la tranquilidad de una tierra amable.

* * *

Llevaríamos unas siete leguas recorridas, siguiendo más o menos el Camino de Santiago con paradas y desvíos frecuentes, cuando se nos echó encima la noche. Resultaba extremadamente peligroso pernoctar al raso en ese territorio hostil, por lo que decidimos continuar a la luz de una antorcha hasta dar con algún lugar más apto para descansar. Y así llegamos hasta un pequeño cenobio protegido por un muro de piedra de unos seis pies de altura, en uno de cuyos lados se abría un portón de doble hoja. Todo parecía tranquilo. Diríase que nuestros ruegos habían sido escuchados.

Tras descabalgar, agotada, con los muslos y la espalda doloridos por la dura jornada a caballo, tiré con fuerza de la cuerda que accionaba la campana colocada en la parte superior de la entrada. Nada. Volví a probar un par de veces, sin éxito. Me puse entonces a gritar con todas mis fuerzas, suplicando hospitalidad para una peregrina exhausta. Al cabo de una eternidad se abrió una ventanita en una de las puertas, a la altura de mis ojos, y apareció una mano menuda sujetando un candil que me deslumbró. Poco después oí descorrerse un cerrojo entre chirridos metálicos.

—La paz del Señor sea con vos, hermana —dijo una voz femenina, desgastada por los años—. Sois bienvenida al convento de Santa María.

—Os doy las gracias, madre —respondí con sinceridad—. Los caminos no son seguros en estos tiempos aciagos. ¿Puedo rogaros que acojáis también a este hombre que me acompaña por mandato de la reina?

La anciana, que respondía al nombre de Basilisa, dio un respingo, ignoro si por la aparición de un varón desde la oscuridad o ante la mención de doña Urraca.

—No temáis —la tranquilicé—. Llevo conmigo un salvoconducto que acredita mi condición de mensajera real y respondo de este guardia. Él dormirá en el establo, si os parece bien, mientras yo puedo acomodarme en cualquier rincón. Tan solo será una noche. Mañana temprano nos marcharemos.

—Seguidme —indicó Basilisa, precedida de su lámpara de aceite—. No solemos recibir huéspedes tan ilustres. La madre superiora se alegrará de cederos su celda y vuestro acompañante encontrará paja limpia en la cuadra.

Aquel era un convento modesto, apenas un edificio en forma de ele, techado a dos aguas, en uno de cuyos extremos se alzaba un pequeño campanario sobre lo que debía de ser la capilla. En el lado opuesto del patio, dos construcciones de madera parecían ser los establos y la cocina, aunque en esa noche de luna nueva resultaba difícil distinguir nada.

Froilán se dirigió hacia allí llevando de las riendas a nuestras monturas, sin pronunciar palabra, mientras yo obedecía a la monja portera. Una vez dentro, me dejó esperando en una especie de vestíbulo carente de mobiliario, no sin antes prender la mecha de una vela que me entregó.

Apenas había probado bocado desde el alba, por lo que mis tripas protestaban, ruidosas, reclamando alimento. De ahí que se me abriese el cielo cuando vi llegar casi a la carrera a una religiosa mucho más joven, que se ajustaba la toca con dedos ágiles pugnando por esconder hasta el último de sus cabellos. Debía de estar ya acostada cuando le notificaron nuestra llegada.

—Perdonadnos, os lo suplico —dijo azorada.

—Soy yo quien os pide disculpas —la interrumpí, más avergonzada que ella—. Lamento de verdad ocasionaros estas molestias. Si pudierais darme un pedazo de pan, un jarro de agua y un jergón en el que recostarme, os quedaría eternamente agradecida.

—¡Por el amor de Dios, criatura! —exclamó con voz cantarina y las mejillas alumbradas por una de esas sonrisas que tanto extrañaba yo—. Haremos mucho más que eso. Seguro que en la cocina quedan restos de la cena y ya os están preparando un lecho en el que descansar.

—¿Cómo podré pagaros?

—Ya nos paga con creces nuestra señora, doña Urraca, con su generosidad, que se remonta a los tiempos en que gobernaba Galicia junto a su esposo don Raimundo, Dios lo tenga en su gloria. —Se santiguó—. Cada día elevamos al cielo nuestras plegarias por ella, especialmente en estos tiempos. Además, tal vez hayáis oído decir que aquí la hospitalidad es sagrada...

Ese comentario despertó en mí tal oleada de nostalgia que hube de apelar a todas mis fuerzas para no echarme a llorar.

Charlando con la superiora devoré un guiso delicioso elaborado a base de pescado desalado y verduras, bebí el vino un tanto agrio que bebían las hermanas y después caí rendida en una cama modesta, vestida, eso sí, con sábanas inmaculadamente limpias.

Me despertó un aullido salvaje. Al principio pensé que se trataba de una pesadilla, porque un sonido tan aterrador resultaba incompatible con la paz de ese monasterio. Pero desgraciadamente era real. Tan cierto y atroz como los alaridos que lo siguieron, en un estruendo ensordecedor de muebles derribados, carreras, golpes, voces pidiendo auxilio y chillidos desgarrados acompañados de exclamaciones en una lengua extraña. Tardé unos instantes en comprender lo que pasaba y, cuando lo hice, sentí un miedo físico, helador, agarrotarme las entrañas.

Los guerreros más temidos del ejército aragonés habían irrumpido en el recinto sagrado.

Mi primera reacción fue acurrucarme bajo la manta como cuando era una niña pequeña. Estaba paralizada. Mi mente trataba de procesar lo ocurrido, aunque mis brazos y piernas se negaban a aceptarlo. Era obvio que un grupo de sarracenos había aprovechado la oscuridad para escalar la tapia y colarse dentro del cenobio, en busca de objetos preciosos que saquear y cuerpos jóvenes en los que satisfacer su lujuria. Hombres o mujeres, tanto daba. Presas codiciadas, indefensas, abocadas al sacrificio. Supe que serían moros no solo por su forma de hablar, sino porque ningún soldado cristiano habría osado perpetrar un acto tan sacrílego. Aquellas vírgenes estaban consagradas a Dios y únicamente un infiel se habría atrevido a violarlas.

Mi celda se encontraba al final del pasillo, cerca de la capilla. Cuando al fin hallé el valor de levantarme, vestirme y abrir la puerta, se me presentó una visión digna del infierno. Las hermanas que no habían sido capturadas huían despavoridas en dirección a la iglesia. A otras se las oía gemir lastimosamente mientras sufrían las acometidas de aquellas bestias. Vi a una muchacha de mi edad, degollada, desangrándose en el suelo a pocos pasos de donde yo estaba. A duras penas vencí la tentación de ceder al terror, volver a cerrar la puerta y prepararme para morir.

Después de tomar aliento y elevar una súplica al cielo, crucé corriendo la distancia que me separaba del templo, decidida a reunirme en su interior con las afortunadas que habían hallado refugio allí. No vi a la superiora, a quien imaginé plantando cara con valor a los asaltantes, en un intento vano de proteger a sus hermanas. Sí me topé con Basilisa, que rezaba con desesperación de rodillas, frente al altar, aferrada al tosco crucifijo de madera que colgaba de su cuello. Las demás, probablemente novicias a tenor de su edad, intentaban apilar bancos frente a la entrada que daba al dormitorio, con el propósito de bloquear el paso a los atacantes.

Me uní a su esfuerzo sin pensármelo, rogando porque esos bárbaros saciaran su sed de sangre y nos dejaran en paz. Pero la Providencia había dispuesto otra cosa. Cuando pensábamos haber levantado una barricada sólida, se abrió de golpe el portón principal y lo atravesaron una docena de guerreros vestidos a la usanza musulmana, con turbantes, botas altas, túnicas hasta debajo de las rodillas y varias correas de cuero cruzadas sobre el jubón. Llevaban las espadas envainadas, conscientes de no necesitarlas. Se acercaron despacio, como una manada de lobos, haciendo gestos obscenos a la vez que parecían ir escogiendo a sus presas.

Fuera, una luz lechosa anunciaba el amanecer.

El griterío del dormitorio se trasladó a la capilla, donde cada una de nosotras buscaba la manera de huir. Desde un rincón contemplé, horrorizada, cómo el que parecía ser su cabecilla se abalanzaba sobre la anciana portera y la forzaba con brutalidad tras colocarla boca abajo sobre la piedra del altar. ¿Qué clase de fiera era capaz de perpetrar tal ultraje? ¿De dónde procedía el rencor necesario para impulsar semejante acto de barbarie?

Rebusqué el arma que llevaba oculta en la cintura, decidida a quitarme la vida antes de someterme a tamaña vejación, y elevé una última oración al Señor pidiéndole perdón por el pecado que iba a cometer. Ante mí se alzaba la figura gigantesca de un guerrero de piel morena, cuyo aliento fétido me golpeó antes de que lo hiciera su mano. ¿Debía clavarle mi daga o mejor clavármela yo? La duda duró un instante, porque de pronto, sin saber cómo, un chorro de sangre caliente brotó de su garganta y me alcanzó en plena cara, mientras el hombre se desplomaba a mis pies. Tras él se encontraba mi fiel Froilán, cuchillo en mano. Le había rebanado el pescuezo.

—Rápido, señora —me apremió en voz baja—. Debemos salir de aquí.

—¿Cómo?

—Seguidme. Hay un camino a través de la sacristía. No podemos perder tiempo.

—¿Y qué será de ellas? —señalé a las hermanas atrapadas en esa iglesia—. No vamos a dejarlas aquí a merced de estos infieles.

—Debemos hacerlo y lo haremos —endureció el tono—. Vámonos o correréis la misma suerte que ellas.

De algún modo conseguimos alcanzar las cuadras, subir a los caballos que mi guardián había ensillado y partir de allí a galope tendido, sin mirar atrás.

Tiempo después llegó a mis oídos la queja que un sacerdote valeroso había formulado a don Alfonso a raíz de los hechos acaecidos en el convento de Santa María, así como la respuesta del soberano aragonés tras escuchar los pormenores del martirio sufrido por aquellas monjas: «Yo no puedo responder de lo que hagan mis soldados».

A semejanza de Pilatos, el rey se lavaba las manos. Tal era el mayor privilegio de quien ejercía el poder sobre infieles y cristianos.

10

Esposo y verdugo

Otoño del año 1110 de Nuestro Señor
Reino de Aragón

Después de esa noche aterradora, me faltó valor para seguir con mi misión, lo reconozco. No me veía capaz de adentrarme en bosques infestados de soldados o arriesgarme a toparme con ellos en cualquier otro lugar. Me constaba que el infante permanecía a salvo, protegido por su ayo y por el obispo Gelmírez, mientras yo había estado a punto de perecer. Asumiendo el riesgo de ganarme una buena reprimenda de la reina, regresé a todo correr a León, decidida a relatarle lo sucedido en ese convento y en toda la tierra gallega asolada por el Batallador.

Cuando por fin llegué al palacio, me recibió el revuelo propio de las vísperas de un viaje. Las damas de doña Urraca preparaban su equipaje, introduciendo en los cofres prendas de abrigo suficientes para hacer frente a las temperaturas de las montañas en ese tiempo otoñal. Mi señora regresaba a Huesca.

—Vendrás conmigo —ordenó, tras escuchar atentamente mi relato sin emitir juicio alguno—. Así tendrás tiempo de exponer con mayor detalle tu valioso testimonio, que en nada difiere, por otra parte, de lo que cuentan mis espías.

Desconcertada por una visita que en esas circunstancias no lograba entender, le pregunté:

—¿Por qué razón marchamos en este momento al reino de vuestro esposo, majestad? Pensé que después de lo sucedido en Monterroso...

—Aragón es mi reino tanto como el suyo —aclaró sin dejarme acabar—, al igual que él reina conmigo en León. Pensé que a estas alturas ya lo habrías comprendido. ¿No te lo he explicado una y otra vez?

—Perdonad mi torpeza, señora. Es que...

—Mi Consejo ha decidido que regrese allí para disponer de lo que me pertenece, mientras Alfonso hace lo propio aquí.

—Siendo así...

—Mis consejeros son hombres sabios —justificó una decisión que en el fondo, sospecho, le desagradaba tanto como a mí—. Nobles y clérigos cuyo criterio no debo ignorar. Iremos a los dominios que comparto con mi esposo y una vez allí ya buscaré la forma de sacar provecho del viaje.

—¿Haréis la guerra a sus súbditos? —inquirí sorprendida.

—No, salvo que se rebelen, cosa altamente improbable. Los nobles aragoneses andan muy ocupados en ganar territorio a los moros como para embarcarse en otras aventuras.

—Si hubierais visto lo que yo vi...

—Vi lo suficiente, Muniadona —me reprendió con severidad—. Sé muy bien a qué me enfrento y estoy informada de todas y cada una de las plazas castellanas donde Alfonso ha sustituido a mis hombres por guarniciones aragonesas que le son leales.

—¿Entonces?

—Tiempo al tiempo. Vayamos a sus dominios y busquemos el modo de pagarle con idéntica moneda.

* * *

No tardó mucho mi señora en poner en práctica su plan. Una de sus primeras decisiones fue enviar emisarios al rey taifa de Zaragoza, proponiéndole un intercambio de rehenes por abundante oro y plata, arreglo que Imad al-Dawla aceptó jubiloso. Actuó a espaldas de su marido, quien mantenía cautivos a esos sarracenos con el propósito de asegurarse la paz con su vecino y utilizarlos en su política de expansión hacia el sur. Cuando llegara a sus oídos lo que había hecho doña Urraca, pensé, su cólera alcanzaría cotas inimaginables.

Utilizando el tesoro obtenido para comprar voluntades, la soberana se ganó el favor de algunos nobles aragoneses castigados por don Alfonso en el pasado y atrajo a su causa a otros dispuestos a cambiar de bando. Porque nadie dudaba a esas alturas de que las escaramuzas protagonizadas por ambos cónyuges, desde el mismo comienzo de su matrimonio, derivarían más pronto que tarde en un enfrentamiento abierto. Y menos que nadie, la propia reina.

A decir de cierto magnate que acababa de rendirle homenaje, su esposo planeaba atraerla a una celada para encerrarla de por vida en un castillo y robarle su reino. Avalaban esos temores las noticias procedentes de Castilla y León, donde se multiplicaban las revueltas populares de burgueses y campesinos contra sus señores, instigadas por el Batallador, quien aprovechaba para colocar a sus peones en puestos clave. Y por si faltara algo, hasta Huesca llegó un buen día el abad de Sahagún, expulsado de su abadía, para arrojarse a los pies de la soberana e implorar su ayuda. Aquello era más de lo que ella podía soportar.

Tras escuchar el relato del exiliado, proclamó:

—Cuando el rey no consiente que viva en paz el guardián de mi madre, que lo alimenta con sus limosnas, yo constato que su corazón nutre un gran odio y enemistad hacia mi persona.

Esas palabras eran toda una declaración de guerra.

* * *

Recuerdo con precisión la escena, las lágrimas de mi señora, quien sentía auténtica reverencia por el custodio del panteón donde descansaban los restos de su querida madre, y su indignación al oír en boca del monje la sucesión de ultrajes infligidos a los frailes de la abadía por orden del aragonés.

—Labradores y habitantes de la villa han hecho Hermandad contra el monasterio y se niegan a prestar los servicios debidos. No pagan los portazgos, ni el diezmo, ni tampoco los tributos y labranzas debidos a sus señores. Se reúnen en lugares previamente señalados, advirtiendo a quienes no vayan que sus casas serán derruidas, lo cual cumplen sin misericordia. Asesinan a cuantos judíos encuentran y, si alguien les reprocha su conducta, corre la misma suerte. De no haber huido de allí, yo mismo estaría muerto. Nunca creí que viviría para conocer semejante humillación.

—¿Está mi esposo al corriente de cuanto referís? —inquirió la soberana, pese a conocer la respuesta.

—Es el lugarteniente del rey quien me ha depuesto y obligado a tomar el camino amargo del exilio —se lamentó el tonsurado, cuyo rostro demacrado daba plena veracidad a su relato—. Otros han corrido la misma suerte. Debéis saber que don Alfonso ha arrojado a la calle a todos vuestros amigos y vicarios para sustituirlos por extranjeros procedentes de sus dominios.

—Dame el nombre de ese bribón.

—Sancho Juanes, mi señora. Él es quien manda en Sahagún secundado por los burgueses y por los pardos que lo acompañan; guerreros que no sienten el menor temor de Dios.

—¿Y quién gobierna el monasterio?

—Hasta mi expulsión lo hacía yo, con grave riesgo para mi vida.

No era preciso insistir más. Saltaba a la vista que el rey había tejido una tela de araña de la que pronto mi señora no podría zafarse. Cuando ya se disponía a despachar al abad, no sin antes tranquilizarlo prometiéndole su protección, el clérigo adoptó un tono solemne para añadir:

—He oído decir de buena fuente que el arzobispo de Toledo, monseñor Bernardo, quien tuvo el honor de precederme al frente de la abadía, ha recibido un despacho de Su Santidad en el que se le insta a disolver sin tardanza vuestras bodas sacrílegas.

—¿Estáis seguro?

—No —agachó la cabeza—. Ni he hablado con Bernardo ni leído el documento. Ello no obstante, si fuera cierto, significaría que el papa habría acogido favorablemente la petición del obispo de Palencia, quien le hizo llegar en su día el malestar de la Iglesia ante un matrimonio contrario a natura al compartir don Alfonso y vos un mismo bisabuelo.

La reina contuvo la emoción, como estaba acostumbrada a hacer, aunque tengo para mí que recibió la noticia con alborozo. Algo semejante debió de intuir el fraile, porque aprovechó para llevar el agua a su molino:

—Debéis cesar todo trato carnal con ese hombre y apartaros de él sin tardanza. Os va en ello la salvación del alma inmortal y también, si me permitís decirlo, la recuperación del reino que os está siendo arrebatado.

Ese último comentario traspasaba los límites de lo tolerable incluso a un clérigo tan influyente como el abad de Sahagún, lo que provocó cierto enfado en mi señora. El suficiente para dar por concluida la entrevista y hacer llamar a un mensajero a fin de enviarlo urgentemente con cartas para sus condes más leales al otro lado del río Ebro.

Ninguna de ellas llegó a tiempo.

* * *

Enterado del proceder de su esposa al liberar rehenes sin su consentimiento y, según su parecer, intrigar con los nobles reacios a acatar su autoridad, don Alfonso abandonó el territorio leonés y picó espuelas hacia Aragón, decidido a castigarla. A demostrar de una vez por todas quién mandaba en ese matrimonio. Nadie tuvo que contarme lo que ocurrió a su llegada, porque lo sufrí en mis carnes. Lanzaba fuego por los ojos e improperios por la boca.

Había oscurecido ya cuando irrumpió a gritos en la estancia donde doña Urraca se estaba cambiando. De igual manera nos mandó salir a cuantas damas la acompañábamos, mientras la increpaba con palabras gruesas por haber osado interferirse en sus asuntos. A partir de ese momento únicamente pude oír fragmentos de una disputa feroz en la que él le echaba en cara su conducta temeraria, su desobediencia y en especial su relación con el conde Gómez, mientras ella se defendía apelando a su condición real y exigiéndole respeto.

—¡Eres la causa de mi deshonra! —rugía—. En todas las tabernas de Castilla el populacho se hace lenguas de vuestros amoríos impúdicos. Deberías confesarte y hacer penitencia.

—¿Y tú me hablas de honra y de penitencia? ¿Tú, que prefieres holgar con cualquiera de tus escuderos antes que hacerlo conmigo?

Sonó un golpe seco seguido de un chillido y temí que don Alfonso hubiera derribado de un puñetazo a mi señora. Se oyeron varios ruidos sordos más, que interpreté como patadas a juzgar por los bufidos roncos de él y los lamentos desgarrados que profería ella. Me estremecí de indignación ante el ultraje inaudito que estaba sufriendo la reina, aunque me faltó valor para intervenir. Si no lo hacían los guardias, ¿quién era yo para interponerme?

Tal vez por haber crecido en la casa de una viuda, junto a una madre, una abuela, una hermana y un único hermano varón que partió a formarse como escudero antes de superarme en altura, yo nunca había convivido con esa clase de violencia. Conocía su existencia, desde luego. Había escuchado en el mercado las quejas de algunas desdichadas que la soportaban a diario a manos de sus maridos y ni siquiera velándose el rostro lograban ocultar completamente sus huellas. Pero de ahí a ser testigo de una agresión perpetrada nada menos que contra mi señora, soberana de León, distaba un mundo. Los reyes no cometían tales bajezas. Los reyes eran la encarnación del honor. ¿O acaso no era verdad lo que se decía de ellos?

Estuve a punto de entrar para intentar detener la paliza atrayendo hacia mí su ira, pero los soldados apostados en la puerta me lo impidieron. De modo que hube de permanecer inerme, tragándome la impotencia, hasta que finalmente salió él, sudoroso, con el rostro encendido por la rabia. Al pasar ante nosotros, instruyó a los hombres armados:

—Mi esposa no se moverá de aquí hasta nueva orden. Que vayan sus damas y la atiendan en lo que precise. Respondéis con vuestras vidas de que nadie más se acerque a ella.

A la mañana siguiente un caballero aragonés a quien no conocía le comunicó, sin demasiados miramientos, que era prisionera de su esposo e iba a ser conducida a la fortaleza de El Castelar, en tierras de Teruel, donde sería tratada con la deferencia debida a una reina.

—¡Maldito seas una y mil veces, bastardo! —escupió doña Urraca en referencia a su marido, quien le había dejado marcada la mejilla, además de causarle severos hematomas en un costado—. Esto no quedará así. Llegará la hora de mi venganza y juro por Dios que estará a la altura de esta injuria.

Mantuvo el tipo en presencia de ese extraño, pero se derrumbó en cuanto él salió por la puerta. Nunca antes la había visto llorar con tal desconsuelo, con tamaña rabia. Había caído en la trampa de su esposo y ya no temía únicamente por su reino, sino que veía peligrar su vida. Nuestras vidas. Las de las pocas leales que la acompañamos en su encierro.

* * *

El fortín convertido en cárcel era una construcción inhóspita, gélida, carente de la menor comodidad; un bastión defensivo semejante a un enorme cubo de piedra levantado en medio de un páramo, prácticamente en la frontera con el reino musulmán de Zaragoza. Su visión helaba la sangre.

Pese a tener el cuerpo hecho a la vida trashumante propia de una soberana viajera, obligada a soportar largas jornadas a caballo y pernoctar en toda clase de alojamientos incómodos, El Castelar superaba de largo todo lo que doña Urraca había padecido hasta entonces, porque nunca antes había traspasado la reja de un castillo en calidad de cautiva. Una afrenta tan inconcebible que hasta los hombres de la guarnición se inclinaban a su paso, mostrándole naturalmente el respeto que le negaba su marido.

Viajábamos con la emperatriz dos damas y yo; lo que había autorizado el Batallador, además de una escolta de aragoneses. Arribamos al lugar de nuestro cautiverio tras una marcha humillante, bajo un viento helador que nos había quebrado el ánimo a todas menos a ella, una vez superado el desconcierto.

—No estaremos aquí mucho tiempo —me susurró mientras desmontábamos—. Alguien vendrá pronto a rescatarnos. Solo debemos aguantar sin brindar a nuestros carceleros la satisfacción de vernos desfallecer.

Siguieron días de oración, costura, partidas de ajedrez y aburrimiento, combatiendo a duras penas la impaciencia entre los muros de esa prisión. Aunque el capitán encargado de custodiar a mi señora la trataba con deferencia, las condiciones en que nos encontrábamos eran impropias de su condición. Intolerables para cualquier dama de la nobleza y más aún para la hija de Alfonso VI y Constanza de Borgoña. Con fuego y ropa de abrigo insuficientes, comida tan escasa como mal aderezada, vino pésimo y poca luz. Una dura prueba que, lejos de doblegarla, le daba fuerza para resistir y alentarnos a nosotras.

—Me las pagará, Muniadona —mascaba su venganza cada noche, mientras la ayudaba a acostarse en un lecho humilde, antes de tenderme en el suelo, sobre un pellejo mugriento, a fin de velar su sueño—. Le devolveré, multiplicados, cada ultraje y cada golpe.

—Creí entender que vuestro reino está ahora en sus manos —rebatí en una ocasión, vencida por el abatimiento—. ¿No fue eso lo que me dijisteis tras firmar vuestras capitulaciones? ¿No le debéis obediencia a cambio de conservar la corona?

—Es él quien ha hecho pedazos ese acuerdo al prenderme y encerrarme en este infame calabozo —repuso doña Urraca, tratando de convencerse a sí misma—. Presume de haberme repudiado, sin contar con el consejo de los hombres sabios que avalaron nuestra unión ni someterse a otro juicio que el de su voluntad arbitraria. Me ha deshonrado. Ni mis nobles ni la Iglesia pasarán por alto esta injuria.

—¿Anulará el papa vuestro matrimonio? —inquirí, recordando las palabras del abad de Sahagún.

—Así lo espero. Me consta que son muchas y de gran predicamento las voces que han llegado hasta él con el requerimiento de hacerlo.

—¿Y si no accede o tarda demasiado?

—Lo hará, tenlo por seguro. Solo confío en que el interés del reino no me obligue en el futuro a buscar de nuevo el auxilio de este tirano al que aborrezco con cada fibra de mi ser.

Estaba desatada. El cautiverio la tenía fuera de sí y conmigo se desahogaba con una libertad que nadie más le ofrecía. De ahí que continuara dejando brotar la furia que le envenenaba el alma.

—No sé si este aragonés de lengua y costumbres bárbaras es un sodomita, como se rumorea entre los ismaelitas, o un monje guerrero que ha renunciado a la carne. No honra mi lecho, cosa que agradezco en lo más hondo, pero tampoco se le conocen amantes. ¿Qué clase de hombre se comporta así?

En ese instante pensé que, si el rey disponía de espías escuchando nuestras conversaciones a través de alguna clase de trampilla oculta, ninguna de las dos veríamos la luz del siguiente día. Porque, lejos de calmarse, ella siguió increpándolo.

—Sabe de letras lo que aprendió en el monasterio donde se crio, aunque parece haberlo olvidado y se comporta como un bárbaro. Cada vez tiene más sed de sangre y menos modales de caballero. Solo se casó conmigo para robarme el trono, cosa que no pienso permitir. En Aragón la ley impide ejercer la potestad real a las mujeres, pero en León no rige tal fuero. Defenderé mis prerrogativas con la vida si es necesario.

—Esa falta de interés os conviene —apunté, con el propósito de apaciguarla—. En caso contrario tendríais más posibilidades de quedar encinta y alumbrar un varón que disputara el trono a vuestro hijo.

—Dices bien, mi buena Munia. —Me daba ese diminutivo en las contadas ocasiones en que me expresaba algo de ternura—. Mi único consuelo es que apenas visita mi alcoba, lo cual me exime de padecer sus odiosas embestidas al tiempo que salvaguarda el interés del infante.

—Confiad en Dios, señora. Él os amparará porque vuestra causa es justa.

—A Él elevo mis plegarias mientras confío en los nobles que me juraron fidelidad. Me niego a creer que ninguno de ellos vaya a acudir en nuestro auxilio.

* * *

La fe de la reina se vio recompensada por la lealtad de sus condes más queridos, cuando Gómez González y Pedro González de Lara juntaron sus fuerzas para venir en nuestra ayuda y librarnos del cautiverio.

Sucedió un amanecer brumoso, semejante a cualquier otro, al amparo de la niebla que subía del río Ebro. Nadie esperaba el ataque, por lo que la vigilancia del castillo se limitaba a la ronda habitual, debilitada por la fatiga y el sueño en esa hora previa al cambio de guardia, deliberadamente escogida con el propósito de vencer fácilmente la resistencia.

Arqueros y honderos entrenados para ser letales abatieron a los soldados del adarve, mientras hábiles peones escalaban los muros en silencio, provistos de cuerdas. En un abrir y cerrar de ojos la guarnición fue neutralizada, sin que mi señora se enterara de lo que estaba ocurriendo hasta que vio aparecer en los aposentos que compartíamos al conde Gómez, espada en mano, como un arcángel san Miguel que acabara de vencer al dragón.

* * *

Alertados por los emisarios que la reina había despachado justo antes de ser apresada, los dos nobles castellanos se habían apresurado a reunir a sus mesnadas y cruzar en secreto la frontera entre León y Aragón, decididos a rescatar a su reina de la infamia. El riesgo era elevado, pues se estaban alzando contra su legítimo rey, pero el honor les impedía permanecer impasibles ante el ultraje infligido a su señora. El honor y también el amor, dado que ambos albergaban hacia ella ese mismo sentimiento, si bien era el antiguo alférez de su padre quien, a la sazón, era correspondido por ella.

—Sabía que vendrías —declaró la reina a su caballero, después de cubrirle el rostro y las manos de besos—. ¿Verdad que te lo dije, Muniadona? Nunca dudé de ti.

—El conde de Lara nos aguarda fuera para partir cuanto antes hacia León —repuso él, creo que algo abrumado por la pasión que mostraba ella—. El tiempo apremia.

—¿También Pedro ha venido? —El tono no reflejaba sorpresa, sino gratitud.

—Sin vacilar —afirmó González—. Somos muchos los castellanos dispuestos a entregaros nuestras vidas.

—Mis buenos condes... —se emocionó ella, conmovida por esa manifestación de fidelidad tan opuesta a los rigores soportados—. Sabré recompensaros como merecéis.

—No habrá mejor recompensa que veros repuesta en el trono, majestad. Mas debemos partir cuanto antes.

—¿Acaso anda cerca Alfonso? —Un rictus de inquietud heló la sonrisa que iluminaba su cara—. ¿Os persigue?

—El rey se encuentra en el castillo de Milagro, aquejado de una enfermedad —contestó el conde, reconociendo con sus palabras la autoridad del soberano.

—¡Buenas noticias! —exclamó doña Urraca, perdido todo disimulo—. Así reviente.

—No tardará en reponerse y a buen seguro nos perseguirá. Os suplico que os dispongáis a partir sin tardanza.

Antes de que el sol alcanzara el techo de su recorrido, cabalgábamos a galope tendido hacia León. Huíamos de un enemigo astuto e implacable, tanto más peligroso cuanto que acechaba escondido. Nos aguardaba parapetado donde menos lo esperábamos, dispuesto a impedir que la reina regresara a su palacio.

11

Así muere un caballero

Otoño del año 1110 de Nuestro Señor
Burgos
Reino de León

La distancia entre El Castelar y León superaba las ciento treinta leguas, lo que es tanto como decir más de veinte días de viaje ininterrumpido, cambiando de monturas allá donde fuera posible y forzando nuestra naturaleza hasta el límite de su resistencia. Nos iba en ello la vida, por lo que nadie desfalleció.

Galopamos sin descanso hacia el noroeste, a menudo campo a través, hasta divisar las murallas de Burgos, capital de Castilla, donde la soberana y el conde Gómez anhelaban detenerse a fin de reponer fuerzas al abrigo de sus fortificaciones. Lo último que esperaban encontrarse eran las puertas cerradas a cal y canto y una guarnición hostil que los conminó a marcharse invocando el mandato expreso del Batallador.

Mi señora se negaba a creer que su esposo hubiera logrado arrebatarle su heredad en tan poco tiempo. Se aferraba a la esperanza de que sus súbditos, o al menos una parte de ellos, siguieran siéndole leales. Por eso llamó a su presencia a González de Lara, cuyos dominios se extendían por esas tierras, y lo instó a revelarle la verdad en toda su crudeza.

—Los aragoneses guardianes de la plaza no la entregarán sin lucha —respondió el apuesto conde, rodilla en tierra ante su reina—. Mientras estabais en Aragón, tomando juramento a vuestros nuevos vasallos, don Alfonso sustituyó a todos vuestros capitanes por hombres de su entera confianza; no solo aquí, sino en Sahagún, Carrión y otras muchas villas.

—¿Y nadie hizo nada por impedirlo? —elevó el tono ella, furiosa.

—Se trataba del rey, señora —agachó la cabeza el noble—. Ninguno de nosotros habría osado cuestionar sus decisiones.

—¿Todos mis súbditos me han dado la espalda entonces? —La ira se había tornado tristeza—. ¿Estoy sola?

Gómez González, presente en la conversación, dio un paso al frente antes de exclamar:

—Nos tenéis a nosotros, majestad. Pronunciad una palabra y tomaremos Burgos por las armas.

—Así se hará, puesto que Alfonso no nos deja otra salida —sentenció doña Urraca—. Se la devolveremos a los burgaleses, a quienes debo proteger.

—No os fieis de ellos, señora —alertó don Pedro, alzando ligeramente la voz profunda que acompañaba a un rostro de facciones hermosas, enmarcado por una melena rubia algo más clara que la barba—. Os traicionarán en cuanto tengan ocasión.

—¿Por qué habrían de hacer tal cosa?

—Al igual que en Sahagún y otros lugares, se han aliado con campesinos rebeldes y han escogido el partido de vuestro esposo contra nosotros, sus legítimos señores. Rechazan prestar los servicios debidos, discuten el importe de las alcabalas y cenas que deben pagar e incluso pretenden gobernar a su albedrío la ciudad. Andan muy crecidos en sus demandas, creedme.

—Todo eso cambiará cuando vean que he regresado —desdeñó ella la advertencia—. He permanecido demasiado tiempo alejada de mi gente, pero eso va a cambiar.

Mi señora se equivocaba y el de Lara tenía razón.

Las mismas mesnadas que nos habían rescatado de El Castelar derrotaron a los defensores aragoneses sin grandes dificultades, dada su considerable superioridad numérica. Quienes no perecieron en el ataque huyeron a toda prisa, abandonando a unos burgueses que fingieron regocijarse del regreso de su reina recibiéndola con grandes muestras de júbilo. Mientras la vitoreaban, no obstante, enviaban mensajeros a don Alfonso dándole cuenta de lo sucedido e implorando su auxilio.

En Burgos reposamos todos, exhaustos después de tanta fatiga. Mi señora se desquitó de las afrentas sufridas en brazos de su amante, con quien compartió noches de pasión desenfrenada cuyos ecos llegaban con claridad hasta mis oídos en la pequeña estancia contigua donde dormía yo. Ya no me alarmaban sus jadeos ni me preocupaban sus gritos. Había aprendido a diferenciar los lamentos causados por el dolor de los gemidos debidos al goce. Estos últimos, prolongados con frecuencia hasta bien entrada la mañana, evocaban en mi piel un deseo ardiente de Nuño y me causaban una gran desazón. A menudo me dejaba arrastrar por esa ansia y dejaba que mi cuerpo hallara el modo de satisfacerla sin culpa, evocando el afecto puro del hombre que me aguardaba en Salas y pensaba en mí como su esposa. Mi amor.

* * *

Así transcurrieron, plácidas, varias semanas otoñales, hasta que una mañana me despertó la voz de alarma repetida de garganta en garganta por los vigías apostados en las torres. Llamaba a todos los hombres a ocupar sus puestos de combate. Las tropas del Batallador estaban cerca y el rey traía compañía. No solo se había restablecido por completo de su mal, sino que parecía haber encontrado un aliado poderoso.

Doña Urraca estaba preparada para hacer frente a su marido más pronto que tarde en el campo del honor, pero no se esperaba la traición flagrante de su medio hermana, Teresa, hija de su padre y de Jimena Muñoz, la amante que había calentado el corazón y el lecho del rey durante buena parte de su vida. Teresa era de la familia. ¿En qué momento había decidido renegar de su propia sangre en aras de satisfacer su codicia?

—Ella y yo nos criamos juntas —me comentó esa mañana, abatida por el golpe, tras oír confirmar a uno de sus capitanes que el conde don Enrique, su cuñado, cabalgaba al flanco del aragonés—. Nuestros hombres derramaron su sangre a la vez luchando contra los sarracenos en la frontera. ¿Cómo han podido hacerme esto?

—La ambición, mi señora. Vos mejor que nadie sabéis hasta qué punto envilece a quien se deja cegar por ella.

No estaba descubriéndole nada nuevo. Mi señora conocía de sobra la ambición de su hermanastra y la de su esposo, Enrique de Borgoña, primo de su difunto primer marido, premiado con el condado de Portugal a través de ese ventajoso matrimonio concertado por Alfonso VI. Incluso recordaba con cierta vergüenza haber participado antaño en conversaciones mantenidas por los dos francos con el propósito de repartirse el reino de su suegro, antes de que el nacimiento de un hijo varón, el malogrado Sancho, truncara sus aspiraciones. Aun así, la sorprendió y le dolió tener la confirmación de que la habían apuñalado uniendo su hueste a la del Batallador.

—¡Qué rápido se olvida la sangre cuando irrumpe en el juego el ansia de poder! —constató, probablemente evocando lo que había visto en su entorno desde la más tierna infancia.

—Algo le habrá prometido vuestro esposo a ese extranjero —deduje apelando a la simple lógica.

—Y no habrá sido poca cosa. En tiempos, él y Raimundo confiaban en heredar el imperio de mi padre a partes iguales, con mi anuencia y la de Teresa, quien siempre me ha tenido envidia, por cierto. Yo entonces solo veía por los ojos de mi marido y no daba importancia alguna a las niñerías de esa hermanastra por quien sentía un afecto sincero. ¡Qué gran error!

—Vos sois reina y ella una simple bastarda —remaché sin conocer a la susodicha—. Es comprensible.

—No creas, mi padre siempre le profesó un gran cariño y se mostró con ella extraordinariamente generoso, aunque al parecer no lo suficiente, a juzgar por su conducta.

—El dolor del bien ajeno lleva en el pecado la penitencia —recordé un dicho que solía repetir mi abuela—. El envidioso es un enfermo para cuyo mal no hay cura.

—Dices bien, Muniadona. Ella siempre ha aspirado al trono y ahora debe de ver la oportunidad de conseguirlo aprovechando mis desavenencias con Alfonso.

—Pues tendréis que impedírselo —apunté con el entusiasmo de mi corta edad y mi respaldo incondicional a la señora a quien servía.

—Y lo haré, pierde cuidado —dijo ella alzando la barbilla, con ese gesto tan suyo que parecía acrecentar su estatura—. Ahora comprendo por qué el rey se ha mostrado últimamente tan ávido de acumular oro y plata, cambiándoselo a los monasterios por tierras de mi propiedad o robándoselo directamente cuando no había trueque posible. Necesitaba comprar un ejército capaz de derrotar al mío.

—Y pagar a vuestro cuñado…

—Él no se conformaría con eso. Y Teresa aún menos. A ellos les habrá prometido la mitad occidental de mi reino o cuando menos algunas de sus plazas más importantes. Ser condes debe de parecerles poco. Se han propuesto convertirse en reyes, aunque no les corresponda por derecho de sangre.

—Dios no permitirá tal desafuero —repuse, convencida de que el Altísimo había dispuesto un lugar en la tierra para cada uno de nosotros y el de los soberanos era el más sagrado de todos—. Estará a vuestro lado en la lucha.

—Que así sea —sentenció ella, comprobando en el espejo que el velo estuviese ajustado tal como le gustaba, dejando libre la barbilla—. Ahora manda llamar al conde Gómez. Debo discutir con él nuestros planes para la batalla.

* * *

El choque tuvo lugar una fría mañana próxima a la festividad de Todos los Santos, en un paraje llamado Campo del Espino, situado a unas treinta leguas al sur de Burgos. En la ciudad permanecimos mi señora y yo a la espera, aguardando impacientes alguna noticia mientras elevábamos nuestras plegarias al cielo en compañía de su capellán, su notario, el mayordomo de palacio y cuantas damas formaban parte de su corte itinerante. Los hombres marcharon al combate encabezando a sus respectivas mesnadas, confiados en una victoria que no podía mostrarse esquiva.

El conde González se despidió con un beso lleno de pasión, casi desesperado, como si presintiera lo que iba a ocurrir. La figura menuda de doña Urraca se abandonó durante unos instantes al calor de ese pecho amado, que la acogía sin sospechar que sería la última vez. Ambos lucían galas de fiesta, no de guerra. Ella un hermoso brial entallado de brocado verde bordado con hilos de plata. Él una túnica larga del mejor paño color azul celeste, con aperturas a ambos lados, ceñida a la cintura mediante una correa de cuero ancho y hebilla también plateada. Tiempo tendría de enfundarse el gambesón acolchado bajo la armadura de acero cuando el enemigo estuviese a la vista. Hasta entonces resultaba más cómodo cabalgar ligero, junto al grueso de la tropa compuesta por unos trescientos jinetes y el doble de peones, además de los escuderos y criados.

Desde lo alto de las murallas los vimos partir, henchidos de orgullo, precedidos por jinetes distinguidos con el honor de enarbolar al viento los estandartes de sus nobles casas. Reconocí al conde González de Lara, de porte gallardo, inconfundible sobre su montura de guerra. La reina me señaló a otros cuyos nombres he olvidado, mencionando sus distintas procedencias geográficas con el fin de subrayar la extensión de sus dominios.

Permanecimos inmóviles en el angosto camino de ronda, oteando el horizonte, hasta que el último de los soldados se perdió en la nube de polvo que levantaban a su paso. Solo entonces accedió la reina a retirarse a la capilla, donde comenzó una vigilia tensa, entre el miedo y la esperanza.

La primera noticia de la derrota llegó a través de un mensajero despachado de urgencia por el conde de Lara desde el campo donde se produjo el lance. Decía de manera escueta que los ejércitos de la reina habían sufrido un revés aplastante y anunciaba su pronto regreso. Nada más. Un sinfín de preguntas dejadas cruelmente en el aire de ese día de San Evaristo.

Mi señora padeció un auténtico calvario hasta ver llegar al noble de regreso a la villa burgalesa, seguido del puñado de afortunados que habían logrado salvar el pellejo. No le dio tiempo ni para lavarse. Lo convocó de inmediato a su presencia, polvoriento y cubierto de sangre, ávida por conocer de sus labios lo ocurrido.

—¿Dónde está el conde Gómez? —le espetó a bocajarro nada más verlo.

Don Pedro González de Lara agachó la cabeza al tiempo que negaba, moviéndola a derecha e izquierda, en un gesto cuyo significado era inequívoco.

—Dime que no ha muerto. ¡Dime que no lo has dejado morir! —increpó la reina al castellano—. Tú debías ser su escudo.

Estabas al mando de las tropas castellanas. ¿Qué haces aquí, respirando, cuando él yace insepulto en ese maldito espinar?

—Si me permitís hablar… —balbució el de Lara, sombrío.

—Habla —concedió doña Urraca al cabo de unos segundos, pugnando por serenarse—. Y más vale que lo que digas me convenza, porque en caso contrario tu vida valdrá muy poco.

—Las cosas fueron mal desde el principio —se arrancó quien fuera la mano derecha del caído en la batalla—. Nos superaban holgadamente en número y ocupaban una posición más ventajosa, pese a lo cual el alférez nos ordenó cargar contra ellos.

—¿Y no acatasteis su orden?

—Lo hicimos, como un solo hombre. Pero el conde, que habría debido permanecer atrás, a resguardo de sus caballeros, se lanzó el primero con furia ciega, imparable, picando espuelas a su corcel hasta verse rodeado de aragoneses que lo derribaron de la montura antes de alancearlo en el suelo, sin darle la oportunidad de levantarse y empuñar la espada. Murió con vuestro nombre en la boca, señora. Fue muy rápido. No pudimos impedirlo.

La reina me relataría mucho tiempo después que de un modo parecido habían perdido la vida algunos ilustres antepasados suyos como Alfonso V, asaetado por un moro mientras inspeccionaba imprudentemente las murallas de Viseu sin armadura, o el hijo de este, Bermudo, abatido en batalla antes de cumplir veinte años por precipitarse y cargar en solitario contra el enemigo. Claro que en ese momento nada de eso le vino a la cabeza. No estaba para lecciones de historia. Al conocer el trágico fin del hombre al que amaba, se derrumbó en el sitial que hacía las veces de trono y derramó un llanto quedo, amargo, impregnado de una infinita tristeza.

Me preguntaba yo por qué no se retiraría el noble, que permanecía arrodillado frente a ella sin atreverse a alzar la testa, cuando él mismo se encargó de despejar mis dudas.

—Hay algo más, majestad.

Ella permaneció callada, interrogándolo con la mirada. Él se levantó, avanzó unos pasos y depositó en sus manos un anillo masculino de oro purísimo adornado con un zafiro.

—La noche previa a la batalla me pidió que os lo entregara si ocurría lo peor. Empeñé mi palabra en hacerlo, pero sabe Dios cuánto me aflige cumplir este penoso encargo.

Doña Urraca estuvo a punto de desmayarse y habría caído al suelo de no sostenerla el conde en sus brazos. Yo observaba la escena desde una distancia suficiente para no interferir en ella ni tampoco perder detalle. Por eso supe que en ese abrazo había mucho más que compasión o lealtad. Mucho más que el empeño de consolar a una viuda. Era un abrazo de hombre. Un abrazo de amante a quien mueve un ardiente deseo. Un abrazo expectante. Don Pedro González de Lara estaba más cerca de conseguir a la mujer que desde hacía tiempo anhelaba poseer y expresaba su pasión con ese gesto en apariencia inocente. Ella aún no lo sabía, pero no iba a tardar en caer presa del mismo anhelo.

¿Quién habría soportado los rigores de su vida sin alguien en quien descansar el cuerpo y el alma maltrechos de tanto combate estéril? La existencia de mi señora era una pugna constante entre apetencia y deber. Entre amores enfrentados, amores imposibles y amores impuestos. Entre la Urraca emperatriz de España y la Urraca mujer de carne, piel y sentimientos.

* * *

No tardaron en propagarse rumores sobre lo acaecido en el Campo del Espino, que contrariaban lo relatado por el noble castellano. Hubo quien lo acusó de cobardía y aseguró haberlo visto huir de la batalla abandonando a sus compañeros. Otros supervivientes avalaron su relato, ponderando su conducta heroica. Las lenguas más viperinas destilaron su veneno achacándole haber propiciado la muerte de Gómez González con el fin de sustituirlo en el lecho de la reina y así acrecentar su poder sometiéndola a su influencia. Negaban a mi señora el derecho a ser amada por la belleza de su alma y no por su corona. De esa forma le hacían pagar su determinación de aferrarse al trono.

Yo nunca creí esas vilezas. Es más; tengo la certeza absoluta de que el amor de don Pedro fue sincero y logró hacerla dichosa, o al menos brindarle instantes de auténtica felicidad. ¿Qué otra cosa cabía pedir en un tiempo tan convulso?

Antes de conquistar un puesto en su corazón, empero, el conde González de Lara debía ponerla a salvo, ayudándola a escapar de nuevo. Porque el Batallador, victorioso, amenazaba con prenderla y devolverla a su encierro. De ahí que, coincidiendo con las primeras nieves, abandonáramos Burgos camino de Palencia, mientras el rey se dirigía hacia el castillo de Peñafiel.

El aragonés velaba armas junto a sus temibles caballeros pardos, guerreros de gran fiereza, curtidos en la frontera, cuya fidelidad inquebrantable se había ganado don Alfonso por su determinación de no descansar hasta expulsar al último de los sarracenos de sus dominios.

La reina guardaba luto por su amante fallecido, aferrada a su recuerdo simbolizado en la joya que llevaba prendida en la camisa a la altura del pecho.

Yo veía pasar los días sin hallar el modo de volver a Salas ni acercarme tampoco a Toledo, donde mi madre debía de estar terriblemente preocupada. La lucha entre Urraca y Alfonso era una hoguera voraz que consumía nuestras vidas sin ofrecer escapatoria.

12

En la cuerda floja

Quiso el destino que halláramos refugio en la fortaleza de Muñó, perteneciente al conde Ansúrez, donde se habían celebrado las bodas de mi señora con don Alfonso de Aragón. Poco más de un año había transcurrido desde entonces, aunque a mí me parecía una eternidad.

En esta ocasión no hubo recibimiento festivo, ni banquete, ni músicos. Se le brindó a la reina, eso sí, el servicio debido, alojándonos tanto a ella como a los miembros de su séquito con toda la comodidad posible. Magro consuelo para la emperatriz, que llegaba a esa fortaleza en calidad de fugitiva de su propio marido, con el alma destrozada por la muerte del hombre al que amaba.

—Voy a retirarme a descansar —me dijo nada más desmontar—. No tengo humor para homenajes. Dispón que me sirvan vino y algún alimento ligero.

—¿Recibiréis al conde González de Lara? —inquirí, sabedora de que él insistiría en verla.

—Tal vez.

La incertidumbre duró lo que tardó ella en refrescarse y devorar unos dulces a base de yema y miel capaces de levantar el ánimo más sombrío. Esa misma noche don Pedro acudió a sus estancias, dispuesto a lanzar su asalto aprovechando la debilidad de la mujer que deseaba.

Tal vez porque quisiera testigos de la conversación o no terminara de fiarse de su propia capacidad de resistencia, doña Urraca me pidió que permaneciera en la habitación, como los guardias de la puerta o una pieza del mobiliario. Esa era mi función. Estar presente sin ser notada ni mucho menos participar. Acompañar sin intervenir. Creo que de alguna inexplicable manera yo le proporcionaba seguridad, y sabe Dios que le hacía falta en esas horas terribles.

El noble se acicaló a conciencia para su encuentro con la reina. Llevaba una túnica larga inmaculadamente limpia, de color claro, ceñida por un cinturón ancho que resaltaba su hermosa figura esculpida por el ejercicio. También su cabello rubio había sido lavado y peinado con esmero. Nadie podía negar que se trataba de un hombre apuesto, cuya habilidad para el galanteo superaba con creces la habitual entre sus pares dedicados a la guerra, y no digamos la de ese rey de modales rudos, carente del menor interés por el sexo femenino. ¿Quién podía reprochar a la reina que se sintiera atraída por él? Necesitaba desesperadamente un hombro en el que llorar y el de ese castellano fornido, seductor y leal se hallaba a su disposición en el momento y lugar oportunos.

—Mi señora —hincó la rodilla en tierra—, hay asuntos urgentes que no admiten demora.

—Os escucho.

Doña Urraca no había sido menos concienzuda con su atuendo, pues como buena reina otorgaba una importancia capital a los símbolos externos de su poder y, por añadidura, era mujer presumida.

—Algunos magnates de fidelidad probada proponen enviar emisarios a don Enrique con la propuesta de que se aleje del rey y regrese a vuestra causa.

—¿Sois vos mismo uno de ellos?

—El primero, en realidad.

—¿Y por qué haría tal cosa el conde de Portugal, tan dispuesto a traicionarme?

—Por interés —respondió el de Lara, torciendo el gesto en una mueca de repugnancia—. Si os ha dado la espalda a cambio de las promesas hechas por vuestro esposo, del mismo modo se la dará al Batallador si le ofrecéis partir con él vuestro reino con suerte fraternal.

—O sea, renunciar a buena parte de lo que por derecho me corresponde.

—Las palabras, palabras son. Las promesas se cumplen o no... Tiempo habrá de negociar los pormenores de ese acuerdo. De momento se trata de salvar vuestro trono y quién sabe si vuestra vida.

—Decís bien, don Pedro. Durante mi encierro en El Castelar, e incluso antes, temí por ella —convino mi señora, sin desvelar los pormenores de la terrible violencia sufrida a manos de su esposo—. ¿Creéis que don Enrique se avendrá a ese arreglo?

—Es altamente probable, majestad. Muchos de vuestros nobles han sido sus compañeros de armas en la lucha contra los sarracenos. Los une una poderosa hermandad de sangre que reforzará la motivación principal.

—Sea pues —concedió la soberana—. Disponed lo necesario para que partan cuanto antes los portadores de esa oferta y encomendémonos al Señor para que sea atendida.

Zanjado el motivo principal de la entrevista, la reina me pidió que sirviera una copa de vino al castellano, quien se había levantado y permanecía en pie. ¿Se disponía a quitarse la espina de esa otra noche otoñal en el mismo lecho del mismo castillo, con un hombre radicalmente opuesto al causante de sus pesadillas?

Tengo para mí que don Pedro se habría prestado gustoso a cumplir esa función, si hubiese visto en la reina una disposición más clara. Pero ella estaba de luto. Ella lloraba en silencio al conde Gómez, único depositario de su afecto desde la muerte de su primer marido. Tal vez intuyese ya que pronto o tarde se entregaría a ese caballero apuesto que la cortejaba con cierto descaro, pero si era así no me lo dijo. Claro que el mero hecho de no despacharme de esa habitación era toda una declaración de intenciones. Un freno que su razón imponía a sus tentaciones.

Una vez apurada la copa, el de Lara se inclinó para besar la mano de su señora con labios ardientes de pasión y la mirada encendida. Ella permaneció hierática, distante, en su papel de soberana. ¡Cuánto tuvo que esforzarse siempre en ocultar las emociones propias de cualquier mujer, que a ella le estaban vedadas!

—Aguardo impaciente vuestras nuevas —lo despidió con frialdad impostada.

—Confiad en mí, majestad. Pronto cambiarán las tornas.

* * *

Aún estábamos en Muñó, combatiendo el frío asentado entre esos muros de piedra con braseros, gruesas calzas de lana y mantos forrados de piel, cuando se presentó un emisario del conde Enrique, quien pedía a doña Urraca regresar a su amistad a cambio de un pago justo.

—A saber qué le han prometido en mi nombre… —reaccionó ella a la petición, entre el alivio y el recelo.

Pese a sospechar que sus propios nobles se hubiesen excedido en el ofrecimiento, no estaba en posición de negarse, de modo que aceptó de mal grado.

—Enterado de nuestro acuerdo —le comunicó poco después el propio conde de Lara, eufórico—, don Alfonso se ha hecho fuerte en el castillo de Peñafiel, consciente de su debilidad. Es hora de atacar, señora. Estamos en disposición de infligirle una derrota definitiva y zanjar de una vez por todas esta penosa disputa.

—Que así sea —aprobó la reina, henchida de esperanza y decidida a devolver, golpe por golpe, cada afrenta padecida—. Yo misma encabezaré al ejército.

Y así lo hizo, con loriga y yelmo, como uno más de sus capitanes, rodeada de su guardia personal, a lomos de un caballo de guerra cuya alzada impresionaba. Una montura criada en una yeguada asentada en un remoto valle astur que, al cabo de algunos años, yo iba a conocer de cerca.

La campaña se tradujo en una victoria rotunda, aunque el rey resistió la embestida al abrigo de la fortaleza inexpugnable que había escogido como refugio, donde se le habían unido los temibles caballeros pardos de las fronteras de la cristiandad. Gentes de armas semejantes a mi bisabuelo, Ramiro, cuyas hazañas oía contar de niña al amor de la lumbre, junto a las de mi padre y mi abuelo. Gentes cuya memoria permanecía viva en mi recuerdo.

Doña Urraca y su cuñado pusieron sitio a la plaza con muchos soldados de a caballo y a pie, incendiaron la tierra, la saquearon y destruyeron cuanto estaba a la vista, para castigo de los súbditos que habían traicionado a su reina.

En esa ocasión, gracias a Dios, yo me ahorré la contemplación de esos horrores, porque la soberana me había enviado a León, a donde no tardó en regresar ella. Aun así, no me costaba imaginar los desastres causados por la batida. Los había visto no hacía mucho en Galicia: hombres y mujeres muertos, animales sacrificados sin más propósito que la destrucción, tierra quemada, miseria. Gentes humildes, inocentes, carentes de poder alguno para decidir su suerte, víctimas de una venganza tan injusta como implacable. Y en este caso su verdugo no era el bárbaro aragonés empeñado en usurpar los dominios de mi señora, sino ella misma; la reina a quien yo amaba y servía. Por el bien de mi cordura y la paz de mi espíritu, me libré de esa visión. Supe lo ocurrido después, porque me lo contaron, pero habría preferido permanecer en la ignorancia.

Al calor de esa gran victoria doña Urraca amplió de inmediato el número de sus partidarios.

No tardó en presentarse en palacio su medio hermana, Teresa, presta a reclamar el pago acordado por el auxilio de su esposo el conde en el campo de batalla. Era exactamente tal como la había descrito mi señora: ambiciosa, arrogante, altanera, inteligente, extraordinariamente hermosa. También debía de haberlo sido su madre, quien mantuvo al rey preso de sus encantos más tiempo que ninguna otra amante. Una rival a la altura de doña Urraca de León.

Como punto de partida, la condesa de Portugal exigió la mitad del reino y el tratamiento de reina.

—Gran engaño me parece hacer sudar a nuestros soldados por un honor y un reino ajenos —inició la conversación.

Su demanda era a todas luces inaceptable, por débil que fuese la posición de su medio hermana, enfrentada a su propio esposo y con un primogénito de corta edad sujeto a graves amenazas. Ella debía de saberlo, pese a lo cual no se arredró. Aquella reclamación enfureció a mi señora en lo más hondo, aunque se vio obligada a ocultar su ira y negociar con habilidad hasta alcanzar un acuerdo más razonable, suscrito en el documento correspondiente, con toda la parafernalia al uso.

Doña Teresa renunció a ser llamada reina, puesto que tal título correspondía en exclusiva a la hija legítima de don Alfonso de León, pero arrancó grandes concesiones territoriales a cambio de una alianza militar estable: Zamora, Arévalo, Ávila, Salamanca y otras villas importantes con sus respectivos alfoces. Un patrimonio gigantesco, cedido por escrito y bajo juramento con el único propósito de ganar tiempo.

En ese momento yo ya conocía a doña Urraca lo suficiente como para saber que, antes o después, se desquitaría de esa afrenta haciendo tragar a la condesa un cáliz igual de amargo.

Esa noche, al abrigo de sus estancias privadas, durante nuestra rutina habitual de ungüentos y tisana de hierbas destinada a facilitarle el sueño, me confesó avergonzada:

—Hoy he cometido perjurio ante el notario del reino, mi confesor y mi propia sangre.

—No penéis, señora —traté de justificarla, como hacía siempre, en parte por convicción y en parte por necesidad—. Habréis obrado en conciencia por el bien del reino.

—He actuado movida por la necesidad, Muniadona. Una reina rara vez puede permitirse el lujo de honrar su conciencia. Estoy en la cuerda floja.

—Aun así, salvaréis el trance —traté de sonar convincente, a la vez que reforzaba la presión sobre sus manos, crispadas por la tensión—. Siempre lo hacéis.

—Acabo de despachar dos mensajeros en el mayor de los secretos —necesitaba liberar su espíritu del peso que lo atenazaba—. Uno a Zamora, con la orden de no entregar en ningún caso la plaza a los portugueses, por más escritos y sellos que muestren. Otro a Palencia, solicitando a mis caballeros que abran las puertas al rey a fin de que podamos entablar allí conversaciones.

Esa última revelación me dejó de piedra.

—¿A don Alfonso? —inquirí estupefacta—. ¿Estáis segura?

—Estoy atada de pies y manos. Mi propia hermana conspira para arrebatarme el trono y mi único aliado posible es el aragonés. Entre esos dos males debo hacer equilibrios si quiero conservar el legado de mi padre.

—Quiera Dios guiar vuestros pasos —le deseé, pensando no solo en ella, sino en mi propia suerte.

—Mañana partiré con Teresa hacia Sahagún. Debo distraerla mientras mis emisarios alcanzan sus destinos. Tú permanecerás aquí con los ojos bien abiertos. No tardaré en regresar.

* * *

Habrían transcurrido tres o cuatro días desde su marcha, cuando uno de los criados del mayordomo de palacio vino a buscarme al cuartito que compartía con las criadas de doña Urraca cuando ella estaba ausente, en el ala de servicio próxima a las cocinas y establos. Traía una carta escrita en pergamino amarillo, meticulosamente doblada en forma cuadrada, con las esquinas juntadas y lacradas en el centro. Mi corazón dio un vuelco, temiendo lo peor.

—Para ti —dijo seco, tendiéndome el manuscrito.

—¿De dónde viene? —inquirí angustiada—. ¿Quién la ha traído?

—Creo que uno de los frailes del monasterio de San Pedro.

El hombre tenía pocas ganas de hablar, de modo que hube de animarlo ofreciéndole una copa de vino antes de suplicarle:

—Dime algo más, por caridad. Hace meses que no sé nada de mi familia.

—Pues ábrela y te enterarás —escupió con desprecio—. Tú sabes leer, ¿no? Todos dicen que eres el ojito derecho de la reina. Por algo será...

—Si me dices quién era ese monje te daré una moneda —cambié de táctica.

—Solo sé lo que me dijo —accedió a hablar previo pago, sin ocultar su antipatía—. Que venía de Compostela y había aceptado traer una misiva para ti. «La mensajera de la reina», te llamó. ¡Qué aires se da la muchacha!

—¿De Compostela?, ¿seguro?

—De una villa del camino —repuso el criado, de mala gana—. No recuerdo el nombre. Era algo parecido a «sales».

—¡Salas! —grité.

—Eso, Salas.

13

Matrimonio excomulgado y sacrílego

A Muniadona Diéguez, en León:

Luz de mis ojos, ¿dónde estás? Prometiste volver pronto, pero los días pasan y tu ausencia es un tormento. Rezo para que cuando leas estas letras, que el hermano Félix se ha ofrecido a escribir por mí, te encuentres bien de salud y no me hayas olvidado. Ahora estoy al mando del castillo, pues por San Mateo el Señor llamó a su seno a don Bermudo, que ya descansa en la paz de Dios. Te recordábamos a menudo y le gustaba pensar que llegaríamos a estar juntos. Ven a mí, te lo suplico. Acepta ser mi esposa y no te arrepentirás.

Tuyo siempre,

Nuño

Leí la carta una y otra vez, hasta aprendérmela de memoria. Esas pocas frases escuetas, francas, carentes del menor adorno o artificio. Ese lenguaje directo al grano. Ese amor puro, desinteresado. Esas palabras propias de un hombre sencillo, de corazón noble, eran bálsamo para mi espíritu sometido a las intrigas cotidianas de la corte de León. Un refugio al que acudir en busca de verdad y consuelo. Por eso me propuse firmemente hablar con la reina a la primera oportunidad y rogarle que me liberase de las cadenas que me ataban a ella.

La emoción de mis primeros tiempos a su servicio se había desvanecido, transformada en obligación, las más de las veces penosa. Echaba terriblemente de menos la normalidad de una vida vulgar como la conocida en casa de mi madre. También la extrañaba cada día más a ella, a mis hermanos... La reina me había atrapado como la araña al insecto, privándome de voluntad y de fuerza. Yo era un instrumento en sus manos, que ella manejaba a su capricho alternando el halago, la amenaza y la llamada a la compasión, en la certeza de tenerme bien sujeta por una mezcla de admiración, deslumbramiento, aprecio sincero y miedo.

* * *

Precisamente acababa de regresar doña Urraca de Sahagún, dejando allí a su medio hermana, cuando el antiguo abad de aquel monasterio, Bernardo, ahora arzobispo de Toledo, se presentó en la capital afirmando ser portador de nuevas cuya gravedad le había obligado a venir desde tan lejos con el fin de transmitírselas en persona a doña Urraca.

La soberana sentía un gran afecto hacia ese prelado que había sido el guardián de las sepulturas de sus padres antes de hacerse cargo de la diócesis toledana. Solía hablar de él a menudo, evocando la importancia de esa labor de custodia sin la cual sus amados difuntos no podrán descansar en paz. A su vez, el clérigo más influyente de toda la España cristiana mantenía un vínculo especialmente sólido con la hija del rey Alfonso VI, el de la buena memoria, tan distinto del aragonés con quien compartía nombre. Aun así, sabedor de la trascendencia de su misión, se había hecho acompañar por los obispos de Oviedo y León, con objeto de revestir de solemnidad lo que estaba a punto de comunicar. Los tres se hallaban presentes en el gran salón de palacio esa tarde de noviembre, frente a su reina, que aguardaba ansiosa la revelación anunciada.

—El Santo Padre ha dictado sentencia en vuestro caso, majestad —anunció el poderoso mitrado de origen franco, íntimamente unido a Cluny y por ello próximo al papa en cuestión.

—¿Y bien? —Ella estaba en ascuas y no podía ocultarlo.

—Su Santidad declara nulo el matrimonio por razón de consanguinidad y… —vaciló.

—¡Continuad, en nombre del cielo! —se impacientó doña Urraca.

—Establece que seáis privados del sacramento de la comunión mientras dure vuestra unión sacrílega, a la vez que os exhorta a regresar cuanto antes a la comunidad de los fieles.

La soberana de León, emperatriz de toda España, excomulgada junto a su esposo, Alfonso el Batallador, flagelo de los sarracenos. ¿Cuándo se había visto semejante sindiós? Temí que la cólera de mi señora alcanzara al obispo que permanecía erguido ante ella, revestido de brocado carmesí de los pies a la cabeza, pero ella reaccionó con alivio, o eso al menos aparentó.

—Mi buen amigo —dulcificó el tono, indicando mediante gestos al obispo que se acercara—, me liberas de un gran peso. Yo soy la primera que desea separarse de un marido que no escogí y cuyos ultrajes han ido en aumento hasta tornarse insufribles.

Acto seguido, puso sus pequeñas manos blancas entre las del obispo, que las acogió paternalmente, y prometió no volver a pecar compartiendo el lecho con Alfonso.

—Dios misericordioso perdonará vuestras ofensas siempre que no se repita esa infame coyunda —advirtió el prelado, que detestaba al aragonés, aunque todavía no le hubiera dado este motivos suficientes para odiarlo.

—Pierde cuidado, querido Bernardo, y ve en paz —zanjó la reina, besando su anillo—. Tu lealtad será recompensada.

En cuanto se hubieron marchado los tonsurados, doña Urraca exclamó:

—¡En buena hora decide el papa anular estas bodas malditas! ¿No podía haberlo hecho antes de que Teresa y Enrique se abalanzaran sobre mi reino como lobos hambrientos?

Los nobles presentes, empezando por el conde de Lara, se dieron cuenta de que la escena representada ante los prelados había tenido mucho de interpretación, aunque huelga decir que ninguno lo expresó en voz alta. Nadie se habría atrevido. Todo el mundo murmuraba a las espaldas de la soberana sin ahorrarle injurias, pero nadie osaba escupirle a la cara ese veneno. Lo cual despertaba en mí un instinto de protección a todas luces impropio, siendo ella emperatriz y yo una humilde criada. Tal vez fuera el legado de cuantos hombres y mujeres en mi familia habían servido a sus reyes en la frontera de la cristiandad. Acaso llevara en la sangre ese impulso insensato, del que nunca obtuve más que disgustos.

Mi señora, como digo, era objeto de infinidad de habladurías en las calles, monasterios y castillos. Los arrieros se hacían lenguas de sus disputas conyugales y amoríos pecaminosos, no eran pocos los magnates que se resistían a acatar su autoridad, reacios a inclinarse ante una dama, y en los mercados las comadres la criticaban por comportarse como un varón. En su presencia, no obstante, todos se hincaban de hinojos. ¡Hipócritas!

* * *

No quiero ni imaginar lo que contarán de su reinado las crónicas escritas por esos monjes a quienes protegió hasta el límite de sus fuerzas, sin que ese amparo bastara para librarla de sus juicios implacables. Sé que se refieren a ella con desprecio. Yo misma he oído en más de una ocasión esas críticas. Poder y mujer no deberían ir de la mano, sentencian los entendidos, derramando su ponzoña contra la hija del rey que arrojó sobre sus menudas espaldas ese honor y esa condena. Un yugo al que doña Urraca nunca quiso renunciar, porque esa pesada carga era su herencia y su deber sagrado.

Tratar con ella no resultaba fácil, bien lo sabe Dios. Tampoco se mostró nunca especialmente generosa o agradecida conmigo. Su humor era tan cambiante como el cielo del otoño, y cuando viraba a tormenta podía mostrarse cruel hasta resultar odiosa. Pero jamás le faltó valor para hacer frente a su destino y jamás se rindió. En ese tiempo terrible de guerra, hambrunas e injusticia, el que nos tocó vivir, otros muchos hijos de Eva hubieron de sufrir suertes infinitamente peores. La diferencia es que a ellos no les fue dado escoger y a mi señora, en cambio, sí. Ella pudo elegir y optó por vivir la vida a la que tenía derecho, aun sabiendo que esa elección tendría un precio desorbitado.

* * *

Y vuelvo al día en que el arzobispo de Toledo le llevó la noticia de la excomunión dictada contra ella por el papa si no cesaba de inmediato su convivencia marital con el Batallador. Ante los demás, doña Urraca había permanecido entera, incluso fría, sin más reacción que el citado comentario. Después, a la hora de las confidencias, poco antes de apagar las velas y entregarse al descanso, se dijo a sí misma, fingiendo dirigirse a mí:

—Confío en que esta no sea mi última noche, porque, si lo fuera, ardería eternamente en las llamas del infierno.

—No digáis eso, señora. —Me santigüé, espantada—. No conviene tentar al demonio. ¿Por qué iba a llevaros con él?

—Porque he mentido a Bernardo al prometerle separarme de mi esposo cuando sé que no lo voy a hacer. Por más que deteste a Alfonso, lo necesito para enfrentarme a las ambiciones de mi hermanastra. Por mucho que me repugne, debo reconciliarme con él.

Me había propuesto hablarle esa misma noche de la carta de Nuño y pedirle permiso para marchar con él, pero desistí de mi empeño al ver cuánta falta le hacía en esa coyuntura mi compañía. Estaba más sola que nunca. Diría que incluso asustada, por más que fuera maestra en el arte del disimulo. De manera que relegué una vez más mis deseos y seguí escuchando el monólogo que desgranaba con el afán de justificarse.

—Aunque quisiera seguir en guerra con él a costa de entregar a Teresa lo que me exige, no podría. Alfonso ha colocado arteramente soldados y capitanes aragoneses en prácticamente todas las guarniciones castellanas. No puedo fiarme de su lealtad.

—Las gentes hablan de esos soldados con temor y aborrecimiento —apunté, pues lo había oído decir dentro y fuera del palacio—. Se comenta que entre los hombres de armas del rey hay francos que estudian el arte mortal de la nigromancia, usan de maleficios, encantamientos y adivinanzas, e incluso son capaces de aojar a cuantos les hacen frente. —Volví a santiguarme, invocando la protección de los santos.

—No hagas caso de esas habladurías —me reprendió—. El Batallador no necesita nigromantes. Le basta con saber que sus hombres le son fieles. Y no hay mejores soldados que los pardos que lo acompañan a dondequiera que va. Esos guerreros han combatido con él a los temibles almorávides, conocen su determinación y lo adoran por ello. Jamás lo traicionarán.

Una oleada de orgullo me inundó por dentro al escuchar esas palabras de labios de mi señora, porque a pesar de que luchaban en la hueste de su esposo, ella reconocía sin ambages el mérito y valor de esos caballeros fronterizos tan respetados como temidos, luchadores incansables, forjados en el sacrificio. Hombres como mi padre, mi abuelo y mi bisabuelo, con cuya sangre se había escrito la historia de mi familia.

* * *

Ni la reina ni el rey estaban en posición de asegurarse en ese momento la victoria en su enconada lucha, dado el reparto de fuerzas, de modo que llegaron a un arreglo y se reconciliaron, aunque tengo para mí que ninguno de los dos tenía intención alguna de honrar el acuerdo alcanzado. Él juró que no sometería a su poder ninguna villa o fortaleza más allá del río Ebro ni tampoco impondría en esas plazas guarniciones aragonesas. Empeñó su palabra en no traer al reino de su esposa más de cien jinetes armados y respetar su potestad de nombrar como administradores a los nobles de la tierra. También prometió dejar de injuriar a doña Urraca como solía hacerlo, so pena de perder el apoyo de sus nobles. Ella garantizó que sería una buena mujer y tampoco insultaría al rey, a riesgo de ser ella la abandonada por la nobleza. Con eso estaba todo dicho, máxime cuando nunca había mostrado el menor interés en gobernar los asuntos del reino aragonés.

Recién restablecida esa paz, mi señora dictó en presencia del Batallador uno de esos documentos repletos de formalidades destinados a beneficiar a una comunidad de monjes. No recuerdo ni el nombre del monasterio ni el contenido exacto de la donación, pero sí que llamó poderosamente mi atención una de las frases finales pronunciadas con voz firme ante todos los testigos: «Todo se hizo reinando nuestro señor Jesucristo y, al amparo de su gracia y por la gracia de Dios, siendo emperador de León y rey de toda España Alfonso, mi marido».

¡Cuánto debió de costarle ese reconocimiento!

Esa noche me despachó antes de la hora habitual. Había pedido a sus doncellas una camisa de hilo fino y el carísimo perfume de azahar adquirido en Aragón de un comerciante que trataba con la taifa de Valencia. Era evidente que esperaba la visita del marido con quien había jurado no volver a holgar, y por algún motivo que se me escapaba deseaba complacerlo.

—¿Queréis que me quede cerca por si necesitarais algo? —me ofrecí, recordando su noche de bodas.

—No hace falta —respondió, con resignación amarga—. Por poco que hayamos compartido el lecho, algo hemos aprendido el uno del otro. Ese aroma le gusta mucho. Acabará rápido y se dormirá.

—¿Estáis segura?

—¡Te he dicho que te vayas! —Me dirigió una mirada iracunda—. No te preciso para nada y Alfonso debe de estar al llegar. ¡Márchate!

Era evidente que el trance no le resultaba placentero y pagaba su malestar conmigo, lo cual formaba parte también de nuestra peculiar relación. Supuse que el interés del reino los obligaría a ambos a demostrar ante la corte que dormían juntos, pues de lo contrario su renovada unión no habría resultado creíble y algún noble habría podido ir con el cuento a Teresa y Enrique.

Por otro lado, empero, estaba el asunto de la progenie. Si engendraban un varón, él lo heredaría todo en detrimento del infante que aguardaba su turno en Galicia. ¿Querría doña Urraca propiciar una preñez tan perjudicial para su único hijo? En el pasado se había mostrado horrorizada ante esa eventualidad, pero su ánimo podía variar en función de las circunstancias. O... ¿y si estaba en esos días en que resulta casi imposible que la vida se abra paso? Tal vez hubiera hecho sus cálculos y apostado por recibir a don Alfonso en su cama aprovechando el mejor momento para evitar un embarazo. En tal caso, dada la escasa afición de ese monarca soldado por los lances del amor, salvadas las apariencias se habría dado por satisfecho y regresado a la tranquilidad de sus aposentos privados.

Me fui de la habitación perdida en mil conjeturas. Vi venir al aragonés precedido por dos de sus guardias, cubierto con un lujoso manto de seda bordada forrado de armiño. Parecía de buen humor, o cuando menos tranquilo. Le hice una profunda reverencia, pegándome a la pared a fin de cederle el paso, al tiempo que formulaba votos silenciosos porque mi señora acertara en su pronóstico y pudiera cumplirse el débito conyugal sin menoscabo de su honra ni mucho menos su integridad.

A la mañana siguiente no se refirió al encuentro íntimo ni para bien ni para mal, de lo cual deduje que no habría habido llanto, aunque tampoco gemidos. Ella no me dijo nada y yo evité preguntar.

* * *

De acuerdo con doña Urraca, el Batallador se dirigió poco después hacia Sahagún, acompañado de una nutrida hueste, con la intención de apresar a la condesa Teresa, quien, alertada de su llegada, huyó en el último momento. Mucho contrarió a mi señora ese desenlace, pues había confiado en retenerla prisionera en previsión de futuros cambios de bando. Algún provecho debía sacar de esa reconciliación que amenazaba nada menos que la salvación de su alma…

—Aún habré de arrastrarme a los pies de esa bastarda insaciable y suplicar el auxilio de sus tropas —auguró, rabiosa, al conocer la noticia.

—No tentéis al diablo —repuse, una vez más, temerosa de que el pronóstico llegara a cumplirse—. Bien sabéis cuánto se divierte jugando con nuestros destinos.

Mi advertencia iba a cobrar realidad bastante antes de lo previsto.

El rey estaba furioso ante la excomunión dictada contra él por el papa y volcó su ira en los monjes del monasterio de Sahagún. El aragonés era hombre profundamente religioso, educado entre frailes e imbuido de una profunda vocación religioso-militar que le habría llevado a ser cruzado en Tierra Santa de no surgir la oportunidad de convertirse en soberano de todas las Españas. ¿Cómo era posible que el Santo Padre lo expulsara del seno de la Iglesia a él, que tanto había hecho por la cristiandad? Alguien tenía que haberlo engañado y ese alguien no podía ser otro que el prelado de Toledo, de quien había empezado a vengarse a través de sus antiguos hermanos.

De ese maltrato fuimos enterándonos por las quejas de los propios monjes saguntinos, quienes hicieron llegar a la reina nuevas pormenorizadas de sus desdichas. En ellas hablaban de las incontables humillaciones sufridas y del expolio de sus viñas, tierras y molinos a cargo de los burgueses de la villa, amparados por los soldados del rey. De cómo Ramiro, el hermano pequeño del monarca encumbrado por este a la dignidad de abad, se había apropiado de cuantas riquezas atesoraba el recinto sagrado —tapetes, almohadas, mantas, colchas, sábanas, vasos de oro y de plata, custodias llenas de reliquias de santos y ornamentos de todas clases— para quedárselas o enviarlas a otros conventos en Aragón. Del hurto, especialmente sentido, del pulgar de santa María Magdalena, la reliquia más valiosa de cuantas se custodiaban allí, y de su indignación al constatar que las piedras preciosas que adornaban cálices y cruces habían sido sustituidas por yeso, huesos y dientes de perro. Con todo, lo más detestable a sus ojos era que el intruso usurpara el oficio del presbítero, bendiciendo cirios, candelas y ramos a pesar de ser solo diácono, y que no se avergonzara de salir en procesión portando capa y báculo sin haber sido elegido abad.

Entre tanto, los burgueses de Sahagún se habían adueñado de la ciudad y la estaban fortificando con torres, muros y puertas sólidas, mientras se multiplicaban los desafíos al monasterio que desde el mismo instante de su fundación había ejercido su dominio absoluto sobre las gentes de la región.

Las cartas que los frailes hacían llegar a la reina detallaban esos desacatos con incredulidad y honda amargura. Se referían a los desmanes cometidos por un tal Sanchianes, el caballero designado por el rey para gobernar la villa, atribuyéndole toda clase de fechorías que mi señora leía con horror.

—¡Ha mandado convertir el hospital del monasterio en un palacio para su propio disfrute! ¿Hasta dónde llegará el atrevimiento de ese rufián?

—Si vuestro esposo no lo frena…

—No lo hará. Sus hombres se han adueñado de todas las propiedades del monasterio. Es el pago por sus servicios.

—¿Y por qué respaldan los lugareños esos actos abominables?

—Se habrán dejado arrastrar por el pecado o el miedo. Es muy tentador comer hasta hartarse el pan de otro y cosechar sin sembrar. Además, al parecer, quienes se resisten son pasados a cuchillo. Algo muy grave está sucediendo en Sahagún con la complicidad de mi esposo.

Aquello le causaba una herida lacerante en el alma, porque cada humillación infligida a los moradores de ese recinto sagrado le parecía una profanación del sepulcro de sus padres.

En aquellos días, escuchando esos relatos de labios de mi señora y observando su honda pena, llegué a albergar un profundo resentimiento hacia los causantes de tales fechorías, que se repetían por doquier en múltiples lugares del reino. Años después, al conocer de primera mano los agravios esgrimidos por esos burgueses como causa de su revuelta, no pude por menos de mostrarme comprensiva. El mercado, la leña, la caza, el trabajo, toda la vida de esas personas pasaba por el todopoderoso abad del monasterio, quien medraba en opulencia a costa de su sudor. Hasta para cocer pan en sus casas debían pagar dos sueldos al monasterio. Y otro tanto cabía decir de los señores cuyos vasallos se habían alzado en armas. Esas gentes llevaban generaciones mascando rabia e impotencia. Cuando el jarro se desbordó, inundó la tierra de sangre.

14

Crónica del horror

Año 1111 de Nuestro Señor
Sahagún
Reino de León

Era tiempo de Cuaresma, eso lo recuerdo bien. Tiempo de oración y penitencia, de ayuno y oficios sagrados, de muerte y desolación en la tierra perteneciente al monasterio de Sahagún, que los pardos del rey Alfonso arrasaban sin piedad junto a los burgueses sublevados contra su señor natural. Los espías enviados por doña Urraca traían informes terribles sobre lo que allí acontecía: iglesias, granjas y aldeas saqueadas por turbas violentas. Hombres, mujeres, niños y hasta criaturas de pecho cargados de cadenas y privados de alimento. Hambre, frío, sevicias indescriptibles. Un cúmulo de horrores que la reina se resistía a creer, hasta que vino a contárselas un monje cuyo testimonio no podía poner en duda. El hermano Ubaldo, a quien ella conocía desde niña por ser el encargado de mantener siempre encendidas las velas de cera virgen que ardían junto al sepulcro de sus padres.

El fraile, un anciano encorvado bajo el peso de los años, se presentó en León sin previo aviso, suplicando una audiencia a la soberana. No era costumbre de mi señora acceder a tales peticiones, aunque en su caso hizo una excepción. Lo recibió en sus aposentos privados, lejos de oídos indiscretos, sin más compañía que la mía y la de los guardias encargados de su protección. Al verlo entrar renqueando, con los ojos hundidos, el rostro cubierto por una barba amarillenta y las manos entrelazadas a la altura del cordón que le ceñía a la cintura del hábito raído, demasiado holgado para su cuerpo enflaquecido, se levantó, como impulsada por un resorte, para ir a su encuentro.

—En nombre de Cristo, fray Ubaldo, ¿qué os ha ocurrido?

—Ay, mi señora —contestó él, prorrumpiendo en un llanto amargo—, son tantos y tan crueles nuestros padecimientos, que no sabría por dónde empezar.

Después de reconfortarlo con un abrazo maternal, acomodarlo en un escaño junto al hogar donde ardía el fuego y mandar que le sirvieran vino caliente especiado, la soberana lo conminó a explicarse. Él arrancó finalmente a hablar, al principio de manera desordenada, para ir hilando poco a poco un relato estremecedor del infierno en que se había convertido la comarca poblada en tiempos del buen Alfonso con cristianos venidos de lejos a quienes él colmó de riquezas.

—En vida de vuestro padre, cuya alma goza ya de los bienes del paraíso, ninguna villa o lugar precisaba de muros o puertas porque todos vivían en paz y gozaban de gran seguridad...

Tras hacer una breve pausa para secarse las lágrimas con el pañuelo de hilo fino que le ofreció la reina, continuó recordando, imbuido de nostalgia:

—Los viejos se sentaban a la sombra de una higuera y los mancebos y las vírgenes compartían alegres danzas. Hoy todo es desolación. Los cristianos toman cautivos a sus hermanos como si fueran caldeos y la muerte recorre la tierra sobre su montura negra.

—¿A qué te refieres? —repuso doña Urraca—. Habla sin miedo.

—Esos burgueses no respetan nada —prosiguió él, evidenciando en el tono que iba aflorando su rabia—. Se saben amparados por los aragoneses y han perdido el temor de Dios.

—Mi esposo no debería consentir tales abusos —terció doña Urraca con gesto crispado—. Trataré de hacerle entrar en razón.

—¿Razón, decís? En el reino ya no existe tal cosa. Ni razón, ni piedad, ni justicia, ni respeto. Las fuerzas del mal se han adueñado de todo. Como perros rabiosos recorren los campos esos hijos de Satanás, robando cuanto pueden y entregando en pasto a las llamas lo que no se van a llevar, incluyendo a los animales que nos sirven de sustento. Son iguales a los sarracenos.

La reina se revolvía incómoda en su escaño al constatar que lo referido por sus espías no solo respondía a la verdad, sino que se quedaba corto. Mientras ella lloraba a su amante caído en el Campo del Espino y trataba de salvar su corona trenzando alianzas cambiantes, sus súbditos padecían todos los rigores inherentes a la ausencia de una autoridad similar a la que había ejercido su padre. Un poder indiscutido, firme, justo, capaz de proporcionar paz y progreso. Exactamente lo contrario de lo que relataba ese fraile al describir el desgobierno imperante en la comarca de Sahagún, donde a falta de orden y ley prevalecía la brutalidad.

—Lo he visto con mis propios ojos —continuó narrando el anciano, como quien vacía un recipiente repleto de hiel—. Desdichados de toda condición traspasados con lanzas y cuchillos o quemados vivos en los desvanes donde trataban de esconderse. Gentes afortunadas, debo decir, puesto que peor destino aguardaba a quienes eran capturados vivos…

En ese punto debí de emitir algún sonido, porque Ubaldo reparó en mi presencia y me lanzó una mirada extraña, no sé si compasiva o cargada de desprecio. Él se dirigía a la reina y cualquiera que no fuera ella estaba de más en la estancia.

Para ese clérigo próximo ya a rendir cuentas ante el Altísimo, cuya vida había transcurrido íntegramente entre los muros de un monasterio, el orden natural de las cosas era algo inalterable. De ahí su honda repugnancia, su rechazo visceral de una revuelta feroz destinada a conculcar esa jerarquía sagrada.

—Nadie se libra de la ira y la codicia de esos leones. —Ahora el tono antes lastimoso destilaba odio—. Alcanza así a los nobles de la tierra como a los medianos y a los rústicos. Todo el que no comparte sus correrías las sufre. ¡Y ay de los que se niegan a entregarles lo que piden! El elenco de martirios que les infligen sin mostrar clemencia supera lo padecido por nuestros hermanos cristianos en tiempos de Diocleciano.

—Retiraos a descansar —lo interrumpió la soberana, alarmada por el cariz que tomaba la conversación—. Proseguiremos mañana cuando estéis más sereno.

Ubaldo enrojeció de furia, perdida toda contención. Taladrando a doña Urraca con ojos llameantes, le espetó:

—Recobraré la serenidad cuando vos hagáis justicia. He venido a dar testimonio de lo que acontece en Sahagún y apuraré hasta las heces el cáliz de esta misión. Si no queréis escucharme, habréis de mandar que me prendan.

Era tal la determinación del clérigo que mi señora reculó, aviniéndose a escuchar lo que faltara por decir.

—Sabed cómo actúan bajo el amparo del rey quienes devastan la tierra cual plaga —prosiguió Ubaldo, poseído por un espíritu vengador que le había desatado la lengua e infundido renovada fuerza—. Sabed de qué modo consiguen que sus presas revelen dónde esconden lo poco o mucho que poseen. Sabed la clase de torturas que practican así a niños de pecho como a personas de edad avanzada. Sabed que algunos burgueses pagan cien sueldos a otros por uno de esos cautivos, a fin de sacarle quinientos atormentándolo con saña...

—No necesito...

—Sí, necesitáis, pues solo así hallaréis motivos para poner fin a esta iniquidad. Sabed que vuestra gente es encerrada desnuda en arcas estrechas sembradas de tejas punzantes que les laceran la piel y la carne a menudo hasta la muerte. Que atados de pies y manos, en la intemperie de la noche gélida, les arrojan agua encima hasta que se les forma hielo sobre el cuerpo y se les entumecen los miembros. Que con tenazas de hierro les arrancan dientes y muelas de la quijada, uno a uno, a fin de prolongar su padecimiento. Que afilan maderos puntiagudos, endurecidos después a fuego, donde empalan a quienes se niegan a revelar sus escondites. Que a otros los cuelgan por los pulgares o los genitales de cuerdas muy finas hechas de cáñamo o lino...

—¡Basta! —estalló la reina, asqueada—. He oído suficiente.

—Me temo que no, mi señora —rebatió él, decidido a llegar hasta el final—. Aún he de revelaros lo que dicen esos rebeldes de vos.

Aquello mereció toda la atención de la soberana, a la que urgía conocer el alcance exacto de la revuelta en lo referente a su persona y su autoridad, minada por su matrimonio con el rey de Aragón.

—Os escucho —concedió de mala gana.

—Que Dios me castigue si miento —se curó en salud el monje, previendo la irritación que iban a causar sus palabras—. Y si digo la verdad, caigan su venganza y la vuestra sobre los alzados que ensucian sus bocas llamándoos «meretriz pública» y «engañadora», mientras insultan a vuestros caballeros refiriéndose a ellos como «hombres sin ley», «perjuros» y «embusteros».

«Meretriz pública». La expresión me hirió los oídos. La misma infamia de siempre. Un ultraje a la mujer que se atrevía a reinar. Esos malditos burgueses lacayos del aragonés injuriaban a doña Urraca del modo más infamante, clavando sus puñales allá donde más dolía. Buscaban quebrar su resistencia y lograr que se plegase a los deseos de su marido. Confiaban en que ese estigma, intolerable para una dama, terminaría por doblegarla.

No la conocían bien.

—Tened la certeza de que pagarán por esas ofensas —replicó doña Urraca con voz firme, aferrada a su orgullo—. Empeño mi honor en esta promesa y no dudo de que también el Altísimo les pedirá cuentas por sus actos cuando llegue el juicio final al que todos estamos llamados.

—No es eso lo que proclaman los sacerdotes adheridos a su causa —se quejó el fraile—. Antes al contrario, los animan a continuar, asegurándoles desde los púlpitos que la misma penitencia tendrán por cien rústicos asesinados que por un perro muerto.

La reina se santiguó espontáneamente, al igual que yo, evocando con horror la escena, al tiempo que él terminaba de describirla:

—En sus iglesias lanzan soflamas contra vos y vuestros nobles, dictan vuestra excomunión e incitan a los rebeldes al grito de: «¡Así perezcan y mueran los enemigos de los aragoneses!».

—Es suficiente —repitió la soberana, esta vez en tono cortante.

—Ya me callo —se avino Ubaldo—. De todas formas, me avergonzaría reproducir los denuestos que esos hijos de Satanás dedican al santo varón don Bernardo, arzobispo de Toledo. Mas sabed que ni siquiera él escapa a tales escarnios.

* * *

Durante toda la noche me asaltaron las pesadillas, pues los horrores relatados por el monje de Sahagún habían despertado el recuerdo de lo vivido en Galicia. Me veía nuevamente amenazada por manos gigantescas que chorreaban sangre, hombres sin rostro cuyas bocas parecían fauces, bestias a medio camino entre lo humano y lo animal, surgidas del mismo infierno con el afán de devorarme.

La llegada del nuevo día fue una liberación.

A la luz del sol los hechos relatados cobraban otra dimensión, no menos dramática, aunque sí más comprensible. Al principio traté de convencerme de que probablemente habría mucho de exageración en los tintes siniestros empleados por el anciano con el propósito evidente de conmover a doña Urraca. Tras una breve reflexión, no obstante, me dije a mí misma que resultaba imposible inventarse las sevicias descritas con tanto detalle. El saguntino no mentía. Prueba de ello era mi propia memoria de lo contemplado en los dominios de Gelmírez, donde las tropas del rey habían causado daños parecidos e idéntico terror, aun sin el concurso de esos burgueses a quienes el monje se refería asemejándolos a demonios.

En verdad vivíamos tiempos oscuros. Tiempos de cólera desmedida, violencia impune, hambruna, miseria y abusos sin cuento. Tiempos terribles para la gente sencilla, indefensa ante las plagas desatadas por el cielo contra ellas, sin que ninguna penitencia pareciera suficiente para redimir sus pecados. Tiempos de llanto y de luto.

La referencia de Ubaldo al arzobispo de Toledo me había traído a la memoria a mi madre, abriendo de nuevo la herida de la añoranza, unida a una zozobra creciente. ¿Y si también allí proliferaban los disturbios? ¿Y si los aragoneses decidían ocuparla? Algo me tranquilizaba el hecho de que mi señora no hubiera mencionado nada al respecto, aunque la inquietud estaba ahí, agazapada en el rincón reservado a las preocupaciones secretas, lanzando zarpazos frecuentes que me robaban la paz.

Estaba a punto de cumplir quince años, «la niña bonita» decían... ¡Patrañas! ¿Bonita? Más bien insegura, asustada, perdida, sola. Me sentía profundamente infeliz y no veía el modo de escapar de mi cárcel dorada. Echaba dolorosamente de menos a mi familia; a Nuño, el gentil caballero de Salas; incluso a Sancha, la hija de doña Urraca, con quien había trenzado una fugaz amistad truncada por la distancia y la ausencia de noticias. Me faltaban los abrazos tanto como las confidencias hechas al amor de la lumbre. A menudo tenía ganas de llorar, si bien había aprendido a ocultar mis emociones. En eso la soberana era la mejor maestra.

Habría dado cuanto poseía por hacer llegar un mensaje a mi madre o responder a la carta de Nuño. ¿Podía pedir tal favor a la reina? Rotundamente no. Hasta ese momento no me había dado pie para hacerlo ni yo había encontrado el coraje de intentarlo. De manera que me resigné a la incertidumbre, al igual que el resto de la gente sujeta a los caprichos del destino, aceptando de antemano lo que la Providencia hubiese dispuesto para mí.

* * *

Entregada a la voluntad de mi soberana, ella me arrastró consigo y con don Alfonso hasta la villa de Carrión, donde acabamos sitiados por el poderoso ejército de su hermanastra, doña Teresa, y de su esposo, el conde Enrique. Según se comentaba en el entorno de los soberanos, se sentían traicionados y ansiaban vengarse de doña Urraca, que había jurado en falso repartirse con ellos el reino.

—A fe que he de aplastar a esa chusma o bien morir en el empeño —porfiaba la reina, enfurecida, en el salón del castillo recién reforzado por su marido con el fin de contener el asalto de los portugueses—. Cueste lo que cueste, voy a derrotar a esos rebeldes.

Don Alfonso había salido para comprobar el estado de las defensas, acompañado de cuantos nobles compartían con los reyes el duro trance en el que se hallaban. El peligro de sucumbir ante la hueste atacante era muy real, lo que causaba una angustia fundada entre los capitanes responsables de impedirlo. Pensé que a eso se refería mi señora en su comentario, por lo que tercié, tratando de infundirnos ánimos a ambas:

—El Batallador los derrotará, tened fe en él. Vos misma habéis ponderado siempre sus virtudes como soldado.

—Estoy hablando de los burgueses, necia. ¿O acaso has olvidado ya lo que nos refirió el bueno de Ubaldo? Mi marido es el primer responsable de cuanto acontece en Sahagún, y si no hallo la forma de convencerlo para que ponga fin a esos desafueros, tendré que someterlo por la fuerza.

El insulto me dolió, aunque no era la primera vez que se dirigía a mí de ese modo. Cuando la acuciaban las preocupaciones, solía pagarlo conmigo. Hice caso omiso pues, mientras ella se desahogaba:

—Están tan envalentonados que han redactado un fuero propio, ignorando el que les otorgó mi padre. Pretenden impedirnos la entrada a la ciudad a nosotros, sus reyes, a menos que juremos cumplirlo. ¿Cuándo se ha visto semejante atrevimiento?

Allí estábamos, encerradas entre los muros de una fortaleza rodeada de enemigos temibles, y ella pensaba en el desacato de los habitantes de Sahagún. Cuanto más la conocía, más difícil me resultaba entenderla. Porque en aquel entonces todavía no me había familiarizado yo con los entresijos de su pensamiento, su capacidad para la intriga, sus increíbles dotes de supervivencia...

—Voy a encomendarte una misión de la máxima importancia —me anunció sin transición, haciendo gala de esas virtudes que yo aún desconocía, si bien empezaba a intuirlas—. Llevarás un mensaje a mi hermana.

—¿A doña Teresa? —inquirí estupefacta.

—¿Quién iba a ser si no? Piensa, Muniadona, utiliza la cabeza. Se trata de algo extremadamente delicado que solo puedo confiarte a ti. ¿Honrarás esa confianza?

De nuevo el halago unido sutilmente a la amenaza, con un toque despectivo. Una táctica infalible que me llevó a responder:

—Desde luego, mi señora. Pero ¿cómo saldré del castillo? ¿Cómo cruzaré sus líneas?

—Ya te las arreglarás. Una muchacha como tú no despierta inquietud alguna en los guardias. Podrías ser una lavandera o cualquier otra criada. Hazte invisible. Ese era tu talento, ¿recuerdas?

—Lo haré —me crecí, sin la menor idea de cómo lograrlo—. ¿Llevaré una nota escrita?

—No. Podría caer en manos de Alfonso y causar nuestra ruina. Transmitirás las palabras que voy a decirte.

—Os escucho.

—Le dirás a Teresa de mi parte que le suplico me perdone y me comprenda. Que si la traicioné fue por solo culpa de mi esposo, de quien pronto me alejaré definitivamente, obedeciendo a mi conciencia y al papa. Que la amo de todo corazón y sé que ese amor es correspondido por ella. Que compartimos la sangre de nuestro padre y ese vínculo sagrado ha de unirnos eternamente. ¿Lo recordarás todo?

—Lo recordaré.

—Ve pues y no me falles.

15

Toledo

Año 1111 de Nuestro Señor
Carrión de los Condes
Reino de León

Cruzar las líneas fue lo más sencillo. Una muchacha de aspecto humilde no llamaba la atención de nadie. Mucho más difícil me resultó que me condujeran hasta doña Teresa, lo que logré gracias al oro proporcionado por mi señora. Ese metal era infinitamente más poderoso que el acero mejor templado, triunfaba allá donde las espadas resultaban inútiles, abría casi cualquier puerta y cerraba la mayoría de las bocas. Debidamente administrado, doblegaba toda resistencia.

No menos valiosa para mi causa fue la buena memoria de la condesa, quien me reconoció por haberme visto en alguna ocasión junto a su hermana. Conocedora de la cercanía que mantenía yo con la reina, escuchó atentamente el mensaje que le transmití, palabra por palabra.

Una vez llevado a cabo el cometido que se me había encomendado, regresé a la fortaleza de Carrión con los bolsillos vacíos y el deber cumplido, para dar cuenta a mi señora del contenido de esa entrevista.

Apenas dos días después, los portugueses comenzaron a levantar el sitio. Desmontaron sus máquinas de guerra, hicieron lo propio con las tiendas y emprendieron la retirada sin causar demasiados daños, lo que superaba con creces los augurios más optimistas. A pesar de su evidente superioridad, dejaban la partida en tablas. ¿Por qué? Se lo pregunté a la reina, con la esperanza de recibir alguna muestra de gratitud por mi contribución a ese feliz desenlace.

—No te hagas demasiadas ilusiones —me desengañó—. De haber decidido Teresa, todavía estarían aquí.

—Pero lo cierto es que se han marchado.

—Así es. Mas no por voluntad de esa traidora, sino merced a la lealtad de los nobles que la acompañaban. Mis nobles —subrayó el posesivo—. Caballeros leoneses fieles a su soberana.

—La condesa era quien los comandaba —me atreví a replicar.

—En efecto. Y es inteligente. Conoce la naturaleza de Alfonso y también la mía. Sabe que no tardaré en apartarme de su lado y volveré a necesitarla. Habrá calibrado sus cartas, tomado nota de la opinión de su gente y calculado el beneficio de acceder a mi propuesta de paz.

—Bien está lo que bien acaba —concluí conciliadora.

—Esto no ha acabado, Muniadona —me clavó una mirada cortante—. De hecho, acaba de empezar. Tengo muchos frentes abiertos y he de medir mis fuerzas. Pero si de algo estoy segura es de que volveré a enfrentarme con Teresa. Ella ambiciona lo que es mío y yo no estoy dispuesta a dárselo. Mi padre, que en gloria esté, no me lo perdonaría.

Esos frentes abiertos se notaban en su rostro, a pesar de los afeites que yo mezclaba para ella siguiendo viejas recetas familiares. Las arrugas de la frente se le habían acentuado, su hermosa cabellera estaba salpicada de hebras blancas y unas feas bolsas violáceas se le habían instalado bajo los ojos oscuros, añadiendo varios años a los treinta que tenía. Las pérdidas sufridas y los combates librados en el último lustro parecían restarle vida, aunque ese declive estaba a punto de revertirse con la irrupción de un personaje que aguardaba su oportunidad para alcanzar la condición de protagonista en esta historia: don Pedro González de Lara.

* * *

Fue más o menos por entonces, a comienzos del año 1111 de nuestra era, cuando mi señora sucumbió por fin a las atenciones del conde castellano, quien no había cesado de galantearla desde la muerte de Gómez González. Lo supe sin sombra de duda al ver que ya no llevaba prendido a la camisa el anillo de su amante caído en la batalla del Campo del Espino. Me alegré por ella y por mí, pues pensé que, al tener en el noble un refugio en el que descansar, me dejaría marchar sin resentimientos. Esa era mi máxima aspiración en aquel tiempo, ajena a lo que el destino me tenía preparado. Pero como ya he dicho en varias ocasiones, la Providencia se divierte haciéndonos bailar al son de su música.

Doña Urraca y don Alfonso aún estaban formalmente unidos, aunque raras veces compartían el lecho. Se rehuían el uno al otro, sentían una misma aversión visceral hacia el cónyuge que habían aceptado por el interés de la cristiandad, pero trataban de cumplir los acuerdos de respeto mutuo alcanzados con el propósito de zanjar sus violentas disputas. Guardaban las apariencias, buscando el menor pretexto para poner distancia entre ellos.

Ella ansiaba ser reconocida como reina de pleno derecho, así como libertad para entregarse al conde de Lara, su más leal consejero y el único hombre a quien miraba con ojos de mujer. Él no anhelaba otra cosa que batallar y se ahogaba en los salones de una corte que aborrecía. De ahí que ambos vieran el cielo abierto cuando llegaron a León rumores de que los gobernadores almorávides de Sevilla y Córdoba preparaban una nueva aceifa.

—Mi esposo parte a Toledo con el grueso de sus tropas —me informó, eufórica, una mañana de fines de invierno—. Confiemos en que la defensa de tan preciada plaza lo mantenga allí una buena temporada.

—¡Dejadme ir con él! —supliqué, convencida de que el Señor había escuchado mis ruegos.

—¿Por qué?

—Para ver a mi madre y mis hermanos —respondí, dando por hecho que mi señora habría olvidado mi procedencia—. Desde vuestras bodas con don Alfonso apenas he sabido de ellos.

—Es verdad —comentó, displicente, mientras degustaba un plato de arenque ahumado, acompañado de pan blanco y regado con sidra ligera—. Fue la condesa Eylo quien te llevó al castillo de Muñó en tan funesta ocasión.

—El conde Ansúrez siempre ha protegido a mi familia —le recordé—. Mi padre sirvió en su mesnada.

—Toledo es un lugar peligroso —repuso, como si no me hubiera oído—. Estás mejor aquí conmigo.

Su indiferencia hacia mis sentimientos, no por conocida menos dolorosa, me dio la fuerza de plantarle cara, aun a riesgo de ser castigada.

—Nunca os he pedido nada, pero hoy os encarezco, señora. Permitidme ir a visitar a los míos. Pensad en vuestros hijos. ¿Soportaríais la incertidumbre de no saber si estaban muertos o vivos? Así es como ha vivido mi madre desde que entré a vuestro servicio.

Doña Urraca se vio sorprendida por esa reacción airada, tan ajena a mi conducta habitual. Levantó la vista del plato, trató de intimidarme con su mirada más fría y fracasó, porque yo me mantuve firme, decidida a imponer, por una vez, mi voluntad.

—No me echaréis de menos —volví al ataque—. Regresaré antes de que os deis cuenta. Tenéis mi palabra.

—Si no me equivoco —la reina era reacia a ceder—, esa madre a la que tanto añoras te había buscado un marido mucho mayor que tú. ¿Crees que te estará esperando?

—A buen seguro se habrá casado con otra. —Conservé la calma, centrando mis golpes donde sabía que hacían daño—. Es mi madre quien estará deseando abrazarme, igual que vos a vuestros hijos.

—Está bien —se rindió al fin—. Irás. Pero escúchame bien. Si no regresas para la Pascua, tú y tu familia conoceréis mi ira.

—Gracias, señora. —Besé sus manos, que ella retiró, irritada.

—No olvides mis palabras. Te quiero de regreso antes de la Pascua, salvo que os degüellen los almorávides.

* * *

Nunca un viaje se me había hecho tan largo. La distancia que separaba León de Toledo no alcanzaba las cien leguas, aunque a mí me pareció mucho mayor. Y eso que el ejército del rey avanzaba deprisa, atravesando los campos de Castilla donde sus tropas y las de su esposa habían chocado recientemente, bañándolos de sangre cristiana.

Cuando al fin llamé a la puerta de mi hogar, apenas me sostenían las piernas por el agotamiento unido a los nervios. Estaba exhausta y aterrada. ¿Seguiría siendo nuestra esa humilde vivienda de dos plantas obtenida por mi padre como parte de su botín, habitada antaño por un musulmán huido a al-Ándalus tras la derrota de los suyos, cuyo mayor atractivo era su emplazamiento a dos pasos de la antigua mezquita convertida en catedral? ¿Residirían todavía allí mi madre, mi abuela y mi hermana? ¿Qué habría sido de Lope, el primogénito, escudero en la hueste de Álvar Fáñez?

—¿Quién vive? —preguntó una voz cascada que reconocí al instante como la de Josefa, la vieja criada de la casa.

—¡Soy yo, Muniadona! —También me temblaba la voz.

—¿En verdad eres tú, chiquilla?

—Sí, ábreme ya, por Dios…

¿Cómo describir lo que sucedió a continuación? Madre y Leonor debían de estar sentadas a la mesa, compartiendo una cena frugal con la propia Josefa, pero corrieron a abrazarme nada más verme cruzar el umbral. Hubo llanto, risas, un derroche de emociones largo tiempo contenidas, que fluyeron todas de golpe, imparables, mientras nos tocábamos los rostros y nos besábamos una y otra vez con la necesidad de constatar que en verdad estábamos allí, juntas, en carne y hueso y no en sueños. Que éramos reales y nos hallábamos bajo el mismo techo.

Busqué en vano a mi abuela Jimena, que era para mí la encarnación del amor paciente, incondicional, risueño; la memoria de mi familia paterna y la depositaria de mis secretos e inquietudes durante toda mi infancia. Pensé que se habría acostado ya o estaría en su alcoba, usando la bacinilla. Mi madre pareció leerme el pensamiento, porque bajó la mirada, compuso un gesto triste y negó con la cabeza:

—Tu abuela está en la paz de los ángeles desde el pasado verano. Se la llevaron unas fiebres repentinas. Fue muy rápido, no sufrió.

Las lágrimas de alegría se tornaron de pronto amargas, no solo por la ausencia de esa persona que tanto había contribuido a mi felicidad, sino por la certeza de haberla abandonado cuando más me necesitaba. De nuevo mi madre debió de percatarse de mi angustia, porque añadió:

—Ella nunca dudó de que te habrías abierto un camino recto —subrayó esto último—. Cada vez que la condesa Eylo nos traía noticias tuyas, expresaba su alegría y repetía lo orgulloso que habría estado tu padre de ti sabiéndote al servicio nada menos que de la reina.

Dormimos poco aquella noche. Josefa sacó de la bodega el mejor vino que guardábamos y lo acompañó de dulces de almendra y miel, queso curado, frutos secos y uvas pasas, que devoramos a dos carrillos mientras nos poníamos al día de lo acontecido en esos años.

—Leonor ha decidido profesar en un convento —anunció madre con cierta tristeza—. Ansía retirarse del mundo.

Mi hermana asintió sin vacilar, exhibiendo una sonrisa luminosa. Su hermoso rostro mostraba una seguridad envidiable y una determinación absoluta. Ella, la favorita de la fortuna, la más agraciada por la belleza, la dulce Leonor amada por todos, escogía por esposo a Cristo y se encerraba en un monasterio. ¿Acaso habría intuido lo que yo había visto de ese mundo al que renunciaba? Si así era, su decisión resultaba ser tan comprensible como la decepción de nuestra madre.

—No me dará nietos que alegren mi ancianidad —se quejó, medio en serio medio en broma—. Confío en que tú sí lo hagas...

—Seguro que Lope ya corteja a alguna muchacha —me zafé como pude del aprieto—. Al fin y al cabo, es el mayor.

—Tu hermano no tiene tiempo para cortejos —rebatió ella, recobrando la gravedad—. Forma parte de la hueste que defiende esta capital y combate en la frontera. Sigue los pasos de vuestro padre. Pronto será armado caballero.

—Dios lo premie por su coraje —dije con sinceridad.

—Lo último que supimos es que andaban por la serranía de Cuenca, de donde esperan poder expulsar pronto a los africanos.

—Rezamos mucho por él —terció Leonor, que hasta entonces se había limitado a escuchar.

—Si, como se anuncia, los almorávides atacan pronto Toledo, tendrá que regresar deprisa y luchar aquí con Fáñez —dije yo, haciendo gala de la información que manejaba—.

Para eso ha venido el rey, trayendo consigo a su ejército. Todas las lanzas serán pocas frente a esas fieras del desierto.

—¡No lo permita el cielo! —dijeron al unísono mi hermana y Josefa, santiguándose para invocar la protección del Altísimo.

—¿Te quedarás con nosotras? —aprovechó para preguntar mi madre, taladrándome con ojos preñados de súplica.

—Ojalá pudiera...

* * *

En los días que siguieron le abrí mi corazón en canal, sin guardarme nada. Con un alivio infinito. En la certeza de ir a ser comprendida y consolada. Rompí el juramento hecho a doña Urraca para sincerarme con ella, porque confiaba ciegamente en su discreción y me resultaba imposible explicar mi conducta sin revelar la naturaleza del vínculo que me ligaba indisolublemente a la reina.

—Me necesita, madre. Aunque os parezca mentira, ella misma me lo ha dicho en múltiples ocasiones.

—Hasta que se canse de ti.

Criada entre caballos y lobos en un valle perdido de las Asturias, hija de una familia noble venida a menos; obligada después a valerse por sí misma con tres hijos pequeños, después de enviudar prematuramente, Juana de Babia procedía de una estirpe de mujeres bravas. Solía contar una historia que se remontaba a un tiempo lejano, coincidente con la invasión musulmana, para evocar la figura de una antepasada suya, matriarca, sanadora y sacerdotisa pagana, protagonista de una profecía formulada en una noche de eclipse. Yo siempre había creído que se trataba de un cuento inventado con el propósito de entretenernos y crear en nosotros cierta fascinación hacia nuestras raíces astures, pero nuestra madre aseguraba que se trataba de una historia cierta. La de una mujer legendaria perteneciente a otra época.

En una de las conversaciones que mantuvimos esos días, sacó a relucir su nombre con el fin de intentar mostrarme el camino correcto que seguir.

—En el mundo de Huma —pronunció esas cuatro letras con aire misterioso—, las hijas de la Madre Luna, a la que adoraban en secreto, aún tenían el poder de decidir por sí mismas. En el nuestro eso ha cambiado y debemos aceptarlo. Este es un mundo de hombres que solo nos ofrece dos salidas: ser esposas de Cristo o encontrar un marido adecuado. Hasta la reina ha tenido que casarse con ese aragonés al que detesta. ¿No te das cuenta?

—Yo no haré lo propio con el marido que me buscasteis —me apresuré a disipar cualquier duda—. No podría.

—A juzgar por cómo lo dices, diría que su lugar ha sido ocupado por otro.

Lejos de contener un reproche, su tono era tan jovial que me dio pie a hablarle de Nuño, de nuestro encuentro en Salas, su propuesta de matrimonio y mi deseo ardiente de aceptarla.

—Es el tenente del castillo —aduje en su favor—. Y me ama.

—Entonces tienes mi bendición —respondió con su mejor sonrisa—. Casaos cuanto antes y olvídate de una vida que no te hará dichosa. No permitas que te deslumbre el brillo de la corona. Los reyes son volubles e ingratos. Del mismo modo que te encumbran, te arrojan a la basura. Ya has cumplido quince años. Antes de que sea tarde, debes asegurarte el futuro junto a un esposo digno de ti.

En lo único que erró fue al pronosticar que la soberana me dejaría caer. Eso nunca sucedió. Por lo demás, demostró tener razón. El tiempo de las mujeres había quedado atrás, incluso tratándose de la hija del emperador de España. La bravura y el coraje, virtudes veneradas por todos, se tornaban maldición si por azar anidaban en el espíritu de una dama. De ahí que a mi señora la llamaran «temeraria» o «meretriz». Nunca le perdonaron que se empeñara en reinar. Pagó un precio elevado por esa obstinación suya y, tal como había augurado mi madre, no tuvo el menor reparo en arrastrarme con ella.

* * *

En Toledo engordé a base de capón relleno, sopas de ajo y de leche, codornices en salsa de cilandro, escabeches, guisos de verduras a la usanza mora, berenjenas rellenas de cordero, dulces de todas clases y demás delicias culinarias elaboradas por las manos expertas de Josefa. También aproveché para ir a la costurera con madre y gastar unas cuantas monedas en renovar nuestro vestuario. Cosí, bordé, disfruté de los placeres sencillos que había llegado a olvidar. Fui feliz.

Entre tanto, don Alfonso hizo algunas incursiones en territorio sarraceno y se vengó de Bernardo, el obispo que había solicitado al papa su excomunión, expulsándolo violentamente de su sede. Al menos no lo encerró en una mazmorra, como había hecho previamente con los de Palencia, Osma y Orense. Más o menos por entonces, el antiguo abad de Sahagún tomó el camino del exilio, al igual que su sucesor en dicho monasterio y los prelados de León y Burgos, pues todo el que se interponía entre el rey y sus ambiciones se hacía acreedor a su ira.

El Batallador no retrocedía ni ante la fuerza de los caballeros ni ante el interdicto del Santo Padre, pues se sentía legitimado en sus pretensiones por su condición de varón, por las capitulaciones firmadas con doña Urraca y por su lucha contra los infieles en defensa de la Cruz. Seguía aspirando a ocupar el trono de mi señora.

Cuando llegó la hora de partir, madre volvió a insistirme en aferrarme a la oferta que me había hecho Nuño en su carta.

—No la eches en saco roto ni dejes correr demasiado tiempo, hija. Tengo un presentimiento…

—Vos y vuestros presentimientos —bromeé, tratando de quitar hierro a su advertencia, pues a menudo recurría al argumento de las corazonadas, que nosotros, sus hijos, considerábamos un truco para convencernos.

—Hazme caso y ve con Nuño en cuanto te sea posible.

—Lo haré, os lo prometo.

—Hasta entonces, y dado que vas a pasar largas temporadas en León, deberías ir a visitar a los parientes que tienes allí, especialmente si te encuentras en apuros.

—¿Parientes? Nunca me habíais hablado de ellos.

—Parientes de tu padre en segundo o tercer grado —hizo memoria—. Yo nunca los conocí, aunque tu abuela Jimena mencionaba a menudo a una hermana suya, llamada Mencía, que se desposó con un tal Hugo de Borgoña, próspero comerciante en paños, propietario de varios emporios situados a lo largo del Camino de Santiago.

—¿La hija de un caballero casada con un comerciante? —inquirí sorprendida—. Me cuesta creerlo.

—La necesidad hace a menudo virtud, Muniadona. Supongo que les haría falta la plata de ese borgoñón. Es más; según contaba tu abuela, ellos fueron quienes acabaron quedándose la tenencia familiar de Lobera, a orillas del río Duero, donada por Alfonso V a tu bisabuelo Ramiro. Al parecer se la compraron a tu bisabuela, Auriola, cuando ella, ya viuda, se trasladó a vivir con tu padre a la fortaleza de Mora.

Era la primera vez en mi vida que oía mencionar a esa parte de la familia. ¿Por qué razón mi abuela los había mantenido ocultos? ¿Acaso se avergonzaba de ellos? ¿Los habría distanciado alguna disputa grave? Fuera como fuese, eran sangre de mi sangre y me propuse ir a conocerlos en cuanto tuviera ocasión.

16

Pasión y prisión

Verano del año 1111 de Nuestro Señor
Galicia
Reino de León

Volví junto a mi señora dentro del plazo comprometido y de inmediato me fue encomendada una nueva misión, sin tiempo para descansar ni hacerle petición alguna. La encontré inquieta, acuciada por un sinfín de preocupaciones, maquinando, como de costumbre, fórmulas destinadas a sacarla de los múltiples aprietos en los que ella misma se metía.

—Mañana mismo partes hacia Galicia —me ordenó, en tono bronco, como si mi breve ausencia le hubiera causado algún perjuicio—. Y esta vez te prohíbo tajantemente que enfermes por el camino.

Doña Urraca tenía buena memoria y parecía enfadada. Con esas palabras subrayaba su poder absoluto sobre mí, conminándome a obedecerla y abstenerme de visitar a Nuño. Yo me limité a asentir, convencida de que algo grave debía de estar cociéndose para agriarle de tal modo el humor, aunque en mi interior sabía que me detendría en Salas, fuera cual fuese el castigo al que me enfrentara. Ya podía despellejarme y exponer mi cuerpo a los cuervos. Sobrevivir en esa corte plagada de intrigas exigía gran habilidad en el arte de mentir, que yo empezaba a dominar acercándome a la maestría.

—Quiero que visites a mi hijo —añadió, apaciguada por mi actitud sumisa—, pero antes irás a ver a Gelmírez.

—Como mandéis.

—Le dirás que tiene mi pleno respaldo para llevar adelante su viejo propósito. Él comprenderá.

¿Se refería al proyecto de proclamar al infante rey de Galicia, combatido a sangre y fuego apenas unos meses antes? No era de mi incumbencia, aunque tampoco me habría extrañado. Virajes más abruptos le había visto dar con relación a los asuntos del reino.

—Añade que mi separación de Alfonso esta vez es definitiva. —Otra revelación sorprendente, que puse en cuarentena hasta que los hechos certificaran si tal decisión era en verdad irrevocable o se trataba de otro alejamiento temporal—. Transmítele con toda la vehemencia posible que temo por la vida del príncipe e imploro su mediación para que los nobles gallegos lo protejan del Batallador.

—Así lo haré, majestad, si consigo que el obispo me reciba.

—Únete a los peregrinos a quienes oye cada día en confesión. Nunca falta a esa costumbre. Y en cuando estés a la distancia precisa, muéstrale esta cruz. —Un pequeño crucifijo de plata bellamente labrado, que depositó en mis manos con delicadeza—. Me la regaló cuando falleció Raimundo. Él la reconocerá y te escuchará. Sabrá que vas de mi parte.

Armada de tan valioso objeto, me puse en marcha a la mañana siguiente, en esta ocasión sin la escolta de Froilán. La reina consideró que viajaría más segura en compañía de unas monjas que se trasladaban de convento, vistiendo, al igual que ellas, el hábito de las esposas de Cristo.

Íbamos en un carro tirado por mulas, con la lentitud de quien tiene como referencia la eternidad, entonando cánticos de cuando en cuando y el resto del tiempo en silencio. Pensé en mi hermana, Leonor, abocada por voluntad propia a esa vida, y me pregunté si sería consciente del sacrificio que asumía. ¿Era vocación o cobardía? Por más que el mundo fuese a menudo un lugar sombrío, no lograba comprender que quisiera renunciar a él.

Al poco de cruzar la cordillera, nos separamos. Ellas continuaron hacia poniente, siguiendo el Camino de Santiago, mientras yo me arriesgaba a caminar unas cuantas leguas sola en dirección norte, ansiosa por encontrarme con Nuño. Ya me orientaría algún campesino. Al fin y al cabo, no estaba lejos y aquella era una tierra de gente generosa.

Bendita sea la juventud que desconoce el peligro y mantiene a raya al miedo. ¿Qué sería de nosotros si naciéramos con el corazón viejo?

* * *

Jamás me he arrepentido de ese acto de desobediencia, que atesoro en mi memoria como la puerta que me condujo a una noche inolvidable; la mejor de mi existencia. Aunque el precio a pagar por ella hubiese sido el infierno, habría merecido la pena.

Mucho antes de verlo o tocarlo, supe que me entregaría a él. Hasta mi madre lo había adivinado leyendo la expresión de mis ojos cuando le hablé del caballero de Salas, con tanta claridad como para instruirme sobre el modo de obrar con objeto de evitar una preñez prematura. Dudo que ella hubiese recurrido nunca al método recomendado, dada su fidelidad inquebrantable a mi padre incluso después de muerto, pero lo compartía conmigo al igual que su madre había hecho con ella, apelando a una sabiduría antigua, transmitida de mujer a mujer a través de las generaciones.

—El varón es apasionado, impaciente por naturaleza —me había advertido entre guiños cómplices—. Tendrás que guiarlo tú.

Profundamente avergonzada, yo me apresuré a negar la menor intención de ceder a sus deseos carnales.

—Por si acaso —añadió ella, mostrándose más cercana que nunca—, esto es lo que habrás de hacer...

Llegado el momento de poner en práctica esos consejos, apenas recordé lo esencial; suficiente, no obstante, para alcanzar el propósito perseguido. El amor de Nuño hizo el resto.

Me recibió con toda la alegría que era capaz de manifestar y aún más, colmándome de besos y caricias. Hasta habría organizado un banquete de no haber estado yo constreñida por las prisas. Claro que tanto él como yo preferíamos un festín privado.

Desde nuestro último encuentro había cambiado de manera notoria, en lo físico y lo espiritual. No solo se le veía más ancho de espaldas, más cuajado, con las facciones del rostro mejor definidas y una barba poblada que le hacía parecer más hombre, sino que se mostraba más seguro de sí mismo. La responsabilidad asumida al hacerse cargo del castillo le brindaba empaque, y esa nueva forma de actuar lo hacía más deseable. Era como si desprendiese un aroma imperceptible que me atraía hacia él inexorablemente. Y lo mismo debía de percibir él, a juzgar por la pasión que puso desde el primer beso.

Antes de catar siquiera los manjares dispuestos para nuestra cena, nos devorábamos el uno al otro, ajenos a toda prudencia. Ninguno de los dos intentó frenar en esa ocasión el deseo ardiente de llegar hasta el final, acaso porque intuíamos que sería un empeño inútil. Ni podíamos ni queríamos renunciar a esa corriente que nos arrastraba, fundiendo en mi caso dolor y goce en un mismo estallido de sensaciones desconocidas e inexplicables. Mágicas, infinitamente poderosas, irrepetibles, sublimes.

Después de culminar ese ascenso prodigioso a las cumbres del placer, logré comprender al fin la sujeción de mi señora al conde de Lara y, antes de él, a Gómez Bermúdez. Una vez catado ese licor, resultaba muy difícil prescindir de la embriaguez que proporcionaba. Porque si el misterio de la piel proporcionaba un disfrute incomparable a cualquier otro, la emoción resultante del mismo no tenía parangón. Paz absoluta, abandono, olvido de todo afán, abrigo. Luché contra el sueño que me vencía, mecida por la voz de Nuño susurrándome palabras tiernas, pero perdí. Soñé que me dormía en sus brazos, desnuda, feliz, ajena a cuantos horrores habían contemplado mis ojos y a los que habría de ver en cuanto se deshiciera el hechizo. Ese instante único era solo nuestro. De Nuño y mío. Teníamos derecho a apurarlo hasta la última gota.

Al rayar el alba renovamos nuestras promesas, antes de dar rienda suelta al deseo cuya embestida cobraba renovada fuerza. Volvió a pedirme que aceptara ser su esposa y yo le juré que lo haría, en cuanto pudiera zafarme del compromiso contraído con doña Urraca, cuya ira se desataría si tardaba más de la cuenta en hacer lo que me había mandado. Por mucho que me desgarrara el alma alejarme de él, tenía que partir cuanto antes y cabalgar sin descanso hasta Compostela.

—¿Puedes prestarme un caballo? —pregunté, conociendo de antemano la respuesta.

—Haré algo más. Iré contigo.

—No. Eso empeoraría las cosas si llegara a oídos de mi señora. La gente habla...

Apretó los puños de rabia, aunque se avino a escucharme.

—Entonces haré que te acompañen dos de mis hombres y que esperen por ti, si quieres.

—¡Qué locura!

—Ahora puedo. Soy el tenente.

—Y yo algo parecido a una espía —reí, despreocupada, sin caer en la cuenta de que estaba traicionando la palabra dada a mi señora—. ¿Cómo podría hacer lo que se me ha encomendado en semejante compañía?

Nuño no se dio por enterado de mi revelación y yo respiré aliviada, con la esperanza de salir indemne de mi propia indiscreción. Tiempo tendríamos de contarnos hasta el último secreto. Ahora debía volar a la ciudad del Apóstol, confesarme con Gelmírez, a quien por supuesto no pensaba contar nada de lo sucedido esa noche, y regresar sana y salva a León para despedirme de la reina tras obtener su bendición. Una sucesión de proezas que mi espíritu, a la sazón optimista, encaraba con entusiasmo, sin la menor sombra de duda respecto a su consecución.

* * *

Compostela crecía a ojos vista, enriquecida por el fluir constante de peregrinos atraídos por las reliquias del Hijo del Trueno. En sus calles, pulcramente empedradas, se multiplicaban los talleres y las tiendas, abriéndose paso entre monasterios y dependencias del poderoso obispado. En la gran explanada situada frente a la antigua iglesia tantas veces levantada, destruida y vuelta a levantar sobre el sepulcro del santo, un ejército de canteros, carpinteros, herreros y demás artesanos trabajaba en la construcción del nuevo templo, llamado a sorprender a la cristiandad por su belleza y grandiosidad. Una basílica mayor y más hermosa que la incendiada por Almanzor después de robarle al Apóstol sus campanas y, con ellas, su voz; la magna obra con la que Gelmírez deseaba pasar a la posteridad, invirtiendo en ella los cuantiosos recursos obtenidos de la reina, sus magnates y cuantas personas disponían de algún medio de pago, como contrapartida al generoso perdón de sus pecados.

Siguiendo las instrucciones de mi señora, no me costó demasiado llegar hasta el prelado, que escuchó cuanto le referí sin perder detalle. Aunque se abstuvo de manifestar opinión alguna sobre la cuestión, pareció complacido, comentó lo oportuno de mi presencia en Galicia y me invitó a acompañarlo hasta el castillo del Miño, a donde se dirigía él ese mismo día con el propósito de socorrer al infante, retenido allí junto a su aya por un conde rebelde a doña Urraca. El corazón me dio un vuelco pensando en lo que haría ella si el niño sufría algún daño.

La fortaleza en cuestión era una construcción similar a cualquiera de las muchas que salpicaban esa tierra húmeda y verde, situada a orillas del río del mismo nombre. Algunos meses atrás, en el transcurso de la guerra cuyos efectos devastadores tuve ocasión de contemplar, había sido ocupada por el conde Froilaz, quien alojó allí a su esposa y al príncipe para ponerlos a salvo. Merced a un cambio en las tornas, el noble había sido expulsado y su esposa apresada junto al valioso heredero, cuya vida corría peligro si el prelado no conseguía negociar su libertad por alguna prebenda e impunidad por la traición perpetrada.

—¿Puedo conocer el nombre de quien tiene cautivo al infante? —le pregunté de camino, aparentando más influencia de la que en realidad ejercía sobre la soberana.

—Arias Pérez y probablemente también Pedro Gutiérrez, partidarios del aragonés —respondió Gelmírez con desgana, pues era evidente que le resultaba incómodo hablar con alguien como yo, fémina además de plebeya.

—¿Se atreverán a matarlo?

—Con el propósito de evitarlo se dispone a intervenir su pastor, ¿verdad? —contestó con voz aflautada, refiriéndose a sí mismo en tercera persona—. Estamos en manos de Dios.

La figura de Gelmírez respondía exactamente a lo que la reina me había dicho y yo imaginado. De mediana estatura, era delgado y estrecho de hombros, pese a revestirse de ropajes cuya función era engrandecerlo. Sus manos volaban con elegancia acompañando a sus palabras. En su rostro afilado destacaban la nariz aguileña y la frente orgullosa, sobre unos ojos tan pequeños como penetrantes. La boca de labios finos trajo a mi mente la palabra cruel, sin que él hiciera nada para merecer esa acusación. Antes al contrario, me trató con deferencia y hasta me puso bajo su manto cuando fue mi vida la que estuvo en juego.

* * *

A los pies del castillo del Miño aguardaba una muchedumbre furiosa, compuesta por campesinos, soldados y algunos infanzones locales decididos a vengarse en el niño de la devastación padecida como consecuencia de la incursión que achacaban a su madre. Los más exaltados exhibían picas y hoces pidiendo sangre a gritos. Yo no lograba entender el porqué de esa inquina contra doña Urraca, cuando era su marido, el aragonés, quien había encabezado la expedición en cuestión. Pero a esas alturas me había resignado a aceptar que mi lógica no coincidiera con la de las gentes principales enfrentadas por el poder, que manejaban a su antojo a quienes dependían de ellos. Acaso me hubiera perdido algún episodio determinante en la larga pugna que mantenían el Batallador y mi señora, al menos en lo concerniente a Galicia. Lo cierto era que allí estaba esa turba vociferante y violenta, que calló, como por ensalmo, en cuanto hizo su aparición el obispo de Santiago impartiendo bendiciones desde lo alto de su caballo.

Bajo el influjo de su poder, mayor del que yo hubiera conocido nunca, las gentes abrieron un pasillo por el cual avanzamos hasta las puertas de la fortificación, que nos descerraron desde dentro. Después subimos él y yo, junto a su hermano y algunos más, hasta lo alto de la torre donde permanecían presos el heredero y doña Mayor, quien trataba de endulzar tan penoso trance al pequeño Alfonso contándole historias de santos con el vano afán de entretenerlo.

El niño debía de parecerse más a su padre que a su madre, pues era rubio y de ojos claros. Pese a contar solo seis años de edad, parecía un hombrecito. La vida lo había obligado a madurar antes de tiempo y se mostraba sorprendentemente tranquilo, decidido a comportarse como se esperaba de un rey, incluso en esa situación extrema.

Gelmírez se inclinó respetuosamente ante él, que devolvió la cortesía besando con naturalidad su anillo. Después salió de la estancia para iniciar las conversaciones con los rebeldes, mientras yo cumplimentaba a la condesa y transmitía al infante lo que la reina me había encomendado decirle: que lo amaba de todo corazón y haría lo que fuese necesario para asegurarle el trono. Él pareció recibir mi mensaje con escepticismo, porque me desconcertó respondiendo, en tono solemne:

—Palabras vanas mientras no se deshaga su matrimonio con el soberano de Aragón.

Era evidente que hablaba por boca de otros; en caso contrario no se explicaba semejante reacción en una criatura de su edad. Quienes defendían su causa, y también sus enemigos, le habían robado la infancia convirtiéndolo en rehén de sus ansias de poder. Un adulto prematuro en un cuerpecillo menudo, que apenas levantaba un par de palmos del suelo.

* * *

No tardó en regresar el prelado, enarbolando un gesto victorioso, para comunicarnos el éxito rotundo de su misión. Los ocupantes de la fortaleza accedían a liberar a don Alfonso y doña Mayor, que serían conducidos al castillo del conde Froilaz, escoltados por hombres del propio Gelmírez.

—Bendita sea vuestra paternidad —exclamó la condesa, exultante.

—Solo cumplo con mi deber, hija —se quitó importancia él—. Os esperaré junto a la reja. No os demoréis.

Me quedé para ayudar a recoger algunos enseres que llevarían los criados, mientras él se adelantaba. Bajamos deprisa, ansiosos por partir cuanto antes, y rápidamente llegamos hasta las puertas donde aguardaba el obispo junto a su séquito. Allí permanecimos un rato, creyéndonos a salvo, a la espera de que los sirvientes transportaran todo el bagaje. Pero en el mismo instante en que nos disponíamos a iniciar la marcha, se corrió entre los congregados la voz de que el infante abandonaba el recinto y un rugido aterrador se elevó de las gargantas.

En ese momento pensé que allí se acababa todo.

Una turba de fieras provistas de espadas, escudos y toda clase de objetos punzantes se abalanzó sobre el infante, tratando de apoderarse de él por cualquier medio. Doña Mayor lo defendió valientemente a costa de su propia integridad, interponiéndose entre el niño y quienes intentaban prenderlo. Y como ella les gritaba que antes de entregarles al príncipe se dejaría matar, redoblaron sus injurias contra ella y la amenazaron con apurar su deshonra hasta las heces si no accedía a soltarlo. De no haber sido por la habilidad desplegada por el obispo, ambos habrían caído víctimas de esa horda.

Apelando otra vez a su autoridad espiritual, aliada a una capacidad diplomática notable, Gelmírez consiguió contener a los integrantes de esa masa furiosa el tiempo suficiente para que doña Mayor, que se arañaba las mejillas llorando con desconsuelo, y el pequeño, casi exánime, se refugiaran nuevamente en el interior del castillo, donde permanecerían cautivos hasta que él hallara el modo de negociar su liberación.

Con esa imagen atroz en la retina partimos al galope los demás, después de asistir impotentes al saqueo de nuestros bienes. Marchamos desnudos y aterrados, Gelmírez quién sabe a dónde y yo en dirección a León, sin saber de qué manera relataría lo sucedido a la reina.

17

Deshonras, dolores, tormentos

Año 1112 de Nuestro Señor
Reino de León

Lo primero que llamó mi atención al volver a ver a doña Urraca fue su abultada barriga. Un embarazo cuya existencia yo desconocía había avanzado hasta volverse imposible de ocultar, al menos a una mirada atenta como la mía. Nada dije, aunque no hizo falta. Fue la propia reina quien me sacó de dudas:

—No es de mi esposo, si es lo que estás pensando.

—¡Alabado sea Dios!

Ella rio esa manifestación espontánea de alivio, antes de añadir:

—La criatura que crece en mi seno no es fruto de pactos o intereses, sino de un amor tan noble como puro. Su padre es el conde de Lara.

Me callé lo que pensaba, porque expresarlo en voz alta me habría costado caro. ¿Por qué no habían puesto los amantes los medios necesarios para evitar una preñez? Si mi madre los conocía, era evidente que también ellos debían de estar al tanto de su existencia. ¿Lo habían intentado siquiera? La satisfacción con la que mi señora hablaba de su estado me llevó a concluir que no. Ella estaba feliz, de lo cual yo me alegraba, sin por ello ignorar los graves interrogantes abiertos por ese embarazo. ¿Cómo recibiría don Alfonso la noticia de ese nacimiento que lo coronaba de astas? ¿Qué haría con el bastardo? ¿Gozaría ese niño de una vida semejante a la que habían disfrutado las medio hermanas de mi señora, rodeadas de respeto y comodidades, o pagarían con un destino peor el hecho de que su madre fuera reina en lugar de rey?

Lejos de avergonzarse, mi señora se mostraba exultante ante el anuncio de esa nueva maternidad, llamada a rejuvenecerla y consolidar su vínculo con don Pedro González de Lara, quien medraba entre sus pares al calor de esa relación, levantando no pocos recelos entre los magnates del reino. Ella los ignoraba o fingía ignorarlos, pues había encontrado en él un apoyo inquebrantable en las tareas de gobierno a las que se enfrentaba sola, acosada por sus enemigos, pero sobre todo un amor sincero, apasionado, tierno, cálido, verdadero, muy parecido, imagino, al que yo había descubierto en Nuño. Algo por lo que, sin duda, valía la pena luchar.

—Ya tengo escogido el nombre que le impondremos al bautizarlo —interrumpió mis reflexiones—. Si es niña se llamará Elvira, como la hermana de mi padre a quien tanto debo por sus enseñanzas. Si es varón, Fernando, en honor de mi tío paterno.

Me vino a la mente la conversación mantenida entre nosotras tiempo atrás, a raíz de su encuentro clandestino con el malogrado conde Gómez González. Recordé la fiereza que había mostrado al defender su derecho inalienable a escoger por compañero de vida a quien quisiera, al margen del matrimonio, siguiendo el ejemplo de sus antepasados. La admiré por tener el coraje de hacer valer esa potestad, máxime sabiendo de sobra lo que se diría de ella cuando trajera al mundo la prueba de su pecado.

Yo no me habría atrevido.

* * *

A pesar de su importancia, todas esas cuestiones quedaron relegadas al olvido con el arribo a León de tres legados enviados por el obispo y el conde de Traba, don Pedro Froilaz, que relataron a la soberana lo acontecido desde mi partida. No aportaba grandes novedades respecto de lo esencial. El pequeño Alfonso y doña Mayor permanecían cautivos en manos de Pedro Arias, quien, en opinión del pontífice compostelano, se avendría a liberarlos si el infante era elevado al trono, porque ello facilitaría la ruina del tirano aragonés y aceleraría su expulsión del reino, acrecentando la debilidad de sus escasos partidarios en Galicia.

—Una vez instalado aquí junto a vos —transmitió el portavoz de la embajada—, intentará someter todo el reino a su poder, con la ayuda de los próceres castellanos.

Doña Urraca torció el gesto y le indicó que saliera.

—Ya os llamaré —dijo con sequedad.

Cuando nos quedamos solas, me dirigió una de esas miradas capaces de helar la sangre.

—Gelmírez ha tergiversado gravemente la idea que te ordené transmitirle. En mi ánimo siempre estuvo coronar al infante rey de Galicia, no de León. ¿Cómo osa plantearme semejante ocurrencia?

—Yo cumplí con fidelidad vuestro encargo —me defendí, consciente del peligro al que me enfrentaba—. Os juro que en ningún momento dije nada que pudiera inducirlo a error.

—Te creo —concedió al fin—. Ese clérigo es muy capaz de urdir semejante plan por su cuenta y embarcar en él a Froilaz, encantado de respaldar el enaltecimiento de su pupilo. De ese modo ambos medran a mi costa.

—¿Pretenden desplazaros utilizando al príncipe?

—Ese es exactamente su propósito. Cosa distinta es que lo consigan. Ahora que estoy prevenida, buscaré la forma de frustrar su plan.

—¿Y cómo conseguirán entonces rescatar al niño?

—No he dicho que vaya a oponerme a la coronación de Alfonso. De hecho, la apoyaré. Él será rey y yo reina. Compartiremos el título, aunque yo seré quien gobierne. Así lo dispuso mi padre y así será.

—¿Se avendrán los gallegos a ese arreglo?

—Ojalá… Pero, en todo caso, ganaremos tiempo. No estoy en disposición de hacerme nuevos enemigos, sabiendo que mi esposo y mi hermanastra conspiran contra mí. Pase lo que pase a partir de ahora, tanto si permanezco con el rey como si decido obedecer al papa y poner término a nuestro matrimonio, necesito tener de mi parte al obispo de Santiago y al ayo de mi hijo, fortísimos por la solidez de su fidelidad al infante.

Los emisarios esperaban impacientes la contestación de la soberana, quien, antes de mandarlos llamar, los hizo esperar deliberadamente un buen rato, a fin de poner de manifiesto su poder. Una vez en su presencia, fueron sometidos a un intenso interrogatorio referido a diversos pormenores de la propuesta, y solo entonces, después de hacerles masticar el áspero bocado de la incertidumbre, les comunicó su disposición favorable a respaldarla.

—Transmitid a vuestro señor mi gratitud por su lealtad al príncipe, cuya suerte le confío.

—Perded cuidado, señora. El nieto del glorioso rey Alfonso está en las mejores manos.

Ya se disponían a partir, cuando el mayordomo de palacio los retuvo ya casi en la puerta, mientras la reina dictaba una carta destinada al conde Fernando, su tío, hijo del malogrado rey García, quien había consumido sus días en la lóbrega mazmorra donde lo encerró su hermano, el padre de doña Urraca, tras apropiarse de su legado e incorporar los dominios gallegos al territorio leonés.

—Se la entregaréis a él en persona y a nadie más —les instruyó—. Respondéis de ello con vuestras vidas.

* * *

Mi señora había tejido una relación de estrecha amistad con el noble en cuestión, cuyo parecer tenía en la más alta estima. De ahí que se abriera a él como solo lo había hecho conmigo y con su confesor, revelándole sus más íntimos secretos antes de recabar su opinión sobre la decisión trascendente que debía tomar con la mayor brevedad.

Al escuchar de sus propios labios el contenido de esa misiva, sentí crecer en mi interior la admiración que me inspiraba su astucia, sin dejar de compadecerme por las aflicciones que relataba y yo conocía mejor que nadie:

> Noble y sabio conde Fernando, a quien no solo me unen lazos de consanguinidad con indisoluble cadena, sino también abundantes pruebas de distinción, que siempre he tenido contigo. De tu liberalidad pido saludable consejo sobre qué deba decidirse acerca de mi hijo, a quien el venerable obispo de Santiago intenta con todo su afán erigir en rey. Pues es conocido por ti y por todos los que habitan el reino de España que mi padre, el emperador Alfonso, al acercarse la hora de su muerte, me entregó en Toledo todo su reino y a mi hijo Alfonso, su nieto, Galicia, si yo me casaba, y después de mi muerte le legó por derecho hereditario el poder sobre todo el reino…

Tras halagarle los oídos y refrescarle la memoria sobre las muchas mercedes recibidas de ella, doña Urraca establecía claramente desde el principio su condición de soberana de León y colocaba al infante en el lugar que le correspondía, ciertamente inferior al que Gelmírez y Froilaz pretendían asignarle. Era sagaz mi señora. En contra de la maledicencia que se cebaba con ella, sabía maniobrar con habilidad, eludiendo las batallas que no podía ganar y escogiendo en cada momento el mejor modo de sobrevivir a costa de sacrificar peones. Al dirigirse a su influyente pariente, dejaba sentada nada más empezar su incuestionable legitimidad, para a continuación lanzar una andanada implacable contra el hombre a quien consideraba el causante de sus desdichas:

> Y así sucedió que, después de la muerte de mi padre, según la disposición y parecer de sus nobles, me casé contra mi voluntad con el sanguinario y cruel tirano aragonés, uniéndome infelizmente a él en nefando y execrable matrimonio. Cuáles y cuántas deshonras, dolores y tormentos padecí mientras estuve con él, nadie mejor que tu prudencia lo sabe. Pues no solo me deshonraba continuamente con torpes palabras, sino que toda persona noble ha de lamentar que muchas veces mi rostro haya sido manchado con sus sucias manos y que yo haya sido golpeada con su pie.

Al oír esas palabras me estremecí. ¿Cómo iba a mantenerse la menor apariencia de reconciliación con el Batallador después de proferir tales acusaciones contra él? Yo sabía que eran fundadas, puesto que las había presenciado en más de una ocasión. Pero de ahí a consignarlas por escrito y compartirlas con un magnate del reino, mediaba un largo trecho. Las deshonras relatadas contravenían de lleno las capitulaciones firmadas entre los esposos, al atentar contra la dignidad de la reina. Revestían tal gravedad que me pareció inaudito escucharlas pronunciar por la soberana sin que le temblara la voz. Y a tenor de lo que siguió, no había hecho más que abrir la espita de un inmenso caudal de rencor acumulado gota a gota.

> Se altera al menor ruido, aprecia con gusto el execrable trato con los apóstatas y desdeña el culto divino de la Iglesia y los religiosos, menospreciándolos. Esta es la razón por la que viola y destruye la propiedad de las iglesias de Dios, despoja a sus ministros y les arrebata sus posesiones. Esta es la razón por la que expulsó de sus sedes al obispo de Burgos y al de León con violencia propia de un tirano. También puso las manos sobre los de Palencia y Toledo, columna religiosa de la Iglesia de Dios y legado de la santidad romana.

En contra de lo que me había dicho poco antes, respecto a dejar abierta la puerta a un posible entendimiento táctico con su esposo, me pareció evidente que esa carta destruía sin remisión cualquier puente de entendimiento, máxime cuando reconocí en la siguiente acusación lanzada contra el aragonés el temor que había compartido conmigo al enviarme por vez primera a Galicia:

> Además, con tanto furor y odio se había enardecido contra mi hijito Alfonso que anhelaba con todas sus fuerzas aniquilarlo, considerando que seguramente podría apoderarse del reino si el niño era asesinado. Por ello se esforzaba con cruel maquinación en perder al belicoso conde Pedro, porque siendo fiel ayo del pequeño infante, no podía ser separado con ninguna tribulación o molestia de la lealtad a quien por orden de mi padre había jurado vasallaje en la ciudad de León.

Tras describir los estragos causados en Castilla y la Tierra de Campos por los «criminales ladrones» de su marido, que tras su separación matrimonial se habían entregado al saqueo e incendio de villas, palacios, burgos y albergues donde solían hospedarse los peregrinos a Santiago, la reina concluía suplicando:

Así pues, ahora, una vez explicadas las razones y abierto mi corazón, conviene que tu nobleza dé a mi indeciso ánimo el consejo que mejor te parezca.

No era de extrañar que el mayordomo hubiera puesto tanto énfasis en advertir a los legados compostelanos de que la misiva dictada por la reina debía ser entregada a su destinatario y únicamente a él. De haber llegado a manos extrañas y acabar en las del Batallador, la vida de mi señora, la de su hijo y la mía habrían valido muy poco.

* * *

El viento barría los árboles, preparándolos para las nieves, cuando se presentó de nuevo en la corte un mensajero despachado por Gelmírez para comunicar a la reina nuevas inmejorables. El infante había sido liberado y coronado rey en Santiago, con toda la solemnidad debida. Merced a la intercesión del prelado, Arias Pérez, el traidor, y los otros nobles implicados en la conjura, deponían su actitud y juraban fidelidad a la soberana y a su hijo. El propio obispo se encargaría de conducirlo junto a su madre a León, en cuanto sus tropas y las del conde Froilaz recobraran la ciudad de Lugo, en poder del Batallador.

Doña Urraca recibió jubilosa la noticia, sin ocultar, empero, su enojo por la dilación que supondría esa inoportuna campaña. Con el fin de apaciguarla, el legado compostelano, un joven canónigo catedralicio ducho en el arte de la oratoria, le hizo un relato pormenorizado de la ceremonia de entronización, poniendo en ello tal entusiasmo que nos trasladó a todos los presentes hasta la hermosa basílica donde descansaba el Apóstol patrón de España.

—Ese domingo amaneció soleado, como si el cielo se sumara a la magna celebración que estaba a punto de llevarse a cabo. Las calles de la ciudad rebosaban de gentes venidas de todas partes para acompañar con su alegría al noble cortejo que, desde el lugar de su vergonzoso encierro, condujo hasta Compostela al príncipe que iba a reinar.

—¿Gozaba él de buena salud? —inquirió su madre—. ¿Lo habían tratado sus captores con la deferencia debida?

—Diría que sí, mi señora. Todo en su comportamiento reflejaba una gran dignidad.

Me pregunté qué habría sentido de verdad en el corazón ese pequeño, tironeado por unos y otros como en la historia del rey Salomón, aunque me abstuve de hacer comentario alguno. Doña Urraca deseaba escuchar al sacerdote y él parecía impaciente por alardear de su participación en los acontecimientos narrados.

—El obispo, vestido de pontifical, y los otros clérigos, convenientemente revestidos con los ornamentos eclesiásticos, lo recibimos en gloriosa procesión. Tomándolo de la mano, el pontífice lo condujo con ánimo gozoso ante el altar de Santiago apóstol, donde se asegura que descansa su cuerpo…

—No desafiéis mi paciencia, hermano —lo interrumpió en ese punto la soberana—. Id al grano.

—… Y allí —concluyó el embajador de Gelmírez—, según las normas de los cánones, religiosamente lo ungió como rey, le entregó la espada y el cetro y, coronado con diadema de oro, hizo sentar al ya proclamado rey en la sede pontifical.

—Muy bien —sentenció mi señora, visiblemente satisfecha—. Todo ello me complace. ¿Cuándo se pondrán en camino?

—Deberían haberlo hecho ya, majestad. Su intención era partir en cuanto se hubieran repuesto del banquete ofrecido por mi señor a los próceres de Galicia, donde a buen seguro corrieron el vino y la sidra en abundancia.

—Pues les saldremos al encuentro —afirmó la soberana, al tiempo que ofrecía su mano para que la besara el canónigo a guisa de despedida—. No veo la hora de reunirme al fin con mi hijo.

Una vez más su decisión me trastocaba la vida, obligándome a seguirla a despecho de mis propios planes.

* * *

Hechos los correspondientes preparativos, partimos de buena mañana apenas tres días después. Cabalgamos hacia poniente, desafiando los rigores del otoño, a través de paisajes abruptos recorridos por viejas calzadas que yo ya conocía bien. La lluvia y el viento constantes no contribuían a levantar los ánimos. Esperábamos dar cuanto antes con la comitiva gallega, sin llegar a sospechar siquiera lo que en realidad íbamos a encontrarnos.

Doña Urraca marchaba taciturna, supongo que debido a la dificultad de hacer frente a una situación endiablada. El conde Fernando, su tío, le había respondido, presto, recomendándole fiarse en todo de Gelmírez y cumplir al pie de la letra sus instrucciones. Un consejo difícil de seguir, dado que la pretensión del obispo era sentar a su hijo en el trono y gobernar en su nombre, suplantándola, con la ayuda del poderoso Pedro Froilaz. Tal arreglo resultaba ser de todo punto inaceptable, por más que en ese momento no viera el modo de impedirlo.

Yo apenas había tenido trato con el niño, aunque incluso sin conocerlo me producía cierta lástima. La soledad de ese príncipe me inspiraba una gran ternura, porque me recordaba a la mía. Lo mismo sucedía con su incapacidad para decidir su propio destino, sujeto desde la cuna a voluntades ajenas. Al igual que él, yo también me sentía impotente ante los designios de la reina, a quien todavía no me había atrevido a confesar mi determinación de abandonarla para casarme con Nuño. Él acababa de ser ungido y yo era alguien insignificante, sí, pero el hecho de ser rey no hacía sino acrecentar la talla de sus enemigos, a la cabeza de los cuales se situaba el aragonés, quien llevaba tiempo ausente de la corte, al frente de unas mesnadas lanzadas a la destrucción.

Me preguntaba yo precisamente qué haría el Batallador al saber que el infante Alfonso había sido coronado, cuando a la altura de Astorga el dueño de una posada nos informó de lo sucedido la víspera en el lugar llamado Fuente de Angos, situado a pocas leguas de allí. Las tropas del aragonés habían salido al paso de los gallegos, infligiéndoles una severa derrota.

—Los sorprendieron justo antes del amanecer, según me contó uno que pasó por aquí huyendo de la matanza. Lucharon como leones, pero fue en vano. Eran doscientos cuarenta y seis, entre jinetes y peones, contra más de seiscientos caballeros y dos mil hombres de a pie. Los rodearon por todas partes, aniquilaron a la mayoría e hicieron prisioneros al resto.

—¿Qué ha sido de Alfonso? —Se llevó las manos a la cabeza la reina—. ¿Dónde está mi hijito?

—No sé qué deciros, señora...

Uno de los nobles que la acompañaba sacó su espada y se la puso al tabernero en la garganta, conminándolo a contestar.

—Es la verdad. Solo sé lo que me dijo ese soldado. Que el conde Fernando había caído y el de Traba estaba herido y probablemente preso. Desde el comienzo de la refriega, nadie había visto a Gelmírez.

—Entonces hay esperanza —traté de animar a mi señora—. Seguro que logró escapar y poner a salvo al niño.

—Sea como fuere, debemos alejarnos cuanto antes y buscar refugio en un castillo bien defendido —terció el caballero de la guardia—. Vuestro esposo podría estar cerca, y un ataque suyo ahora mismo sería letal. Carecemos de hombres suficientes para protegeros, majestad.

—No es a mí a quien quiere matar ese malnacido, sino al infante —murmuró la soberana, sin dirigirse a nadie en particular—. Es Alfonso quien amenaza sus planes, máxime ahora que venía dispuesto a instalarse en la sede regia. Eso es lo que pretendía impedir mi esposo y ya lo ha logrado.

—Confiad en la misericordia divina —reiteré.

—Que se encomiende a ella el Batallador. —La voz de la reina era ronca, como la de una fiera herida—. Si le ha tocado un pelo a mi hijo, no cejaré hasta verlo muerto.

18

El precio de la salvación

Otoño del año 1111 de Nuestro Señor
Castillo de Orcellón
Castilla. Reino de León

A instancias del capitán que mandaba la guardia, volvimos grupas para dirigirnos hacia tierras castellanas de inequívoca lealtad a doña Urraca. Y allí, en las escarpaduras próximas a la peña de Amaya, hallamos cobijo en el castillo de Orcellón, situado en lo alto de un risco prácticamente inexpugnable. De momento estábamos a salvo, sin que esa seguridad aliviara en lo más mínimo la angustia de mi señora ante el incierto destino de Alfonso.

Día y noche no pensaba en otra cosa. Tan pronto se mostraba convencida de que en breve abrazaría a su hijo, como caía en un negro desánimo. Tengo para mí que, por una vez, sus múltiples preocupaciones de reina cedían ante el sentimiento de madre, acrecentado por las emociones propias de su estado de buena esperanza. Una tormenta violenta de reacciones impredecibles.

Durante esa penosa espera intenté en más de una ocasión plantear a la reina mis cuitas y pedir su venia para mis planes, pero choqué contra el muro de su egoísmo. Estaba intratable, alternando una actitud despótica hacia quienes la rodeábamos con el más absoluto desamparo en cuanto se hallaba sola. Nunca había mostrado una mayor dependencia de mi humilde persona ni una mayor determinación de mantenerme a su servicio recurriendo a la coacción. Me resigné pues a esperar mejor ocasión, elevando mis ruegos al cielo para que escampara pronto.

Con el propósito de encontrar al infante, la reina mandó jinetes en todas las direcciones posibles, confiando en que Gelmírez hubiera conseguido librarlo de las garras del aragonés. Al cabo de una eternidad, su fe se vio recompensada con la llegada del prelado, que traía al niño ileso tras haber conocido el paradero de su madre a través de uno de esos soldados.

Puedo afirmar con rotundidad, puesto que presencié la escena, que mi señora revivió al estrechar contra su pecho al pequeño por quien tanto había sufrido. Lloró, rio y volvió a llorar por haber recuperado sin un rasguño a ese hijo al que amaba de corazón, y también porque confiaba en él para expulsar definitivamente de su reino al marido de quien había jurado separarse para siempre. Si ya antes se sentía en deuda con el obispo de Santiago por el apoyo recibido de él cuando fue desplazada de la sucesión tras el nacimiento de su hermanastro Sancho, ese rescate del heredero le valió al compostelano una gratitud aún mayor, plasmada en generosas dádivas.

El mitrado confirmó lo relatado por el posadero sobre la batalla acaecida en Fuente de Angos, ponderó el coraje mostrado por el conde Fernando, caído después de acometer con ímpetu a la vanguardia de la hueste aragonesa, lamentó la captura del no menos valiente Pedro Froilaz, y aprovechó para ponderar su propia actuación en el instante de mayor peligro, añadiendo en tono meloso:

—Viendo que los enemigos ganaban inexorablemente el combate, sentí mayor temor por el rey a quien acababa de ungir que por mi propia persona…

—Dios os lo tendrá en cuenta, querido Diego —repuso la reina, quien lo había sentado a su izquierda, en un gesto destinado a honrarlo, reservando la derecha a su hijo, recién coronado rey.

—Por ello puse todo mi afán y mi fuerza en sustraer al emperador de semejante peligro, en aras de evitar que su muerte o su captura causaran la ruina de España.

—Vuestro gesto no quedará sin recompensa, tenedlo por cierto. Tampoco olvidaremos la entrega del conde de Traba, quien, confío, logre negociar cuanto antes su liberación. Pero decidme, leal amigo, ¿qué haréis vos ahora?

—Regresaré cuanto antes a Astorga, donde espero reunir a todos los supervivientes del desastre, y con ellos viajaré a Santiago. Allí convocaré a los próceres de Galicia y los obligaré a prestar juramento de fidelidad a vos y vuestro hijo.

Definitivamente ese hombre se tenía en una altísima estima, pareja a su habilidad para acumular riqueza y poder. La puso en juego ese mismo día, pasadas las celebraciones, en la entrevista que mantuvo con la reina en ausencia de testigos susceptibles de interponerse en sus planes, lo que nos excluía a los integrantes de la guardia y a mí misma.

La gestación de doña Urraca estaba tan avanzada que saltaba a la vista, lo que, me pareció observar, le causaba cierta incomodidad al clérigo. Los ojos se le iban involuntariamente al vientre de la soberana, hinchado bajo un discreto brial de color claro al que la costurera había añadido abundante tela en la cintura y el frente a fin de adaptar la prenda a las nuevas medidas de su portadora. Ella en cambio se comportaba con total naturalidad y al principio no hizo alusión a su estado, del que Gelmírez, deduje, conocería los pormenores. No era en todo caso asunto mío, al menos en esa hora. Lo sería, eso sí, no tardando mucho.

Aprovechando la disposición inmejorable de la soberana a mostrarse generosa, el pontífice compostelano abrió el fuego de las peticiones, apoyándolas con miradas cargadas de censura en cuanto veía que la reina vacilaba en dar el sí.

—La Iglesia de Santiago, a la que tanto debemos por su mediación en el feliz desenlace del penoso trance vivido, haría un uso inmejorable de los cortijos y mansiones presentes en el interior de la ciudad, que como bien sabéis os pertenecen por derecho.

—No es poco lo que pedís. Esos bienes han formado parte del patrimonio real desde tiempos inmemoriales.

—Nada reclamo para mí, señora —repuso el prelado, en un tono a medio camino entre ofendido y amenazante—. Si apelo a vuestra devoción es por el bien de nuestra Santa Madre.

—Por supuesto, vuestra paternidad, por supuesto.

Me bastaba ver la cara de mi señora para intuir lo que pasaba por su cabeza. Ella conocía perfectamente a ese hombre ambicioso, intrigante, inteligente, temible, influyente, poderoso, pieza clave de cualquier política relacionada con Galicia. Sin él de su parte, su pretensión de conservar el reino, previo divorcio del Batallador, estaría abocada al fracaso. Su respaldo, indisolublemente unido al de los nobles gallegos, era por tanto indispensable, aunque tendría un precio elevado. Solo podía aspirar a rebajarlo en lo posible. Tratándose de Gelmírez, empero, sabía por experiencia que llevaba las de perder.

—Otro tanto cabe decir del infantazgo situado entre los ríos Tambre y Ulloa, y de todo cuanto pertenece al juro real —volvió a la carga el clérigo, decidido a compensar la derrota de la Fuente de Angos con una victoria inapelable en ese otro combate incruento—. Sería gran honra para vuestra Iglesia que confirmarais tales ofrendas mediante privilegio escrito.

Doña Urraca amagó en un par de ocasiones con oponerse a las demandas del clérigo, a sabiendas de que sus súplicas ocultaban una extorsión. Él mismo lo confirmó al dejar caer esta advertencia:

—Mientras se os concede la oportunidad, debéis pagar la dádiva de vuestro regalo, no sea que no podáis dar cumplimiento a vuestra devoción si os llega súbitamente la hora de la muerte. Pues el Señor omnipotente contempla desde arriba qué clase de dones y con qué espíritu se otorgan, y para esas personas conserva los premios sin fin de la eterna felicidad.

En otras palabras, si ella rehusaba conceder al prelado los títulos y las propiedades que le reclamaba, sería privada de la eterna felicidad y además vería cómo él le volvería la espalda hasta el extremo de alzar a los magnates gallegos en su contra, utilizando al príncipe Alfonso como estandarte. La reina no podía permitirse el lujo de asumir ese riesgo. Pero es que además necesitaba dinero con urgencia. La guerra contra el aragonés resultaba muy costosa y su tesoro estaba prácticamente agotado, mientras la diócesis compostelana prosperaba a ojos vista merced a los peregrinos y a la diligente labor de su pastor, quien predicaba con el ejemplo lo aprendido en la parábola de los talentos.

—Vuestro será así el realengo como infantazgo de Santiago, con todas sus heredades, mansiones y casas de labranza, puesto que de ese modo queda servido el mejor interés de la Iglesia —claudicó, sin apenas combatir—. Antes, no obstante, debo formularos a mi vez una petición.

—Si está en mi poder atenderla, tened por seguro que no os negaré mi auxilio.

Comenzó a partir de entonces un tira y afloja sutil, bastante sórdido, en el que ambos sacaron a relucir los favores hechos a la parte contraria. Gelmírez dejó muy claro su ascendente sobre el infante y sobre los magnates gallegos, mientras la reina mencionaba el apoyo de los nobles castellanos y se refería expresamente al conde de Lara, lo que llevó al clérigo a torcer el gesto. Una cosa era que evitara reprochar abiertamente a la soberana su relación pecaminosa con él, y otra muy distinta que la aprobara.

A la hora de concretar, Gelmírez se aseguró el traspaso de un patrimonio abundante, consignado con todo detalle en el listado recogido por un escriba mandado llamar a tal fin, y doña Urraca consiguió cien onzas de oro y doscientas marcas de plata del tesoro de Santiago, para, en palabras del obispo, luchar contra el peor devastador de España y poner en fuga al perturbador de todo el reino. Una vez rubricado el acuerdo, él partió camino de Astorga y mi señora me ordenó disponer lo necesario para emprender otro viaje.

—¿Regresamos a León?

—Todavía no. Antes debo dirigirme a Asturias, pasar por Oviedo y posiblemente llegarme después hasta Santiago, a fin de postrarme a los pies del Apóstol para agradecerle la salvación de mi hijo y rogarle que nos ampare.

—¿Vendrá con nosotras el infante?

—No. Alfonso permanecerá de momento aquí, en Orcellón, custodiado por caballeros leales que lo mantendrán a salvo. Ya buscaremos más adelante un lugar seguro más confortable.

* * *

Dejamos en esa fortaleza inhóspita al príncipe niño, en parte para protegerlo y en parte también con el empeño de impedir que se acercara demasiado al trono, y regresamos a los mismos senderos embarrados de siempre, donde las monturas resbalaban a menudo y las ruedas de los carros quedaban trabadas o se quebraban, causando interminables parones.

Desplazarse en esa estación del año era una temeridad muy propia de mi señora, empeñada desde siempre en contravenir los usos y costumbres establecidos. Claro que, de no hacerlo, no habría llegado a reinar. En esa ocasión la apremiaban las prisas por asegurarse el apoyo de sus magnates asturianos y gallegos en la batalla que pensaba librar contra su todavía esposo apenas lo permitieran las condiciones del terreno. En cuanto a mí, por una vez iba feliz, pues dado el itinerario anunciado resultaba altamente probable que pasáramos por Salas. Lo que no me había dicho la soberana era que en aquellas fechas se cumplía el tiempo de su embarazo, motivo por el cual había decidido hacer un alto en una de las tenencias de don Pedro, a fin de alumbrar al niño estando cerca de su padre.

Fuera cálculo, azar o el resultado de pasar tantas horas a caballo, rompió aguas al poco de partir e inmediatamente empezó a sentir dolores desgarradores. Ni que decir tiene que la comitiva no incluía un galeno ni una partera, por lo que recayó en mí la responsabilidad de asistirla.

—No estamos lejos de una de las mansiones de Pedro —me dijo, apretando los dientes, entre acometida y acometida, todavía bastante espaciadas—. Daré a luz allí. Manda un emisario a que avise y otro a buscarlo. ¡Deprisa!

19

Vida y muerte se dan la mano

El conde de Lara llegó cuando Elvira ya había nacido y descansaba, debidamente fajada, en brazos de su madre, que la contemplaba con ternura. Había pasado un infierno para traer al mundo a ese joyel diminuto, cuya carita, decía, era idéntica a la de su padre, aunque las penalidades sufridas quedaron olvidadas en el mismo instante en que la niña se puso a llorar, demostrando estar viva y pletórica de fuerza.

—¿Verdad que es preciosa?

No era una pregunta, sino una afirmación. La reina de León, emperatriz de toda España, se comportaba en ese trance como la última de sus sirvientas. Había gritado y maldecido durante el parto, mientras su rostro se contraía hasta tornarse irreconocible. Finalizado el suplicio previo al alumbramiento, el fruto de ese padecer compensaba cualquier sufrimiento.

—También me recuerda algo a Sancha nada más nacer —añadió.

Yo no veía ningún parecido posible entre una persona adulta y esa cosa tan pequeña, de piel colorada y facciones arrugadas como si la hubiesen hervido. Don Pedro era de otra opinión, o acaso quisiera agradecer el regalo de esa hija dedicando palabras dulces a la mujer que se lo había hecho. Lo cierto es que, después de mirarla con atención, proclamó:

—Es tan hermosa como vos. Un vivo retrato vuestro.

Apenas hubo tiempo para celebrar tan dichoso acontecimiento, pues a doña Urraca la apremiaban las prisas por retomar los preparativos de su inminente ofensiva bélica contra el Batallador. Unos planes que pasaban por las Asturias de Oviedo y Galicia. De modo que se buscó una nodriza de grandes pechos provistos de abundante leche y con ella se fue la criatura hasta la casa seleccionada para asegurar su crianza; el hogar de una familia perteneciente a la pequeña nobleza castellana, de probada fidelidad, donde crecería rodeada de los mejores cuidados hasta que su madre decidiera si le buscaba un esposo digno o la entregaba a la vida religiosa.

No hubo lágrimas en la despedida. Mi señora estaba acostumbrada a separarse de sus vástagos y tenía asumida de antemano esta renuncia inherente a su condición. Ese era su destino, al igual que el del resto de nobles. Un tributo que a mi madre le habría resultado impagable y que ellos, sin embargo, afrontaban sin el menor aspaviento. Todavía hoy me pregunto si sentiría o no algún desgarro al alejarse de la hija que había llevado en el vientre. Sea como fuere, no mostró emoción alguna.

* * *

El otoño había avanzado deprisa. Los caminos estaban sembrados de hojas muertas resbaladizas, fango y, de madrugada, hielo, que dificultaban cada paso y ralentizaban una marcha ya de por sí muy penosa. Ante nosotros, la cordillera imponente semejaba una muralla infranqueable que convertía en insignificantes las defensas de León. En alguna ocasión había oído decir que Dios salvó a la cristiandad hispana brindándole esa gigantesca pared de roca como fortificación ante el islam, y en verdad que lo parecía. Atravesar ese muro no resultaba tarea fácil, máxime con la nieve pisándonos los talones.

Negros nubarrones se cernían sobre los picos coronados de blanco, como aves de mal agüero. El cielo había dispuesto afligirnos con un aguacero que, a juzgar por las señales, no iba a darnos tregua rápida. Debíamos resignarnos a cabalgar empapados, con el frío metido en los huesos. Hasta las vacas y los caballos que pastaban en las praderas, esparcidos aquí y allá entre pajares de heno apilado para el invierno, trataban de buscar refugio acercándose a los árboles.

¿Quién en su sano juicio emprendía un viaje en esa época?

Lo peor vino precisamente después de pasar Oviedo y empezar a ascender las faldas de esas montañas ciclópeas. Perdimos una mula, así como al peón que la guiaba, y estuvimos a punto de perecer congelados cuando una niebla espesa, semejante a una cortina grisácea, se nos echó encima de golpe, sin previo aviso, privándonos de referencias para seguir adelante en un terreno escarpado, rodeados de precipicios.

Forzados a detenernos en medio de esa oscuridad, elevamos nuestras plegarias rogando a Dios un milagro, que se produjo, o eso me pareció a mí, cuando poco a poco fue levantándose el manto que abrazaba la tierra como una amante entregada para mostrarnos un paisaje sobrecogedor. El mismo que, meses atrás, me había descubierto Nuño. Un preludio natural de lo que me aguardaba en Salas.

En esa ocasión sí pude enviar recado a mi caballero, anunciándole nuestra llegada con tiempo. Antes había puesto en antecedentes a la reina, explicándole que íbamos a hacer noche en la misma villa que me había acogido al enfermar durante mi primera misión en Galicia. Ella apenas conservaba un recuerdo vago de todo aquello, por lo que hube de refrescarle la memoria confesándole que el tenente del castillo era el hombre del que estaba enamorada.

—Veremos si te merece —comentó de un humor sorprendentemente bueno debido, seguramente, a la presencia en la comitiva de don Pedro González de Lara, entre otros miembros destacados de su corte.

—Temo ser yo quien no le merezca a él.

—¡No seas majadera! —me regañó—. Tú estás conmigo, aunque solo nosotras conozcamos con exactitud la naturaleza de tus servicios. ¿Quién es ese oscuro infanzón de una aldea perdida en Asturias?

—Nuño Bermúdez —aproveché la ocasión para presentárselo, aunque aún estuviera lejos—. Fue acogido de niño por el señor de la villa, quien al morir lo nombró su heredero. Supo ganarse su afecto con respeto, valor y trabajo.

—Si no me equivoco, el castillo y su alfoz son tierras de realengo, es decir, de mi propiedad. Yo juzgaré si tu amado caballero es digno del alto honor que supone administrarlos.

Esa aclaración me llenó de espanto. Era un aviso en toda regla. Si yo me empeñaba en abandonarla contra su voluntad, ella podría vengarse en él y lo haría, de eso no cabía duda. El hecho de que Salas le perteneciera ponía la suerte de Nuño en sus manos, donde ya estaba la mía desde el mismo instante en que había aceptado servirla hasta el fin de mis días. Con el propósito de remachar el clavo que acababa de incrustarme en el corazón, añadió:

—Por extraño que parezca, esta puebla escondida en lo más profundo de mi reino tiene muchos pretendientes. El conde Suero y su esposa, Enderquina, llevan años rogándome que se la ceda.

Dicho lo cual se adelantó hasta donde cabalgaba el conde, imagino que satisfecha de haberme recordado mi lugar.

* * *

Como si hubiera asistido a nuestra conversación, Nuño puso su mejor empeño en ganarse a la soberana durante el día y medio escaso que pasamos en sus dominios. Le cedió la amplia estancia situada en el primer piso de la torre, la misma que había acogido nuestra primera noche de amor, no sin antes mandar caldearla prendiendo la chimenea, además de un par de braseros. Tras ofrecerle la posibilidad de tomar un baño, auténtico lujo aprendido de su difunta madrastra, dispuso en su honor un banquete suculento en el que no faltaron las más delicadas viandas, tales como capón relleno de castañas, varias clases de carne asada, tiernos callos preparados con salsa picante y hasta pescado blanco fresco traído expresamente de la costa, que yo probaba por vez primera. Después vinieron los dulces, de múltiples formas y texturas, entre los cuales me cautivaron especialmente unos crujientes pastelillos hechos de miel y avellana, extraordinariamente sabrosos.

Concluido el ágape, regado con buenos caldos procedentes de las viñas cultivadas por los frailes del cercano monasterio de Corias, el anfitrión ofreció a la soberana el mejor homenaje de la velada: la recaudación de los tributos correspondientes al último año, que doña Urraca no esperaba cobrar, aunque le correspondiera por derecho percibirlos. No era frecuente que la sorprendieran entregándole dinero sin necesidad de reclamarlo. Ignoro cómo se las habría arreglado Nuño para juntar esa cantidad, en absoluto despreciable, pero si con ello pretendía causar una buena impresión a mi señora, lo consiguió plenamente.

—¿Nos estabas esperando? —le pregunté más tarde, ya de madrugada, después de hacer el amor con mayor pasión y sabiduría que en la anterior ocasión.

—¡Siempre!

—Hablo en serio, Nuño.

—Yo también, Muniadona. —Sus ojos risueños se habían nublado de golpe—. ¿Cuándo dejaré de esperar? ¿Cuándo accederás a convertirte en mi esposa?

—Sabes bien que la reina...

—Basta, no digas más. Tuya es la decisión. Pero no olvides que la fortuna pasa de largo cuando se la ignora.

Lo mismo me había dicho madre con otras palabras. Y tanto él como ella me querían de verdad. ¿Habría llegado la hora de hacerles caso?

* * *

El camino que desde Oviedo conducía hasta Santiago proseguía desde Salas siempre en dirección a poniente, atravesando bosques tupidos y escarpaduras abruptas que se suavizaron de manera perceptible a medida que nos fuimos aproximando a Galicia. Allí el terreno era más amable, las montañas menguaban hasta transformarse en colinas y abundaban los campos labrados. Las huellas de la devastación sufrida a causa de la guerra estaban prácticamente borradas por el trabajo incansable de los campesinos. Doña Urraca se sentía en casa.

Muy cerca ya de Compostela nos detuvimos a oír misa en una iglesia situada a las afueras de Melide, pequeña aldea compuesta por unos cuantos caseríos rodeados de huertas. Se trataba de una construcción reciente, de gran elegancia, levantada por los caballeros del Temple, según atestiguaban las múltiples cruces patadas grabadas en las paredes entre las hermosas policromías que las decoraban. Era un sitio especial. Un espacio escogido con esmero para concentrar en él toda la fuerza del Espíritu Santo, manifestada en el poder de unas piedras que brillaban a la luz de las velas y parecían vibrar. En esa capilla se sentía con intensidad la presencia de Dios Omnipotente.

Orientada a levante, el sol de la mañana entraba por la tronera abierta sobre el altar e iluminaba todo el interior, dando vida a las figuras pintadas, que parecían moverse. Merced al talento del maestro constructor, o quién sabe si en razón de alguna clase de prodigio, la voz del sacerdote llenaba todo el templo con una potencia inaudita, sin que él pareciera hacer el menor esfuerzo.

Fuera, a un lado del atrio, una pila de piedra gris esperaba a las nuevas almas para acogerlas en la familia cristiana con el agua del bautismo. Al otro, se situaba el camposanto, a la sazón ocupado por un par de sepulturas. Vida y muerte se daban la mano. Estaban juntas. Formaban parte de la misma creación. Quienes llevaban a sus hijos a bautizar lo hacían con la confianza de que estos, cumplido el ciclo, los llevaran a enterrar cerca de ellos.

Ese lugar encerraba una gran sabiduría.

Proseguimos nuestro caminar con ánimos renovados, hasta que al fin dimos vista a las torres de la catedral de Santiago desde el monte del Gozo, situado a media jornada de marcha de la ciudad. Habían transcurrido cuatro interminables semanas desde nuestra partida. El año 1111 tocaba a su fin y yo rogaba al Altísimo que el nuevo trajera consigo un cambio radical a mi vida.

Doña Urraca debía de estar tan exhausta como yo, o más, dado su reciente parto y el sangrado abundante que aún soportaba sin proferir un lamento. Su rostro mostraba las huellas de los rigores sufridos, pese a lo cual llegó a Compostela erguida sobre su yegua torda, como la reina que era. En la gran explanada que se abría frente al templo, convertida en campo de trabajo, desmontó con agilidad, aclamada por su pueblo. Entrando en la iglesia del Apóstol, entre las puertas de hierro del mismo atrio y el altar, se postró en el suelo de piedra, extendió las manos formando una cruz con su cuerpo y elevó al Señor una oración por el reino de España.

20

Una victoria para Urraca

Año 1112 de Nuestro Señor
Astorga
Reino de León

Sin esperar la eclosión de una primavera que ese año se mostraba esquiva, abandonamos Santiago en dirección a León, desafiando la dificultad de caminos y montes, especialmente peligrosos debido a las nieves y al hielo de un invierno de una crudeza extraordinaria. Nos acompañaba un ejército nutrido de gallegos. Doña Urraca tenía prisa por reunirse en Astorga con otros tantos guerreros asturianos, leoneses, riojanos y castellanos, a fin de dar batalla a su esposo, que poco a poco había ocupado prácticamente todas las plazas de su reino, incluido su palacio leonés.

Yo cabalgaba de nuevo a su lado, aguardando el momento oportuno para abandonar esa vida errante que ella aceptaba gustosa y a mí, por el contrario, me resultaba cada día más difícil de soportar. Estaba harta de tiritar sobre mi montura y sentir cómo las manos se me congelaban sujetando las riendas, hasta el punto de paralizarse, al igual que los labios, incapaces de articular una palabra. Harta de las mojaduras, del barro, de la comida mohosa, del agotamiento extremo. Harta de enfrentarme a la muerte y contemplarla a mi alrededor hasta acostumbrarme a su presencia. Harta de despedidas.

A medida que avanzábamos lentamente, cual gigantesco ciempiés humano, iban sumándose a nuestra columna caballeros leales a mi señora, que salían de sus castillos armados hasta los dientes, decididos a plantar sus tiendas y pabellones en el campamento real. Por una vez, me dije, no estábamos desamparadas. En aquella ocasión sentíamos el aliento de muchas gentes amigas.

Un domingo, al caer la noche, nos disponíamos a cenar, cuando vino a buscarme un soldado enviado por su capitán. Según me dijo, un recién llegado preguntaba por mí.

—¿De quién se trata? —inquirí sorprendida.

—Dice llamarse Nuño Bermúdez.

El corazón me dio un vuelco. Aunque resultara lógico que el alcaide de la fortaleza de Salas se incorporara a la magna hueste reunida por la soberana, yo no había osado albergar tal esperanza. Pero lo cierto era que Nuño estaba allí, al alcance de mi boca.

Corrí como una loca por el campo donde empezaban a levantarse las lonas que nos brindarían abrigo, hasta divisar a mi amor, sentado ante una fogata con un vaso de vino en la mano. Afortunadamente el caldo era agrio y el recipiente de latón, porque tal fue mi efusividad que derramé la bebida tras arrojarme en brazos del hombre que la sostenía. Los integrantes de la tropa concentrada a nuestro alrededor saludaron mi entusiasmo con un concierto de pitidos acompañados de obscenidades, que resbalaron por mis oídos y los de Nuño también. Estábamos juntos. Nada más importaba.

—Has venido —acerté a decir, después de comérmelo a besos, sorda a esos comentarios soeces.

—No podía faltar. Si he de ganarme el aprecio de la reina y, con él, la conservación de la tenencia, tiene que ser demostrándole mi valor y fidelidad.

Tenía razón. Doña Urraca apreciaría su gesto en cuanto yo le informara del mismo, lo que haría ese mismo día o a la mañana siguiente, si por ventura teníamos ocasión de celebrar nuestro inesperado encuentro con un poco de intimidad. No era menos cierto, empero, que combatir significaba correr el riesgo de perecer. Y la mera idea de que a Nuño pudiera sucederle algo malo me causaba un malestar similar al de la fiebre, una zozobra interior que ninguna hierba o brebaje era capaz de aliviar.

—Prométeme que te mantendrás alejado de la primera línea —exigí, con el egoísmo propio de quien ama por encima de todo.

—¿Quieres que me comporte como un cobarde? —preguntó él con un toque de humor teñido de incredulidad—. ¿Me pides que traicione mi honor y a mi soberana?

—Por supuesto que no.

—Entonces déjame ser lo que soy y hacerme merecedor de tu respeto.

—Lo que deseo es tu amor —protesté.

—Y sabes que lo tienes. Pero no sería digno de ser tu esposo si diera la espalda a mi reina cuando me requiere.

Para fortuna de mi señora, el tenente de Salas no era el único que albergaba tal pensamiento. La mayoría de los nobles leoneses que habían apoyado su matrimonio con el Batallador estaban arrepentidos, tras comprobar que la intención del aragonés era apropiarse de su reino. Por eso muchos de ellos estaban allí con ella, acompañados de sus mesnadas, conformando un bosque de acero cuya visión impresionaba. Ansúrez, Froilaz, Munio Gelmírez y, a la cabeza de todos ellos, el conde Pedro González de Lara, su más firme valedor tanto en el campo de batalla como en los lances del amor.

* * *

En Astorga se nos unieron los últimos guerreros fieles procedentes de Castilla y la Tierra de Campos, decididos a plantar cara de una vez por todas a don Alfonso. Y mientras los peones y esclavos reparaban las armas y demás enseres que se habían estropeado durante el viaje, vimos aparecer de pronto a las fuerzas enemigas entre los arbustos de los montes situados al otro lado del río Órbigo, avanzando a paso firme hacia nuestro campamento. Me parecieron tan numerosos como los peces del mar o los pájaros del cielo. Suficientes, en todo caso, para desatar un apocalipsis.

Estuvimos varios días frente a frente, midiéndonos, estudiándonos, retándonos entre gritos y alardes de caballeros deseosos de alcanzar la gloria o entregar la vida en ese empeño. En nuestro campo se decía que el aragonés había reunido en secreto un innumerable ejército congregando a los de Nájera, Burgos, Palencia, Carrión, Zamora, León y Sahagún, a quienes se acusaba de las peores tropelías. Los clérigos aseguraban que habían decidido pasar su vida sin la ley de la fe cristiana y sin justicia, estimulados por una perversión diabólica. Los tildaban de homicidas, malhechores, fornicadores, adúlteros, bandoleros, salteadores, sacrílegos hechiceros, adivinos, odiosos ladrones, apóstatas malditos y aun cosas peores. Si en verdad íbamos a enfrentarnos a esa horda del demonio, cavilaba yo, solo cabía vencer o morir antes que ver nuestra patria convertida en un infierno.

El rey no debía de tenerlas todas consigo, empero, porque antes de presentar batalla envió emisarios a Aragón solicitando refuerzos. Trescientos soldados armados de loriga, capitaneados por el temible Muñiz, suficientes para inclinar la balanza a su favor. Claro que no contaban con el arrojo de los caballeros castellanos acampados en la llanura, que les salieron al encuentro ocupando con bravura el camino por donde habían de pasar.

Desde donde estábamos situadas la reina y yo asistimos a la refriega conteniendo el aliento. Ella más que yo, lo confieso, dado que el conde de sus amores era quien dirigía el ataque. No dieron tregua a los aragoneses. Se dirigieron contra ellos a un tiempo, espoleando vivamente a sus veloces monturas y blandiendo sus terribles lanzas, hasta dar muerte a la mayoría abriéndoles la cabeza o haciendo salir sus vísceras por debajo de corazas y escudos. Después remataron a conciencia en el suelo a los heridos e hicieron prisioneros a quienes no pudieron huir, empezando por el llamado Muñiz.

Celebró la tropa esa victoria con grandes manifestaciones de júbilo, a las que nos unimos mi señora y yo, perdida toda compostura. Nos abrazamos, rugimos, lloramos, jaleamos a nuestros guerreros profiriendo exclamaciones triunfales, que llegaron al paroxismo cuando vimos que el Batallador empezaba a levantar el campo tras aceptar su derrota.

—¡Habéis vencido, majestad! —exclamé, exultante.

—Esto no ha hecho más que empezar, Muniadona —respondió ella con cabeza fría—. No te equivoques. A partir de hoy no moraremos en castillos o ciudades, sino en tiendas de campaña mientras dure la persecución del tirano aragonés.

Y así fue.

Don Alfonso se refugió en el castillo de Carrión, cuyos burgueses se contaban entre sus principales aliados. Hasta allí fuimos nosotras a la cabeza de una hueste como pocas veces se había visto, henchida de moral tras el triunfo arrollador de Astorga. Nada podría detenernos. Yo cabalgaba feliz, a pesar del profundo cansancio, porque Nuño iba conmigo y ambos compartíamos la certeza de que, al acabar la campaña, doña Urraca nos daría su bendición y podríamos casarnos al fin. No era una esperanza infundada. Ella me lo había prometido animada por el augurio de un punto final inminente a su infausto matrimonio.

Pero de nuevo el destino tenía sus propios planes.

* * *

Mientras los reyes recurrían a la guerra para tratar de zanjar su interminable disputa, el reino se empobrecía hasta entronizar al hambre como dueña y señora de los dominios pertenecientes a doña Urraca. Los horrores relatados por el monje de Sahagún se extendían por doquier, sembrando desolación, desesperanza y miseria. Hasta los propios burgueses que se habían levantado contra sus señores respaldando la causa de don Alfonso terminaron por asustarse ante la magnitud del desastre, pues sin riqueza, ni prosperidad, ni seguridad, ni horizonte, sus negocios, lejos de medrar, corrían el riesgo de desaparecer. ¿Cómo poner fin a esa deriva suicida? No hallaron mejor manera que forzar la reconciliación de dos personas que se odiaban.

Ignoro lo que esos burgueses dirían al aragonés. Imagino que lo instarían a cumplir lo jurado en Peñafiel y retirar a sus hombres de las guarniciones castellanas, dejando que fuera la reina quien escogiera a su gusto a los alcaides de esos castillos. En todo caso, tanto da. En lo que a mí respecta, lo importante es que, tras aprovechar la debilidad del rey para arrancarle un compromiso, fueron a ver a doña Urraca con el empeño de apremiarla a deponer las armas y regresar a la unión conyugal. La amenazaron con redoblar la rebelión temporalmente paralizada y arrebatarle su reino. Le aseguraron que no estaban solos, que contaban con el apoyo de un buen número de nobles. La convencieron a base de ruegos y sobre todo de extorsión. De tal manera que, en contra de su voluntad, ella acabó cediendo y se avino a entrar en Carrión no al frente de un ejército, sino en calidad de esposa.

¡Maldita sea la hora en que se dejó engañar para verse arrastrada de nuevo a esas malditas bodas!

Me habría marchado con Nuño a Salas cuando él se retiró, al igual que el resto de la hueste leonesa, pero mi señora me negó su permiso.

—Lo habíais prometido —protesté, sin poder contener las lágrimas.

—Y lo cumpliré, pero no ahora —repuso ella, implacable—. No puedo fiarme de Alfonso y te necesito aquí.

—¿Por qué habéis vuelto con él entonces?

Lo dije gritando. La rabia y el desengaño que me embargaban en ese momento prevalecían sobre la prudencia con la que solía actuar en su presencia. Que me castigara si quería. Lo peor que podía hacerme era retenerme a su lado y eso ya lo había hecho. Como si se sintiera mejor uniendo mi suerte a la suya; obligándome a permanecer con ella de igual modo que ella misma se obligaba a regresar junto a su marido.

—No tenía elección —acabó admitiendo en tono sombrío.

—Sí la teníais —rebatí, a riesgo de empeorar aún más mi situación—. Podríais haberos negado y confiar en vuestros leales. El rey estaba acorralado. La victoria era vuestra.

Esperaba cualquier respuesta, menos la que me dio:

—Tienes razón, Muniadona. Me ha faltado el valor.

21

Malvado, alevoso, perjuro

Junio del año 1112 de Nuestro Señor
Reino de León

Ni siquiera se molestó don Alfonso en fingir la menor voluntad de hacer honor a su palabra. Nada más ver a la reina, le dedicó palabras gruesas, pues si nunca se habían amado, hacía tiempo que ambos se habían perdido el respeto. Asistir a sus disputas resultaba harto penoso.

De mala gana seguí a mi señora hasta León, sobre cuya guarnición ella esperaba recuperar el control tras haberse plegado a reconciliarse con su aborrecido marido. Vano empeño. El Batallador tenía otros planes, que pasaban por conducirla casi a rastras de regreso a Astorga, donde previamente había citado a muchos de sus caballeros aragoneses y castellanos. Si el reencuentro entre los esposos había comenzado mal, mucho peor iba a ser lo que nos aguardaba allí.

Acabábamos de celebrar la festividad de San Juan, coincidente con el triunfo de la luz sobre las tinieblas, cuando recibimos una noticia no por esperada menos inquietante. El conde Enrique de Portugal había entregado el alma a Dios, dejando a doña Teresa viuda y libre de usar a su antojo el enorme poder del condado. La reina, que la conocía, me comentó esa misma noche:

—Hemos de prepararnos para su venganza.

—Tal vez se tome algún tiempo para llorar al difunto —aventuré.

—Lo dudo. Tú misma le ofreciste en mi nombre la mitad del reino y a la vista está que no he cumplido. Hasta sus oídos habrá llegado que Alfonso y yo estamos juntos, y a buen seguro querrá desquitarse del daño sufrido con ese engaño.

—¿Qué podemos hacer?

—Por el momento, esperar y encomendarnos al cielo.

No se hizo larga esa espera en el palacio destartalado que nos servía de alojamiento en la antigua ciudad romana. La medio hermana de mi señora se presentó allí, al frente de un pequeño contingente armado, decidida a causar su ruina envenenando los oídos del soberano aragonés. La acusó sin la menor prueba de pretender matarlo con yerbas, lo que encendió la indignación de la reina.

—Si quisiera acabar con vos —se encaró con su marido—, lo haría usando una daga. ¿Prestaréis crédito a las mentiras de una bastarda envidiosa?

Mas la ponzoña vertida por la condesa traidora había encontrado el más fértil de los terrenos en el Batallador, deseoso de hallar una causa justa o, en su defecto, un pretexto plausible para repudiar a su esposa. En la exigua estancia utilizada como salón, donde a la sazón se encontraban varios nobles, clérigos e incluso damas de la corte, dio rienda suelta al rencor largo tiempo alimentado contra la mujer que no solo se obstinaba en desafiarlo, sino que había conseguido infligirle una severa derrota.

—¡Quitaos de mi vista! —aulló, tembloroso de ira, con los puños apretados ansiosos por golpearla—. Despareced y no os atreváis a regresar, asesina.

Doña Urraca resistió a pie firme, sin desfallecer, haciendo gala de todo el coraje que le había faltado ante los burgueses. Lejos de arredrarse, se creció.

—¿Pretendéis expulsarme de mi propio reino? Desistid de tal empeño. La hija de Alfonso y Constanza no deshonrará su memoria humillándose ante un tirano.

Aquello fue más de lo que el aragonés estaba dispuesto a soportar. De dos zancadas se plantó ante el cuerpo menudo de mi señora y la abofeteó cruelmente con el revés de la mano, abriéndole en el labio una herida de la que empezó a manar abundante sangre. Aun así, ella siguió retándolo sin apartar la mirada, mientras algunos de los presentes empezaban a murmurar. Uno de los de Castilla se decidió a intervenir, dirigiéndose al aragonés con la pretensión de amansarlo:

—La heredera de un rey como don Alfonso, el de la feliz memoria, no debería escuchar palabras tan duras.

Aquella intromisión, cargada de una comparación odiosa, solo consiguió enardecer aún más al Batallador, quien redobló sus insultos escupiendo a doña Urraca bajezas que me avergüenza reproducir en este manuscrito. Ultrajes de taberna impropios de un soberano, rematados por un empujón tan violento que derribó a mi señora. Y cuando la tuvo ahí, en el suelo, hecha un ovillo, implorando clemencia con los ojos, le lanzó un último salivazo:

—Marchaos a donde os plazca, pero no oséis entrar en ciudad ni en castillo, si no queréis acabar muerta o encerrada en una mazmorra.

El noble que había alzado la voz instantes antes en defensa de doña Urraca volvió a levantarla, secundado por algún aragonés horrorizado ante el cariz que habían tomado las cosas. Lo instaron a serenarse, a reconsiderar la cruel condena que acababa de pronunciar en flagrante violación de los acuerdos suscritos con su esposa ante testigos, sin más base que la acusación lanzada por la condesa de Portugal.

—Por el amor de Dios, majestad —terció uno de sus más leales—, dejad que la reina se explique.

Lejos de acceder a sus ruegos, el Batallador sentenció:

—Y si la mula de la reina es presta, más presto será mi caballo desde este día.

Solo nos quedaba huir, rezando porque esa amenaza no llegara a consumarse.

* * *

Partimos esa misma noche, al amparo de la oscuridad, sin saber a dónde iríamos. Formábamos una triste comitiva compuesta por la propia reina, algunos sirvientes y unos pocos hombres de escolta, privados de hogar y de pan. Nos lanzamos a los caminos en busca de un buen cristiano dispuesto a darnos asilo, mientras el aragonés permanecía en Astorga en compañía de doña Teresa, hecha entre sí pleitesía y en la mayor de las concordias.

Una vez más la fortuna se encargaba de frustrar mis sueños. ¿Cómo podía yo abandonar a mi señora ahora que vagaba como alma en pena, desterrada de sus propios dominios, abandonada por todos? Habría sido la más ruin de las personas de haberme comportado así. Mi deber era permanecer a su lado en la desgracia, a la espera de tiempos mejores. Nuño sabría entenderlo y esperarme un poco más.

Fueron días amargos, sombríos a pesar del sol que resplandecía en el cielo. Don Pedro González de Lara se hallaba lejos, en sus dominios castellanos, con la misión de velar por la seguridad del infante Alfonso y cuidar también de que Elvira fuese criada como correspondía a su sangre. Estábamos solas, o eso creíamos, cuando no muy lejos de León recibimos al fin gratas nuevas procedentes del caballero a quien el Batallador había encomendado custodiar la fortaleza y el adarve que guardaban la ciudad.

—¡El Señor ha escuchado mis plegarias!

Doña Urraca se había transfigurado. Su rostro macilento irradiaba de pronto la intensa luz de la esperanza. Hasta su voz era distinta tras haber recuperado alguna tonalidad alegre.

—Mañana dormiremos en casa —me anunció, exultante.

—¿En casa?

—En el palacio de la capital, sí. No todo está perdido. Todavía me quedan leales entre las gentes de Aragón.

Como mi expresión reflejaba una completa incomprensión, añadió:

—Ese mensajero traía una invitación a recuperar lo que por derecho no ha dejado de pertenecerme. ¿Te das cuenta de lo que eso significa, Munia?

—Me temo que no.

—Según decía en su misiva, Pelayo, el actual alcaide aragonés designado por Alfonso, se crio en la corte de mi padre, por quien todavía hoy alberga tanta gratitud como respeto. De ahí su profundo disgusto al conocer el maltrato que he sufrido a manos de su señor y su disposición a ayudarme.

—¿Cómo?

—Entregándome la fortaleza y poniendo bajo mi mando a los hombres de la guarnición. Él mismo nos abrirá las puertas tras sembrar de antorchas el camino. Su corazón y el de la ciudad, asegura, aguardan gozosos nuestra llegada.

Volvíamos a León con la cabeza alta, merced a la hombría de bien de un auténtico caballero. La reina había aguantado el golpe y se preparaba para responder, aun siendo consciente de la desventaja en la que se hallaba en ese momento. Bajo la capa de dignidad de la que se revestía siempre, yo veía con claridad a una mujer vulnerable, asustada, herida, reacia a pedir auxilio pero desesperadamente necesitada de obtenerlo. Una mujer que confiaba en mí y a quien no podía decepcionar, en parte por el juramento que le había hecho en su día, empeñando en él mi honor, y en parte por la admiración que me inspiraba su negativa a rendirse. Una determinación tan fiera como la de su esposo, el Batallador, que no cejaba en su empeño de domeñar a la reina o en su defecto someterla apoderándose de su hijo.

* * *

El infante llevaba meses trasladándose de castillo en castillo, siempre bajo la protección de nobles fieles a su madre y, a través de ella, a las disposiciones dictadas por su abuelo en sus últimas voluntades. Su vida corría peligro, pues, a falta de un heredero concebido con doña Urraca, el aragonés veía en él al futuro rey de León y, por ende, al principal obstáculo que se alzaba entre su persona y el trono. Dado que estaba seguro de derrotar a la madre, habría hecho cualquier cosa por acabar con el pequeño.

En aquellos días el rey niño se refugiaba en Ávila, cuyos regidores, encabezados por el alcaide Blasco Jimeno, habían abrazado el bando de mi señora, no tanto por lealtad a su Corona cuanto por oposición a la pretensión del Batallador de anexionar Castilla al reino de Aragón. No todos los burgueses del reino y mucho menos los señores respaldaban esa aspiración.

La ciudad se resguardaba tras unas murallas sólidas, levantadas en tiempos de Alfonso VI con el propósito de aguantar los embates sarracenos, y a su amparo se encomendaba la seguridad del príncipe. Ya fuese tarea de un espía, ya información de un traidor, lo cierto es que el soberano aragonés supo del paradero de esa codiciada presa y se presentó en la ciudad, reclamando que se lo entregaran para poder educarlo. Ante la negativa rotunda de los dirigentes del Concejo, don Alfonso pidió que al menos le permitieran verlo con el fin de comprobar si no había sufrido daño. Cuando, tiempo después, la reina conoció este extremo del episodio, no se contuvo:

—¡Miserable embustero! ¿Desde cuándo le ha preocupado el bienestar de mi hijo?

Con una ingenuidad rayana en la inconsciencia o tal vez excesiva confianza en sus defensas inexpugnables, los abulenses auparon al niño hasta lo alto de la muralla y se lo mostraron al rey por encima de las almenas. Pero como todo formaba parte de una añagaza, él adujo estar demasiado lejos para poder reconocerlo y demandó que le entregaran rehenes garantes de su integridad mientras se acercaba a ver si se trataba o no del infante.

¡En mala hora accedieron los desventurados a esa exigencia!

Por la Puerta de la Malaventura salieron setenta caballeros, lo mejor de la milicia ciudadana, que fueron inmediatamente desarmados y retenidos por los soldados del aragonés mientras este comprobaba desde el cimorro de la catedral que, efectivamente, aquel era su hijastro.

Tras calibrar la posibilidad de un asalto y descartarlo por imposible, el rey ordenó a su ejército retirarse de la ciudad, no sin antes cobrarse una venganza atroz por la negativa de los castellanos a ceder a sus pretensiones. Frente a las mismas murallas que lo habían desafiado, a la vista de los ciudadanos congregados en sus alturas, mandó instalar grandes ollas llenas de aceite hirviente y sumergió en ellas, vivos, a los desdichados apresados en calidad de rehenes.

—¿Los mandó arrojar al fuego? —exclamó mi señora, horrorizada, al escuchar de labios de un testigo lo acaecido en la leal Ávila.

—Así es, majestad. Aún resuenan en mis oídos los alaridos proferidos por los supliciados, mientras nosotros asistíamos impotentes a su martirio, llorando lágrimas negras y mesándonos las barbas.

Mas no terminaba ahí el relato de la crueldad exhibida por el tirano.

—Como no podíamos enfrentarnos a su hueste en campo abierto —continuó desgranando el abulense, con el rostro desencajado por el dolor—, enviamos tras él al más valiente de los nuestros, Blasco Jimeno, acompañado de su escudero. Le dieron alcance cerca de Zamora y allí nuestro campeón lo retó a duelo, tras escupirle a la cara que era malvado, alevoso y perjuro.

—Una temeridad —apuntó doña Urraca—. Alfonso es un guerrero prácticamente imbatible.

—Si hubiese aceptado batirse, Blasco lo habría derrotado —replicó el hidalgo en tono amargo—. Pero el rey le dio la espalda, en un gesto de desprecio, antes de mandar a sus lanceros y saeteros acribillarlos con sus aceros y descuartizar después sus cuerpos.

La reina se cubrió el rostro para ocultar su espanto. Otro tanto hice yo, conteniendo a duras penas las arcadas. El caballero abulense, en cambio, se había crecido al rememorar ese alarde de dignidad y elevó ligeramente el tono para concluir:

—Cuando paséis por un paraje llamado Fontiveros, próximo a Cantiveros y a Zamora, veréis una cruz de piedra. La mandó erigir el Concejo de Ávila en recuerdo de sus héroes. Deteneos y elevad al cielo una oración por su alma.

22

Secretos de familia

Año 1113 de Nuestro Señor
Reino de León

Aprovechando nuestro regreso a la capital, decidí seguir el consejo de mi madre e ir a visitar a esos parientes cuya existencia desconocía. Me picaba la curiosidad y además veía conveniente contar con alguien de confianza por si volvía a encontrarme en una situación tan comprometida como la sufrida tras la expulsión de la reina de Astorga. No me resultó difícil dar con su paradero, ya que mi tío resultó ser un miembro destacado de la comunidad.

Carlos Húguez, hijo de mi tía abuela Mencía y de un próspero comerciante franco procedente de la Borgoña, había heredado de su padre un puesto vitalicio en el Concejo de León, así como una lujosa vivienda situada no muy lejos del palacio, asomada a la calzada que seguían los peregrinos en su camino a Santiago. Allí me presenté una tarde sin previo aviso, ataviada con mis mejores galas. Me abrió la puerta un criado enseñado a recibir con exquisita educación, quien me hizo pasar a un salón de la planta alta tras comprobar, de un vistazo, que mi aspecto se correspondía con quien yo decía ser: una familiar cercana a los señores de la casa.

—Aguardad aquí, os lo ruego. Avisaré a la señora.

Al cabo de unos instantes apareció en la estancia una mujer elegante, esbelta, de cabello color ceniza y ojos de un azul casi turquesa, cuyas facciones hermosas apenas parecían ajadas por los años. Sonreía mostrando una dentadura asombrosamente bien conservada. Me gustó a primera vista.

—¿A quién tengo el gusto de saludar?

—Me llamo Muniadona Diéguez. —Su cálida amabilidad lo hacía todo más fácil—. Soy hija de Diego de Lobera y nieta de Jimena, quien al parecer era hermana de vuestra suegra, Mencía.

—¡Qué grata sorpresa! —replicó ella en un tono que avalaba la sinceridad de sus palabras—. Yo soy Bricia, tu tía, esposa de Carlos. Ni siquiera estábamos al tanto de tener una sobrina.

—En realidad somos tres. Mi hermano mayor, Lope, mi hermana Leonor y yo misma. Ellos dos y nuestra madre, Juana, viven en Toledo. Nuestro padre falleció siendo yo muy niña defendiendo el castillo de Mora.

Me disponía a explicar el porqué de mi presencia en León, apelando al servicio de la condesa Eylo Ansúrez, cuando la conversación fue interrumpida por una potente voz procedente de la escalera.

—¡Bricia, amor mío!, ¿dónde estás?

Tras ella vino el corpachón del que había salido el efusivo saludo. Se trataba de un hombre grande, orondo, lampiño o muy bien rasurado, de cabello ralo y escaso, repartido alrededor de la cabeza a semejanza de los tonsurados, mejillas salpicadas de hilillos rojos, labios gruesos y ojos de ratón. Vestía una túnica de excelente paño de color oscuro y calzaba escarpines nuevos. Le colgaba del cuello una gruesa cadena de oro rematada por un medallón.

Hechas las presentaciones, nos sentamos en sendos escaños mullidos de ricos cojines. El anfitrión mandó servir vino.

—Resulta que Muniadona es la nieta de nuestra querida Jimena —rompió el hielo la dama, lanzando a su marido una mirada penetrante que en ese momento no supe interpretar—. ¿Cómo está tu abuela?

—Falleció hace un par de años —respondí entristecida.

—Fue una enredadora nata —me espetó de pronto él, con tal brusquedad que a punto estuve de levantarme y salir corriendo.

—¿Enredadora, decís? Temo no comprender.

—Digo que tu abuela y tu padre se llevaron buenas libras de plata franca a cambio de una tenencia que no tardaron en arrebatarnos. Lobera, la llamaban. Una torre destartalada a orillas del Duero. Estuve allí un par de veces siendo niño, antes de que doña Urraca, no la reina, sino su tía, la reclamara como parte del infantazgo. Ahí terminaron las pretensiones nobiliarias de mi padre, que en gloria esté.

Me quedé callada, abrumada por esa historia que jamás había oído mencionar. ¿Había sido mi abuela una embaucadora, tal como dejaba traslucir esa queja retrospectiva formulada con tanta crudeza? Mi propio tío me sacó de dudas.

—En realidad él lo sospechaba. Mi padre, digo. Siempre fue un hombre astuto, con un olfato infalible. No se habría dejado engañar.

—Esta criatura nada tiene que ver con esos viejos asuntos —acudió en mi auxilio su mujer, un tanto avergonzada—. Déjala tranquila y hablemos de cosas gratas.

Mi pariente la miró como quien contempla a una divinidad, con una expresión de absoluta entrega en el rostro rubicundo. De inmediato cambió de tono, presto a obedecer la orden.

—Ya ves que desde entonces no nos ha ido en absoluto mal, Muniadona. Los negocios prosperan. Lo que quería explicarte es que no os guardamos rencor alguno, porque estamos convencidos de que las cien libras de plata pagadas por la Lobera fueron en realidad un regalo.

—¿A mi abuela? —Cada vez entendía menos.

—No. A su hermana. Mi padre adoraba a mi madre y no le habría negado nada. Ella le suplicó que ayudara a su familia, a pesar de los muchos desprecios sufridos por no llevar sangre hidalga, y él halló el modo de hacerlo sin que pareciera que accedía.

Me prometí a mí misma interrogar a mi madre al respecto en cuanto la viera, mientras mi tía reconducía la conversación con habilidad.

—¿Y a qué debemos el placer de tu visita, querida?

—Pensé que, estando en León acompañando a mi señora, no podía dejar de saludar a la familia.

—E hiciste bien —sentenció ella—. La familia es lo primero, después de Dios, por supuesto. Te quedarás a cenar, ¿verdad?

Ni siquiera en el palacio se degustaban delicias comparables a las servidas en la mesa de mis tíos por una legión de criados adiestrados para conseguir que la comida llegara caliente, cosa harto inusual. Aves de varias clases asadas o rellenas, aderezadas con exquisitas salsas; huevos guisados de formas inconcebiblemente sabrosas; platos salados y dulces elaborados por manos maestras en abundancia suficiente para alimentar a un ejército.

Entretenida en disfrutar de ese banquete, apenas hablé. Prefería escuchar al señor de la casa, quien apreciaba con deleite la presentación de cada nueva bandeja sin dejar de masticar ni de alardear de sus éxitos.

—Pronto abriremos un nuevo emporio en Burgos. Cada día es mayor la demanda de especias, tejidos finos y otros productos de lujo.

—¿No os perjudica la guerra? —inquirí, al constatar que cuanto afirmaba el comerciante contrastaba vivamente con lo que yo misma había visto y lo relatado tiempo atrás por el monje de Sahagún.

—Desde luego no ayuda, aunque yo no puedo quejarme. La reina ha confirmado todos los privilegios concedidos por su bisabuelo en el fuero de León y en particular los otorgados a los integrantes del Concejo; esto es, la exención del pago de los impuestos que sustituyen el servicio obligatorio de armas y los que gravan la transmisión del patrimonio a los hijos. Un buen dinero.

—¿Respaldáis entonces a la soberana en su pugna contra su esposo?

Traté de no sonar demasiado interesada, porque deseaba ocultar a toda costa mi relación con doña Urraca, pero ignoro si lo conseguí. La verdad era que esas palabras me habían llenado de dicha, pues significaban que no todos los burgueses del reino estaban con don Alfonso. O eso al menos había interpretado, hasta que él precisó:

—Yo no quiero saber nada de esas pugnas. Sus guerras me son ajenas. Lo mío es el comercio.

—Pero todo el mundo comenta que el aragonés pretende robarle el trono —le tiré de la lengua.

—¿Acaso no es su esposo? ¿No le aceptó ella por marido?

Evité contestar, para no enzarzarme en una discusión que habría terminado por delatarme, aunque él pareció entender el propósito de mi comentario.

—El rey encuentra a sus partidarios en las ciudades donde la nobleza o la Iglesia abusan de su poder sometiendo a los burgueses a cargas insoportables que les impiden crecer. Conozco a muchos de ellos, los comprendo y los apoyo, pues sus demandas son justas. Pero aquí en León todo es distinto.

—Lo que quiere decir Carlos —terció su mujer, henchida de orgullo— es que doña Urraca valora la riqueza que aportan al reino los comerciantes de la capital y los trata en consecuencia, especialmente cuando forman parte del Concejo de la ciudad.

—El Camino de Santiago es una bendición para todos, empezando por las arcas reales, nutridas en gran medida de los pontazgos que pagamos. Precisamente tu primo Germán, nuestro primogénito, se encuentra ahora en Compostela, incurso en una negociación destinada a conseguir que sean librados de ese impuesto los mercaderes de dicha ciudad. Si lo consiguen, trasladará su residencia allí, a fin de dirigir nuestros asuntos al amparo de esa exención y del Apóstol patrón de España.

La cena terminó con más cordialidad de la que yo misma esperaba, merced a los buenos oficios de mi tía y también a los excelentes caldos escanciados frecuentemente en las copas. Celebramos la reunión de la familia, demasiado tiempo distanciada por una causa insignificante, hablamos de los ausentes y nos emplazamos a mantener el contacto. Pasada la medianoche, fui conducida a palacio en la silla de manos de los Húguez, sin sospechar ni por lo más remoto la gravedad de los quebrantos que iba a ocasionarme ese reencuentro.

23

Terror almorávide

Una vez recuperado su palacio y el trono perteneciente a su padre, doña Urraca no tardó en recobrar las fuerzas. La situación del reino no le permitía recrearse en el sufrimiento padecido, pues al enfrentamiento cada vez más cruento que mantenía con su marido se unían informes sumamente inquietantes, procedentes de al-Ándalus, que alertaban de una inminente ofensiva sarracena. No andaba sobrada de apoyos y requería la entrega absoluta de cuantos contábamos con su confianza, por lo que, una vez más, hube de posponer mis planes para dedicarme por entero a ella.

Fue por esas fechas cuando se anunció la visita del abad Helmengaud de la Chiusa di San Michele, de la diócesis de Turín, enviado por el papa con la misión de anunciar la celebración de un sínodo en Roma, destinado a restablecer la paz y la tranquilidad en las regiones de España, al que estaban convocados tanto los más altos dignatarios de la Iglesia como representantes del rey y de la reina.

Respondía de ese modo el romano pontífice a los reiterados requerimientos de diversos prelados, encabezados por Gelmírez, quienes llevaban largo tiempo suplicando al Santo Padre que mediara en el conflicto que ensangrentaba nuestra tierra.

El legado papal se presentó ante la soberana de León ataviado con las ropas sencillas propias de un monje, aunque revestido de autoridad al venir comisionado por la cabeza de la Iglesia. Venía sucio y cansado, después de recorrer buena parte del reino, pero decidido a llevar a buen puerto su encomienda. Fue recibido por mi señora en el salón de audiencias, con la solemnidad que su alto rango merecía. Tras los saludos de rigor, se dirigió a ella en un latín impecable, que yo ya comprendía mejor:

—He visto cosas más abominables todavía de las relatadas por el obispo de Santiago en sus cartas —rompió el fuego sin pelos en la lengua—. Templos profanados; sus tesoros, violentamente arrebatados; sus heredades y predios, expoliados; los caudillos y los jefes, unos hechos prisioneros, otros aniquilados por la espada; los pobres, muertos a hierro, de hambre o de frío; los mismos sacerdotes del señor, los propios obispos, cautivos como ladrones...

Ella escuchó ese lamento sin añadir ni restar nada, pues conocía de sobra el escenario desolador que le pintaba su huésped. Se limitó por tanto a asentir, mientras él desgranaba su retahíla previa al momento en que se había entrevistado con don Alfonso en el castillo de Carrión.

La mención de su esposo reavivó el interés de mi señora.

—El rey oyó de mis labios la prohibición expresa de volver a la ilícita unión conyugal, dictada por la autoridad del apóstol san Pedro.

—¿Y qué respondió?

—En el alma malévola no entrará la sabiduría —eludió contestar el abad, cuya expresión, no obstante, denotaba un hondo malestar.

—¿Acaso osó levantaros la mano? —inquirió la reina, alarmada ante ese eufemismo que daba cabida a cualquier exceso.

—También lo insté a que en adelante se abstuviera de inquietar al reino de España con el torbellino de su ferocidad —volvió a escaparse el de la Chiusa—, advirtiéndole de que, en caso de hacerlo, sucumbiría bajo la espada del anatema.

Esta última parte hubo de traducírmela un clérigo presente en la estancia, pues su lenguaje me resultaba excesivamente enrevesado. Lo que el legado había hecho, en términos prácticos, era amenazar con la excomunión al aragonés si persistía en devastar los dominios de su esposa con su hueste o si regresaba a lo que esta denominaba «bodas malditas». Una victoria en toda regla para ella, al menos hasta que el lombardo le dirigió una mirada severa y, en tono conminatorio, le dijo las mismas cosas. A saber, que sería privada del santo sacramento si regresaba junto a su esposo o alentaba los tumultos causantes de tanto dolor.

Doña Urraca trató de abogar por su causa, invocando el testamento de su padre del que emanaba su legitimidad y la de su hijo, pero el turinés hizo oídos sordos. Le habían mandado a imponer paz y asegurarse de que fuese disuelto ese matrimonio consanguíneo. De ahí que zanjara, gélido:

—Si no me equivoco, el arzobispo de Toledo os notificó en persona esta sentencia hace ya bastante tiempo. Sabed que, mientras infrinjáis sus términos, estáis en pecado mortal.

La partida quedaba de ese modo en tablas. El papa no parecía querer vencedores ni vencidos, sino obediencia a sus reglas y concordia entre los monarcas llamados a unir sus fuerzas contra el islam que amenazaba a la cristiandad hispana con especial virulencia.

—Poca ayuda me ha brindado ese legado papal —comentó la reina a los presentes tras despedir al de la Chiusa tragándose la frustración.

—En el sínodo de agosto hablaremos en vuestro favor —replicó su capellán, quien no solo rezaba con ella las horas canónicas, sino que atesoraba sus secretos de confesión—. La mayor parte de la Iglesia estará a buen seguro con vos.

—Entre tanto, no obstante, necesitamos al Batallador.

Un murmullo de estupor recorrió el amplio salón. El conde de Lara dio un paso al frente, herido en su orgullo, pues esa afirmación ofendía su honor de hombre tanto o más que el de soldado. Doña Urraca se percató y añadió, dirigiéndose a él:

—Vos mejor que nadie sabéis, don Pedro, cómo luchan los africanos que se preparan para atacarnos. A decir de mis capitanes, emulan a los nómadas del desierto. En campo abierto resultan prácticamente imbatibles. Hemos sufrido terribles derrotas a manos de esos infantes que rara vez rompen las filas, y no digamos de los que cabalgan a esas bestias gigantescas tan monstruosas como letales; los camellos.

—No veo de qué manera esas tácticas apelan al aragonés —repuso el conde, huraño.

—En tal caso os lo aclararé. —La reina no pensaba dejarse cuestionar, y mucho menos en público—. Los almorávides combaten encuadrados por monjes guerreros cuya pericia militar e influencia espiritual brindan fuerza, arrojo e impulso a los hombres bajo su mando. La hueste cristiana precisa de un capitán dotado de los mismos atributos.

—¿Os referís a don Alfonso? —El de Lara se sentía ahora insultado en su condición de alférez, lo que no pasó desapercibido a su amante.

—No hay comandante mejor que vos en la batalla, querido Pedro, pero habréis de admitir que no sois precisamente un monje —dijo la soberana con sonrisa pícara—. El aragonés, en cambio, posee las cualidades de un caballero cruzado entregado al servicio de Dios... Y también sus defectos, por cierto.

Los más próximos reímos esa mención velada al voto de castidad sufrido en calidad de esposa, que otros no pudieron captar. Ella debió de arrepentirse de ese comentario frívolo, pues recobró la seriedad para concluir:

—Sea como fuere, el desafío que se nos presenta demanda a un guerrero como él al frente de nuestro ejército. Sus hombres lo seguirán hasta el mismísimo infierno, que es, mucho me temo, a donde van a llevarnos los sarracenos en cuanto lancen su próxima aceifa.

Lo mismo pensaba yo.

* * *

El gobernador almorávide de Córdoba, Muhamad Mazdali ibn Barlunka, llevaba tiempo sembrando el terror en la marca meridional del reino con sus ataques a castillos y ciudades. Había saqueado Guadalajara, llevándose de regreso un buen botín, y ocupado las plazas de Oreja y Zorita, que sumadas a Uclés y Alcalá de Henares ponían cerco a Toledo, lo que me llenaba de espanto. No me quitaba de la cabeza a mi hermano, Lope, encuadrado en la mesnada de Álvar Fáñez. Lo imaginaba sujeto a mil peligros o, Dios no lo permitiera, herido. Aprovechaba cualquier oportunidad para preguntar a mi señora por dicho enclave, pero ni ella misma disponía de noticias fiables hasta mucho tiempo después de que se produjeran los acontecimientos.

Sabíamos, eso sí, que los musulmanes habían fortificado las plazas fuertes de Coria y Albalate con una muchedumbre de caballeros y peones que diariamente atacaba toda la Extremadura hasta el río Duero, y que los que estaban en Oreja arremetían contra las murallas de la antigua capital visigoda. La custodia de esa frontera se cobraba un altísimo tributo en vidas, sin que desde León pudiéramos hacer otra cosa que elevar nuestras plegarias por las almas de esos cristianos caídos defendiendo la única fe verdadera.

—Desde el cielo vuestro padre estará orgulloso de tu hermano —me dijo en una ocasión la reina, de un modo que me hizo temer lo peor.

—¿Acaso ha muerto?

—No lo sé —me tranquilizó solo a medias—. Hace días que no recibo nuevas de Toledo, donde gracias a mi leal Fáñez vuelve a ondear mi pendón, una vez expulsado el alcaide impuesto por el Batallador. Mas si así fuera, tendría ganado un puesto a la diestra del Señor.

—Yo preferiría que tardara en ocupar ese lugar, la verdad. Bastante sacrificio hicimos perdiendo nuestro hogar y a nuestro padre en Mora siendo todavía tan niños.

—Nos esperan días terribles, Muniadona. —Todo en su expresión respaldaba la gravedad de esas palabras—. Los ismaelitas africanos están pertrechando flotas semejantes a las de Almanzor, con las que podrán llegar hasta la misma Galicia, saquearla, cometer cuantos desmanes quieran y aprehender a un sinfín de cautivos destinados a los mercados de esclavos.

La mera evocación de esas razias me provocó un escalofrío.

24

La profecía

Primavera del año 1113 de Nuestro Señor
Galicia
Reino de León

Sabedora de la influencia que el obispo Gelmírez ejercía entre sus pares, la reina decidió ir a visitarlo a fin de tratar con él los asuntos más importantes que se decidirían en el sínodo anunciado por el legado papal, empezando por la disolución de su matrimonio. También deseaba pedir su mediación en aras de restablecer la paz con el conde Pedro Froilaz, quien se había distanciado de ella en los últimos tiempos. El prelado compostelano ostentaba un inmenso poder en Galicia, cuya nobleza y ejército resultaban determinantes en la lucha que la enfrentaba con su todavía esposo.

De camino pasamos a ver a la pequeña Elvira, aunque ello supuso desviarnos de la ruta habitual y perder algunos días. En contra de lo que afirmaban sus detractores más encarnizados, doña Urraca era tan buena madre como le permitían sus incontables responsabilidades y conflictos. Amaba a sus hijos, a los tres por igual, y estaba decidida a garantizarles un futuro acorde con la posición de cada uno de ellos, mejor, en todo caso, del que el destino le había deparado a ella al desposarla con Alfonso.

Más grata aún para mí fue la parada que hicimos en Salas. Me permitió compartir dos noches mágicas con Nuño, a quien extrañaba con creciente desgarro. Él recibió de nuestra señora un trato deferente, incluso amable, que ambos interpretamos como el preludio de su consentimiento a nuestro matrimonio; lo cual nos llenó de alegría y también de zozobra, pues las vísperas del día en que ha de cumplirse un sueño resultan igual de angustiosas que las horas previas a una batalla. Querrías que volara el tiempo, pero este parece empeñado en ralentizar el paso.

La ciudad de Santiago hermoseaba bajo el sol templado de abril. Crecía, respiraba, se enriquecía, cobraba una vida propia, diversa y única, a medida que los peregrinos le infundían las mil personalidades de sus lugares de origen. Y como símbolo de esa pluralidad fecunda, ligada indisolublemente al poder del Hijo del Trueno, la basílica erigida con el fin de honrar su gloria iba ganando altura, esplendor y belleza bajo el impulso incansable del prelado decidido a dejar su huella en este mundo a través de ese monumento. Por más reservas que yo albergara respecto de su ambición y gusto por la intriga, era innegable que Gelmírez legaría a la posteridad un templo digno del Apóstol a cuyo amparo secular se encomendaba la cristiandad hispana.

Mientras la reina se reunía con clérigos y otros próceres, aproveché para pasear por las calles de esa urbe bulliciosa, repleta de tiendas y talleres dedicados a un sinfín de actividades. Era día de mercado, lo que incrementaba todavía más el ya de por sí frenético trajín comercial habitual. Y en medio de esa algarabía, frente a un puesto de verduras, asistí por casualidad a la conversación mantenida entre dos comadres, sin sospechar que de sus palabras iban a derivarse para mí unas consecuencias dramáticas.

—Por fin la vi —dijo una de ellas en voz baja, lanzando miradas inquietas a su alrededor.

—¿A quién?

—¿A quién va a ser, mujer? ¡A Enya!

Los ojos de la segunda parecieron desorbitarse. Emuló el gesto de su amiga, como si temiera ser sorprendida cometiendo un grave delito, antes de apartarla de la gente con un empujón, en busca de intimidad. Esa actitud fue precisamente la que llamó mi atención, lo suficiente para seguir escuchando.

—¿Y qué?

—Me aseguró que mi Ero ya no pena.

—¿Ya está en el cielo?

—Eso dijo, sí. Sin vacilar. Lo consultó con el fuego. —Redujo un poco más el volumen, a la vez que imprimía tintes de intriga a su tono.

—¿Y de la niña? —inquirió la curiosa, que recibía la información como si escuchara a un oráculo.

—Ahí dudó. —El modo de admitirlo evidenciaba una decepción profunda—. Todavía no puede verlo con claridad. Pero si dejo pasar un tiempo, tal vez pueda complacerme.

Llegado ese punto no pude contenerme más y me acerqué a ellas, poniendo todo mi empeño en evitar parecer una amenaza. Me costó trabajo, pero al final conseguí convencerlas de que mi interés era puramente personal y no tenía intención alguna de denunciarlas, ni al corregidor ni al sacerdote de su parroquia. Había oído hablar a menudo de esas videntes capaces de predecir lo que nos deparará el futuro, argumenté, pero no conocía a ninguna y necesitaba desesperadamente su ayuda.

Una vez vencidos sus recelos iniciales, les conté mi historia con Nuño, sin mencionar a la soberana, por supuesto, cargando las tintas sobre el riesgo de acabar en brazos de un hombre mucho mayor que yo, que a buen seguro me maltrataría. Empleé todas mis dotes oratorias para conmoverlas. Rogué, lloré, imploré hasta lograr que me dijeran dónde localizar a esa Enya, quien gozaba de una sólida reputación en toda Galicia por sus dotes adivinatorias, su habilidad para entablar contacto con los difuntos y lo atinado de sus augurios en materia de amores.

—Si te vas de la lengua —me advirtieron al final, acaso arrepentidas de haber cedido a mis súplicas—, sabremos encontrarte y nos vengaremos.

No tenía la menor intención de hacerlo. Mi único propósito era partir cuanto antes hacia el lugar indicado, a fin de obtener de esa hechicera prodigiosa la respuesta al sinfín de preguntas que se agolpaban en mi pecho al evocar el nombre de mi caballero de Salas.

* * *

Enya vivía en una pequeña cabaña situada en un claro del bosque, entre Compostela y el mar Cantábrico, no muy lejos de una aldea llamada Mendol. Su humilde cobijo estaba levantado junto a una extraña construcción semejante a una mesa, formada por tres bloques de granito oscuro del tamaño de un ternero grande. Era la señal que andaba buscando. La referencia inconfundible para evitar llamar a la puerta equivocada.

Mi madre me había hablado a menudo de esas piedras de poder que veneraban sus antepasados astures. Yo nunca he creído en esos cultos paganos, pero confieso que sentí algo especial al acercarme a lo que sin duda constituía alguna clase de altar, o acaso un enterramiento. Desprendía un magnetismo especial, una vibración extraña perceptible con fuerza creciente a medida que me aproximaba, a punto de caer la noche.

La fama de la vidente era inmensa, aunque la mayoría de la gente solo se atrevía a ponderar públicamente su conocimiento de las plantas. Acudían a ella desde los cuatro puntos cardinales en busca de sanación para los males más diversos, me dijeron en varias posadas donde paré a descansar. Después de pagar algunas rondas de vino con el objetivo de soltar las lenguas, no obstante, los más audaces confirmaron que mi viaje no sería en vano. O sea, que la misteriosa Enya podía descubrir en las llamas de una hoguera o las vísceras de ciertos pájaros lo que el destino nos tenía reservado, siempre que sus servicios fueran recompensados con una generosa cantidad de plata u oro. A mayor recompensa, afirmaban quienes comentaban su experiencia entre susurros, más posibilidades de conseguir un pronóstico acertado.

De nuevo tuve que recurrir al engaño para obtener de mi señora el permiso de ausentarme, apelando a un asunto familiar que no admitía demora. Me dolió cometer esa traición que, en caso de descubrirse, además, me traería grandes problemas, aunque pudo más la tentación irresistible de ver resueltas mis dudas merced a las artes secretas de esa mujer portentosa. Aduje la enfermedad de un pariente y ella no me retuvo. Antes al contrario, ordenó a su caballerizo que me fuera entregada una mula, y ella misma se encargó de proporcionarme dinero. Cuanto más se volcaba conmigo, peor me sentía yo sabiendo que estaba faltando a mi juramento de lealtad. Cada vez me costaba menos mentir y cada vez lo hacía mejor, lo confieso con vergüenza.

Como medida de precaución, me vestí de muchacho, ocultando mi melena bajo un sombrero de paja semejante a los utilizados por los campesinos, después de tiznar mi rostro con barro y ceniza para completar el disfraz. Incluso ataviada de esa guisa comprendía que lanzarme a los caminos sin la protección de una escolta era una temeridad, pese a lo cual no tenía miedo. Ya casi había olvidado el significado exacto de esa palabra, aunque mucho antes de lo que pensaba iba a rememorarlo de la forma más abrupta.

¡Qué mala maestra es la juventud a la hora de evitar el peligro!

Pasé todo el viaje intentando imaginar cómo sería la bruja a la que iba a consultar. En mi mente la veía anciana, arrugada, cubierta de verrugas y de harapos, maloliente, con dedos huesudos semejantes a patas de pollo y en lugar de voz, graznidos.

Nada más lejos de la realidad.

La mujer que me abrió la puerta era extraordinariamente hermosa. De edad indefinida, lucía una melena larga, suelta a la manera de las doncellas, salpicada de canas plateadas. Su piel era de marfil, blanca y tersa. Sus manos, cálidas. Me recibió con una sonrisa enigmática, invitándome a entrar en la choza compuesta por una única estancia, en cuyo centro ardía una lumbre que apenas alcanzaba para iluminar el espacio inmediato, arrojando sombras danzantes sobre las paredes de piedra. Un hueco abierto en el techo de paja dejaba escapar parte del humo, sin impedir que el restante se agarrara a la garganta e hiciera llorar los ojos. Los míos. Los de ella debían de estar acostumbrados, porque brillaban como esmeraldas, clavados en mis pupilas.

—¿A qué debo una visita tan inesperada a estas horas? —inquirió con extrema cortesía, invitándome a pasar—. ¿Os aqueja acaso algún mal que yo pueda intentar aliviar?

—Disculpad la hora —me sonrojé, apurada, consciente de merecer el reproche—. He tardado varios días en venir desde Compostela, pero puedo pasar la noche fuera y regresar por la mañana…

—Mala cristiana sería yo si consintiera tal cosa. Entrad, compartiremos la cena.

Sobre una mesa amplia de tablas sin desbastar descansaba una figurilla de madera tallada, pintada de colores vivos, que debía de representar a Santiago, a juzgar por su atuendo de peregrino. Junto a ella, otras más pequeñas recordaban a diversos santos y santas, reconocibles por los relatos que se hacían de ellos en la iglesia. También abundaban las ampollas de cristal llenas de líquidos multicolores, algunos tarros de barro en cuyo interior se almacenaban ungüentos irreconocibles y cestos repletos de hierbas cuyo aroma intenso rivalizaba con el del humo acre. A pesar de tenerme por una buena conocedora de los remedios empleados contra los males más comunes, aquel despliegue de pócimas me hizo sentir muy pequeña. La lámpara de aceite dispuesta junto a las tallas no alcanzaba a proyectar luz sobre nada más, dejando el resto de la estancia sumida en tinieblas.

Enya hizo sitio entre todos esos objetos y recipientes, para colocar un par de cuencos llenos de un líquido humeante junto a sendos trozos de pan. Bendijo los alimentos recitando una vieja oración y me invitó a acompañarla. El caldo espeso de verduras, enriquecido con huevos escalfados, era propio de una gran guisandera, pese a lo cual se disculpó:

—Lamento no poder ofreceros nada mejor.

—Esta sopa es gloria pura —respondí, mientras sorbía con avidez procurando no abrasarme.

Comimos en silencio, lanzándonos miradas furtivas. Ella se preguntaría, supongo, qué hacía allí esa persona asustada, travestida de lo que no era. A mí me cautivaba su belleza serena, su voz de terciopelo, la paz que transmitía, el poder que emanaba de su ser como una suerte de armadura invisible.

—¿Estáis enferma? —indagó de nuevo con dulzura.

—No —repuse con vehemencia—. No es eso.

—¿Se trata entonces de otra afección?

Al decirlo me cogió la mano, buscando en mis ojos la verdad que por algún motivo extraño no lograba abrirse paso hasta mis labios. Ella debió de confundir los indicios, porque añadió:

—¿Lleváis dentro una criatura que no convenga traer al mundo?

Lo preguntó con la naturalidad que da la costumbre, sin sombra de censura en el tono. Tal vez practicara abortos o tal vez no, aunque sospecho que eran muchas las mujeres que se lo pedían. Sea como fuere, la comprensión que demostraba con esa forma de hablar de un delito castigado con la pena más severa me animó a confesarle por fin el motivo de mi visita. Saqué la bolsa de monedas, la coloqué sobre la mesa, justo delante de ella, y comencé a desgranar el relato de mis amores con Nuño. Amores tan puros, tan limpios, como malditos por las circunstancias. Amores necesitados de un poco de auxilio divino.

—¿Me casaré pronto con Nuño? —acerté a concretar—. ¿Seremos dichosos?

La vidente sacó las monedas, las contó y me pidió que saliera un instante mientras las ponía a buen recaudo. Toda la confianza mostrada hasta entonces se desvanecía cuando entraba en juego el dinero, lo cual me causó una cierta desazón. Al cabo de un instante, empero, me pidió que volviera a entrar, me ofreció una infusión amarga, cuyo sabor me recordó al de la flor de amapola, y se puso a avivar el fuego que languidecía en su hogar de piedras.

No tardé en notar un mareo placentero; una suerte de trance somnoliento, extremadamente agradable y sorprendentemente compatible con una gran lucidez.

—Dejaos llevar por la calma que conduce a la sabiduría...

Las palabras sonaban de un modo extraño, semejantes a un eco lejano. El fuego desprendía un humo dulzón, que Enya lanzaba hacia mí haciendo bailar sus manos sobre ese vapor penetrante que parecía obedecerla formando círculos y otras figuras. La atmósfera era irreal, propia de un sueño.

Yo intentaba articular alguna frase, aunque mi boca parecía estar cosida con hilo invisible. El cuerpo no respondía a mi deseo de levantarme. Solo podía permanecer quieta, atada a esa silla, notando cómo mis sentidos percibían con una nitidez increíble los sonidos procedentes del exterior, el viento peinando las hojas o el canto de una lechuza, al igual que el crepitar de las llamas y la voz fantasmal de la *vedoira* formulando una profecía críptica, incomprensible, aterradora:

—Cuidaos de las águilas. Una de ellas os arrancará el corazón.

Merced a esa capacidad de percepción prodigiosa, proporcionada a buen seguro por la droga contenida en el brebaje, vi con total claridad a un ave gigantesca desplegar las alas y lanzarse en picado sobre mí, decidida a clavarme en el pecho sus garras semejantes a cuchillos. Así cazaban a conejos, corzos y otras presas, tal como había tenido ocasión de contemplar alguna vez, alertada por sus chillidos característicos. Pero nunca hasta entonces me habían parecido una amenaza. Yo era una pieza demasiado grande. Era imposible que una de ellas me arrancara el corazón. Haciendo un esfuerzo sobrehumano, acerté a replicar:

—¿Cómo? ¿Cuándo?

—Agradeced a los santos que nos oculten lo que está escrito en el libro de nuestro destino. ¿De qué nos serviría conocerlo si no existe modo de cambiarlo?

—Os pagaré más —insistí, a duras penas, pugnando por romper las ataduras que sellaban mis labios.

—No hay plata capaz de alterar el curso de la Providencia. Aceptad el designio del cielo y disfrutad de lo que la vida os brinde. Veo amor y veo dicha en los días venideros. Os aguarda un gozo intenso.

25

Cuerda de cautivos

Cuidaos de las águilas», había dicho Enya.

¿Qué significado tenían esas palabras misteriosas? ¿Se refería a las aves o más bien a un escudo de armas? ¿Era aquel un mensaje cifrado que yo debía interpretar o se trataba de una advertencia literal? La incertidumbre me roía el alma cuando emprendí el camino de regreso, recién despuntada el alba.

La senda discurría en medio de un bosque tupido, alfombrado de hojas secas que amortiguaban mis pasos. Únicamente se oía el trinar de los pájaros, saludando a la mañana, hasta que de pronto su voz calló. Todo sonido cesó de golpe, sin causa aparente, y supe que un peligro cierto acechaba en la espesura.

Mi primera reacción fue buscar un lugar donde refugiarme. A juzgar por la ausencia de voces, quienquiera que anduviera por allí todavía estaba lejos, lo que me daba cierto margen. Pero debía ocultarme cuanto antes. ¿Dónde? El tronco hueco de un viejo roble que alzaba su noble figura a la derecha de la senda resultó ser el escondrijo ideal. Caminando con sigilo me abrí paso hasta allí y utilicé una rama caída para limpiar en lo posible el interior de telarañas e insectos. Después me introduje como pude en esa madriguera húmeda y esperé, conteniendo la respiración. Esperé, recé y me puse a temblar cuando llegaron hasta mis oídos los primeros gritos, proferidos en una lengua extraña que solo podía ser árabe.

Desde ese mismo instante supe lo que me aguardaba si por desventura me descubrían.

Hacía años que los sarracenos acompañaban sus aceifas terrestres de expediciones marítimas cuya finalidad era la misma: robar cuanto podían de iglesias y monasterios antes de incendiarlos, matar a unos hombres y hacer prisioneros a otros, llevarse cautivos a mujeres y niños para venderlos en los mercados de esclavos, hacer acopio de cuanto botín podían llevarse consigo y destruir todo lo demás; a saber, granjas, viñas, sembrados, frutales y toda clase de cultivos.

Yo había vivido de cerca las brutales expediciones dirigidas contra Toledo y conocía la existencia de esas otras, acometidas por mar desde Sevilla, Almería o Lisboa contra Galicia. Debería haber tenido en cuenta ese riesgo a la hora de emprender mi loca aventura, pero había dejado que la curiosidad se impusiera a la prudencia. Ahora era demasiado tarde para arreglar el desaguisado. Los tenía encima.

Desde el interior de ese árbol milenario, convertido en vientre materno de madera y musgo, sentí cómo el terror se apoderaba de mí. Las historias que se contaban sobre el destino de los cautivos eran aterradoras. Mi padre había caído luchando, pero uno de sus antepasados había sufrido una suerte infinitamente peor al ser obligado a cargar una de las campanas robadas al santo Apóstol por Almanzor, desde Compostela hasta Córdoba. Nuestra abuela Jimena recordaba bien los detalles de ese calvario, conservado en la memoria familiar como un valioso tesoro. Nos lo contaba en las noches de invierno para enseñarnos a valorar el sacrificio de su hijo y los de tantos otros cristianos sujetos al yugo de un falso credo. A buen seguro ese relato contribuyó a convencer a Lope de entrar en la mesnada de Álvar Fáñez, al tiempo que empujaba a Leonor a entregarse al servicio de Dios.

Los invasores estaban cada vez más cerca y eran muchos. Los oía con claridad, sin comprender lo que decían, mientras rezaba en silencio por mi vida, invocando la misericordia del Señor.

Haciendo acopio del poco valor que conservaba, me asomé al exterior lo suficiente para comprobar que habían llegado a la cabaña de Enya y la habían arrastrado fuera. Ella permanecía en pie, con las manos atadas, aparentemente tranquila. El claro del bosque, tan pacífico la víspera, se había llenado de guerreros vestidos a la usanza musulmana, algunos de los cuales vigilaban a un nutrido grupo de cautivos compuesto sobre todo por mujeres. Más de una mostraba signos evidentes de haber sido golpeada y probablemente violada. Esa imagen infernal me empujó de regreso a lo más profundo de mi agujero, donde no podía ver, aunque sí oír con claridad.

Tenían un intérprete encargado de traducir las palabras de su capitán. Seguramente un cristiano, pues hablaba sin acento.

—Sabemos que tienes mucho oro y plata —debía de dirigirse a la hechicera—. ¿Dónde está?

No hubo respuesta. Tan solo un fuerte chasquido, correspondiente a una bofetada.

—¡Habla, perra, o lo lamentarás! ¿Dónde guardas tu tesoro?

Enya se mantenía firme, a pesar de la paliza, cuya intensidad iba en aumento. Su reputación le había jugado una mala pasada, pues al interrogar los sarracenos a sus prisioneros acerca de posibles riquezas, más de uno pronunciaría su nombre, algunos por envidia, otros por odio y los más por puro miedo.

¿Habría leído ella en las llamas lo que estaba por venirle? ¿Lo tendría previsto y descontado mientras me invitaba a cenar y me conminaba a guardarme de las águilas? No era posible. De ser así, habría escapado. Tal vez la fama que la precedía no fuese tan merecida, después de todo, pues lo cierto era que allí estaba, enfrentada a un horrible suplicio, sin que esas dotes de augur infalible le hubiesen servido de nada.

—Si nos dices dónde está, tal vez conserves la vida. Si no, tendrás una mala muerte y lo encontraremos igual.

El tono del hombre resultaba cada vez más apremiante. Él mismo debía de verse obligado a redoblar las amenazas, a juzgar por el volumen creciente de las exclamaciones en árabe. Pero ella seguía sin pronunciar palabra.

Oí ruido de muebles al caer, golpes, gritos e imprecaciones. Me tapé los oídos con las manos, con el vano empeño de silenciarlos, hasta que un alarido inhumano traspasó todas mis defensas. De nuevo vencí el terror que me atenazaba para averiguar de dónde había salido, y lo que vi estuvo a punto de hacerme gritar y delatarme. Enya estaba tumbada, boca arriba, sobre la piedra del extraño monumento levantado cerca de su casa en otros tiempos. Cuatro hombres la sujetaban mientras otro la penetraba con ferocidad, entre invocaciones incomprensibles, aclamado por los que aguardaban su turno. Era ella quien había chillado. De dolor, de humillación, de impotencia, de rabia.

Incapaz de seguir mirando, me puse a llorar acurrucada en mi escondite. Hasta mi nariz llegó el hedor acre de una humareda y supuse que habrían prendido fuego a la cabaña. Después se multiplicaron las voces y el jaleo. La siniestra comitiva se ponía en marcha en busca de otras aldeas que saquear, arrastrando su cuerda de esclavos y sus carros cargados de botín. En menos de lo que se tarda en rezar un rosario estaría fuera de peligro, me di ánimos a mí misma al tiempo que entonaba un padrenuestro silencioso.

* * *

De no haber sido por ese crío, habría conseguido librarme. Nadie había reparado en mí. La columna avanzaba a buen paso, con los guerreros ocupados en vigilar a los cautivos y estos maldiciendo su suerte, las cabezas gachas, tratando de no tropezar pese a llevar grilletes en los pies. Él, en cambio, iba suelto, brincando junto a su madre como un pajarillo. No tendría más de cinco años; demasiados pocos para sentir verdadero miedo. Debió de hacerle mucha gracia verme allí agazapada, en el hueco de ese árbol, porque empezó a tirar de la manga de su madre, señalando mi escondite con su diminuto dedo, convencido de haber ganado el juego al que probablemente solía jugar con ella.

Ese gesto fue mi perdición. Llamó la atención de uno de los guardias, quien me sacó de allí sin contemplaciones, me cargó de cadenas, como a los demás, y me unió a la fila de almas en pena condenadas a la esclavitud hasta caer reventadas. Dentro de la desgracia hube de celebrar que mi disfraz lo engañara, porque hombres y mujeres iban en cuerdas separadas y yo fui arrastrada a la de los varones. Acaso eso me salvara de padecer el mismo tormento que Enya, a quien no me quitaba de la cabeza. La busqué entre ese rebaño mugriento, pero no estaba. Supuse que habría muerto, a lo peor quemada viva en la que fuera su casa. En medio de mi confusión, me convencí de que ese fuego era el preludio terrenal de las llamas eternas que nos aguardaban a las dos en el infierno y acepté el castigo de Dios por desafiar su ley y entregarme a ritos paganos.

* * *

Al principio creí morir. No podía respirar, ni moverme, ni reaccionar. Deseaba gritar pidiendo auxilio, aun sabiendo que de nada habría servido. Me contuve, afortunadamente, porque mi voz me habría traicionado, abocándome a sufrir los abusos que muchas de esas desdichadas habían de aguantar a menudo. De momento había eludido el destino más cruel de los posibles, aunque mi calvario acababa de empezar. Antes o después descubrirían mi identidad y no me dejarían más salida que quitarme la vida o hundirme en la deshonra. Ni que decir tiene que buscaría cualquier modo de agarrarme a la primera opción.

Los días fueron pasando, monótonos, grises, ayunos de esperanza, idénticos unos a otros. Yo había decidido fingirme muda o, mejor dicho, mudo, como medida de protección. Comía en silencio el pan mohoso que nos daban, caminaba sin quejarme, siempre en dirección a poniente, hacía lo que me ordenaban, jamás me quitaba el sombrero y me aseguraba de tener siempre el rostro sucio de barro.

Al cabo de cinco o seis jornadas, no estoy segura, dimos vista a una gran extensión de agua en cuya orilla estaba instalado un campamento de fortuna. A poca distancia se abría el inmenso mar de un azul profundo, que penetraba en la tierra a través de ese vasto brazo, tan parecido al cuerpo. En otras circunstancias habría dicho que era un paisaje hermoso. Llegada a ese punto, estaba demasiado cansada como para apreciar otra cosa que el hambre o la necesidad de dormir. Hasta el miedo había quedado sepultado por la fatiga.

Entre los cautivos se rumoreaba que un gran número de naves sarracenas se habían detenido en las cercanas islas de Ons, Sálvora y Flammia, a la espera de adentrarse en la ría para recoger el preciado botín del que formábamos parte, así como a los guerreros protagonistas de la lucrativa aceifa. A juzgar por la resignación con la que aceptaban su suerte, debían de haber conocido muchas aceifas similares. O acaso mostraran la mansedumbre de las bestias acostumbradas al yugo.

—El año pasado se llevaron a mi esposa y a mi hija —había oído lamentarse a un hombre de mediana edad.

—¿Y cómo te libraste tú? —le preguntó el que iba detrás.

—No fueron los sarracenos, sino los hombres del señor.

—¿Tu amo?

—Fernando Arias, sí —replicó el primero—. ¡Maldito sea su nombre! Fue a él a quien capturaron estos hijos de Satanás. Pagó su redención entregando sesenta siervos. A los moros les da igual la sangre de sus esclavos, pero saben que los magnates valen mucho más que nosotros.

—¿Y por qué no te llevaron a ti?

—Sabe Dios... Preferirían mujeres.

Acostumbrados a soportar los incontables abusos de los que eran víctimas por parte de los poderosos, esas pobres gentes habían perdido por completo la capacidad de rebelarse. Me estremecí ante la idea atroz de que yo misma no tardaría en estar tan domada como ellos.

Al caer la tarde, divisamos unas velas dirigiéndose hacia nosotros impulsadas por una suave brisa. Eran tres. Anclaron a poca distancia y se dispusieron a pasar la noche apostando algunos vigías en las cubiertas. En cuanto saliera el sol, cargarían las bodegas y pondrían rumbo a al-Ándalus, arrancándonos para siempre de nuestros hogares y nuestra tierra.

—¡Nos atacan! —El bramido rasgó como un cuchillo el silencio de la noche.

Para entonces ya entendía algunas palabras de árabe y esa resultaba fácilmente reconocible por la forma de lanzarla al viento. Era una voz de alarma. Un grito repetido de boca en boca, desde los barcos hasta la playa en la que habíamos pernoctado.

El océano aún estaba sumido en tinieblas, aunque por levante empezaba a despuntar un alba tímida, insuficiente para alumbrar el motivo de esa alerta. Lo único cierto era que algo pasaba, lo cual solo podía infundirnos ánimos.

Nuestros guardias la emprendieron a golpes con nosotros, en un intento de impedir que más de uno aprovechara para escapar. Cada cual se protegió como mejor pudo, mientras un par de hombres que habían salido corriendo fueron abatidos por los arqueros, haciendo gala de una puntería letal. Yo permanecí inmóvil, clavando los ojos en el horizonte a la espera de un milagro... Y el milagro se produjo.

A la tenue luz del alba, se recortó a la entrada de la ría la figura de dos galeras de gran tamaño, impulsadas por varias filas de remos que hendían el agua al unísono. Eran galeras cristianas. Venían a rescatarnos. El dios de la misericordia había escuchado mis súplicas.

Sin dejar de sufrir azotes por parte de nuestros custodios, vimos cómo la mayor de las embarcaciones se abalanzaba contra una de las agarenas y abría una brecha en su casco clavándole su espolón de hierro. Con el impulso del choque brutal, una multitud de guerreros saltó a la cubierta del barco enemigo, tomado por sorpresa, y en un abrir y cerrar de ojos lo había sometido. Quedaban otros dos, no obstante, dispuestos a combatir con fiereza.

Durante toda la mañana los ismaelitas trataron de repeler la feroz acometida de la armada que, según supimos después, había sido enviada por Gelmírez. Muchos hombres perecieron ahogados, tratando de alcanzar la orilla, y otros tantos sucumbieron al acero de los cristianos. La batalla no tardó en extenderse a tierra firme, donde los bravos irienses movilizados por el obispo pelearon como leones hasta aplastar a los agarenos. La victoria era suya.

Tan solo una nave ismaelita, la más veloz, consiguió escapar llevando a bordo a cuantos supervivientes lograron alcanzarla a nado. Las otras dos fueron hundidas, arrastrando consigo al fondo a decenas de infieles. En cuanto a lo sucedido en la playa, cerca de donde yo estaba conté dieciséis sarracenos muertos. Aproximadamente un centenar fueron hechos prisioneros y seguramente acabaron sus días bogando en esas galeras, amarrados a los remos. Nosotros en cambio recuperamos la libertad, que nunca hasta entonces había valorado tanto y nunca después dejé de apreciar como la más valiosa de las posesiones. Todo lo saqueado pasó a manos de los gallegos.

No llegué a descubrir si los asesinos de Enya habían conseguido arrancarle su secreto o si su oro y su plata permanecían a buen recaudo bajo las cenizas de su casa, junto a los restos de su pobre cuerpo martirizado. Rogué porque así fuera, pues estoy segura de que no era su riqueza lo que había protegido hasta el final, a costa de tanto sufrimiento, sino su dignidad. Sabía que la matarían y decidió morir en pie.

* * *

Tardé menos de una semana en regresar a Santiago, donde la reina me reveló, complacida, el nombre de la persona a quien debía mi salvación y la de Galicia: Diego Gelmírez. De nuevo él. Siempre él. Alarmado por la magnitud que alcanzaban las aceifas en sus dominios, el prelado compostelano había contratado los servicios de un reputado naviero genovés y sufragado la construcción de las modernas naves que había visto en acción contra las musulmanas.

—¿Qué te parece? —inquirió, visiblemente complacida.

Ni que decir tiene que compartí su entusiasmo y me guardé de revelarle nada de cuanto acabo de narrar aquí. Antes al contrario, me mostré desolada por la tardanza en regresar y fingí la más pura de las inocencias al explicar:

—Estando en casa de mis parientes nos llegó la noticia de la incursión sarracena y no me atreví a ponerme en camino. Preferí permanecer allí hasta que pasara el peligro.

—Hiciste muy bien, Muniadona. No sé qué haría sin ti. De aquí en adelante te abstendrás de alejarte de mí, al menos entre abril y noviembre, cuando la frontera arde y las costas gallegas quedan desiertas y devastadas.

No me preguntó por la mula que me había confiado y yo no le confesé que la había perdido. Pese a tratarse de un animal caro, incluso para las cuadras reales, teníamos asuntos más importantes de los que ocuparnos. Ella estaba a punto de librar un pulso definitivo y necesitaba a su espejo; el único capaz de mostrarle la imagen de una mujer fuerte, triunfadora, segura de sí misma, valiente. Me necesitaba a mí.

26

La batalla decisiva

24 de junio del año 1113 de Nuestro Señor
Burgos
Reino de León

La festividad de San Juan nos regaló un amanecer de cielos sanguinos, entre el rojo teñido de negro y el violeta anterior al azul, que algunos en el campamento interpretaron como un augurio funesto y otros, por el contrario, celebraron jubilosos, convencidos de que la sangre llamada a correr ese día sería la de los aragoneses.

Doña Urraca y el Batallador se enfrentaban al choque decisivo en la capital de Castilla, cuyo territorio fronterizo entre el reino de León y el de Aragón y Pamplona constituía una pieza esencial en el tablero de la cruenta partida que jugaban.

Muchas cosas graves habían ocurrido mientras yo estaba a punto de perder la vida a manos de los sarracenos. En Santiago, mi señora había logrado el respaldo de todos los próceres gallegos en su larga guerra contra el aragonés. Se sumaban esas fuerzas a las de los nobles leoneses, asturianos y castellanos alineados a su lado contra don Alfonso, quien seguía controlando un buen número de fortalezas desde las cuales asolaba el reino, tal como había expuesto ella ante Gelmírez en su desesperada petición de auxilio. El principal de esos bastiones era precisamente el burgalés, hacia el cual se dirigía el rey con el propósito de abastecerlo y así asegurarse el control no solo de la importante plaza, sino de todo su alfoz.

Burgos era el epicentro de esa pugna, además de su símbolo más visible. Levantada en la ladera de un monte, la urbe estaba dividida en dos bandos irreconciliables compuestos por gentes de procedencia muy distinta y radicadas en puntos opuestos. En lo más bajo, los judíos apoyaban incondicionalmente a la soberana, en quien veían a la garante de su integridad y sus derechos frecuentemente conculcados, cuando no aplastados directamente en el transcurso de horribles pogromos. Arriba alzaba sus murallas el imponente castillo, doblemente fortificado por la naturaleza y las torres construidas con el propósito de hacerlo inexpugnable. Su guarnición obedecía al aragonés, quien había recuperado su dominio tras el breve paréntesis que siguió al momento en que el conde de Lara lo tomó al asalto. Los ciudadanos cristianos, a su vez, se mostraban volubles. Mutaban su lealtad al albur de las circunstancias, aunque a la sazón se inclinaban a favor de doña Urraca, quien estaba determinada a imponer su autoridad.

Si algo había aprendido yo a lo largo de esos años era que los grandes perjudicados de las pugnas entre los reyes eran siempre los más humildes de entre sus súbditos: siervos, campesinos, aprendices, sirvientes… Ellos pagaban el precio más alto. Pasaban hambre al perderse las cosechas, veían perecer a sus hijos, sufrían exacciones fiscales cada vez más onerosas a manos de sus señores, acababan peleándose por unas migajas de pan. Los potentados y burgueses ricos, en cambio, solían salir con bien hasta de sus cambios de bando. Cuanto mayores eran sus mesnadas y dominios, más se enriquecían a costa de los débiles. En ocasiones caían luchando, desde luego, pero incluso entonces tenían el consuelo de saber que sus familias estarían a salvo. Para el pueblo llano, por el contrario, la guerra significaba una condena inexorable a la opresión y la miseria.

* * *

La mañana en que estaba previsto el choque, mientras la vestían con el decoro debido para asistir a la santa misa que iba a celebrar el obispo de Santiago, pregunté a mi señora:

—¿Habrá cruce de lanzas hoy?

—Solo Dios lo sabe, aunque me inclino a pensar que no.

—¿Por respeto a la solemnidad del día?

—No, porque los refuerzos que trae Alfonso no han conseguido llegar antes que mis leales gallegos. Su pronto socorro nos brinda una ventaja impagable que no pienso desaprovechar.

Estaba contenta, radiante, reconfortada por la presencia de aliados fiables, esperanzada al fin en alcanzar el éxito después de haber sufrido tantas traiciones y penalidades.

Todavía era muy temprano cuando se dirigió a la iglesia de San Juan, situada a las afueras de la ciudad, en compañía de don Pedro González de Lara, su alférez, su amante y el padre de su hija Elvira. Allí estaban ya todos los magnates del reino integrados en su hueste, varias damas de la corte, los habitantes más ilustres de la villa y el enjambre de clérigos que solía revolotear alrededor del prelado. Se diría que habían olfateado el dulce aroma de la victoria, porque apenas faltaba nadie. Antes incluso de comenzar, la batalla se decantaba a favor de mi señora.

El obispo compostelano había cambiado su armadura de acero por la casulla adecuada a la liturgia que se disponía a oficiar. Él también resplandecía, sabedor de que las próximas horas zanjarían de una vez por todas la pugna feroz entablada entre los cónyuges enfrentados, y confiado en que la fortuna respaldara a la reina y al infante sobre quien ejercía una influencia determinante. Era su oportunidad, tanto como la de doña Urraca, y tengo para mí que no pensaba dejarla pasar.

Tras las lecturas, llegó el momento de la homilía, que todos aguardábamos expectantes, dado que la actuación de la tropa gallega dependería en buena medida de esas palabras. No defraudó. Si en el pasado se había mostrado alguna vez dubitativo, en esta ocasión su respaldo a la soberana se convirtió en una auténtica arenga:

—Pues nosotros sabemos que la reina Urraca y su hijo, el rey Alfonso, deben poseer por derecho el reino que les fue entregado y que mientras vivan no puede transferirse el gobierno del reino a otros —era obvio que se refería a las pretensiones del aragonés—, estamos sustentados por la defensa de una causa justa, que es la de expulsar a los enemigos de la patria.

Un murmullo de aprobación recorrió las filas de cuantos se apretaban, de pie, en el interior del templo. Desde donde estaba yo no podía ver el rostro de mi señora, aunque supongo que torcería el gesto al oír llamar «rey» a su hijo. Ella no aceptaba otorgarle tal condición. Si había aprobado su coronación en Santiago era únicamente en razón de la necesidad, del mismo modo que en estos instantes consentía en silencio esa afrenta a su persona. Según el testamento de su padre, no había más reina que ella mientras Dios le diera vida. Claro que ahora lo primordial era salvar su corona, y para lograrlo necesitaba el concurso de Gelmírez.

El pontífice había seguido hablando, con la elocuencia que lo caracterizaba, de un episodio relatado en el Antiguo Testamento: la violación de una mujer de Israel perpetrada por un hombre de la tribu de Benjamín y la consiguiente venganza llevada a cabo por los israelitas. A buen seguro el texto no había sido escogido al azar, sino seleccionado a conciencia para establecer un paralelismo entre esa desdichada y la reina. Un hábil recurso retórico, que le permitió concluir su sermón elevando la voz y el tono con el propósito inequívoco de enardecer a los presentes:

—Vosotros también, hermanos, despertad y librad vuestros cuellos del yugo de tan depravada dominación, extirpad de vosotros la niebla de tan grandes tentaciones, tomad el escudo de la virtud, revestíos con la coraza de la justicia, para que podáis defender vuestro reino, reprimir la furia de vuestros enemigos y llegar a los goces del paraíso, con la ayuda de Aquel que vive y reina por los siglos de los siglos. Amén.

Hasta yo misma deseé poder empuñar una espada.

* * *

Concluida la eucaristía, las horas fueron pasando sin que los vigías destacados en los puntos altos anunciaran haber avistado a la tropa aragonesa. Con más interés aún escrutaban el horizonte los centinelas del castillo, pues a menos que llegaran refuerzos, se verían obligados a rendirlo o perecer de hambre. El tiempo corría en su contra.

En el interior de la espaciosa tienda dispuesta para la reina, esta departía con don Pedro y algunos otros magnates preparados para el combate.

—El Batallador se ha echado atrás —proclamó el de Lara, triunfal, viendo cómo el sol declinaba y don Alfonso no aparecía.

—No es propio de él —rebatió doña Urraca, más prudente—. Sabe Dios cuántos defectos arrastra, pero la cobardía no es uno de ellos.

—¿Y qué otra explicación encontráis para que haya renunciado a venir en socorro de los sitiados?

—Algo estará tramando, creedme. Si ha renunciado a pelear en campo abierto, ha de ser porque planea alguna otra forma de ataque.

—Cierto es que no podía prever la rapidez con la que los gallegos acudieron en vuestro auxilio, cabalgando toda la noche desde Carrión —hubo de admitir el castellano, pese a la rivalidad existente entre ambos territorios—. De haber presentado batalla, lo habríamos aplastado.

—No cantéis victoria todavía, mi querido Pedro. El aragonés no es de los que se rinden a las primeras de cambio.

* * *

El alcaide de la fortaleza pidió quince días de tregua, con el compromiso de rendirse y entregarla intacta si, pasado ese plazo, no recibía del rey los hombres, armas y víveres necesarios para su defensa. Doña Urraca se mostró magnánima al acceder a su solicitud y garantizar paso franco a todos los integrantes de la guarnición, quienes, en caso de rendición, marcharían sanos y salvos, llevándose todas sus cosas.

Al cabo de algún tiempo supimos que, a unas cuatro leguas de Burgos, don Alfonso tuvo noticia de la fuerza que lo esperaba y decidió dar media vuelta, dando por perdida la batalla. La batalla, no la guerra.

Todavía estábamos acogidas a la incomodidad de ese campamento abrasado por el sol implacable del verano, esperando el vencimiento del plazo acordado, cuando se anunció la llegada de un mensajero del aragonés portador de cartas para su esposa.

—¿Ahora recuerda que soy su esposa?

La mera mención del rey la había puesto de mal humor. No había olvidado en absoluto la última paliza recibida de él en presencia de testigos, a raíz de la falsa denuncia formulada por su hermanastra, y cuantas la habían precedido a lo largo de los años. Tampoco el trato degradante padecido en la más absoluta impotencia desde la misma noche de bodas. Le guardaba un rencor infinito, imposible de aplacar con las pocas palabras corteses contenidas en esa misiva.

—¿Y bien? —inquirió el conde de Lara, después de que doña Urraca leyera el escrito.

—Propone que nos encontremos con objeto de acordar una nueva reconciliación.

¿Otra vez? Yo no era quién para interferir en sus decisiones, desde luego, aunque me dieron ganas de gritar, de sacudirla hasta hacerle ver que aceptar dicho ofrecimiento equivaldría a un suicidio.

—¿Qué pensáis responder? —Tampoco su alférez osaba decirle lo que debía hacer.

—Tendré que consultarlo con mi Consejo. No es una decisión que pueda tomar yo sola, pues no me afecta únicamente a mí.

—¿Acaso no veis que es una añagaza? —se rebeló el noble, herido por el mero hecho de que la reina dudara—. Se trata de una burda trampa. Solo quiere ganar tiempo ahora que ve cómo se esfuma su dominio sobre Castilla.

—Lo sé, Pedro, lo sé... —Por alguna razón perversa don Alfonso siempre lograba robarle a mi señora la paz y hacerla sentir pequeña, vulnerable, incapaz de hacerle frente.

—No dudéis, majestad —insistió don Pedro en tono de súplica, tomando sus frágiles manos entre las suyas, repletas de callos—. Rechazad todo contacto.

—¿Y qué hay de nuestra obligación de luchar por la cristiandad? Ayer mismo recibí una petición de auxilio desesperada desde el castillo de Berlanga. Están sitiados por los almorávides y no aguantarán mucho más.

—¡Enviad a los gallegos!

—No irán.

—Lo harán si vos se lo pedís. Al menos los más leales, los mejores de entre sus próceres. No os darán la espalda ni a vos ni a sus hermanos cristianos.

Ese argumento pareció hacer mella en la soberana, quien se levantó de su escabel y empezó a caminar por la tienda como una fiera enjaulada. Yo la conocía lo suficiente para intuir el combate que tenía lugar en su interior. Su deseo, su voluntad, su corazón, su ansia de libertad, su amor de madre, su piel de mujer, su anhelo de justa venganza la impulsaban a dar la razón al de Lara y mandar al diablo a su esposo. Su deber de reina la obligaba a escuchar a sus consejeros.

—Mañana nos reuniremos en la iglesia de Santa María y, una vez oídas todas las opiniones, tomaré mi decisión.

* * *

Al final fue el obispo Gelmírez, de nuevo él, quien impuso su criterio, amenazando con excomulgar en el acto a cuantos abogaran por facilitar la concordia entre los esposos. No era la primera vez que lo veía en acción, pero en esa ocasión se superó a sí mismo, transfigurado en espada flamígera empeñada en impedir lo que denominaba «una abominación».

—¡No pretendáis que el rey de Aragón y la reina Urraca, parientes y cercanos en línea de consanguinidad, vuelvan de ninguna manera al ilícito matrimonio —clamó con voz de trueno—, pues es sacrílego y horrendo crimen que tal cosa suceda!

Nadie se arriesgó a arder toda la eternidad en el infierno desafiando abiertamente una prohibición tan clara.

—¡Se acabó! —sentenció a su vez la reina, reafirmada en su propio criterio por la firme postura del prelado—. Esta vez juro por mi salvación que es la definitiva. Estas malditas bodas pertenecen al pasado.

Esa noche me insistió en acicalarla a conciencia. Deseaba mostrarse especialmente hermosa para su amante, pues en verdad estaba convencida de lo que afirmaba y anhelaba celebrarlo por todo lo alto con él. Yo callé, escarmentada después de tantos intentos fallidos, y seguí aplicándole en el rostro unos carísimos polvos elaborados a base de arroz, unos extraños granos blancos traídos por los infieles, que reservábamos para las ocasiones especiales, pues obraban el prodigio de suavizarle la piel, asemejándola al terciopelo.

Si al final había reconciliación, nadie podría acusarme de haber ofendido al soberano. Si no, mi señora se afianzaría en el trono de León y yo sería al fin libre para casarme con Nuño, excepto que don Alfonso decidiera vengarse de ese rechazo a ceder a sus pretensiones, que sin duda interpretaría como una afrenta. En tal caso, que Dios se apiadara de nosotras.

27

¡Han matado a Minaya!

Año 1114 de Nuestro Señor
León

Tendría el infante ocho o nueve años cuando lo vi participar en su primera curia regia, celebrada en el palacio de León. Asistían al encuentro los magnates habituales, capellán, notario, mayordomo y alférez, además de otros grandes nobles. Dada la solemnidad de la ocasión, todos lucían sus mejores galas, empezando por el niño, vestido con túnica larga del mejor paño color vino, calzas de seda crudas y escarpines finos. Nada lo diferenciaba de cuantos lo rodeaban, excepto el tamaño. Por lo demás, mostraba la misma actitud grave e idéntica preocupación por los asuntos tratados. Hasta fruncía levemente el ceño rubio, a semejanza de sus próceres. Además de asociarlo al trono, sin por ello cederle el poder, su madre lo estaba educando para que supiera tomar las riendas cuando le llegara la hora.

—Yo, la reina doña Urraca, que tengo el imperio de mi padre, confirmo esto que donó Vermudo Pérez a Santa María —dictó la reina al monje escriba, acabadas las deliberaciones.

—Yo, el rey Alfonso, hijo de la reina, lo confirmo —secundó la voz infantil del príncipe.

El reparto de papeles estaba claro. Al menos en ese momento, ambos sabían perfectamente cuál era su lugar y su responsabilidad. Oyéndolos me dije a mí misma que antes o después chocarían sus ambiciones, aunque ese día aún estaba lejano. Si el destino les permitía llegar a estrechar los lazos del amor que los unía, si mi señora conseguía impedir que sus enemigos utilizaran al niño contra ella, si él maduraba deprisa, resistía a las presiones de unos y otros y no se dejaba manejar, acaso llegara a cumplirse la voluntad de don Alfonso Fernández, el de la feliz memoria. Tal vez conociéramos la dicha de una sucesión pacífica al cabo de un largo reinado bendecido con la paz.

—¡Muniadona!

La llamada de la soberana me sacó de mis cavilaciones, para devolverme a una realidad bastante más prosaica. Acabada la reunión, doña Urraca se retiraba a sus aposentos y precisaba mi ayuda. Desde hacía días no se encontraba bien. La comida le sentaba mal, se cansaba más de la cuenta y a menudo la acometían violentas náuseas que terminaban en vómitos. Presentaba todos los síntomas de un nuevo embarazo que la llenaba de felicidad, pese a darle más molestias que cualquiera de los anteriores.

—Prepárame una de esas tisanas que asientan el estómago —me ordenó, mientras se tumbaba en la cama—. Pareciera que esta criatura tiene ya uñas para arañarme por dentro.

—Dicen que los varones provocan ese malestar por tener más cabello que las hembras —repliqué, imbuida de sabiduría popular—. Es su pelo lo que os causa ardor.

—¡Tonterías! —me fulminó ella—. Es demasiado pequeño para eso.

—Tenéis razón —concedí avergonzada—. Todavía vais por la tercera falta, si no me fallan los cálculos. Apenas se os nota.

—Lo noto yo —bramó la reina, evidentemente incómoda—. Van a tener que arreglarme todas las camisas y vestidos.

—Hoy mismo lo mandaré hacer.

—Y que venga la partera. Antes de comunicar a Pedro la feliz noticia quiero tener la certeza absoluta de que todo vaya bien.

—El conde se alegrará a buen seguro de esa nueva paternidad —me permití aventurar—. Yo misma vi con cuánto júbilo acogió el nacimiento de Elvira.

—Si Dios quiere que sea varón, su dicha será aún mayor. Tal vez tengas razón, después de todo, y esta insoportable acidez se deba al motivo que apuntas.

La mención del conde de Lara había atenuado su gesto de crispación, al encender una luz en su rostro. El dolor de vientre, no obstante, seguía ahí, a juzgar por el modo en que se encogía, tratando de hacerse un ovillo.

—¿Habéis tenido algún sangrado? —inquirí, preocupada porque los signos alertaran sobre algo peor.

—No, es lo de siempre, solo que multiplicado.

Mi madre solía decir que a mayor edad, peor preñez. La reina había cumplido ya los treinta y cuatro años, lo que justificaba con creces esos padecimientos. Solo cabía rezar porque su cuerpo fuese capaz de salir con bien de un parto.

Rebusqué en mi pequeña botica los ingredientes necesarios para prepararle el cocimiento sanador: hinojo, anís, salvia, tomillo y manzanilla, que hervidos en agua hasta formar una infusión oscura aliviarían a mi señora y la ayudarían a pasar la noche.

Como la vez anterior, me pregunté cuál sería la reacción del aragonés al enterarse de ese embarazo. Para su vergüenza y escarnio, él sabría mejor que nadie que el niño no podía ser suyo, lo que interpretaría sin la menor duda como una deshonra imperdonable. ¿De qué forma se la haría pagar a su esposa? ¿En quién más se vengaría?

El estado de doña Urraca añadía otro peligro a los muchos que nos acechaban. Y no uno que pudiésemos pasar por alto. Era de esperar que don Pedro se regocijara, y mucho, con ese hijo engendrado nada menos que en la soberana de León, pero el alborozo no iba a bastar para mantenerlos a ambos a salvo. Más le valía proteger a la mujer que lo arriesgaba todo entregándose a él y lo enaltecía por encima de cualquier otro brindándole su favor, o tendría que vérselas conmigo.

¿Os preguntáis por qué, siendo su prisionera, la reverenciaba de tal modo? También me lo pregunto yo. Nunca he dejado de hacerlo. Acaso esa dependencia se hubiese tornado malsana. Acaso confundiese la admiración que sentía hacia su persona con amor. O quién sabe si, a esas alturas, había hecho mías sus aventuras y desventuras hasta el extremo de convertirlas en mi propia vida. Lo cierto es que la quería y habría hecho cualquier cosa por ella.

* * *

El año había empezado bien, aunque se torció sin remedio con la llegada de un jinete procedente de Segovia. Había galopado prácticamente sin descanso las cuarenta y cinco leguas distantes entre las dos ciudades, con el propósito de transmitir personalmente a doña Urraca un mensaje desolador, cuyo impacto la dejó momentáneamente sin habla.

—¡Han matado a Minaya!

El soldado, curtido en mil batallas, no pudo evitar prorrumpir en sollozos al comunicar a su señora la muerte de su capitán. Del comandante a quien habría seguido hasta el infierno. Del conde que, desde hacía lustros, guardaba la frontera del Tajo defendiéndola con bravura de las acometidas sarracenas. Álvar Fáñez, el más leal de los caballeros al servicio de la reina, príncipe de Toledo y señor natural de mi hermano, Lope.

Fáñez, apodado cariñosamente por sus hombres Minaya, «mi hermano» en lengua vasca, por el modo en que solía llamarlo su primo, Rodrigo Díaz de Vivar, era una leyenda viva. Durante más de cincuenta años había luchado incansablemente contra los musulmanes en los lugares más expuestos de la Extremadura castellana, sin darles jamás la espalda ni retroceder ante sus embestidas. Casado con Mayor, hija del conde Ansúrez, en los últimos tiempos había asumido el mando de la fortaleza de Peñafiel, próxima a la ciudad de Valladolid, fundada por el benefactor de mi familia. La relación entre él y los míos era por lo tanto estrecha. Se trataba de un personaje muy querido, no solo porque mi difunto padre había cabalgado a su lado en múltiples ocasiones, sino porque ahora mi hermano se formaba en su mesnada.

Álvar Fáñez no era un nombre más en una lista interminable de caídos en combate, sino una cara conocida que había besado en más de una ocasión siendo niña, el rostro fiero de un hombre noble por quien se elevaban oraciones en muchos hogares cristianos, a la vez que su nombre era maldecido en todas las mezquitas de al-Ándalus.

La noticia de su muerte me causó una pena honda y dejó a la reina desarbolada, como si al perderlo experimentase de nuevo la sensación de quedarse huérfana. No en vano con él desaparecía su más incondicional defensor, lo más parecido a un padre, uno de los pocos hombres en quienes podía confiar ciegamente.

Decir Minaya era tanto como apelar al honor, la fuerza y la valentía. En la guerra atroz que libraban doña Urraca y su esposo por el trono de León, él se había alineado siempre al lado de su reina, no solo por cumplir con su obligación de buen vasallo, sino porque en su lecho de muerte había jurado a su rey, don Alfonso, el de la feliz memoria, servir de escudo a su hija incluso a costa de su propia vida. Y un caballero como él no faltaba a su palabra.

La muerte de ese viejo guerrero nos causó una herida profunda, especialmente cuando supimos cómo se había producido.

Todavía sin lograr asimilar del todo el amargo trago de la noticia, doña Urraca preguntó, con voz trémula por la emoción:

—¿Dónde se produjo la aceifa esta vez?

—No hubo tal, mi señora —respondió el jinete, más sereno—. El capitán fue muerto a traición en Segovia, cuando salía de misa en las octavas de Pascua mayor.

Esa revelación hizo que la soberana estallara en una expresión de cólera trufada de tristeza y rabia para exclamar, llevándose las manos a la cabeza:

—¡Ni siquiera al buen Minaya han respetado esos Judas vendidos al aragonés! ¡Y nada menos que el Domingo de Resurrección! ¡No conocen el temor de Dios!

No pudo decir más, porque se puso a sollozar mientras el mensajero inclinaba la cabeza en señal de duelo por su comandante asesinado.

—Alguien tan aureolado de gloria no merecía este final —masculló la reina, rota de dolor—. Debería haber caído en batalla, frente a frente con uno de esos infieles a quienes tanto daño infligió.

—Dios lo sentará a su diestra —traté de consolarla y consolarme.

—Así será, a buen seguro —sentenció ella, pugnando por recobrar la compostura regia—. Y arderán en las llamas eternas los traidores que en Segovia, Soria, Berlanga, Almazán y otras muchas plazas de Castilla han renegado de su reina para entregarse a un tirano.

* * *

Desde ese mismo día y hasta el nacimiento de su hijo, Fernando, acaecido a finales del verano, doña Urraca vistió de blanco riguroso, el color del luto. Había soportado, olvidado y hasta perdonado un gran número de ofensas a su marido, pero la muerte del príncipe de Toledo a manos de sus partidarios segovianos resultaba ser una afrenta insoportable, inolvidable e imperdonable.

Tengo para mí que fue precisamente ese asesinato, unido al temor fundado por la vida de su hijo, lo que en los meses siguientes la llevó a rechazar cualquier posibilidad de entendimiento con el Batallador, a pesar del esfuerzo desplegado por algunos próceres del reino en el empeño de conseguirlo. Bien es verdad que tampoco él estaba dispuesto a ceder. Algo se había quebrado en mil pedazos imposibles de recomponer y, donde antaño había anidado al menos cierto interés común, solo quedaba un profundo rencor que en ocasiones como aquella reavivaba la llama del odio.

Sobreponiéndose a su pesar, empero, ella siguió gobernando y firmando disposiciones rubricadas por sus próceres, aunque en ninguno de esos diplomas volvió a figurar jamás la rúbrica de don Alfonso. A partir de entonces no hubo en León otra reina ni en España más emperatriz que mi señora, doña Urraca.

Álvar Fáñez no era un conde cualquiera. Era y siempre sería nuestro héroe de la frontera.

La soberana perdió con él a uno de sus principales valedores y yo al noble en quien descansaba el futuro de mi hermano. Si quería aprovechar mi situación para abogar por la causa de Lope, debía hacerlo de inmediato, antes de que se dispersara la mesnada y un huérfano carente de tierras e influencia, como él, viera cortadas de cuajo sus esperanzas de progresar. Me armé pues de valor y le planteé mi preocupación, recordándole lo que tantas veces le había dicho respecto de mis familiares y sabiendo que lo olvidaría en cuanto me diese la vuelta. Su respuesta me llenó de angustia:

—Tu hermano no quedará sin amparo, siempre que tú te mantengas fiel a tu juramento.

Era una advertencia clara. Una referencia explícita a mi deseo de marchar a Salas para casarme con Nuño. Si siempre había intuido que mi conducta determinaría la suerte de toda mi gente, ahora la propia reina rubricaba esa certeza. Y siguiendo su vieja costumbre, tras el palo propinado a conciencia vino la zanahoria:

—No temas. Me consta que por las venas de Lope corre sangre valerosa. Haré que lo tome a su servicio el conde Fernando García, quien, al igual que nuestro llorado Álvar, lleva tiempo distinguiéndose en la defensa de Hita y Guadalajara.

—Él se hará acreedor a tan alto honor, señora.

—Si así es, tal como espero, yo misma lo armaré caballero y, llegado el momento, me aseguraré de que combata en la hueste de mi hijo Alfonso. Mas no olvides que de ti depende…

Aquello era mucho más de lo que me habría atrevido a esperar, si bien constituía un regalo envenenado. Para Lope, significaba un horizonte infinito de posibilidades al alcance de unos pocos escogidos. Para mí, añadir un eslabón más a la gruesa cadena que me ataba a doña Urraca.

28

Diablo

Castillo de Ceya
Reino de León

Después de alumbrar con gran sufrimiento a Fernando, en un parto interminable que casi le cuesta la vida, doña Urraca dispuso que nos trasladáramos al castillo de Ceya, a fin de escapar a la furia de su todavía esposo.

Tal como yo había temido, don Alfonso estaba rabioso por el nacimiento de ese hijo que exhibía a los ojos del mundo los amoríos de su mujer con el conde de Lara. Una ofensa grave a su honor, que demandaba ser reparada sin compasión ni tardanza. Además, en el concilio celebrado poco antes en León, bajo los auspicios del arzobispo Bernardo de Toledo, se había dictado la separación irremisible de los reyes que se habían unido siendo consanguíneos. La sentencia precisaba que lo acordado debía cumplirse en Tierra de Campos o en Castilla, en Portugal o en Galicia, en las Extremaduras o en Aragón, bajo pena de excomunión.

Aquello era más de lo que el aragonés estaba dispuesto a tolerar. Un monje guerrero entregado al servicio de Dios no podía arriesgarse a la condenación eterna de su alma, ni permanecer impasible ante la infidelidad pública de su esposa. Por eso había decidido prenderla, como ya hiciera en el pasado, conducirla presa hasta Soria y allí entregársela a los castellanos, no sin antes escenificar un acto inequívoco de repudio. Ansiaba ser él quien renegara de ella ante sus súbditos. Su orgullo herido no aceptaba ser apartado por la reina.

Afortunadamente para doña Urraca, un espía trajo la noticia a palacio justo a tiempo para preparar la huida. Acostumbradas a la vida errante, no era mucho lo que precisábamos para sustentarnos en el día a día y sabíamos que en cualquier castillo en manos de un alcaide leal hallaríamos cobijo. El escogido fue el de Ceya, por ubicarse a medio camino entre León y Sahagún, donde la revuelta de los burgueses apoyados por el Batallador adquiría tintes cada vez más graves.

El empeño de reinar en esa tierra codiciada por su esposo y ejercer, además, sus prerrogativas reales, incluida la de escoger libremente a su amante, no le daba a mi señora un instante de tregua. En cuanto a mí, había renunciado tiempo atrás a juzgarla, aun cuando seguía escandalizándome esa conducta en una dama cristiana. En eso no difería gran cosa de cuantos nos rodeaban, si bien, al igual que los demás, evitaba expresar mis opiniones. Yo secundaba sus demandas, cumplía mis obligaciones y buscaba el modo de agradarla lo suficiente como para obtener cuanto antes el permiso que anhelaba con todo mi ser y ella retrasaba indefinidamente, ignoro si por crueldad o porque en verdad me necesitaba a su lado.

A pesar de su aspecto frágil y en contra de la maledicencia, mi señora era una mujer extraordinariamente fuerte. Apenas repuesta de la terrible fatiga inherente a dar a luz, hubo de apelar a toda su entereza para despedirse de su pequeño, todavía tan vulnerable, tan indefenso, y dejarlo al cuidado de una nodriza, bajo la protección de don Pedro González, quien velaría mejor que nadie por su bienestar y seguridad, dado que era su padre. Se marchó, acuciada por la necesidad de ponerse a salvo, aunque no renunció a seguir reinando. Y así fue como recalamos en la fortaleza de Ceya cuando ya la uva había sido recogida, los campos descansaban, yermos, después de dar su fruto, y las heladas del amanecer teñían la tierra de blanco.

* * *

El cónclave celebrado en León no solo había resuelto el divorcio de los reyes. El flagelo del anatema había caído también, en este caso sin remisión, sobre los saguntinos rebeldes a la autoridad de la Iglesia, con consecuencias terribles para sus almas y sus cuerpos. Los habitantes de dicha plaza quedaban privados de todo sacramento, incluido el consuelo de la extremaunción y la inhumación en tierra sagrada, lo que retraía a muchas familias de dar sepultura a sus difuntos por miedo a que ardieran eternamente en el infierno. Preferían verlos descomponerse en sus hogares, a la espera de que fuese derogada esa medida extrema empleada por los prelados como castigo a las afrentas infligidas por los alzados al monasterio donde descansaban los restos mortales de don Alfonso y doña Constanza. Una larga sucesión de humillaciones, desacatos, ataques, agresiones y robos, denunciados por los monjes al monarca aragonés sin recibir otra cosa que excusas y falsas promesas. De ahí que la soberana decidiera acudir en su socorro.

Apenas nos habíamos instalado en el incómodo bastión situado a pocas leguas de la ciudad, cuando se anunció la llegada del abad Domingo, que por aclamación de los frailes había sustituido a Ramiro, hermano del Batallador, al frente de la antaño poderosa comunidad. Venía huyendo, casi desnudo, en compañía de un único monje tan harapiento y asustado como él.

Nada más ser conducidos a la presencia de la reina, que los recibió puesta en pie, con el cariño de una madre, Domingo se arrodilló, o más bien se arrojó al frío suelo de piedra, para abrazarse a sus rodillas e invocar su protección:

—Van a matarme, señora. Si no me brindáis vuestro amparo, soy hombre muerto.

El abad era joven, aunque las penalidades sufridas le echaban años encima a su cuerpo enjuto. Su rostro estaba deformado por un rictus de preocupación. Le costó un buen rato y una copa de vino caliente especiado recobrar la serenidad suficiente para relatarnos los horrores y amenazas crecientes que lo habían llevado a escapar. Abusos muy parecidos a los relatados en su día por su hermano, Ubaldo.

—Han urdido una conjura para darme muerte. Me culpan de haber promovido la maldición eclesiástica dictada contra ellos por el sínodo, y habrían ejecutado ya su venganza de no haber huido en plena noche, aprovechando el abrigo de las sombras.

—Aquí estáis seguro —lo tranquilizó la reina—, hablad sin miedo.

—El peor de todos es Giraldo, el sucesor de Guillermo Falcón designado por el rey para gobernar la ciudad. Dicen que es pariente suyo, puede ser... En todo caso, tal es su maldad que sus propios caballeros lo llaman Giraldo Diablo.

Al pronunciar ese nombre se santiguó, como para conjurar el mal que acababa de invocar, al tiempo que una profunda arruga se dibujaba en su entrecejo. Era evidente que la mera evocación del personaje le producía espanto, aunque se obligó a dominarlo en aras de seguir con su relato.

—Su cara, arrugada y magra, es el espejo de un alma corrupta. Es feo y torpe en todos sus hechos, cruel, malvado. Tiene los dientes torcidos, los ojos turbios como si manaran sangre, la barba escasa, rala, sobre la piel quemada y herida. Pero por monstruosa que sea su apariencia, aún lo son más su corazón y su voluntad.

—No siempre nuestros rasgos físicos se corresponden con nuestro espíritu —terció doña Urraca, acostumbrada a ver hombres deformados por las cicatrices.

—En su caso sí se cumple el dicho —enfatizó el abad, que había recobrado el color tras apurar la segunda copa del fuerte brebaje. Antes de referirse a la parte más oscura del personaje que describía, bajó el tono hasta convertirlo en poco más que un susurro—. Se dice que sirve secretamente al demonio, con quien tiene suscrito un pacto.

—¡Santa María, madre de Dios! —exclamó mi señora, horrorizada, imitando el gesto realizado instantes antes por el monje.

—Ella sabe que no miento —se creció Domingo, decidido a despejar cualquier duda que albergara la soberana—. Prueba de ello es que, antes de acometer cualquier acción, en lugar de invocar a la Santa Trinidad, como hacemos los cristianos, él se encomienda al Diablo vivo sin sentir el menor temor.

Ponía tal pasión en la narración, que me parecía estar viendo a ese guerrero pavoroso, aliado de un Belcebú que mi mente imaginaba con la forma de un carnero negro, mitad bestia mitad hombre.

—Es más —añadió el clérigo, visiblemente satisfecho de haber conquistado toda nuestra atención—; proclama bajo juramento que si pudiese encarcelar a Dios, señor del cielo y de la tierra, nunca saldría de sus manos hasta que le entregara cuanto oro y plata posee.

Aún desgranó un largo rosario de acusaciones parecidas contra el brazo armado del aragonés en la ciudad levantada contra la reina, antes de que esta lo invitara a retirarse a descansar de las fatigas padecidas. Había oído lo suficiente para decidirse a actuar, ya fuera convenciendo a los burgueses mediante buenas palabras, ya reuniendo un ejército capaz de someterlos por la fuerza.

—Manda que me preparen un baño con el agua bien caliente —me ordenó, cuando nos quedamos solas—. Me parece que estoy sangrando.

—Debéis descansar, señora —la regañé, preocupada por una cuarentena que se prolongaba mucho más de lo habitual—. Y si me permitís decirlo, no creo que mojaros os convenga estando así.

A guisa de respuesta me dio la espalda, acercándose a la chimenea donde apenas quedaban rescoldos. Tenía frío, estaba destemplada, necesitaba desesperadamente que alguien cuidara de ella, pues de nuevo estaba sola, enfrentada a un enemigo que recurría incluso al demonio en el afán de doblegarla.

* * *

El abad se refugió en el castillo, junto a doña Urraca, a quien no dejaba ni a sol ni a sombra. Comía, rezaba, asistía silencioso a las audiencias en las que se despachaban los asuntos del reino con los nobles y hasta cabalgaba con ella, temeroso de lo que pudiera ocurrirle si se apartaba de su lado.

Al cabo de algunos días, ya en el tiempo del Adviento, vino en su busca una delegación de burgueses enviados como embajadores con la misión de suplicarle que regresara. Le pidieron humildemente perdón por todas las ofensas sufridas, expresaron su arrepentimiento mesándose los cabellos y juraron por los evangelios que lo restituirían en su dignidad y le devolverían no solo los bienes que le habían robado, sino su señorío sobre todas las tierras del monasterio, con los privilegios correspondientes a tal condición.

Domingo se mostró reacio a creer tales promesas, por mucho que le insistieran en que no había de temer mal alguno. La reina, en cambio, lo animó calurosamente a partir, no sé si por su deseo de ver zanjado ese penoso asunto por las buenas o por estar harta de esa compañía que empezaba a resultar pegajosa. Sea como fuere, él acabó marchándose, a regañadientes. Los hechos demostraron, poco después, que tenía motivos sobrados para recelar de esas gentes.

No habría transcurrido ni una semana, cuando apareció en el castillo un emisario del abad, visiblemente angustiado y herido, que nos dio cuenta de lo acaecido mientras mi señora celebraba lo que creía el feliz desenlace de una historia bien resuelta:

—Al poco de regresar nuestro abad a Sahagún, pasó de esta vida una monja del convento de San Pedro. A petición de las hermanas, él accedió a oficiar el funeral por la difunta en su pequeña iglesia, pese a saber lo peligroso que era abandonar la protección de nuestro sagrado recinto. Se lo advertimos, le rogamos que no saliera, pero no nos escuchó.

Mientras un criado le limpiaba una fea brecha en la frente, el novicio continuó desvelándonos lo sucedido.

—Alertado de su presencia, Giraldo, el Diablo, y sus gentes de armas habían preparado una emboscada. Al no poder acceder al interior del templo por la puerta principal, pese a golpearla con violencia mientras el abad elevaba al cielo sus oraciones, se encaramaron al tejado del convento y desde allí accedieron al claustro y al coro asomado justo al altar. Un ballestero apuntó su arco y disparó una saeta a la espalda de Domingo, quien se salvó milagrosamente merced a la intervención de una hermana que desvió la flecha con su manto sin sufrir daño alguno.

—Bendito sea Dios —suspiró doña Urraca aliviada.

—Uno de los hombres armados que acompañaban al abad quiso vengarse del arquero degollándolo con su cuchillo, pero se lo impidieron las monjas para evitar que su sangre corrompiera el recinto sagrado. Yo estaba allí y doy fe del arrojo y la fidelidad a Cristo que mostraron esas vírgenes dispuestas a morir por Él.

»Mientras un grupo de hermanas se afanaba en tañer las campanas pidiendo auxilio, los hombres de Diablo saquearon el monasterio, robaron mulas, caballos, ornamentos de la iglesia, vasos de plata y oro y todo el equipaje del abad, antes de abandonarlo a la carrera por temor a que intervinierais. Sabían que no andabais lejos y no querían exponerse a la ira de vuestros caballeros.

Concluido su relato, el joven fraile pareció librarse de un gran peso. Su rostro se relajó hasta mostrar las facciones de un niño todavía imberbe y sin tonsurar, que no había pronunciado sus votos ni renunciado definitivamente al mundo. Me recordó a mi hermana, Leonor, quien tendría una edad parecida y acaso hubiese ingresado en el monasterio al que deseaba retirarse. ¿Se habría desposado ya con Cristo? Si así era, mi madre estaría sola en nuestra casa de Toledo, abandonada por sus tres hijos y sin el consuelo de los nietos. Un destino inmerecido que me hizo sentir culpable y redobló mi determinación de romper mis lazos con la reina, poniendo buen cuidado, empero, en no desairarla al hacerlo.

Esa reflexión me distrajo un instante, por lo que no llegué a oír la pregunta de mi señora, aunque sí la respuesta del monje:

—El abad logró escapar y llegar hasta nuestra casa, donde aguarda vuestro socorro. Si sentís algún aprecio por él, ayudadlo, os lo suplico. Él confía ciegamente en vos.

—Regresaréis a Sahagún escoltado por una guardia —respondió la soberana, con la solemnidad reservada para las grandes decisiones—. Asegurad a Domingo que haré justicia. Juro ante Dios que ese ultraje no quedará sin respuesta.

No lo decía a humo de pajas.

Transcurrieron algunos días sin que nada se hiciera, a la espera de encontrar una ocasión propicia. Esta se presentó cuando Diablo abandonó su guarida para acudir a Palencia, respondiendo a la llamada del rey. Allí fue cercado por los caballeros de doña Urraca, que estuvieron a punto de capturarlo. Desnudo y herido, consiguió escabullirse para refugiarse en Sahagún, donde fue finalmente apresado y encerrado en un calabozo. Junto con él fue prendido un traidor a quien la reina había nombrado alcaide de un castillo, convencida de su lealtad. El felón intentó entregárselo al aragonés, pero al fracasar en su empeño acabó acogiéndose a la protección de Giraldo.

Los dos reos comparecieron, cargados de cadenas, ante la soberana encargada de decidir su suerte. Diablo en actitud desafiante, exhibiendo con desdén la horrenda faz que nos había descrito Domingo; el otro gimoteando, aterrorizado, consciente de la gravedad del delito cometido. La reina no vaciló.

—Puesto que osaste traicionarme y deshonrar mi confianza —se dirigió al alcaide con voz de hielo—, te serán arrancados los ojos.

—¡Piedad! —aulló el condenado, mientras caía de bruces al suelo—. ¡Tened compasión, os lo suplico!, ¡no me dejéis ciego, prefiero la muerte!

—Lleváoslo —ordenó ella a los guardias, sin alterar el semblante—, y aseguraos de que nunca vuelva a ver la luz.

Mientras lo sacaban a rastras camino de un suplicio infame que lo abocaba a convertirse en un paria obligado a mendigar, doña Urraca se encaró con el hombre que había intentado matar al abad.

—Tú pasarás lo que te quede de vida en una mazmorra. Despídete para siempre del sol.

Tiempo después lamentaría no haber mandado cegar también al maldito Giraldo, quien escapó de prisión y volvió a las andadas, redoblando la crueldad de sus actos. Entre tanto, mi señora no podía permitirse ni un instante de descanso.

* * *

Logrado su propósito de recuperar el dominio militar de Sahagún, previa expulsión del gobernador nombrado por el aragonés, la reina hizo su entrada triunfal en la ciudad y alcanzó un acuerdo con los burgueses, confirmando sus privilegios siempre que ellos cesaran en sus ataques al monasterio. La rebelión quedaba domeñada, al menos por lo pronto. Ya podíamos regresar a León.

La suerte había cambiado y ahora le sonreía. Disuelto su matrimonio sin posibilidad de vuelta atrás, el Batallador renunció a sentarse en el trono de su mujer, pese a mantener el control de múltiples plazas castellanas. Ello no obstante, la mayoría de los próceres, que habían vacilado en a quién entregar su lealtad, volvieron a hincar la rodilla ante ella. No fueron uno ni dos, sino decenas, aunque ninguno tan importante, tan significativo y querido como el que la había criado y protegido siendo niña. El conde Ansúrez, cuya figura de roble viejo representaba, en mi retina, la encarnación de la nobleza.

El antiguo ayo de mi señora había ejercido la tutela de su nieto Armengol, convertido en conde de Urgel tras la muerte prematura de su padre, estrechamente vinculado al monarca de Aragón. En virtud de esa función, desempeñada con el afán de ayudar a su hija viuda María, mantenía una relación estrecha con don Alfonso, insuficiente, no obstante, para prevalecer sobre la lealtad que debía a doña Urraca. Llegado el momento de escoger entre dos fidelidades incompatibles entre sí, no dudó.

—Majestad, vengo a devolveros los dominios que os pertenecen y estaban bajo mi custodia por voluntad de vuestro esposo.

Con una agilidad sorprendente para un septuagenario cumplido de formidable envergadura, se arrodilló ante ella y agachó la cabeza canosa, antes de concluir:

—Bien sabe nuestro Supremo Juez que siempre os he sido leal y he obrado con el propósito de asegurar vuestro bien, tal como juré que haría ante vuestro augusto padre.

—Levantaos, conde —le ordenó la reina en tono afable—. Sé que nunca ha habido doblez en vuestra conducta. Cuanto poseéis os lo habéis ganado y no seré yo quien os lo arrebate. Alzaos y recibid mi abrazo. Nos acompañaréis en la mesa.

Yo no fui invitada al banquete ofrecido en su honor, aunque tuve oportunidad de cruzar unas palabras con él cuando se retiraba del salón. Le hablé de mi padre, Diego de Mora, combatiente en su mesnada, y de mi hermano, Lope, cuyos nombres le eran familiares. Me trató con cordialidad y prometió interesarse por el futuro de Lope ahora que su yerno, Álvar Fáñez, ya no estaba al frente de la hueste en la que se había formado.

Al cabo de unos días supe que había hecho mucho más que eso.

Viudo desde hacía años, apartado de la primera línea en razón de su avanzada edad, Ansúrez vivía exclusivamente para velar por su linaje y salvaguardar su honor, sujeto a constantes desafíos en la sangrienta pugna que había enfrentado a los reales esposos desde el mismo día de su matrimonio. ¿Cómo servir a ambos monarcas sin traicionar a ninguno? Una vez dictada por la Iglesia la sentencia de separación, su alma de caballero resolvió al fin el dilema anteponiendo la honra a la conveniencia o la seguridad.

Partió de la corte al día siguiente, para comparecer ante don Alfonso en el castillo aragonés donde moraba a la sazón. Se presentó todo vestido de escarlata, a lomos de un caballo alazán, con una soga en la mano. Y según la historia que enseguida empezaron a contar los juglares procedentes del reino vecino, habló de este modo al rey:

—Señor, la tierra que me disteis, la restituí a la reina, mi señora natural, de quien era. Pero la mano, la boca y el cuerpo que os prestaron homenaje, os los ofrezco para que hagáis de ellos la justicia que os plazca.

El soberano, furioso, amagó con castigarlo él mismo, aunque los nobles que lo acompañaban consiguieron amansarlo haciéndole ver que el conde había cumplido con su deber al devolver a la reina lo que era de su propiedad y a él, su homenaje.

Fuera la satisfacción alcanzada al conocer ese gesto o más bien, como siempre he sospechado, la promesa hecha a su ayo atendiendo a una petición expresa mía, el día de la Natividad del Señor doña Urraca me hizo el regalo que tanto llevaba esperando:

—Pronto emprenderemos viaje a las Asturias y Galicia, donde podrás permanecer junto al alcaide de Salas, si así lo deseas. Ese Nuño tuyo es un hombre afortunado. Voy a confirmarle en la tenencia del castillo, además de entregarle a mi doncella más preciada.

29

«Para hombres y mujeres»

Año 1115 de Nuestro Señor
Asturias
Reino de León

Partimos en dirección al nevado septentrión en cuanto el tiempo lo permitió, poco antes de la Cuaresma, atravesando los ásperos y pedregosos montes de Asturias. La reina debía dejarse ver por sus súbditos, afianzar su estrecha relación con la nobleza local, indispensable para consolidar su resistencia frente al Batallador, y recibir en ciudades, fortalezas o monasterios los tributos que se le debían, ya fuera en especie o en dinero. Yo iba feliz al encuentro de mi hombre, a quien esperaba dar la más grata de las sorpresas anunciándole que, por fin, podíamos convertirnos en marido y mujer.

La comitiva en esta ocasión era nutrida, no tanto porque el viaje fuese a durar más de lo habitual, cuanto por la necesidad de proteger la recaudación del realengo frente a los bandidos y salteadores que infestaban los caminos, acechando a los comerciantes o a cualquiera que transportara algo de valor. Si los arrieros y peregrinos eran objeto de frecuentes ataques, el peligro se multiplicaba hasta el infinito para la soberana de León, acompañada por todo su séquito al frente de una expedición cuya finalidad principal consistía en engrosar las arcas reales acumulando oro, plata y toda clase de productos valiosos. De no haber llevado una escolta integrada por medio centenar de jinetes y el doble de infantes, además de la guardia personal de doña Urraca, no habríamos dado tres pasos sin sufrir un percance grave.

En esa era de terror, de violencia implacable, abundaban las gentes codiciosas o desesperadas, sin miedo a Dios ni a la ley, que incitadas por el deseo de botín no temían cometer los crímenes más atroces. La vida valía poco o nada. Visto con la perspectiva de los años, reconozco que era comprensible. Por doquier imperaba la miseria. El pueblo indefenso sufría hambre y opresión, multas injustificadas, abusos sin cuento por parte de los poderosos, máximos beneficiarios de la guerra. Ante la necesidad de obtener su respaldo en el largo enfrentamiento mantenido con su esposo, doña Urraca otorgaba a sus próceres y caballeros privilegios crecientes, tierras, posesiones y soldadas, en detrimento de los campesinos y de la gente menuda.

Yo contemplaba ese paisaje desolado, escuchaba las quejas de las víctimas que se arrojaban a los pies de la reina para denunciar la violación impune de una hija, el robo de un animal, el incremento arbitrario del diezmo cobrado por el señor o el embargo abusivo de una propiedad, sin atreverme a culpar de esas desdichas a mi señora. Ella se afanaba en dictar fueros y leyes, que sus magnates ignoraban en la mayoría de los casos, sabedores de su debilidad. ¿Cómo iba a imponerles su autoridad cuando su propio esposo se la discutía?

El poder de la soberana era mucho más limitado de lo que yo había creído al entrar a su servicio. En realidad, ella apenas gobernaba los dominios de la Corona, cada vez más menguados por la constante cesión de castillos con sus alfoces a los dignatarios de la nobleza o la Iglesia que condicionaban su ayuda a la obtención de esas contrapartidas. No digo que fuera inocente, pues la responsabilidad era suya y no carecía de medios para auxiliar a sus súbditos, pero sí que nunca se vio libre de esa extorsión odiosa.

La Providencia había dispuesto que los hijos de ese tiempo viviéramos días oscuros de tribulación e injusticia, de cenizas y penitencia, de lágrimas sin consuelo.

* * *

Mientras dicto estas líneas a la hermana Egeria, que tiene la bondad de prestarme sus ojos y su pluma, el recuerdo de esa desolación es el que prevalece en mi memoria. Pero si me esfuerzo por ser honesta, si pregunto a mi corazón, lo que yo sentía en ese momento era una dicha inmensa, inasequible a los padecimientos de los desgraciados que me rodeaban. ¿Quién podría reprochármelo? Tras años de espera angustiosa mis sueños iban a cumplirse. No pensaba en otra cosa que en mi boda con Nuño y en los hijos que tendríamos juntos; en los amaneceres compartidos después de apagar la pasión entre sus brazos; en el milagro de la niebla alzándose sobre los picos de la cordillera que servía de muralla a Asturias.

En esa ocasión, excepcionalmente, llevaba un equipaje abundante, repartido en dos baúles de tamaño considerable cargados sobre sendas mulas y recubiertos de tela encerada a fin de protegerlos de la lluvia. En ellos iba el ajuar que me había regalado la reina: tres túnicas suyas en muy buen estado, una de ellas de brocado y dos de la mejor lana, con las mangas decoradas por hermosas tiras bordadas; tres tocas de lino y un sayal de buen paño, indispensables para ir siempre cubierta en cuanto me convirtiera en una mujer casada, que ella aborrecía con especial encono por representar el símbolo más visible de su infausto matrimonio; varias camisas de hilo fino, calzas, velos, sábanas, cobertores, manteles y el menaje necesario para establecerme en mi nuevo hogar.

Doña Urraca se había mostrado muy generosa conmigo. Tanto, que cuanto más avanzábamos, más me despreciaba a mí misma por haber dudado de ella tan a menudo en el pasado.

A pesar de la dureza con que esas sendas abruptas ponían a prueba nuestra resistencia física, yo cabalgaba ligera, animada por la ilusión de llegar cuanto antes a Salas. Doña Urraca, en cambio, se mostraba cansada y huraña. El último parto le había dejado secuelas harto desagradables, traducidas en un sinfín de trastornos que iban desde el estreñimiento crónico a las hemorroides, pasando por una fatiga constante.

Por si ello no bastara, los tributos recaudados en cada lugar donde nos deteníamos distaban de satisfacer las expectativas alimentadas por el ejército de ecónomos al servicio del notario real. Los alcaides, regidores y abades interpelados juraban por lo más sagrado que no se guardaban nada y aun entregaban parte de lo suyo con el afán de complacerla. Yo siempre pensé que le robaban, aunque, a falta de pruebas, no era quién para acusar a nadie.

Al cabo de varias jornadas agotadoras, recalamos en uno de los castillos pertenecientes al conde Suero Bermúdez, dueño y señor de esos parajes. Se trataba de un edificio muy distinto a lo habitual, en forma circular, semejante a una torre de gran tamaño relativamente chata para su diámetro. Estaba situado a orillas del río Luna, ya en la falda de las montañas, uno de cuyos puertos custodiaba. Allí hacía un frío invernal, que bajaba de los picos cubiertos de hielo la mayor parte del año. El sol solo lograba dispersar la escarcha cuando alcanzaba su cenit, alzándose sobre las alturas rocosas. Observando ese paisaje abrumador en su hostilidad, desnudo, yermo, terrible, resultaba fácil comprender cómo esa formidable fortificación natural había impedido a los sarracenos consumar la conquista de España.

Quienquiera que fuese el tenente de ese bastión ayuno de primaveras debía de maldecir su suerte cada día. Pese a todo, nos recibió con la cortesía debida y honró su obligación de alojarnos y alimentarnos con lo mejor de su despensa, en justo pago por el privilegio de ostentar el mando. Si en ese constante ir y venir la reina y todos nosotros hubiésemos debido sustentarnos recurriendo a su mermado tesoro, no le habría quedado un sueldo para pagar a sus soldados. Cuando visitábamos una villa, un convento o, como en este caso, una fortaleza, correspondía al anfitrión correr con todos los gastos.

* * *

Esa tarde doña Urraca estaba de un humor de perros, causado por las almorranas que la torturaban con saña sin que los galenos hallaran ungüento, pomada o cocimiento capaz de aliviar su dolor. Tampoco yo, debo admitir, pese a los muchos remedios que había probado a administrarle. No le era desconocido el mal, aunque se había agudizado con el correr de los años y las jornadas interminables a caballo o en mula.

—¡Munia! —bramó nada más tumbarse en el lecho—. Pide a la cocina una compota de ciruelas. Necesito hacer de vientre y va a ser peor que otro alumbramiento.

—Cabalgar no os ayuda, mi señora —respondí, apiadada por el atroz sufrimiento que ella soportaba sin quejarse, salvo ante mí—. Deberíais descansar más.

—Tengo un reino que gobernar y unos deberes que cumplir —gruñó rabiosa—. Lo que necesito es aligerar el tránsito.

—Tal vez podríais usar una silla de mano o bien un carro en vuestros traslados. Sería mucho más cómodo —sugerí.

—¡Ni soñarlo! Una reina no se desplaza como una anciana decrépita. Una emperatriz cabalga.

—¿Os preparo un baño de asiento?

—Sí. Y la compota. Si no produce el efecto deseado, siempre habrá tiempo para una purga.

Conseguido el propósito de evacuar, merced a una buena dosis de polvo de linaza mezclada con semillas de malvavisco trituradas, pudo finalmente descansar y prepararse para cumplir ese rosario de deberes que rara vez le daba tregua. Por muy airada que estuviese con el mundo, nunca dejaba de llevar a cabo sus tareas.

* * *

A la mañana siguiente había convocado a su amanuense para dictar algunas disposiciones relativas al fuero otorgado a los habitantes de una villa próxima, recitando con solemnidad el preámbulo habitual:

—Yo, Urraca, por mandato de Dios emperatriz de León, reina de España, hija del católico emperador don Alfonso, de feliz memoria, y de la reina Constanza...

Siguió la enumeración de los derechos y privilegios al uso, que el clérigo anotó diligente, con caligrafía nítida, hasta que mi señora precisó quiénes serían los beneficiarios de esas normas:

—Tanto varones como mujeres.

El escriba levantó la vista, sorprendido, como si aquellas palabras lo ofendieran, lo cual irritó visiblemente a la soberana y no hizo sino acrecentar la determinación con la que actuaba.

—¿Os falla el oído, hermano, o son las entendederas las que andan hoy perezosas? —El tono gélido de su voz era el contrapunto perfecto a su mirada de fuego.

—Os ruego me perdonéis, majestad —replicó el clérigo en actitud sumisa—. Temo no haber comprendido el propósito de esa especificación.

—¿No habéis comprendido o no queréis comprender?

La soberana parecía dispuesta a volcar todo su enfado sobre el tonsurado de dedos gordos que trataba de esconder la cabeza entre los hombros, inclinándose sobre el atril como si quisiera zambullirse en el pergamino. El resto de los presentes la contemplaban, atónitos, pues, a diferencia de mí, desconocían la causa de esa irritación repentina, dirigida contra uno de sus colaboradores más cercanos. Una rabia que ella se obligó a controlar de inmediato, a fin de dejar patente ante todos el motivo por el cual se mostraba tan precisa:

—Si en algún momento este documento fuese objeto de discusión, nadie podrá argumentar que mi real persona amparó únicamente a los varones.

El amanuense humilló el testuz, temeroso de provocar nuevamente la cólera de su señora, y terminó de rellenar la vitela de fina piel antes de requerir la firma de los testigos llamados a confirmar la validez de la disposición. Ignoro lo que cavilaría su cabeza calva, aunque lo imagino renegando de esa dama débil e inestable, imbuida de un ánimo mujeril incompatible con el buen gobierno, la justicia y la paz. Esas eran las murmuraciones que corrían entre los miembros de la Iglesia, aunque muchos de ellos acudieran a buscar auxilio en su regazo cuando la furia del Batallador amenazaba con aniquilarlos.

* * *

El paso del tiempo no ha mitigado la nitidez de mi recuerdo. Cierro los ojos y veo su cabeza erguida, su gesto firme, su actitud desafiante ante los caballeros de su entorno, desconcertados por esa concreción sin precedentes. Ningún soberano anterior a ella había expresado con esa claridad su determinación de velar del mismo modo por todos sus súbditos, fuese cual fuese su sexo. Ninguno lo había considerado necesario o, más probablemente, ninguno había tenido la voluntad de hacerlo. Hubo de sentarse una reina en el trono de León para dejar constancia expresa de que hombres y mujeres estaban sujetos a un mismo fuero.

Después de lo cual cumplió su palabra y mandó que me escoltaran hasta Salas, no sin antes dispensarme una cálida despedida o, mejor dicho, un hasta pronto, toda vez que prometió visitarnos de camino a Galicia, a fin de ratificar a Nuño en su puesto.

30

Entre lobos y águilas

Año 1115 de Nuestro Señor
Salas, Asturias
Reino de León

Acordamos celebrar nuestra boda el día de San Juan, por ser el más largo del año y evocar entre los lugareños el recuerdo lejano de festividades ancestrales cuya huella perduraba a través de los siglos. Eso nos daría tiempo suficiente para hacer acopio de provisiones en aras de ofrecer a nuestros invitados un banquete digno de reyes, y tal vez incluso hacerlo coincidir con la presencia anunciada de doña Urraca en Salas.

Con el propósito de caminar hasta el altar sin la mancha del pecado, propuse a Nuño mantenernos castos durante esa gozosa espera, a lo que él se avino a regañadientes, no sin presentar batalla. Me mantuve firme, no obstante, a pesar de desearlo al menos tanto como él a mí, pues estaba convencida de que el feliz arranque de nuestro matrimonio merecía tal sacrificio. De ese modo nuestra andadura juntos contaría con la plena bendición de la Iglesia, cuya exigencia en lo referente al sexto mandamiento crecía de forma sostenida desde hacía años. La indulgencia de antaño con las debilidades de la carne se había perdido por completo, de tal manera que su juicio resultaba implacable, sobre todo si la enjuiciada era mujer. Y yo no quería arriesgarme a indisponerme con Dios ahora que estaba a punto de alcanzar al fin mi sueño.

Nuño me cedió sus aposentos en lo alto de la torre y se trasladó al cuerpo de guardia junto a sus hombres, delegando en mí la responsabilidad de llevar a cabo los preparativos necesarios para convertir nuestro enlace en un éxito. La gestión de la tenencia ocupaba todas sus horas.

—¿Iremos a contemplar mañana el amanecer? —le pregunté una noche mientras cenábamos, al poco de llegar, tratando de vencer con zalemas su malestar ante mi negativa firme a compartir el lecho.

—Imposible —replicó él, un tanto huraño—. Mañana es día de cacería. Partiré antes de que salga el sol y no regresaré hasta bien entrada la tarde.

—No sabía que las cacerías fuesen una obligación —repuse, empleando el mismo tono ofendido, molesta porque prefiriese ir en busca de un venado antes que atender a mi deseo de estar juntos.

—Pues aquí lo son —esbozó una sonrisa destinada a sellar la paz—. Ya te irás acostumbrando. Nuestros bosques están infestados de lobos y cada sábado se organiza una partida de caza en la que participamos caballeros, campesinos libres de otra ocupación e incluso clérigos. Nadie está libre de contribuir a esa tarea.

—¿Tantos lobos hay? —inquirí, con cierta inquietud.

—Más de los que puedas imaginar. Son una pesadilla. A pesar de los mastines y del celo de los pastores, matan rebaños enteros en cuanto tienen ocasión. Está en su instinto asesino. Destripan a los terneros y dejan tan malheridas a las vacas que casi siempre es preciso sacrificarlas. Ni siquiera respetan a las personas. Cualquier aldeano sabe que dejar a un niño pequeño sin vigilancia es una temeridad, pues son frecuentes los ataques de esas fieras, que no perdonan.

Tomé buena nota de la advertencia, decidida a impedir en el futuro que nuestros hijos corrieran semejante peligro. Nuño se expresaba de un modo tan vehemente, que asustaba. Aunque en todas partes había lobos, nunca hasta entonces me habían hablado de ellos con semejante inquina. Saltaba a la vista que allí constituían una verdadera plaga, merecedora de medidas drásticas como el establecimiento de esa jornada dedicada a darles caza en la que todos los hombres hábiles debían participar.

—En Asturias, y creo que también en Galicia, existe la misma costumbre —continuó relatando Nuño, deseoso de justificar su negativa a acompañarme—. Se preparan trampas, a las que aquí llamamos «hoyos», y cada parroquia ha de pagar cinco cañas de hierro afiladas para ensartar en ellas a esas fieras. Raro es el día en que no caen un par de docenas.

—¿Todos los sábados del año? —No daba crédito a tanta abundancia.

—Salvo las fiestas de guardar. Y ni por esas conseguimos terminar con ellos.

El odio a esas alimañas estaba incrustado en su alma desde hacía generaciones. Era un rechazo visceral, anterior al pensamiento. Un sentimiento asentado en la lucha por la supervivencia, transmitido de padres a hijos desde tiempos inmemoriales. Una enemistad que solo acabaría, pensé, cuando los hombres exterminaran al último de los lobos… A menos que fueran los lobos los que lograran expulsarnos a nosotros de sus dominios.

* * *

Una tarde calurosa, próxima al verano y por ende a nuestra boda, llegó un muchacho corriendo a la torre. Tendría seis o siete años. Venía muy apurado, casi sin aliento, con el rostro sofocado por la carrera. Farfullaba cosas inconexas que los guardias interpretaron como una petición de auxilio, por lo que avisaron al señor. Enseguida bajamos Nuño y yo a conocer el motivo de esa alarma, que para entonces ya había causado un buen alboroto en la villa.

—¡Madre, ayuda! ¡Madre, ayuda!

Mientras la gente se arremolinaba a su alrededor en la plaza abierta frente al castillo, el muchacho repetía compulsivamente esas dos palabras, agarrando de la túnica a Nuño con el propósito de arrastrarlo hacia el camino por el que había venido. A juzgar por su aspecto, no se trataba de un campesino ni mucho menos de un huérfano abandonado a su suerte. Iba vestido como un pequeño burgués, con la ropa razonablemente limpia, y calzaba zapatos de cuero, lo que constituía un lujo inaccesible a cualquier chico de por allí. Pese a ser de estatura menuda, parecía bien alimentado. Los arañazos de sus piernas indicaban que había corrido con mucha prisa por senderos llenos de espinos. Su cara estaba descompuesta por el miedo y su voz denotaba una gran angustia.

—Tranquilízate —lo sujetó Nuño por los brazos, haciendo un esfuerzo considerable, toda vez que se revolvía como una sabandija intentando escapar—. Cuéntanos qué ha ocurrido.

—Madre tiene mucha sangre —dijo él entre jadeos—. Necesita ayuda.

—¿Os han atacado los bandidos? —inquirí yo, cada vez más alarmada.

—Un oso —se zafó de la sujeción, escurriéndose con agilidad para volver a tirar de mi prometido, esta vez asiendo su mano—. ¡Vamos, deprisa!

—Si en verdad se ha topado con un oso, a estas horas estará muerta —aseveró uno de los soldados en tono neutro, sin mostrar la menor compasión—. Y si era una osa con crías, la habrá hecho trizas. Se vuelven locas cuando paren.

El pequeño lo miró aterrorizado, hasta el punto de soltar a Nuño para taparse los oídos. No quería escuchar a ese hombre rudo por cuya boca hablaba la verdad desnuda. Prefería mantener la esperanza de que su madre estuviera viva, aun cuando él mismo hubiera presenciado necesariamente el ataque de la bestia. Fuera como fuese, estaba demasiado asustado para hablar de lo ocurrido.

—Tal vez te equivoques —replicó Nuño al guardia, haciéndole a la vez un gesto que significaba «¡cállate!»—. Lo normal es que el animal se asustara y le asestara un zarpazo antes de salir huyendo. Pero la habrá dejado malherida. Manda que preparen mi caballo, voy a buscarla.

—¿Por qué vas tú? —protesté, molesta, pues al fin había conseguido que dedicara algún tiempo a supervisar conmigo los detalles del convite que íbamos a ofrecer—. ¿No puedes enviar a alguien en tu lugar?

Nuño me lanzó una mirada severa, cargada de reproche. Sus ojos me decían, antes de que lo hicieran sus labios, que semejante comentario era impropio de su esposa. Que con él estaba cuestionando su deber de caballero responsable del señorío de Salas. Sus funciones sagradas. Su honor. Evitando alzar la voz, empero, dado el gentío que nos rodeaba, me contestó:

—Porque la madre de este chico es una cristiana a quien tengo la obligación de auxiliar. Seguramente una peregrina...

—¿Cómo lo sabes? —lo interrumpí, decidida a no recular aun estando equivocada.

—Lo supongo, Muniadona; con eso basta. —Solo me llamaba por mi nombre completo, sin emplear el diminutivo, cuando estaba realmente enfadado, lo cual había sucedido en muy raras ocasiones—. Salas está en el camino que lleva a Santiago. El que siguió el rey Casto cuando el obispo Teodomiro le informó de que habían aparecido las reliquias del Apóstol...

—¡Vámonos ya! —chilló el pequeño, presa de la desesperación—, o madre se morirá.

—En cuanto traigan mi caballo —le respondió Nuño con dulzura—. No te preocupes, iremos rápido. ¿Cómo te llamas?

—Pedro —musitó.

—¿Ibais solos tu madre y tú?

—También padre. Está allí.

—Entonces él la estará cuidando —traté de darle consuelo—. Todo irá bien. ¿Quieres comer algo? ¿Tienes hambre? ¿Beber, tal vez?

—¡No!

La rabia se había tornado llanto, impotencia, amargura. Con el fin de matar el tiempo necesario para aparejar la montura, nos relató a su manera infantil que, tal como había anticipado Nuño, los tres eran peregrinos y venían caminando desde Oviedo «para curar a la niña». Deduje que se referiría a un miembro de la familia aquejado de una enfermedad y que ese viaje respondería a alguna clase de promesa. Un trato formulado de tú a tú con el Apóstol, en virtud del cual él sanaría a la pequeña a cambio de que su hermano y sus padres llevaran a cabo la proeza de llegar hasta su sepulcro por su propio pie. ¿Qué otro motivo llevaría a esas gentes a lanzarse a unos caminos repletos de peligros? Únicamente la fe, unida a una necesidad imperiosa, explicaría que esos desdichados emprendieran una aventura tan arriesgada.

Al cabo de una eternidad, al fin apareció el mozo de cuadra, somnoliento, llevando de las riendas un hermoso semental alazán, debidamente ensillado. Era la posesión más valiosa de Nuño. Un caballo joven, brioso, a quien tenía en tanta estima como a mí, por más que yo me empeñara en convencerme de lo contrario.

—Dime dónde está tu madre —interrogó al muchacho, a la vez que montaba—. La traeré de vuelta antes de que te des cuenta.

—Yo también voy —dijo él.

—Solo conseguirías retrasarme. Iré más rápido si voy solo. ¿Ibais por el camino viejo?

—No sé.

—¿Cómo va a saberlo el chico? —intervino de nuevo el soldado—. Es forastero.

—Íbamos al lado de un arroyo que llevaba mucha agua —recordó Pedro, por si eso servía de algo.

—Entonces no tiene pérdida —concluyó Nuño, empuñando con fuerza las riendas para obligar al animal a girar sobre sí mismo.

En ese preciso instante sonó sobre nuestras cabezas un graznido áspero, agudo, cuya intensidad pareció rasgar el aire. Levanté la vista instintivamente y allí estaba ella: un águila de gran tamaño recortándose en el firmamento cual reina en su trono celeste. Aparentemente inmóvil, oscura. Una advertencia inequívoca.

—¡No vayas! —imploré a mi hombre, colocándome delante de su montura para impedirle avanzar.

La multitud empezó a murmurar y santiguarse, además de componer discretamente otros gestos prohibidos, pues de todos era conocido que la aparición de semejante ave en las previas de cualquier empresa constituía el peor de los augurios. Los sacerdotes exhortaban a los fieles desde los púlpitos a desechar tales creencias paganas, aunque algunas estaban tan arraigadas que incluso ellos las compartían. Y entre ellas, ninguna pesaba más que esa. Las águilas, tan hermosas, tan poderosas, eran símbolos de mal agüero. Probablemente los peores.

—¡No vayas, te lo suplico! —Volví a la carga, hincándome de hinojos a riesgo de escandalizar a cuantos contemplaban la escena.

—Pero ¡¿qué haces?! —se indignó Nuño—. ¡Levántate!

Su voz llegaba de muy lejos. Resultaba casi inaudible, porque mi cabeza estaba ocupada por las palabras de Enya, repetidas como una letanía semejante al repicar de un tambor: «Cuidaos de las águilas. Una de ellas os arrancará el corazón». En ese momento yo no había comprendido el significado de esa profecía. Ahora se me revelaba en toda su descarnada crudeza. El águila no me haría daño con sus garras, no era una amenaza en sí misma, sino un heraldo. La mensajera que anuncia la visita de la muerte.

—Nuño, escúchame, déjame que te explique…

Él me miró sereno, de ese modo que me hacía sentir la mujer más hermosa del mundo, esbozando una sonrisa cálida. Después señaló con el mentón al chiquillo, que permanecía en pie a mi lado, llorando en silencio.

—Munia, mi amor, sabes que debo ir. Desecha esos temores absurdos. No está bien que la señora de Salas dé pábulo a las supersticiones. Y encárgate de que sirvan un buen cuenco de sopa a nuestro amigo. Me tendrás de regreso muy pronto.

Intenté protestar, mas fue en vano. Lo vi marchar ligero, a lomos de su corcel, embutido en su túnica corta, con la espada ceñida al cinto y la melena larga hasta la nuca, igual que la primera vez. Sentí que algo en mi interior se rompía, aunque puse todo mi empeño en convencerme de lo infundado de esos temores. Al fin y al cabo, Enya no había previsto la llegada de los sarracenos a su casa ni el terrible tormento que le habían infligido, ¿verdad? ¿Por qué no iba a equivocarse también al presagiar que un águila, un simple pájaro, me arrancaría el corazón?

—Vamos, Pedro —me obligué a recomponerme, apelando a toda mi fuerza—. Algo caliente te hará bien.

El pequeño había dejado de llorar. Haciendo visera con sus pequeñas manos, buscaba al ave en el cielo claro, donde su figura majestuosa parecía haberse esfumado junto al eco de su chillido.

31

Un caballo sin jinete

El tiempo es un concepto difuso. A veces se alarga hasta lo inconcebible, como la hebra de una hilandera extraordinariamente hábil, otras se pone a correr sin que sea posible alcanzarlo. Aquella tarde del mes de junio hizo ambas cosas simultáneamente. Prolongó mi espera con crueldad inusitada, extendiéndose y ensanchándose a semejanza del océano, para después acelerarse en cuanto hizo su entrada en el pueblo aquel caballo sin jinete.

Al principio creí que quien lo llevaba de la brida, cargando a la grupa una especie de fardo, era Nuño. Nos habíamos agolpado todos en la plaza a la espera de noticias, por lo que su llegada fue acogida con exclamaciones de júbilo. El señor de Salas era muy querido entre los suyos. Un hijo del pueblo afortunado, acogido por una familia de rango superior, que no había olvidado sus orígenes y los honraba con la perenne disposición a volcarse siempre en ayudar a los demás, fuera cual fuese la circunstancia. Lo apreciaban; saltaba a la vista.

Algo poco común tratándose del responsable de recaudar los tributos, movilizar a los hombres para el combate, respondiendo a la llamada de la reina, dirimir conflictos e impartir justicia.

Ese era el hombre del que me había enamorado. Un ser extraordinario, cuya apostura palidecía ante su belleza interior.

Cuando el semental se aproximó al lugar donde nos encontrábamos, comprobamos que su guía no era Nuño, sino un hombre de mayor edad a quien no conocía nadie salvo Pedro, quien salió corriendo hacia él al grito de:

—¡Padre!

El forastero lo abrazó y le dijo algo en voz baja antes de seguir caminando con el chiquillo de la mano, hacia la puerta del castillo.

El hecho de que Nuño cediese su montura a un desconocido me sorprendió, además de inquietarme, aunque traté de convencerme de que era lo normal. Él vendría andando detrás. Habría permitido al peregrino acompañar a su mujer herida o muerta. No cabía otra explicación. Su cuerpo era el bulto que cargaba el animal, avanzando lentamente con el fin de evitar que cayera. Todo acabaría aclarándose muy pronto.

Hice lo posible por controlar la angustia que iba apoderándose de mí, sin conseguirlo. Tenía un presentimiento funesto, un malestar creciente, compartido con los vecinos, que habían callado toda expresión de alegría y escoltaban silenciosos el paso de la extraña comitiva. ¿En verdad se movían tan despacio o era solo una sensación mía? Incapaz de seguir conteniéndome, corrí hacia ese hombre, al que ya odiaba, para espetarle a bocajarro:

—¿Dónde está el caballero que acudió en vuestro auxilio?

Mi tono era agresivo, perentorio, contrario a la hospitalidad debida a esas personas necesitadas de auxilio e impropio de una cristiana obligada a prestar socorro a cualquier peregrino en apuros. Era un grito de rebeldía. Un lamento desgarrado.

Porque en el fondo de mi alma conocía la respuesta a esa pregunta, por más que intentara engañarme. Y si aún conservaba una tenue luz de esperanza, se desvaneció en cuanto miré al forastero a los ojos.

—El semental no llevaba jinete —balbució, visiblemente asustado.

—¡¿Dónde está?! —bramé, golpeándole el pecho con los puños.

—Os juro que no miento —se defendió él, agachando la cabeza con el gesto instintivo de quien teme a la autoridad por haber sufrido sus abusos—. Yo estaba atendiendo a mi esposa, atacada por un oso, cuando de pronto apareció esa bestia relinchando. Parecía muy nerviosa. Tal vez se hubiera topado con la fiera.

—Si le habéis hecho algo, os juro por Dios que...

—Tenéis que creerme, señora. Encontramos al jinete como a un cuarto de milla de allí, tirado en el suelo.

—¿Y lo dejasteis morir?

—Ya estaba muerto. Se había partido el cuello, seguramente en la caída. Mi mujer había perdido el sentido y decidí subirla al caballo dado que él no lo necesitaba. Os pido perdón si os he ofendido...

Él siguió hablando, pero yo no oí. Presa de una emoción violenta, ajena a toda cordura, le arranqué las bridas de las manos mientras uno de los guardias se hacía cargo a toda prisa de la mujer herida, como si me hubiera leído la mente y adivinado mi intención. Yo no pensaba. Reaccionaba cual animal herido al infinito dolor que me taladraba el alma.

Sin perder un instante monté de un salto, a horcajadas, y galopé como una loca dejando que el semental me condujera hasta el lugar donde descansaba su amo, entregado al sueño eterno del que nadie regresaba.

Parecía dormido en una posición extraña, desmadejada. Estaba tendido con los pies en el camino y la cabeza sobre la hierba, cercana al cauce del río. A su lado sobresalía una piedra puntiaguda con la que debía de haberse golpeado. Su hermoso rostro no mostraba signos de sufrimiento, ni siquiera de sorpresa. La muerte lo había sorprendido a traición, sin previo aviso, ahorrándole al menos la agonía de verla venir, pese a tener los ojos abiertos.

Me arrojé sobre su cuerpo exangüe y me abracé a él, desesperada, con la vana ilusión de devolverle la vida con mi aliento. Besé una y otra vez sus labios todavía tibios, acaricié su rostro, su cabello suave, las manos que tantas veces habían prendido fuego en mi piel. Le supliqué, sollozando, que no me abandonara, que volviera a mi lado, que cambiara el curso del tiempo y escuchara mi advertencia... Rogué, lloré, chillé, maldije. Después, una ola tenebrosa como solo la pena puede serlo se abatió sobre mi espíritu, dejándome ciega y sorda.

Extravié el sentido de la realidad en ese sendero embarrado, aferrada al cadáver de Nuño con tal fiereza que a duras penas lograron dos hombres obligarme a soltar la presa. Eso al menos me dijeron los testigos del instante en que una parte de mí murió para seguir al que iba a ser mi esposo a su última morada. Yo no conservo una memoria clara de lo sucedido a partir de entonces. Mis recuerdos se funden en negro; un pozo de pez pegajosa, ajeno al espacio y al tiempo, en el que me hundí, más y más, hasta perder por completo la capacidad de salir.

* * *

Durante días interminables coqueteé con la Segadora. A veces la imaginaba como una loba de ojos de fuego, cuya belleza me atraía de manera irresistible, aun sabiendo que al acercarme a ella acabaría devorada. Otras se me aparecía en forma de doncella cuyo rostro se tornaba de pronto calavera. Y las más era a Nuño a quien veía en mis delirios, llamándome a su lado desde un lugar oscuro y frío que supuse sería el purgatorio. En esos momentos me debatía con todas mis fuerzas pugnando por deshacerme de mis ligaduras. Gritaba que me dieran una muerte rápida a fin de marchar con él. Suplicaba misericordia a las personas que me atendían, porque me habían atado a la cama para evitar que me hiciera daño. De haber tenido una daga a mano, me la habría clavado seguro.

Ese estado de locura hizo que me perdiera el funeral de mi prometido, celebrado en la iglesia contigua a la fortaleza. Según me contaron después, todo el mundo asistió al sepelio mientras, a pocos pasos de allí, yo me enfrentaba al Señor en la soledad de una estancia que habría debido acoger encuentros apasionados. ¿Qué habíamos hecho Nuño o yo para merecer semejante castigo? ¿Cuál era nuestra falta? ¿Lo había elevado a él por encima de su nacimiento con el único propósito de dejarlo caer desde más alto? ¿A qué podía obedecer una sentencia tan despiadada, un modo de rendir el alma tan inútil, tan alejado del que ansiaba todo caballero deseoso de caer empuñando la espada? ¿O acaso era yo el objeto de su venganza por atreverme a elegir al destinatario de mi amor?

Estaba furiosa con Dios. Renegaba a voces de su injusticia, su arbitrariedad, sus designios inescrutables. ¿Por qué se ensañaba con nosotros, que no hacíamos mal a nadie, habiendo en el mundo tanta gente malvada sobre la cual volcar su ira? Los clérigos repetían siempre que cuestionar su voluntad era un pecado de orgullo, pero yo me negaba a aceptar lo que no alcanzaba a comprender. Lo absurdo de esa muerte; de esas muertes, en plural, toda vez que, junto a Nuño, yacían sepultados mis sueños, mis sentimientos, mi deseo de vivir, mi alegría.

Me habría entregado a la parca, gustosa, aunque ella se desentendió de mí. Rechazó mis proposiciones, esquiva, pese al empeño que puse yo en cortejarla. Y como no nos es dado escoger la hora de nuestro juicio, acabé por recobrar, poco a poco, la cordura. Al menos la suficiente para ponerme en pie y regresar a la luz. Mi espíritu, como digo, estaba partido en dos.

A costa de un esfuerzo sobrehumano me arrastré hasta la tumba donde descansaban los restos del único hombre al que había amado y amaría. Estaba situada junto a la de su benefactor, don Bermudo, y su esposa doña Aldonza. Unidos en la eternidad igual que lo habían estado durante su estancia en este mundo. Tres sencillas lápidas de piedra, la última de las cuales ni siquiera tenía nombre todavía.

Me vino a la mente el aforismo que algunos monjes difuntos mandaban grabar en sus laudas: «Donde estás tú, estuve yo; donde estoy yo, tú estarás». Habría querido rezar, pero no me salían las palabras. Estaba demasiado enojada para elevar mi voz al cielo. De modo que me tumbé sobre la losa bajo la cual se encontraba él, me abracé con fuerza a su recuerdo y le juré fidelidad eterna.

Nunca he faltado a esa promesa.

* * *

¿Qué hacer con mis días vacíos? ¿Dónde ir? Decidí arriesgarme y regresar junto mi señora, quien con suerte me aceptaría nuevamente a su lado. La mera idea de plantearme otro matrimonio me resultaba repulsiva, e idéntico sentimiento me inspiraba la posibilidad de entrar en un convento y convertirme en esposa de Cristo.

Dios me había arrebatado a mi hombre y yo no me conformaría con otro. Viviría soltera, a la sombra de la reina, sirviéndole lealmente como siempre había hecho. A falta de la felicidad esperada, tal vez hallara paz y libertad a su lado. Si doña Urraca me rechazaba, no me quedaría más salida que saltar por un acantilado.

32

Maldita la tierra donde reina un niño…

Encontré a mi señora en Galicia, enzarzada en una batalla contra el poderoso prelado a quien temía y aborrecía tanto como lo necesitaba; su aliado o su enemigo dependiendo de las circunstancias. Un obispo al que acudía en los momentos de tribulación, aun sabiendo que su ayuda le costaría muy cara.

En las semanas transcurridas desde nuestra despedida mi existencia había dado un vuelco que la hacía irreconocible, pero la suya seguía igual. El mismo empeño enconado en reinar contra viento y marea, por muchos obstáculos que hubiera de salvar en el empeño de conseguirlo.

Nada más exponerle los trágicos hechos acaecidos en Salas, omitiendo lo referido a mi enajenación temporal, todos mis temores respecto de un eventual rechazo por su parte se revelaron infundados. Lejos de apartarme de su lado o mostrarme el menor rencor por haberla abandonado, se mostró comprensiva y diría que hasta aliviada de haberme recuperado.

—El matrimonio no es la panacea —intentó consolarme con evidente torpeza—. ¡Ya ves lo que me ha costado a mí deshacer el mío!

Aquello no me hizo gracia. Aún sangraban mis heridas, hasta el punto de que la mera evocación de Nuño me hacía saltar las lágrimas. Me daba miedo dormir, ante la certeza de ser asaltada por las pesadillas, y apenas lograba comer. Mi alma estaba gravemente enferma de un mal cuya crueldad se me asomaba a la cara.

—Estás muy desmejorada —constató doña Urraca, en tono maternal, al poco de arrancar nuestra conversación—. ¿Hay algo que yo pueda hacer para devolverte la sonrisa?

—Mandadme alguna tarea que me permita olvidar, siquiera durante un rato —respondí, esperanzada en conseguirlo—. Enviadme lejos, a ser posible a cumplir alguna misión arriesgada.

—Todo se andará, pequeña Munia, todo se andará. —Me cogió las manos, en un gesto cariñoso que jamás había tenido conmigo—. Por ahora, necesitas descansar y recobrar fuerzas. Ahora que te he recuperado, tengo grandes planes para ti.

* * *

Estaba a la sazón en Lugo, haciendo acopio de fuerzas para enfrentarse a Gelmírez y al conde de Traba, que la habían apuñalado con saña poniendo al infante en su contra. Después de padecer un auténtico calvario para demostrar a su esposo y a sus súbditos que no renunciaría a ejercer las prerrogativas de la Corona por el hecho de ser mujer, ahora ese mitrado intrigante, aliado al ayo del niño, se empeñaba en hacerla elegir entre su hijo y su trono. Una extorsión que de ninguna manera estaba dispuesta a aceptar.

—En tu ausencia moví cielo y tierra con el empeño de capturarlo y cargarlo de cadenas, pero fue en vano. Cometí el error de hacer partícipe del plan a ese traidor de Pedro Froilaz, quien corrió a prevenirlo. ¡Necia de mí! ¿Cómo se me ocurrió confiar en un hombre que confiesa sus pecados a ese clérigo y no le va a la zaga en apetencia de poder?

La persona a quien pretendía encarcelar en una mazmorra era nada menos que el obispo de Santiago, objeto en ese momento de una inquina semejante a la despertada en su día por su esposo, don Alfonso. Anulado su matrimonio y abandonadas las pretensiones del aragonés de hacerse un hueco en León, ahora el Batallador no ocupaba ya un lugar tan destacado en la lista de sus enemigos. Antes al contrario, ambos soberanos habían alcanzado una suerte de acuerdo tácito, en virtud del cual cada uno de ellos se conformaba con dominar su territorio. Él, Aragón, Navarra, algunas plazas castellanas y cuantas tierras lograra reconquistar a los sarracenos en la guerra sin cuartel que libraba contra ellos. Doña Urraca, todo el reino de León, del que formaba parte esa Galicia de la que intentaban despojarla.

—De todas partes me llegan alertas para que abra los ojos —continuó sincerándose con tanta rabia como inquietud—. Gelmírez discute mi autoridad y achaca públicamente a mi «ánimo mujeril» ser la causante de la guerra y del desgobierno reinantes. ¡Eso se atreve a decir! Son palabras salidas de su boca. Desde los púlpitos de Compostela sus sacerdotes azuzan al pueblo denostándome, animando a las gentes a renegar de mi persona y ponerse al lado del infante.

—Si lo deseáis —me ofrecí—, puedo ir a la ciudad del Santo a comprobar si esas acusaciones son ciertas.

—No me cabe duda de que lo son, Munia querida. Ayer mismo obtuve la prueba definitiva de que él y Traba han vuelto a mi propio hijo contra mí. A la carne de mi carne. La ambición de ese magnate de la Iglesia y ese noble desleal a su reina no retrocede ante nada.

—No conseguirán apartar al príncipe de vos —respondí, con la esperanza de tranquilizarla.

—Ya lo han hecho —constató ella, sombría.

Mi rostro debió de expresar sorpresa ante la seguridad inapelable contenida en esa respuesta, porque añadió:

—Antes de que las cosas llegaran a este punto de no retorno, mi hijo Alfonso estaba en la frontera, cerca de tu tierra toledana, en compañía del conde. Yo misma lo había enviado a curtirse en una expedición contra los sarracenos. Desde allí hizo llegar una carta a Gelmírez, de la que conseguí una copia a través de un espía.

Dicho lo cual sacó el pergamino, guardado en un pequeño cofre, y me leyó algunos párrafos sin poder ocultar la pena y la indignación que le causaban las palabras escritas en él:

—«Reverendísimo padre y señor, en modo alguno creo que se oculte a tu santidad que a la muerte de mi padre, el conde Raimundo, el muy noble rey Alfonso, mi abuelo, me dio el señorío de toda Galicia. Además, puso esta condición, que si la reina, mi madre, se contentara con permanecer en el estado de viudedad, todo el reino de Galicia quedaría sometido a su dominio; pero si firmara contrato matrimonial, regresaría a mí el reino de Galicia».

—¿Está conspirando con el obispo contra vos? —inquirí incrédula, evocando al chiquillo asustado a quien había conocido años atrás en un castillo sitiado por una muchedumbre iracunda.

—Tú lo has dicho. Eso es exactamente lo que hace. Se proclama rey de Galicia, elevando a la condición de reino lo que constituye únicamente un señorío más de León. Aspira a un trono propio y para lograrlo no vacila en parcelar el legado de su abuelo.

—Don Alfonso es todavía demasiado niño para hilar tan fino —rebatí, incapaz de atribuirle tanta perfidia a un muchacho—. ¿Cuántos años tiene?, ¿diez, once?

—Suficientes, al parecer, para anhelar ya la corona.

—Salvo que esté siendo manejado por otros.

—Eso mismo he pensado yo —convino—, especialmente al leer lo que sigue: «Hasta los ciegos y los barberos saben que mi madre se ha regocijado en el tálamo nupcial».

—¿Cómo va a decir tales cosas una criatura de su edad? —exclamé, asqueada ante el modo en que el autor de ese documento aludía al desdichado desposorio impuesto a mi señora, muy en contra de su voluntad—. Es evidente que esa carta no ha sido dictada por él, sino por el propio prelado o acaso por don Pedro Froilaz, impaciente por hacerse con todo el poder en Galicia.

—Tal vez tengas razón… —El rostro de la reina se relajó, en la medida en que su aflicción encontraba consuelo—. He descuidado la crianza de ese hijo y ahora son mis enemigos quienes ejercen influencia sobre él.

—La tengo, no lo dudéis. Esos personajes y cuantos los respaldan están utilizando al infante, manejándolo en su propio beneficio. Él es inocente de toda culpa.

—Lo cierto es que al final del escrito se proclama titular de unos derechos que me pertenecen y osa tildar de perjuros a cuantos próceres se nieguen a reconocerlo como rey.

—Él no ha podido concebir una idea semejante —redoblé mi defensa del niño—. Dirigid vuestra justa venganza contra quienes derraman en sus oídos el veneno de la traición nada menos que a su madre.

* * *

Cuando la dejé acostada esa noche para retirarme a descansar en la estancia contigua, doña Urraca parecía estar más sosegada. Seguía furiosa, determinada a imponer su autoridad a cuantos nobles y plebeyos la cuestionaban, ya fuesen clérigos o laicos, aunque mucho menos angustiada de como la había encontrado. Ya no veía en su hijo a un adversario a quien combatir, sino a la víctima de una conjura que se disponía a aplastar. Y ese cambio de enfoque le proporcionaba el vigor indispensable para entablar el enésimo combate por su propia supervivencia.

Aquello me llevó a reflexionar sobre las raíces del miedo y su hermana, la flaqueza. ¿Cuál era el punto débil de la soberana de León? ¿Qué era lo que la hacía vulnerable, hasta el extremo de impedirle actuar con la determinación debida? El amor. Ese vínculo indestructible con su único hijo legítimo, incompatible con las exigencias que otros habían formulado en su nombre. El temor de romper para siempre los lazos de afecto existentes entre ellos dos se interponía entre su deber de reina y su sentimiento de madre. Porque esa idea la aterraba.

Bien lo sabía yo, que había conocido de cerca esa sensación sofocante mientras Nuño estaba vivo y yo padecía el tormento de pensar que algo o alguien pudiera alejarme definitivamente de él. Ahora que la muerte me había arrebatado el amor, el miedo había desaparecido. Sin nada realmente valioso que perder, mi coraje se había multiplicado. Y aunque por motivos distintos, eso mismo le había sucedido a mi señora, que mascaba una respuesta proporcional a la afrenta recibida.

Si Alfonso era una marioneta manejada por Froilaz y Gelmírez, golpeándolos a ellos libraría a su heredero de sus garras, recuperaría su afecto y le encontraría una ocupación adecuada a su edad y su condición, un puesto donde formarse para acceder al trono de León cuando llegara su momento. Hasta entonces, tendría que aceptar que no había más soberana que ella y contentarse con confirmar sus disposiciones, igual que otros muchos nobles, empezando por el conde de Lara.

* * *

Sería jactancioso por mi parte creer que la reina siguió mi consejo. A decir verdad, yo solo había dicho en voz alta lo que ella misma pensaba en el fondo de su corazón y lo que convenía a la conciliación de su deber y sus sentimientos. De manera que no le costó actuar como yo le había recomendado, tejiendo una alianza sólida con la que plantar cara a sus dos temibles adversarios hasta hacerles morder el polvo.

En primer lugar armó un ejército poderoso, al que se sumaron no pocos cónsules gallegos perjudicados por Froilaz y Gelmírez, y lo llevó hasta Melide, donde sentó campamento. Desde allí envió emisarios a Santiago con el cometido de alternar promesas y amenazas en aras de atraerse al mayor número posible de ciudadanos ilustres, antes de obtener la rendición de los alzados o, en su defecto, lanzarse al asalto de la plaza al frente de su hueste. La estrategia era arriesgada, puesto que el infante había regresado de las Extremaduras junto a su ayo y se encontraba dentro de las murallas. Aun así, la suerte estuvo de su lado y obtuvo exactamente el efecto deseado.

Los legados reales volvieron de cumplir su misión con noticias contradictorias. Tal como había previsto mi señora, un buen número de compostelanos cambió de bando y abrazó el de doña Urraca, encareciendo al obispo a ceder y firmar la paz. El trato incluía la salida de don Alfonso de Compostela, en compañía de doña Mayor, esposa del conde de Traba, y de su caballería, pues se temía que, en caso de enfrentamiento armado, la urbe entera sufriera los efectos devastadores del ataque. Si Gelmírez aceptaba el acuerdo y convencía a su pupilo, los burgueses se ofrecían a interceder ante la reina para que no fuera castigado y pudiese conservar su señorío, su diócesis y las cuantiosas prebendas inherentes a su posición. En caso contrario, la animarían a despojarlo de todo. Estaban convencidos de tenerla de su parte.

Lejos de avenirse al arreglo, él se obstinó en resistir, fortificando las torres, los palacios de su propiedad y las obras de la nueva basílica con numerosos soldados. Ante los ruegos de sus canónigos y de no pocos compostelanos, no obstante, propició la marcha del infante y de la condesa, que fueron a reunirse fuera de la ciudad con don Pedro Froilaz, quien también había levantado una tropa considerable, decidido a medirse en campo abierto con las fuerzas de su soberana.

—¿Cuándo tendrá lugar la batalla? —pregunté esa tarde a mi señora, una vez recibidos por ella los informes referidos a esa concentración de gente armada.

—No habrá tal —respondió ella, imperturbable—. Froilaz no se atreverá a llevar su desafío hasta el final.

—¿Con qué propósito ha reunido entonces a sus hombres?

Aquello no tenía sentido. Movilizar a un gran número de soldados y jinetes resultaba muy costoso. Era preciso pertrecharlos y alimentarlos a ellos y a sus monturas. Nadie hacía semejante desembolso si no era con el propósito de entablar combate. ¿Por qué iba a renunciar el de Traba en el último momento? Doña Urraca me leyó el pensamiento y añadió:

—En los últimos días, los caballeros que desertan de sus filas para sumarse a las mías se cuentan por decenas, y otro tanto sucede con los de a pie y los peones. Ese traidor no luchará porque sería derrotado. Irá a refugiarse en alguno de sus castillos hasta que amaine la tormenta.

—¿Y el infante?

—Nos ocuparemos de él en cuanto hayamos resuelto la cuestión de Gelmírez. Ten por seguro que de un modo u otro recuperaré a mi hijo.

Tras cumplirse, punto por punto, el pronóstico de la reina en lo concerniente al conde, algunos habitantes de Santiago volvieron a suplicar a su obispo que depusiera su actitud y se inclinara ante su señora. Fue en vano. Otros, más numerosos, la recibieron a las puertas de la ciudad con los mismos vítores que habían dispensado unas semanas atrás a su hijo.

—El ánimo de estas gentes es voluble —constaté, sorprendida por tan rápida mudanza.

—Estas gentes no son distintas a cualesquiera otras —me corrigió ella—. Velan por lo suyo y se arriman al sol que más calienta. Hoy están conmigo y mañana me darán la espalda si ello les reporta algún beneficio, como el obtenido con el saqueo de los bienes que Gelmírez no ha logrado poner a buen recaudo.

—Mal concepto tenéis de vuestros súbditos...

—Es la condición humana, Munia. Cuanto antes lo aceptes, menos desengaños te llevarás.

Entramos, casi en procesión, por la rúa de los francos que seguían los peregrinos en su camino al sepulcro del Santo, en dirección al monasterio donde se alojaría doña Urraca durante su estancia en la ciudad. Allí esperaba obtener, antes o después, la rendición del prelado, quien acabaría agachando el testuz en cuanto se viera perdido. Entonces ella se mostraría magnánima y sabría ser generosa. La experiencia le había demostrado que Gelmírez era una de esas personas a las que era preciso tener cerca, muy cerca, como la prudencia manda hacer con los enemigos astutos. Más valía satisfacerlo con zalemas y regalos que convertirse en el blanco de sus peligrosas intrigas.

A la mañana siguiente, en una calle adyacente a la recorrida la víspera, angosta, embarrada, ahogada en el humo acre surgido de los orificios abiertos en los techos de paja que coronaban las hileras de casas, no pude evitar oír un fragmento de la conversación mantenida por dos de los muchos clérigos que circulaban por allí. Se lamentaban amargamente de la derrota sufrida por el pastor a quien veneraban y confirmaban cuanto me había contado mi señora respecto de la maledicencia auspiciada por Gelmírez:

—La verdad y la justicia se han marchado lejos, ahuyentadas por Urraca, asoladora del reino.

—¡Maldita la tierra donde reina un niño y una mujer detenta el poder!

—Dices bien, hermano, pues está escrito: «Mejor maldad de hombre que bondad de mujer».

Me revolvió las tripas la ligereza con la que hablaban de ella a sus espaldas, sin conocerla, ni comprenderla, ni mostrarle el menor atisbo de la caridad que predicaban.

33

La hija pródiga

Año 1116 de nuestro Señor
Toledo
Reino de León

Como no salía del estado de postración en que me había sumido la muerte de Nuño, la reina buscó un pretexto para despacharme a Toledo con la esperanza de que mi madre consiguiera devolverme el deseo de vivir. Eso al menos pensé yo en ese instante, aunque tal vez doña Urraca precisara realmente de mis servicios. Nunca lo sabré, puesto que no he llegado a comprender del todo la naturaleza de nuestra relación; tan pronto parecía íntima, sólida, fundamentada en el amor mutuo, como se enfriaba de golpe hasta aproximarse a la existente entre una dama y su sirviente. Por mi parte yo pasaba de la adoración al temor en un abrir y cerrar de ojos, sin perderle nunca el respeto ni poner en duda mi lealtad. Creo que nos necesitábamos la una a la otra de maneras que fueron cambiando a lo largo de los años. También estoy convencida de que nos hicimos bien, aun cuando los altibajos fueron la tónica dominante del estrecho vínculo que nos unió.

Sea como fuere, me envió a la ciudad del Tajo en compañía de una escolta, encomendándome una misión, como de costumbre, secreta, cuyo éxito dependía de guardar la máxima discreción:

—Irás a ver al obispo Bernardo y le anunciarás mi decisión de enviarle allí a mi hijo a fin de que se haga cargo de su custodia.

—¿No había sido expulsado el prelado por vuestro esposo?

—Lo fue, aunque ha regresado, gracias a Dios. El aragonés no conservará mucho más tiempo el control de esa plaza crucial. Voy a encargarme de ello encomendando su gobierno a Alfonso en cuanto haya aprendido lo suficiente para desempeñar la tarea.

—¿Debo comunicar eso también?

—No. De momento le basta con saber que el infante se trasladará pronto a Toledo, donde él será el responsable de su seguridad y educación. Así lo alejaremos del nefasto influjo que ejercen sobre él Gelmírez y Froilaz.

No pregunté más. Si hubiera querido hacerme partícipe de sus planes, ella misma me los habría contado. Tal vez no los tuviera completamente fraguados. Yo tampoco estaba demasiado interesada. Ni en eso ni en nada, en realidad. Iba de un lado a otro como un espectro, apenas comía, evitaba mirarme al espejo, por no ver la imagen demacrada que me devolvía... Solo quería dormir, esperanzada en soñar con él, aun asumiendo que el despertar resultaría muy doloroso.

* * *

Partimos una vez más, y ya eran muchas, ante de rayar el alba, en dirección contraria a la seguida por los peregrinos que se dirigían a Compostela en esa época del año propicia a emprender el camino. Íbamos a lomos de monturas recias, ligeros de equipaje, en aras de acortar la duración del viaje. He olvidado los nombres de mis guardianes. Eran dos veteranos de confianza, dispuestos a defenderme aun a riesgo de sus vidas.

No habríamos recorrido más que unas pocas leguas cuando nos topamos con un grupo compuesto por tres soldados a caballo, que llevaban de la brida varias cabalgaduras de refresco, además de un par de mulas cargadas hasta los topes. Una visión lo suficientemente insólita como para despertar la curiosidad de mis escoltas.

—Dios os guarde, hermanos —saludó uno de ellos, con la mano presta a desenfundar la espada si la situación lo requería.

—¡Ya lo ha hecho! —respondió el que parecía ser su cabecilla, con evidente entusiasmo y el ánimo entonado por el vino.

—Muy satisfecho os veo, sí.

—No es para menos, hermano. Venimos de la mar y la pesca ha sido abundante.

—No parecéis marineros… —El tono de mi guardián se había tornado desconfiado, al tiempo que sus músculos se tensaban al máximo.

—Somos guerreros —se ufanó el charlatán, cuyo aliento alcohólico llegaba hasta mi nariz a pesar de la distancia.

—Al servicio del obispo y de la cristiandad —precisó su compañero, algo más sobrio—. Hemos devuelto a los ismaelitas golpe por golpe, cada muerto y cada ultraje sufrido en los últimos tiempos.

En efecto, su fortuna era del todo lícita, pues procedía del saqueo perpetrado en tierra de moros. Los tres formaban parte de una expedición armada por Gelmírez, que a bordo de dos galeras había recorrido las costas occidentales de al-Ándalus entregándose a un pillaje similar al que yo misma había contemplado y sufrido con ocasión de mi desdichada visita a Enya.

—Incendiamos sus casas, sus mieses y sus eras —relató, henchido de orgullo—. Cortamos los árboles y las viñas, al igual que hacen ellos. Nuestras espadas no perdonaron ni a los mayores ni a los más pequeños. No me avergüenza decir que prendimos fuego a sus templos, lo mismo que a las naves donde tantas veces transportaron ellos a nuestros cautivos. ¡Con qué placer embarcamos en nuestras bodegas a esos sarracenos maniatados!

—Ojo por ojo, diente por diente —musité.

—La señora dice bien —se jactó—. ¡Deberíais haber visto la alegría con la que fuimos recibidos al llegar a Galicia con los barcos repletos de oro, plata y esclavos, cantando alabanzas a Dios y a Santiago!

—Aunque el obispo se haya quedado con la quinta parte de lo obtenido —terció el primero que había hablado—, hemos vuelto todos ricos. Y el Apóstol estará contento. Los infieles que capturamos ya están acarreando piedras para construir su iglesia.

El destino, siempre caprichoso, había dado esa victoria a los cristianos. Rogué al cielo porque la venganza implacable de los almorávides no recayera sobre Toledo y quienes, como mi hermano, defendían la frontera del Tajo.

* * *

Madre me recibió como a su hija pródiga, tanto más feliz cuanto que no me esperaba. La encontré en cierto modo encogida, mayor, avejentada, probablemente a causa de la añoranza, dado que Leonor ya se había enclaustrado y Lope apenas la visitaba. Ello no obstante, seguía empuñando las riendas de la casa sin rendirse, con la ayuda de nuestra leal Josefa, quien permanecía a su lado, la cuidaba y compartía sus cuitas.

Si yo fingí no sorprenderme por su aspecto desmejorado, otro tanto hizo ella, al menos en un principio. Su gesto de preocupación, empero, resultaba imposible de ocultar, porque mi rostro debía de ser semejante al de una Dolorosa. Llevaba dentro tal cantidad de amargura que esta se me asomaba a los ojos enrojecidos por el llanto, los labios, las mejillas hundidas y la frente, contraída en un rictus permanente. Estaba repleta de una hiel, a duras penas contenida, que empezó a fluir con naturalidad, hasta manar a chorros, en cuanto me acogió en sus brazos amorosos y empezó a acariciar mi cabeza con esas manos cálidas cuyo tacto me devolvía a lo más mullido de la infancia. Volqué en ella mi pesar, mi rabia, el hastío que me robaba todo vestigio de alegría.

—La mayor parte de los días me cuesta trabajo hasta respirar —acabé confesándole, sin reparar en el daño que le causaba con esas palabras que ninguna madre habría debido escuchar jamás—. La verdad es que no quiero vivir.

Si Juana no hubiera sido tan extraordinariamente fuerte, si la Providencia no la hubiera sometido antes a pruebas terribles, superadas con creces apelando a su carácter recio, si por sus venas no hubiese corrido la sangre indoblegable de las matriarcas astures, acaso esa revelación habría acabado de vencerla. En vez de eso, la llevó a crecerse. Ver a su hija hundida, indefensa, carente de anclajes a los que asirse para salir adelante, sacó a la luz lo mejor de su corazón generoso.

Pensé que me regañaría por concebir tales pensamientos, pero se mostró comprensiva. Es probable que ella misma los hubiera albergado en algún momento. Previendo que la conversación se prolongaría durante toda la noche, puso sobre la mesa una jarra de licor fuerte, destinado a elevar nuestros espíritus, y una bandeja de finos dulces hechos con almendras y miel cuyo sabor era en sí mismo una invitación al disfrute. Se dispuso así a entablar combate intentando convencerme de actuar con sensatez, antes de apelar al último recurso que se reservaba por si todo lo demás fallaba.

—Debes tomar otro esposo, hija. Este mundo no es lugar para una mujer sola, y menos a tu edad. Llevo años advirtiéndotelo.

Mi silencio terco resultó ser una respuesta suficientemente elocuente.

—¿Y qué me dices de acompañar a tu hermana en el convento? Os tendríais la una a la otra...

—No, madre. Me faltan la vocación y la disposición con Dios. Ni siquiera puedo rezar. No le perdono que se llevara a Nuño de esa manera.

—¡No blasfemes, hija! —Se santiguó, temiendo por la salvación de mi alma—. No somos quienes para cuestionar Su voluntad.

—Lo sé y lo acepto. Pero no me pidáis más.

—Entonces has de abrirte necesariamente a otro matrimonio. No te obstines en rechazarlo. Si no quieres pensar en ti, hazlo en nuestro linaje, nuestra familia, todo aquello por lo que lucharon tu padre y tus abuelos.

—¿Creéis que no lo hago? —Estaba demasiado dolida para aceptar lecciones sobre el deber—. No he hecho otra cosa desde que me enviasteis al castillo de doña Eylo. Si hubiese pensado más en mí...

—Eso no es justo, hija —me reprochó ese golpe bajo—. Te alejé de aquí con el único propósito de ponerte a salvo. Los africanos estaban a punto de conquistar la ciudad.

—Es verdad. Os pido perdón, madre. No tengáis en cuenta lo que digo.

Mientras yo apuraba copa tras copa de agua de vida y devoraba dulces sin apetito, con el fin de mantener la boca ocupada, ella habló de Lope, que se había casado y esperaba ya su primer hijo. De los sacrificios realizados por todos mis antepasados en defensa de la cristiandad y la Corona de León. De lo que se esperaba de mí. No se quejó ni una sola vez por su propia soledad. Puso su mejor empeño en sacudirme de mi letargo, consciente de que la vida acabaría arrollándome si no dejaba de lamentarme y me levantaba de una vez.

—Los tiempos que nos ha deparado la fortuna no nos permiten mostrar debilidad, Muniadona —adoptó un tono más severo.

—Tenéis más hijos, madre —repliqué, sorda a sus argumentos, revolcándome en mi desdicha—. Leonor orará por todos nosotros y Lope garantizará la continuidad de nuestra estirpe. Muy pronto combatirá a los infieles junto al infante don Alfonso. Me lo ha prometido la reina. Él será vuestro orgullo.

—No es mi orgullo lo que me preocupa, sino tu felicidad. ¿Es que no lo comprendes?

Con el fin de tranquilizarla respecto de mi futuro, quebranté por completo el juramento hecho a doña Urraca y le conté al detalle cuáles eran mi posición en palacio, mi función y mis obligaciones. Le revelé la cercanía que mantenía con la soberana y la protección que recibía de ella a cambio de mis servicios. Madre me escuchó con atención, aunque tuve la impresión de que nada de cuanto le desvelaba la sorprendía. Era mucho más sagaz de lo que aparentaba, más intuitiva. Resultaba casi imposible engañarla.

—¿Es esa la vida que deseas? —Me traspasó con sus ojos claros, semejantes al mar en calma.

—Es la que tengo, madre; la que me queda.

* * *

En los días siguientes solicité y obtuve una entrevista con don Bernardo, no sin antes presentar las credenciales que me había dado mi señora ante una legión de clérigos. El obispo intimidaba. Era alto de estatura, fornido, de cabello y barba abundantes, completamente blancos. Iba ataviado con ricas vestiduras color púrpura y portaba sortijas en varios dedos de ambas manos, además de una cruz de oro salpicada de rubíes colgada del cuello, supongo que con el cometido de realzar la grandeza de su persona. Si así era, lo conseguía. Me sentí muy pequeña en su presencia. Insignificante.

Tras exponerle de forma escueta el mensaje de doña Urraca, me quedé esperando una respuesta que no llegó. Tengo para mí que desconfiaba de una muchacha como yo, por mucho salvoconducto que hubiera mostrado a sus secretarios. En realidad, no se fiaba de nadie en aquella plaza dominada aún por el Batallador, quien ya lo había expulsado una vez y bien podía volver a hacerlo a la menor sospecha de conspiración en su contra. De ahí que me despachara diciendo:

—Desentiéndete del asunto y no se lo menciones a nadie. ¡A nadie! ¿Está claro? La reina tendrá noticias mías.

Cumplido mi cometido, me marché de su palacio igual que había llegado, tan indiferente a sus amenazas como a las súplicas de mi madre. Incapaz de sentir nada, era tierra yerma, devastada. Estaba ausente. Muerta por dentro.

Nuño seguía conmigo, a su manera. De día era un recuerdo constante. Una figura invisible para los demás, que yo percibía con absoluta nitidez. Una añoranza punzante. Un recordatorio implacable de su ausencia. De noche, en cambio, cobraba forma definida, realidad. A veces me visitaba el amante empeñado en hacerme gozar y lo lograba. Otras era el amigo quien caminaba a mi lado, poniéndome a la vista alguna cosa hermosa. Las menos, su espectro atormentaba mis sueños haciéndome sentir culpable de no haberle impedido desafiar con su arrogancia a la muerte, aunque hubiese debido arrojarme bajo los cascos de su caballo.

Cada encuentro nocturno resultaba ser distinto, imprevisible, tentador. Los despertares, por el contrario, estaban marcados por una misma tristeza ayuna de esperanza. Tras las vivencias compartidas en ese mundo de perfiles difusos, donde todo parecía posible, llegaba inexorablemente la certeza de mi soledad. Abrir los ojos a la luz del día se había convertido en una experiencia tan dolorosa que, durante un tiempo, procuré retrasarla en lo posible recurriendo al licor o a las drogas.

—No hay brebaje capaz de cambiar lo sucedido —me espetó una mañana mi madre, que asistía a mi degradación con el temor fundado de perderme—. Enjuga de una vez tus lágrimas y deja de compadecerte. Tienes que acabar con ese duelo que te está destruyendo.

—¿Y cómo se hace eso? —la desafié, furiosa—. ¿Cómo se mata a esta sombra instalada dentro de mí?

—Tal vez exista un lugar propicio para librar esa batalla —respondió ella, enigmática—. Acaso haya llegado la hora de que regreses a tus raíces…

34

Trashumancia

Desde Toledo hasta las Babias, donde cazaban los antiguos reyes astures y criaba caballos de guerra mi abuelo materno, había más de cien leguas. Una distancia descomunal, difícil de recorrer incluso escoltada por los soldados que me había asignado la reina. Aun así, decidí que iría con ellos hasta León y una vez allí me las arreglaría por mi cuenta. Ser atacada por los bandidos no me asustaba en absoluto. Si acababan conmigo, me reuniría con Nuño, cuya muerte, como ya he dicho, me había quitado de encima el peso siempre abrumador del miedo.

Cabalgamos sin novedad hasta la vieja capital del reino, atravesando paisajes más gratos de los contemplados otras veces, similares a los conservados en mis recuerdos de infancia. Los campesinos se afanaban en terminar de segar el trigo, entonando sus cánticos ancestrales, y en los huertos se recogía la fruta con idéntica alegría, mientras los niños correteaban por todas partes. Prácticamente resuelta la contienda entre mi señora y el aragonés, la vida retomaba su curso habitual, marcado por las labores propias de cada estación, dejando atrás los estragos de ese enfrentamiento atroz que durante años solo había permitido madurar a la tristeza.

El verano tocaba a su fin. Era la época en que los pastores trashumantes regresaban con sus rebaños desde las brañas estivales de altura hasta los pueblos más bajos, donde pasarían el invierno resguardados de las nieves. Si conseguía alcanzarlos en el punto donde iniciaban su ruta, podría atravesar con ellos los picos más elevados y así viajar acompañada hasta la vertiente septentrional de la cordillera donde, siguiendo las indicaciones de mi madre, encontraría el solar ocupado por su familia desde tiempos inmemoriales.

Dicho y hecho.

Tras despedirme de mis guardianes en las afueras de León, di con un grupo de arrieros que se dirigían al norte y me uní a ellos hasta las estribaciones de las formidables montañas que habría de atravesar para alcanzar las Asturias. Ellos se desviarían antes, pero, con suerte, me permitirían acercarme a los vaqueros a quienes andaba buscando, acostumbrados a moverse por esos parajes como pez en el agua. No encontraría mejores guías. Tras siglos de trashumancia, conocían cada paso, cada barranco, cada piedra y cada fuente de cuantos jalonaban los senderos abiertos por sus antepasados con su incesante ir y venir por esos montes salvajes.

Al igual que en ocasiones anteriores, decidí vestirme de hombre, con calzas largas, camisa de lino basto, jubón de paño barato y *capiello*, a fin de viajar más tranquila. Hacerlo sin ese disfraz habría sido una temeridad que no solo habría puesto en peligro mi vida, a la que por entonces no daba gran valor, sino mi honra, infinitamente más preciada. Con el objetivo de dar más consistencia a la añagaza me corté el cabello a la usanza masculina, hasta la altura de los hombros. A ojos de mis acompañantes tendría que parecer un muchacho, lo que me obligaría a no descubrir bajo ninguna circunstancia ni mis brazos ni mis piernas, y asegurarme de que rostro y manos estuviesen siempre sucios.

Cuando finalmente di con esas gentes a quienes todos conocían como «vaqueiros de alzada», me acogieron sin hacer preguntas, como a uno más. Eran personas rudas, hechas a toda clase de penalidades y acostumbradas a ser tratadas con hostilidad o desprecio por los granjeros asentados en las aldeas, lo que acrecentaba su unión. Constituían un verdadero clan compuesto por hombres, mujeres y niños, a menudo de corta edad, que viajaban en las alforjas de las mulas, junto al vino y las provisiones. Se alimentaban de la leche y del queso de sus ganados, tocino, algo de cecina, castañas y pan cuando lo encontraban. Caminaban largas distancias, azuzando a sus animales con la ayuda de los perros: tres mastines enormes de dientes afilados, a los que más de una vez vi enfrentarse a los lobos hasta ahuyentarlos. Dos de ellos llevaban en la piel las huellas de luchas pasadas, de las que habían salido heridos a pesar de los gruesos collares que les protegían el cuello. Me dijeron que no me acercara a ellos y obedecí. Me parecían tan temibles como las bestias a las que combatían.

Avanzamos por trochas pedregosas, resbaladizas, a menudo asomadas a precipicios pavorosos. La ruta era extenuante; una auténtica penitencia para mi cuerpo quebrantado por la fatiga, apenas compensada por la hermosura del entorno.

Al principio, antes de alejarnos de los últimos lugares poblados, se divisaban algunas vacas y yeguas pastando en los prados esparcidos entre colinas. A menudo lo hacían mientras amamantaban a sus crías, nacidas esa primavera. Potros y terneros menudos, vulnerables, que no llegarían al otoño en ese entorno plagado de fieras si sus madres los perdían de vista. Tampoco les quitaban ojo sus propietarios, campesinos afanados en segar y apilar heno en hacinas destinadas a dar de comer al ganado en el invierno que llamaba a las puertas y todos anticipaban duro.

No era una existencia plácida la de esos aldeanos obligados a trabajar sin descanso para alimentar a unos hijos condenados a seguir sus pasos. En su horizonte no había otra cosa que sudor y más sudor. Nos miraban pasar con indiferencia, siempre que nos mantuviéramos lejos, pues las penurias que padecían los habían hecho desconfiados. No les gustaban los forasteros y recelaban de esos *vaqueiros* tan diferentes a ellos, a quienes ni siquiera dejaban entrar en sus iglesias o, en el mejor de los casos, relegaban a la parte trasera, donde no tuvieran trato con sus mujeres y sus vástagos.

* * *

Tras una marcha agotadora de días, llegamos a un río que corría entre robles pendiente abajo, con un sonido evocador de sensaciones placenteras: frescor, pureza, vida. Hicimos un alto con el propósito de saciar la sed, dando gracias a Dios por mantenernos sanos y salvos, a punto de coronar el puerto cuyos picos imponentes se alzaban ante nosotros, casi al alcance de la mano.

Allí arriba crecía la flor del cardo, cuya belleza azulada escondía espinas punzantes. La planta trajo a mi mente la corona de mi señora, reina de León y emperatriz de toda España, aunque a menudo ella prefiriese llamarse «rey» para despejar toda duda sobre el alcance de su poder. También ese objeto fundido en oro y cuajado de piedras preciosas era hermoso, resplandeciente, deslumbrante. También despertaba un deseo ardiente de poseerlo. Pero, lo mismo que la flor del cardo, ocultaba un lado oscuro sumamente peligroso. Espinas lacerantes que doña Urraca llevaba clavadas en el cuerpo y en el alma.

Huelga decir que Nuño seguía conmigo. De día y de noche. Lo recordaba al escuchar en la lejanía los aullidos de los lobos o al contemplar el sol levantarse por encima de las montañas, imponiéndose a sus alturas, como había hecho en Salas al derrotar a la niebla. Vivía en mi corazón, aunque ya no lo arañara con la furia de los meses previos. De algún modo, ese paisaje abrupto, esos bosques primigenios, la fuerza de esas paredes talladas en roca viva empezaba a sanar mi espíritu, tal como había aventurado mi madre. La herida cicatrizaba con lentitud, aunque todavía doliese. Aunque estuviese llamada a doler eternamente.

Al conquistar la cima e iniciar el descenso, el paisaje comenzó a reverdecer. Pronto nos adentraríamos en tierra poblada desde antiguo, que yo había visitado en compañía de la soberana. Allí, en las Asturias de Oviedo, incontables generaciones de labriegos habían roturado los bosques con el fin de abrir pastos para sus animales, y el resultado de su labor eran grandes extensiones de yerba fresca, bañadas por la lluvia fina característica de esa región. Pero en esta ocasión yo no iba a llegar tan lejos. Mi destino estaba enclavado en el corazón mismo de esas escarpaduras. Casi en lo alto. No alcanzaba a gozar plenamente de la protección brindada por la cordillera a los cristianos desde los tiempos del primer caudillo, porque era la consecuencia de un destierro...

* * *

Los dominios de mi abuelo ocupaban el fondo de un valle estrecho, rodeado de picos semejantes a dientes de escualo, a menudo ocultos por las nubes. A excepción de las modestas construcciones levantadas en uno de los extremos de esa franja verdosa, el lugar estaba desierto. Justo allí, en ese abrupto recinto amurallado por la naturaleza, parecía harto difícil hallar el modo de sobrevivir. Y sin embargo mi familia lo había conseguido. No iba a tardar en descubrir el cómo y, sobre todo, el porqué.

Bajé despacio, triscando por un sendero resbaladizo tapizado de piedras sueltas que se clavaban dolorosamente en los pies a través de las suelas, hasta llegar a una edificación que, deduje, serían las caballerizas. Era mucho mayor que la casa y a primera vista más confortable, dentro de la sobriedad propia de todo cuanto me rodeaba. Según me explicaron más tarde, allí pernoctaban los caballos, custodiados por un ejército de perros entrenados para defenderlos. Durante el día pastaban sueltos, entre sesión y sesión de doma destinada a convertirlos en los mejores aliados del jinete durante la batalla. Eran bestias formidables, de gran alzada, ágiles, resistentes, leales, valientes.

La vivienda en sí era alargada, de una planta, más otra abuhardillada habilitada bajo el tejado de pizarra negra donde se guardaba el heno y se curtía el embutido. Daba la impresión de haber crecido hacia uno de sus lados a partir de una casa más pequeña, como si se hubiese ampliado a medida que aumentaba la familia. Estaba construida con la piedra grisácea de esa sierra. En la parte trasera sobresalía una especie de postizo redondeado, correspondiente al horno situado en la cocina, contigua al pequeño establo que albergaba a un par de vacas y uno o dos cerdos, dependiendo de cómo hubiera ido el año. Se trataba de una granja como cualquier otra, bastante más pobre de lo que había imaginado. Era evidente que sus habitantes no andaban sobrados de nada.

Me recibieron, empero, con la hospitalidad que regalaban a todos sus visitantes a manos llenas, acrecentada por la dicha de saberme hija de Juana, de quien apenas habían tenido noticias desde su partida, tantos años atrás. Conocían, eso sí, su viudez prematura, y se alegraron de saber que se encontraba bien de salud, al igual que nosotros, sus nietos.

Para mí también resultó extrañamente placentero conocer al fin a esos parientes de quienes tanto había oído hablar, en términos muy distintos de cómo se mostraban en la realidad. Era evidente que madre había pretendido embellecer el retrato, adornándolo con oropeles, cuando lo que cautivaba de ellos era precisamente su sencillez, la nobleza con la que afrontaban una vida repleta de sacrificios sin renunciar a honrar la memoria de una grandeza forjada en la lealtad a un rey.

Mi abuelo, Pelayo, era un hombre robusto, entrado en carnes, de espaldas anchas y manos enormes. Saltaba a la vista que trabajaba a la intemperie, pues tenía la piel curtida por el viento helado de esas alturas. No fui capaz de calcular su edad, aunque debía de superar con creces el medio siglo, pese a mantenerse ágil gracias a una labor que lo colmaba de satisfacción además de alimentar a los suyos. Adoraba a su modesta yeguada. Conocía a cada uno de sus animales, sus rasgos de carácter, sus fortalezas y debilidades. Los cuidaba con más cariño del que prodigaba a la sangre de su sangre. Cada vez que vendía un ejemplar sufría un pequeño desgarro, por mucha plata que obtuviese a cambio. Y la obtenía, vaya si lo hacía. La guerra había encarecido el precio de las monturas hasta límites insospechados, con el consiguiente beneficio para sus criadores. Claro que la hacienda real se llevaba un buen bocado:

—Entre el montazgo y la fonsadera que hubimos de pagar para eximir del servicio de armas al único varón de la casa, nos queda lo justo para comer.

Pensé para mis adentros que la queja era exagerada, aunque me guardé de entrar en polémica. No había viajado hasta ese rincón perdido en la cordillera con el propósito de hablar de impuestos. La abuela, llamada Adosinda en homenaje a una gran reina de Asturias, pareció leerme la mente, porque acudió en mi rescate:

—Gracias a Dios las mujeres no son llamadas a filas —constató, jovial, con voz de chiquilla y una sonrisa hermosa a pesar de los muchos huecos abiertos en sus encías—. En caso contrario, habríamos acabado mendigando. Nueve hijos nos vivieron, de los cuales ocho fueron hembras y solo uno varón.

—Pero ellas demandan dotes —añadió el abuelo, quejoso—. ¡En algo debí de ofender a Dios para merecer semejante castigo!

—Dale las gracias por bendecirnos con esa prole —le regañó ella en el mismo tono—. Y por la mayaza, que ha salido buena.

—¿Mayaza? —inquirí, sin entender.

—La hermana mayor de tu madre —aclaró el abuelo—. Ella heredará todo esto cuando nos llegue la hora, del mismo modo que tu abuela lo recibió de su madre.

* * *

Estábamos sentados en un banco de la cocina colocado frente a la lumbre, donde un lecho de brasas ardientes situado en el centro, a ras de suelo, calentaba el potaje contenido en un caldero colgado de una cadena. Al otro lado de la hoguera otro escaño similar, tallado en madera de roble, había acogido antaño a todas esas muchachas. Un pequeño hueco abierto en el techo dejaba escapar parte del humo, a fin de hacer respirable el aire cargado de la estancia donde transcurría la vida familiar.

La abuela removía de cuando en cuando la olla, liberando un aroma irresistible. El abuelo cortaba tantas rebanadas de pan de escanda como cuencos de barro había en la mesa: cinco, contando a esa tía y su esposo, a quienes esperábamos para comer.

—¿Y qué te ha traído hasta nosotros? —me preguntaron al unísono, después de intercambiar miradas cómplices durante un buen rato—. Nuestro hogar no pilla precisamente de paso a ningún sitio.

—Madre me animó a venir...

La explicación fluyó con facilidad, como si emprender ese viaje hubiese sido lo más natural del mundo; como si el vínculo que compartíamos, aun sin conocernos, pesara mucho más que la distancia existente entre nosotros. De alguna manera inexplicable yo pertenecía a ese valle perdido entre áridas escarpaduras. Pertenecía a ese fuego. Estaba llamada a compartir ese puchero del mismo modo que compartía esa sangre.

—¿Te contó alguna vez Juana el origen de nuestra familia? —Por la forma en que lo preguntó, era evidente que el abuelo estaba deseando hacerlo.

—Muy poca cosa.

—Pues escucha bien, Muniadona. No tendremos fortuna ni título, pero no hay linaje más noble que el nuestro. En mi caso procedo de infanzones asentados desde antiguo en el norte, cerca del mar, pero si hablamos de tu abuela, nos referimos nada menos que a un rey. —Se ahuecó, visiblemente satisfecho de haber hecho tan buen matrimonio.

La historia se remontaba, en efecto, a los tiempos de otro rey Alfonso, apodado el Casto por haber renunciado a casarse y engendrar descendencia. En aquel entonces, tres siglos atrás, el pequeño reino astur resistía a duras penas el asedio feroz de los ejércitos sarracenos, determinados a someter ese último reducto de la cristiandad hispana.

—El primer propietario de este dominio, Fáfila de Primorias, hijo de Alana e Índaro, luchó en la hueste del monarca, igual que había hecho, antes de él, su padre —expuso con tanto orgullo como si la hazaña en cuestión la hubiera protagonizado él mismo y no un pariente lejano de su esposa.

—Mucho ha llovido desde entonces —apunté, sorprendida de que la memoria familiar hubiese sobrevivido al paso de tantos lustros.

—No se reniega de un nombre que engrandece a quien lo porta —replicó el anciano, ofendido por mi comentario frívolo.

—Quería decir que…

—Fáfila honró a su señor sirviéndole con valentía —me interrumpió— y obtuvo en recompensa títulos para repoblar, junto a su gente, tierras de frontera situadas al sur del desfiladero de Pancorbo, en Castilla.

—Muy lejos queda eso de aquí —volví a demostrar mi falta de educación al cortar su narración con una observación gratuita.

—En efecto —ignoró la impertinencia mi abuelo—. Al parecer, él mismo pidió ir a instalarse en el territorio más expuesto y por ende peligroso. Allá donde, cada verano, las aceifas musulmanas arrasaban con todo, llevándose cautivos a cuantos lograban sobrevivir a su acometida. Gracias a Dios nosotros no conocimos ese tiempo de devastaciones terribles, aunque precisamente por ello no nos está permitido olvidarlo.

Mis tíos debían de haberse entretenido con los animales, lo que llevó a la abuela a llenar los cuencos sin esperarlos. Me abalancé sobre el mío, muerta de hambre, mientras escuchaba, fascinada, el relato de ese ancestro ilustre cuya peripecia parecía digna de ser cantada por los juglares.

—Al fallecer el rey sin heredero, la desgracia cayó sobre Asturias —ensombreció el gesto el abuelo.

—Quiere decir la guerra —puntualizó mi abuela—. La guerra entre hermanos, que es la peor de todas.

—Dijeron que el propio Alfonso había designado sucesor al conde Ramiro —prosiguió él—, aunque otro magnate de palacio, Nepociano, aprovechó su ausencia para auparse hasta el trono. Los partidarios de uno y otro recurrieron a las armas, para vergüenza de los cristianos y regocijo de los infieles...

—... Y nuestro querido Fáfila, nuestro venerado ancestro, escogió el bando equivocado —concluyó la abuela, aceptando esa evidencia con la resignación propia del tiempo transcurrido desde entonces, aderezada con una pincelada de humor.

—¡Él se mantuvo fiel a su sangre y a su juramento! —se revolvió el abuelo—. Los astures y los vascones apoyaron a Nepociano, que era el sucesor natural de un rey hijo de madre vascona y padre astur.

—Y acabaron muertos o cegados como él —constató la abuela sin emoción.

Pelayo y Adosinda debían de haber mantenido esa discusión más de una vez, porque se lanzaban argumentos el uno al otro como si yo no estuviera presente.

—Decantarse por Ramiro habría sido una traición —adujo él, enardecido—. Y quedarse en su presura sin tomar partido, un acto de cobardía.

Era evidente que el abuelo hablaba de honor y la abuela, de resultados, en una contienda remota que yo nunca había oído mencionar, ni siquiera en la medida en que había afectado decisivamente a mi familia. Porque la consecuencia de la derrota sufrida por el tal Nepociano resultó ser fatal para la progenie de Fáfila. Desposeído de sus propiedades en Castilla, perdido definitivamente el favor real, acabó refugiándose junto a su mujer e hijos en el angosto valle donde nos encontrábamos, desprovisto de todo poder o influencia.

Desde ese día, sus descendientes, ya fueran de sangre o unidos a la familia a través del matrimonio, aceptaban el exilio aferrados a su orgullo añejo, subsistiendo como ganaderos aun convencidos de pertenecer a un estamento superior. A falta de estandartes, escudo o títulos, criaban caballos de guerra y mantenían viva la memoria de ese esplendor pasado como prueba de una condición social que se obstinaban en conservar a pesar de los aconteceres que habían dispuesto otra cosa.

—Cuéntale esto a la reina para que sepa quién eres —zanjó mi abuelo, revestido de una dignidad que desafiaba a la apariencia de su basto jubón de cuero.

—Y ahora, ve a descansar —añadió la abuela, feliz de haberme visto devorar dos cuencos cumplidos de potaje y otro más, lleno hasta arriba, de natillas endulzadas con miel—. Lo que has oído es solo la mitad de la historia. Esta noche, con la luna alta, te contaré la otra mitad.

35

La estirpe de Huma

Tal como había anunciado, la abuela me despertó de un sueño profundo a una hora en la que el cielo estaba cuajado de luceros y por encima de las montañas asomaba una luna creciente, recién renacida, que yo siempre había asociado a un columpio para los ángeles.

La alcoba en la que dormía, antaño perteneciente a mi madre y a algunas de sus hermanas, estaba helada a pesar de ser todavía verano. Me costó abandonar el calor de las mantas, aunque la abuela me ofreció una gruesa capa de lana con la que cubrirme.

—Vamos a dar un paseo —ordenó en tono afable.

Todavía adormilada, la seguí hasta el exterior de la casa, donde permanecimos un buen rato en silencio, yo tiritando, ella contemplando el firmamento como si nunca antes lo hubiese visto.

—He querido que ella estuviese presente —explicó, señalando al astro cuyo resplandor destacaba sobre todas las estrellas— porque desempeña un papel muy importante en la historia que voy a narrarte.

Yo callé, ya completamente espabilada y con la curiosidad a flor de piel. Seguía teniendo frío, pero por nada del mundo habría regresado a la cama renunciando a escuchar el misterio que iba a serme revelado.

En la cocina seguían ardiendo rescoldos, sobre los cuales la abuela puso a hervir un pequeño caldero de agua. Mezcló unas yerbas en un cuenco, preparó con ellas una tisana y le dio un primer sorbo antes de ofrecérmela. Tenía un sabor extraño, cuyo amargor trajo de inmediato a mi memoria el brebaje de Enya, la bruja que había predicho la muerte de Nuño. Su evocación hizo que me estremeciera, anticipando acontecimientos tan funestos como los acaecidos en mi vida a raíz de mi visita a ese maldito bosque gallego. Lo que ocurrió, sin embargo, fue que mi abuela se acomodó en el escaño, frente a mí, avivó la lumbre mortecina y comenzó a desgranar su relato:

—¿Alguna vez te ha hablado tu madre de Huma, la reina astur de la que descendemos por línea directa?

Me quedé perpleja. ¿Una reina astur llamada Huma? Yo siempre había creído que se trataba de un personaje imaginario inventado con el fin de entretenernos. Madre nos había contado a menudo la historia de Hermesinda, hija de Pelayo, primer caudillo de la cristiandad, que transmitió su sangre a su esposo, Alfonso, y a su prole, otorgándoles con ella la legitimidad para reinar. También mencionaba a menudo a Adosinda, de quien la abuela tomaba su nombre, merced a la cual su sobrino, otro Alfonso, se había aupado hasta el trono de Asturias. Ella insistía mucho en subrayar el poder ejercido por esas mujeres y otras, como la reina Sancha o la infanta Urraca, tía de mi señora, pero jamás se había referido a la tal Huma otorgándole el título de reina. Mi respuesta negativa pareció entristecer a la abuela, aunque a renglón seguido justificó el silencio de su hija:

—Supongo que descender de una princesa pagana no le abriría muchas puertas en la corte —constató—. No querría exponeros al peligro de despertar sospechas en razón de esa procedencia.

Yo cada vez entendía menos. ¿De cuándo estábamos hablando? ¿Una reina astur? ¿Una princesa pagana? Aquello debía de remontarse siglos atrás en el tiempo.

—¿Quién era Huma? —inquirí, presa de la curiosidad—. Jamás oí hablar de esa reina a doña Urraca, que se conoce al dedillo su ilustre genealogía.

—Huma fue la poderosa jefa de clan de un castro astur llamado Coaña. Gobernante, sanadora y sacerdotisa de la diosa Madre. «La última de un pueblo condenado a morir», en palabras del tempestiario que profetizó su destino al tiempo que le daba un nombre: Huma, que significa «la que mana».

—¿«La que mana»? ¿Qué clase de nombre es ese?

—El mismo mago lo aclaró en su augurio: «De tu vientre nace un río caudaloso, crece, se bifurca y alimenta innumerables arroyos, para verter luego sus aguas en el gran océano, donde alcanzan la catarata y se adentran en ella, pero no desaparecen».

—No lo entiendo.

—Es difícil descifrar esas palabras con certeza. Acaso se refieran a que un pueblo debe morir a fin de que nazca otro más fuerte, llamado a llevar sus conquistas hasta el océano e incluso más allá. Lo esencial, no obstante, es que de ese vientre procedemos nosotras, Munia. ¿Te das cuenta? Esa es nuestra estirpe sagrada.

Mi estupefacción iba en aumento, ayudada por el ligero mareo seguramente debido a los ingredientes contenidos en esa amarga infusión. Las revelaciones de la abuela me transportaban a un mundo mágico, por completo desconocido, fascinante e inquietante a la vez, en la medida en que cuestionaban la verdad revelada de un único Dios, Padre, Hijo y Espíritu Santo. ¿Había existido antes que Él una diosa mujer?

¿Una Madre? El mero hecho de plantearme la pregunta podía condenar mi alma al infierno.

—Huma rendía culto en secreto a la Luna —continuó su relato mi abuela, leyéndome el pensamiento—, cuando ya en la corte de Cangas, y después en la de Pravia, el rey Alfonso y sus sucesores habían abrazado la fe cristiana. Lo que hacía era sumamente peligroso, pese a lo cual la mayoría de sus hermanos y hermanas la respaldaban. De haber sido descubiertos, habrían ardido en la hoguera.

—Entonces no era una reina —protesté defraudada—. A lo sumo, una hechicera.

Mi abuela me lanzó una mirada asesina. Sus ojos, de un verde intenso, se clavaron en los míos convertidos en dagas de acero. Su voz se tornó grave, cortante, para replicarme:

—¿Acaso no me has oído, niña soberbia? Huma fue la jefa de su clan. Escogió a la mujer de su hermano y también a su propio esposo. Heredó la casa familiar, gracias al coraje de su madre, Naya, quien combatió hasta su último aliento contra la pretensión de privarnos de nuestro poder ancestral.

En ese punto hizo una breve pausa, antes de constatar un hecho que, a juzgar por su gesto, le causaba un hondo pesar:

—Esa lucha se perdió y por eso Huma puso fin a una era, tal como había vaticinado el tempestiario.

—¿Quién?

—El hechicero que le dio un nombre —repuso severa—. ¿Es que no me escuchas?

—Os pido perdón, abuela. Me pierdo en ese laberinto.

—«La era de la Madre toca a su fin», profetizó con acierto el anciano. «Eres hija de un tiempo que ha quedado atrás. Este nuevo dios crucificado es hombre y es pastor. Es simiente que fecunda, no tierra que anhela ser fecundada...».

—Dios es Dios —repliqué, sorprendida, recordando cuanto me habían enseñado desde que era muy niña—. No es hombre ni pastor.

—Como te he dicho —rebajó el tono ante mi reacción—, Huma era todavía pagana. Pero nadie puede arrebatarle la condición de reina y madre, el honor de servir a la Diosa a la que adoraba su gente, la sanación de incontables enfermos. Deberías mostrar respeto y orgullo ahora que la conoces.

Esa retahíla airada, vehemente, me suscitó innumerables interrogantes, entre las cuales una se abrió paso la primera, empujada por la incredulidad:

—¡¿Vos tampoco sois cristiana?!

—Por supuesto que sí, Munia —volvió a mirarme con dulzura—, lo cual no me impide reconocer los méritos de esa mujer extraordinaria, cuya estirpe es la nuestra. ¿No te parece admirable lo que acabo de contarte? ¿No te sientes afortunada al descubrir esos orígenes?

—¿Tuvo una vida feliz? —La pregunta brotó espontáneamente, porque la historia de Huma me había traído a la mente la de mi señora, empeñada, al igual que ella, en ejercer su derecho divino al poder en un mundo dominado por los hombres. Yo era testigo del alto precio pagado por doña Urraca, parte del cual había compartido con ella, y necesitaba saber si también en eso se parecía a nosotras esa matriarca astur.

—Te pareces a Juana —comentó la abuela, esbozando una sonrisa tierna—. Ella habría dicho lo mismo. La felicidad... ¿Alguien sabe lo que es?

—Sabemos lo que es la desdicha, abuela. La pena, la pérdida, el luto, la tristeza, la soledad. Las dos hemos sufrido esos males, que también afligen a la reina, os lo aseguro.

—Huma fue feliz... a su manera —retomó la abuela el hilo de la narración, tras apurar los restos de la tisana, que se había quedado fría—. Se casó con Ickila, un guerrero godo que sirvió en el ejército del primer rey Alfonso, y tuvo una hija, llamada Alana, cuyas hazañas son legendarias.

—Madre nos contó algunas de ellas —me alegré de reconocer a esa figura familiar—. Al parecer acompañó al rey Casto en su primera peregrinación al sepulcro del apóstol Santiago, ¿verdad?

—Así fue, al final de sus días, en efecto. Antes había sido cautiva en el harén del emir Abd al Rahman, como parte del tributo de las cien doncellas, y servido a su señor, junto al cual protagonizó un sinfín de aventuras. Ella fue la madre de Fáfila, de quien ayer te habló tu abuelo.

—¿Cómo se han conservado todas esas historias? —expresé mi profunda sorpresa ante los detalles que atesoraba la memoria de mi abuela, a pesar de su edad avanzada.

—Alana dictó dos manuscritos referidos a las peripecias de su azarosa existencia, custodiados durante largos años en el monasterio de Santa María de Coaña, que ella misma fundó.

—¿Se conservan todavía? —exclamé, presa de una intensa emoción ante la posibilidad de adentrarme en sus páginas.

—Desgraciadamente, no. Desaparecieron cuando el convento fue desmantelado junto a otras muchas pequeñas comunidades monásticas de aquella época. Sin embargo, mi abuela tuvo la oportunidad de leerlos y le transmitió su contenido a mi madre, quien hizo lo propio conmigo, como estoy haciendo yo contigo al hablarte de ella y de Huma.

* * *

Todavía era noche cerrada. La luna permanecía sentada en su trono celeste, como si hubiésemos regresado a los tiempos de esa sacerdotisa pagana cuyo legado perduraba en cierto modo a través de Urraca, reina de León y emperatriz de toda España. Mucho más que una jefa de clan. Una soberana cristiana que compartía, eso sí, con Huma, la maldición de ser hija de un tiempo perdido en la bruma del pasado, o acaso oculto todavía en ese porvenir de ríos llamados a verter sus aguas en el «gran océano», que solo podía referirse al que bañaba las costas de Galicia. ¿Sería doña Urraca la reina aludida por el tempestiario en ese augurio para mí incomprensible?

—Quién sabe, hija —contestó la abuela cuando se lo pregunté—. Tal vez, aunque, hasta donde yo sé, ella no dispone de naves capaces de surcar el océano.

—Pero el obispo de Santiago sí —repuse al punto—. Yo misma las he visto. Unas galeras de gran tamaño.

—Ese obispo no es de fiar —sentenció ella, aprovechando la ocasión—. Guardaos ambas de él. ¡Hazme caso! Tengo buen ojo con las personas.

Mi madre se había quedado corta al describir a esa mujer cuyo influjo, aseguró, podría poner remedio a la tristeza que me ahogaba hasta privarme del deseo de vivir. Su cuerpo era firme, fuerte, macizo, reacio a inclinarse bajo el peso de los años que arrastraba. Sus manos se mantenían activas. Estaban llenas de callos, causados por la basta lana que hilaba, además de llevar a cabo otras muchas faenas duras. Su rostro anguloso reflejaba determinación. Pero lo más sobresaliente resultaba ser su espíritu, la sabiduría que atesoraba. Bajo una apariencia corriente y una humildad auténtica, forjada en la adversidad, se escondía un conocimiento profundo, una nobleza de corazón como pocas veces había visto yo en alguien. Tal vez fueran esas virtudes las que hacían de ella una sanadora de almas comparable a su venerada Huma.

—Podrá parecerte que aquí vivimos aislados —añadió, con ánimo de justificar su tajante afirmación—, pero no es así. Tenemos noticias de lo que acontece en el reino, sobre todo a través de los compradores que vienen a visitar la yeguada. Suelen contar con la confianza de los magnates que los envían y poseen información valiosa. Un caballo cuesta demasiado como para encomendar su compra a cualquier sirviente.

—¿Y qué dicen de ella esos hombres?

—Al principio, suelen mostrarse cautos. Después de unos vasos de vino, se les empieza a soltar la lengua y soy yo quien debe sujetarla para no frustrar la venta y enfurecer a tu abuelo.

—¿Tan mal hablan?

—Cuanto te diga es poco. La consideran incapaz de gobernar, simplemente por el hecho de ser mujer; la acusan de ejercer el poder tiránicamente, de ser voluble, injusta...

—Eso he oído yo también a menudo, sí...

—Le reprochan ceñirse la corona de su padre no solo como un adorno, sino asumiendo la responsabilidad que conlleva.

—A falta de un heredero varón ¿qué otra persona iba a hacerlo? La casaron con Alfonso de Aragón con el propósito de ayudarla a sostener esa carga y las bodas acabaron como todos sabemos...

—En un mar de sangre.

—Tal vez tuviera razón ese mago de la antigua Asturias al asegurar que el tiempo de las mujeres había quedado atrás definitivamente.

—¿Y en qué lugar deja eso a nuestra reina? —Más que una pregunta, era una afirmación, un acto de rebeldía—. ¿En qué lugar deja eso a sus tías y a su hija, doña Sancha?

—¿También estáis al tanto de sus vidas? —inquirí perpleja.

—Como te he explicado antes, aquí vivimos lejos de la corte, aunque no completamente aislados. Cuanto acontece en el reino nos interesa. Algunas cosas más que otras, por supuesto. ¿Tú conoces a la infanta? ¿Has tenido ocasión de hablar con ella?

—Sí. —La evocación de doña Sancha alumbró en mi rostro una sonrisa—. Es una gran dama...

—... rica y poderosa. —Me lo quitó de la boca—. Cuando llegue su momento, hará cosas importantes, ya verás. El legado de Huma vive en ella, al igual que en su madre, en ti y en mí. Nuestro deber es conservarlo para transmitírselo a nuestras hijas.

No quise decepcionarla confesándole mi decisión de renunciar al matrimonio y, por ende, a los hijos. Eso la habría entristecido innecesariamente. Tampoco pude desvelarle hasta qué punto acertaba en su augurio referido a doña Sancha y a su estrecha relación conmigo, porque los hechos que nos conducirían a trenzar esa amistad todavía no se habían producido. Permanecían ocultos en un futuro que aún debía depararme abundantes sorpresas, no siempre gratas.

* * *

Los días siguientes transcurrieron con lentitud. En aquella casa todos trabajaban duro, pese a lo cual se esforzaban por agasajarme, ofreciéndome lo mejor sin permitirme contribuir a sus numerosas faenas. Yo tampoco habría sabido por dónde empezar. Su quehacer cotidiano no se parecía en nada a lo que yo conocía. Nuestras existencias transcurrían por derroteros totalmente diferentes, que no tardaron en hacerme sentir incómoda, a pesar de su hospitalidad.

Yo era una carga para ellos. Una boca más que alimentar cuando no andaban sobrados de nada. Un motivo de preocupación. Una persona sobre la que velar en ese entorno hostil para mí, que ellos dominaban haciendo acopio de leña, carbón vegetal, víveres, conservas, carne y pescado ahumados o en salazón, heno, grano y demás reservas necesarias para pasar el invierno. Además, pronto caerían las primeras nieves y se cerrarían los pasos hasta la primavera siguiente, lo que excedía con mucho el tiempo del que disponía antes de regresar al lado de mi señora.

Era hora de partir.

Aprovechando una de las últimas caravanas de arrieros conocidos de mis abuelos, me despedí de ellos hasta pronto, aun sabiendo que, probablemente, no regresaría nunca al angosto valle que habitaban. El viaje, no obstante, había valido la pena.

Con creces. Mi pena se había mitigado. Mi ánimo estaba fuerte. Nuño seguía a mi lado, especialmente durante la noche, aunque rara vez se me aparecía de una forma amenazadora. Su presencia se había tornado dulce, amorosa. Me ayudaba a sobrellevar los rigores del camino.

Emboqué el sendero ascendente, en esta ocasión a lomos de una mula, para solaz de mis pies. Dije adiós a mis abuelos y tíos repleta de gratitud, añorando ya su compañía. Llevaba por siempre en la memoria a Huma, reina de su castro, última representante de un pueblo que se resistía a morir. Huma, jefa de clan, sacerdotisa y sanadora, cuyo espíritu indómito, a mi modo de ver, permanecía vivo en Urraca.

36

Vencedores y vencidos

Finales del año 1116 de Nuestro Señor
Reino de León

Regresamos a León prácticamente al mismo tiempo, yo desde las Asturias y doña Urraca desde Sahagún, donde había cosechado una victoria aplastante sobre el Batallador. Venía jubilosa. Tras años de discordias, afrentas al monasterio donde moraban los restos de sus padres y revueltas sangrientas, los burgueses rebeldes, apoyados por el aragonés, habían sido derrotados y expulsados de la ciudad. El abad respiraba tranquilo, repuesto en su autoridad tras la abolición de las costumbres implantadas por los alzados y la recuperación de los viejos fueros otorgados por el rey Alfonso, el de la feliz memoria.

Todo volvía a la normalidad.

—Se libraron de milagro —me contó, tras los saludos de rigor, en referencia a sus queridos monjes—. El malvado Giraldo había planeado asesinarlos a todos la noche de San Miguel, asaltando la plaza con sus hombres desde Carrión, pero algunos peregrinos previnieron a Domingo, quien pudo fortificar las puertas a tiempo.

Su relato me transportó hasta la villa descrita, que conocía bien por haber acompañado a la reina en muchas de sus numerosas visitas. Evoqué los ricos edificios de la abadía, situados justo al lado del portón de entrada, e imaginé a los propios clérigos y a sus sirvientes, unos asegurándolo mediante cadenas, otros trepando a la muralla armados de arcos y flechas. Repeler un ataque encabezado por el personaje en cuestión requería una gran cantidad de coraje, que aquellos tonsurados encontrarían, supuse, en la certeza de morir si no lograban mantener a raya a los asaltantes. Con todo, la hazaña resultaba casi increíble.

—¿Los frailes vencieron a los soldados? —inquirí perpleja.

—No hizo falta. Al ver que estaban decididos a vender cara la piel, con el auxilio de no pocos saguntinos, el Diablo se retiró sin dar batalla. Era su última oportunidad y la dio por perdida. Al día siguiente el abad Domingo me mandó llamar para que, juntos, pidiésemos cuentas a los burgueses de su deleznable traición.

No me habría gustado estar en el lugar de los zapateros, curtidores, tintoreros o juglares obligados a comparecer ante la soberana sin el amparo del gobernador designado por el aragonés. Mi señora podía ser muy cruel cuando la situación lo requería, y nadie sabía tan bien como yo cuánto le habían dolido los escarnios padecidos por el abad Domingo y demás hermanos del monasterio cuyos dominios abarcaban desde la Liébana hasta Segovia.

—Aunque no lo creas —pareció adivinar mis pensamientos—, me mostré magnánima. Ofrecí a esos truhanes someterse a juicio por batalla de dos, siguiendo la costumbre de España. Si su campeón vencía al mío, Sahagún sería suya. En caso contrario, yo decidiría su destino.

—Es evidente que perdió —deduje.

—Ni siquiera tuvo el valor de presentarse al combate —repuso, evidenciando su desprecio en el gesto de sus labios—.

Me suplicaron aplazar la justa hasta la mañana siguiente, a lo que accedí. El cobarde que habían designado aprovechó la noche para huir a Carrión, que será la próxima en caer.

La historia no terminaba con ejecuciones masivas ni ojos cegados mediante hierros ardientes, tal como yo había temido. Doña Urraca se mostró clemente, dado que los cabecillas de la revuelta solo fueron condenados al destierro, junto a sus familias y otros miembros de la comunidad que se habían destacado en las críticas a su persona. Una sentencia benigna, dada la gravedad de su crimen.

Partieron con las manos desnudas, llorando lágrimas amargas, hacia un exilio incierto que convertiría a muchos de ellos en mendigos y a sus hijas en rameras. Sus casas y demás propiedades fueron entregadas a los nobles y caballeros de la tierra, con la condición de que pagasen al abad las rentas que los burgueses se habían atrevido a negarle. La escritura de las nuevas normas aprobada por los alzados fue hallada en el escondrijo donde la habían ocultado y arrojada a las llamas en presencia de todo el pueblo.

—Las costumbres establecidas por mi padre, rey de santa memoria, vuelven a regir en Sahagún —concluyó doña Urraca, henchida de satisfacción.

Yo no pude evitar pensar en los vencidos; esas gentes abocadas a pasar hambre, que a esa hora recorrerían los campos lamentándose del precio pagado por soñar con la libertad y equivocarse de aliado.

* * *

Mientras en Sahagún el abad celebraba su victoria, en Compostela el obispo resistía a duras penas el acoso de los ciudadanos convertidos a la sazón en dueños de sus dominios. A lo que parecía, las cosas se habían puesto feas para Gelmírez, reacio a hincar la rodilla ante la reina que lo había derrotado meses antes al someter al conde Froilaz por la fuerza y brindar su favor a los burgueses de Santiago.

Las noticias que traían los espías de Galicia producían sentimientos encontrados en mi señora, quien se regocijaba de la cura de humildad infligida al orgulloso prelado, sin por ello dejar de temer que la situación se tornara ingobernable.

En la urbe del Apóstol se había creado una Hermandad jurada compuesta por comerciantes y artesanos especialmente empeñados en liquidar a Gelmírez, ya fuera acabando con su vida o privándolo de su poder. Sus integrantes habían llegado a dominar por completo la ciudad, aboliendo las normas y disposiciones vigentes hasta entonces. Ellos dictaban la nueva ley y se otorgaban los cargos, tras asumir el control del antiguo Concejo, del que formaban parte todos los hombres libres vecinos de Compostela. Nunca, ni siquiera en Sahagún, se había conocido semejante desafío a lo establecido desde siempre.

El obispo sobrevivía encerrado en su palacio, como en tinieblas, abandonado por la mayoría, viendo cómo esas turbas derruían sus mansiones, obligado a vender su vajilla o sus ricas vestiduras para obtener comida. No se atrevía a contradecir sus estatutos, ni a negarse a sus demandas si algo le pedían. Su amigo incondicional, el conde Froilaz, había lanzado en vano varios ataques contra la plaza, en el intento de liberarla. Acometidas tan violentas, empero, tan mortíferas para la gente inocente, que el propio prelado había terminado por rogarle que se retirara. Prefería negociar con los conjurados, acceder a sus exigencias, fingir una sumisión tan ajena a su naturaleza como indispensable para salvar el pellejo y aguardar tiempos mejores.

—Acabará por suplicarme que acuda en su auxilio —comentó la reina esa mañana, oídos los informes presentados por sus agentes—. Más pronto que tarde acabará por claudicar.

Por el modo en que lo decía, supe que su cabeza ya tenía urdido un plan, cuyo contenido no tardó en revelarme:

—Y cuando lo haga, tendrá que darme algo a cambio de mi ayuda.

—¿Qué?

—A mi hijo —respondió, levantando la cabeza con gesto altanero—. Si Gelmírez pretende recuperar su señorío, antes tendrá que utilizar su influencia para propiciar una reconciliación completa entre nosotros.

—¿No existe otra forma de conseguirlo? —Acababa de recordar la advertencia de mi abuela referida al personaje y a su escasa fiabilidad.

—Esa es a todas luces la mejor. Nadie como él puede restablecer la paz entre nosotros y con Froilaz, a quien el infante presta oído en todo. En aras de recomponer la unidad, es preciso recuperar cuanto antes la concordia. Un reino dividido está abocado a la desolación y nadie compone mejor que Gelmírez, te lo aseguro. Podrán reprochársele muchas cosas, pero su astucia y habilidad política resultan incuestionables.

* * *

Fue precisamente en Sahagún, la villa recién rescatada de manos de los burgueses, donde se selló esa concordia entre madre e hijo, merced a los buenos oficios ejercidos por el prelado. Los términos del arreglo fueron establecidos en una curia multitudinaria convocada al efecto, donde los representantes de ambos bandos convinieron una tregua de tres años durante los cuales se dispensarían mutua ayuda y amistad, a cambio de repartirse el reino.

—¿En verdad vais a entregarle Galicia al conde?

Nos encontrábamos en la mejor casa de la ciudad, cercana al monasterio donde se había celebrado la reunión de magnates y obispos. Doña Urraca daba cuenta de un cuarto de pollo asado, que devoraba con apetito, dejando que la salsa le chorreara por los brazos. Estaba contenta, radiante de felicidad, porque había pasado las últimas noches con su amante, don Pedro González de Lara, presente en el cónclave en calidad de prócer castellano, primero de los treinta fiadores correspondientes a la reina. Más tarde pensé que esa satisfacción me había ahorrado una buena reprimenda, porque pasó por alto mi impertinencia y se limitó a rebatirla.

—Para empezar, no entrego nada a Froilaz, sino al infante.

—Quería decir que...

—Sé lo que querías decir —repuso gélida—. Aun así, sujeta la lengua y no pongas a prueba mi paciencia.

—Os pido perdón, majestad —agaché el testuz, arrepentida de mi osadía.

—Por ahora, aseguramos la paz. En cuanto a las tierras, ya veremos. Alfonso tendrá como propias las Extremaduras, incluida Toledo, donde podrá bandearse como soberano y foguearse en la guerra contra los sarracenos.

—¿Y Galicia?

Eludió contestar, embebida en sus cavilaciones. En ese momento entró en la estancia el conde de Lara, tan apuesto como siempre. Venía a recibir las últimas instrucciones, pues al día siguiente partiría junto a Gelmírez y otros legados de ambas partes hacia el castillo del Tambre donde moraba el príncipe. Su misión consistiría en transmitir a don Alfonso los detalles de la concordia alcanzada y convencerlo de sus beneficios para todos los implicados.

Don Pedro hincó la rodilla en tierra, fiel al protocolo real, a la espera de que doña Urraca lo invitara a levantarse. Ella le tendió, coqueta, una mano, que él se entretuvo en besar largamente, dedo a dedo. Tuve la incómoda sensación de sobrar, pues parecía evidente que los asuntos que tratar entre los dos amantes no iban a referirse a la curia ni a don Alfonso, sino a cuestiones más placenteras. Al menos en ese instante, que aproveché para marcharme. No estaba en mi ánimo estropearles esos pocos ratos de solaz.

Desde hacía días llovía a cántaros en esa ciudad triste, cuyas heridas recientes sangraban aún de mil maneras distintas. Sus célebres juglares, cuya fama se extendía por todo el reino, habían dejado un vacío imposible de llenar, por más que los monjes entonaran cánticos de alabanza a Dios. El júbilo de los clérigos contrastaba con el dolor de muchos vecinos, privados de familiares o amigos condenados a vagar sin techo por esas frías estepas. Me preguntaba qué hacíamos todavía allí, una vez concluido el cónclave y partidos los embajadores, cuando doña Urraca me mandó llamar a fin de darme la respuesta.

—Hemos resuelto que al llegar la primavera me traslade a Santiago con objeto de entrevistarme con Alfonso, pues si no me implico personalmente, podría peligrar el pacto suscrito entre nosotros. Tú me precederás.

—Como ordenéis —me limité a responder, temerosa de molestarla pidiéndole más detalles.

—Vuelvo a necesitar tus ojos y tus oídos. —Me dirigió una mirada cómplice—. Tú tenías algún pariente influyente en Compostela, ¿no es así?

—Cierto, señora. Mi primo, Germán Húguez, regenta allí una filial importante del emporio comercial de su familia, si no me engañaron sus padres, a quienes visité no hace mucho en León.

—Bien, eso me complace —asintió ella con la cabeza, como para darse la razón a sí misma—. Escúchame atentamente...

La reina estaba convencida de que los burgueses compostelanos no aceptarían sin más el regreso triunfal de su obispo, respaldado por su soberana. Durante cerca de un año habían actuado a su albedrío en la ciudad, haciendo y deshaciendo a su antojo, llenándose los bolsillos, injuriando a cuantos caballeros intentaban frenar sus desmanes, con la certeza de contar con la protección de doña Urraca. Ahora que ella y el prelado volvían a estar en los mejores términos, temía una reacción violenta por parte de esa Hermandad a la que Gelmírez culpaba de las peores atrocidades, a pesar de que sus integrantes habían hecho figurar a la propia reina en su vértice.

—Cuando se cata el poder —afirmó, con hondo conocimiento de causa—, resulta difícil prescindir de él.

—¿Os referís al obispo? —Me hice la tonta.

—No insultes mi inteligencia, Munia —endureció el tono—. Le he dado mi palabra y la cumpliré. Recuperará todos sus derechos, prerrogativas y autoridad. Si los burgueses rehúsan regresar a la obediencia...

No necesitó terminar la frase. A la vista estaba lo acaecido en Sahagún. Tengo para mí que me envió a la capital gallega no tanto como observadora de lo que allí se fraguaba, cuanto para advertirles de su determinación. Si osaban enfrentarse a ella, el precio sería altísimo.

Lo que nadie podía sospechar era quién acabaría pagándolo.

37

La conjura

Primavera del año 1117 de Nuestro Señor
Compostela
Reino de León

Después de otro viaje infernal, desafiando los últimos coletazos del invierno, el día de San Gabriel arribé a una Compostela muy distinta de la que esperaba encontrar. Todo parecía tranquilo. Incluso seguía transitando por sus callejas la procesión habitual de clérigos, dado que, según supe más tarde, muchos de ellos se habían unido al movimiento comunal que desde hacía largos meses gobernaba la urbe en sustitución de un Gelmírez arrinconado en su refugio.

A pesar de esa aparente normalidad, no obstante, algo extraño en el ambiente reflejaba cierta tensión. Una suerte de calma tensa previa a la tormenta. Miradas entre vecinos cargadas de desconfianza, corrillos, susurros silenciados en cuanto se acercaba alguien. Se notaba que allí estaban ocurriendo cosas ajenas a lo habitual, sin que pudiera precisarse su naturaleza concreta. Era una impresión vaga, una sensación imperceptible para alguien que nunca antes hubiera visitado la plaza. Yo en cambio la conocía bien. No se me escaparon las señales.

Localicé sin dificultad el domicilio de mi primo, preguntando, pues Germán, hijo de Carlos Húguez, era un habitante ilustre de la ciudad. Su comercio no había dejado de prosperar, a pesar de los avatares políticos, hasta encumbrarlo a lo más alto del Concejo y también de la Hermandad de más reciente creación. Su voz era escuchada con respeto por los demás integrantes de ambas asambleas, porque en su calidad de rico mercader era el primer interesado en conseguir las reformas exigidas al obispo. Su nombre despertaba admiración o recelo, según quien fuese el interpelado. Pero a nadie dejaba indiferente.

La casa de mi pariente resultó ser muy parecida a la de sus progenitores en León: acogedora, sencilla, de pequeñas dimensiones, revestida de alfombras que le proporcionaban calor y color a partes iguales. Estaba situada muy cerca de la basílica dedicada al Apóstol, en una pequeña placita que se abría frente al lugar donde antaño se levantaba una de las torres de la vieja muralla, en el corazón de esa villa pujante a la que Santiago bendecía con un flujo incesante de peregrinos.

Si su hogar era similar al que yo había conocido en la capital, otro tanto podía decirse de él y su esposa. Gente amable, hospitalaria, bien alimentada, como atestiguaban las redondeces de ambos, que me recibieron con los brazos abiertos en cuanto me presenté como hija de Diego y nieta de Jimena, hermana de su abuela. La sangre tiraba mucho, aun cuando en el pasado hubieran existido tiranteces entre ambas familias, debidas a esa tenencia de Lobera vendida por cien libras de plata. Nadie guardaba rencor alguno.

Yo había tenido tiempo para preparar una excusa plausible que justificara mi visita, lo que me permitió exponerla de forma convincente y sin mentir del todo. De ninguna manera podía presentarme como enviada de la reina, puesto que al hacerlo yo misma me habría cerrado todo acceso a la información que buscaba. Les hablé, por tanto, de la trágica muerte de mi prometido, derramando lágrimas sinceras al rememorarla.

Falté a la verdad al decir que estaba pensando entrar en religión, y concluí que había venido a postrarme a los pies del Santo en busca de luz, antes de tomar una decisión tan grave. Ellos se compadecieron, trataron de consolarme e insistieron en que me hospedara en su hogar, lo que me hizo sentir muy ruin por utilizar nuestro parentesco para llevar a cabo la tarea infame de una espía.

—Todos en el reino se hacen lenguas de lo que está sucediendo en Compostela —suscité la cuestión durante la cena, confiando en que el vino los animara a hablar.

—Así es —ratificó mi primo, viajero incansable debido a sus negocios—. ¡Ojalá no llegue la sangre al río!

—¡Germán! —lo regañó su mujer, Gaudiosa, exagerando el gesto horrorizado.

—Sabes que tengo razón, querida —replicó él con bonhomía—. No todos en la Hermandad comparten mi postura templada. Los ánimos se van calentando. Se dice que la reina ha hecho las paces con el obispo y prepara un ejército para acudir en su socorro. Si los rumores son ciertos... ¡que Dios nos coja confesados!

Tuve que apelar a mi ya larga experiencia en ese trabajo vil para fingir menos interés del que en realidad me provocaban esas palabras, en aras de no delatarme. ¿A qué se refería con esa expresión? Me urgía comprenderlo, porque los rumores eran tan ciertos que no tardarían en cumplirse.

—La reina no os atacará —afirmó tajante mi prima, con una seguridad absoluta—. No es su autoridad la que está en discusión, sino la de Gelmírez. Ella os protegerá. ¿Acaso no sois sus súbditos?

—Yo no estoy tan seguro —rebatió él, hincando el diente a una trucha frita en manteca—. Ayer mismo nos llegaron nuevas de la curia celebrada en Sahagún que no auguran nada bueno. Va a unir sus fuerzas a las de su hijo, el conde Froilaz y el prelado con el empeño de aplastarnos.

—En tal caso, tendréis que rendiros acordando términos honorables —sentenció la dueña de la casa, cargada de sensatez—. Oponeros a semejante hueste sería un suicidio.

—A eso me refería, querida —aclaró él—. Yo estaría dispuesto a negociar esa rendición, pero muchos de mis compañeros, no. Se han significado demasiado en la persecución al pontífice y el robo de sus propiedades. Saben que no habrá piedad para ellos y están dispuestos a morir matando. Las cosas han ido demasiado lejos.

Un silencio denso como la sangre acogió esa constatación sombría. Lo aproveché para formular la pregunta que me quemaba los labios, en el tono más despreocupado que fui capaz de impostar:

—¿Habéis enviado legados a doña Urraca? Algo podrá hacer ella, imagino...

—Podría destituir al obispo y a su camarilla de hermanos, amigos y demás allegados afanados en repartirse los cargos, beneficios y prebendas —respondió mi primo con gesto escéptico—. Esto no va contra ella, sino contra él. Es Gelmírez quien despierta la inquina de los hermanos. Son sus abusos los que nos sublevan.

—Frena la lengua, Germán —le reconvino su esposa—. Estás hablando del pontífice...

—Dueño y señor de esta ciudad que engrandecemos con nuestro trabajo y enriquecemos con nuestros impuestos —contestó él, airado—. ¿Tan descabellado es pedir que se nos escuche, que se tenga en cuenta nuestra opinión y se nos permita participar en el gobierno de los asuntos que nos atañen directamente?

—Eso iría en contra de la ley y las costumbres antiguas —adujo ella.

—El mundo cambia, Gaudiosa. Cada día más deprisa. Pero aun aceptando que se respete el orden establecido, Gelmírez no puede ostentar el señorío de esta ciudad. En eso coincidimos todos, así en el Concejo como en la Hermandad. Han de ser otras personas quienes tomen las riendas del gobierno.

De eso se trataba entonces. La Hermandad, denostada por Gelmírez como una sucursal del infierno poblada de malvados demonios, demandaba ser oída y tenida en cuenta. Nada descabellado, en efecto. Me propuse firmemente trasladar las palabras de Germán a mi señora con la mayor brevedad, en aras de evitar la catástrofe vaticinada. Si conseguía convencerla de prestar oído a sus argumentos, acaso escapáramos a la tempestad. Ella mejor que nadie conocía las intrigas de ese prelado ambicioso. ¿Se dignaría atender las peticiones de sus súbditos? En eso andaba cavilando mi cabeza, mientras apuraba una copa del mejor vino, cuando irrumpió en la estancia la criada, visiblemente apurada:

—Don Arias Muñiz pide veros de inmediato. Le he dicho que estabais cenando, pero ha contestado que el asunto no puede esperar.

—Dile que pase —ordenó el amo.

De manera inexplicable, en ese preciso instante me invadió una sensación de frío.

* * *

Muñiz era de baja estatura, rostro pecoso, cabeza calva. Resultaba inconfundible. Lo había visto en más de una ocasión integrando alguna de las delegaciones que se entrevistaban con doña Urraca durante sus visitas a Compostela, aunque su nombre no me dijera nada. También él me reconoció al instante. De ahí que, antes incluso de saludar, exclamara:

—¿Qué hace ella aquí?

—Muniadona es una prima... —empezó a responder Germán, evidenciando en el gesto su extrañeza ante semejante tono inquisitorio.

—¡Esa mujer es una espía! —lo interrumpió el recién llegado, señalándome con dedo acusador—. Una dama de la reina.

Todas las miradas confluyeron en mí, convertidas en flechas.

—¿Es eso cierto? —me interrogó el anfitrión.

—En absoluto —me defendí, vacilante—. Alguna vez le he preparado un remedio. Eso es todo.

—¡Embustera! —volvió a la carga el visitante, encendido de ira—. Yo te he visto junto a doña Urraca y no te trataba como a una sirvienta.

—¿Conoces a la soberana y no nos lo habías dicho? —Se hizo cruces Gaudiosa, poniéndose de parte de Arias Muñiz.

—¡Os digo que es una espía! —reiteró él, triunfal—. No sé lo que le habréis contado, pero, sea lo que sea, llegará a oídos de la reina.

—Dime que no es verdad...

Mi primo me observaba fijamente, con una mezcla de incredulidad y temor, pues si cuanto había afirmado su huésped se demostraba, él mismo debería dictar sentencia y ejecutarla. Mi vida estaba en sus manos y dependía de que lograra convencerlo de mi inocencia.

—Te juro por la salvación de mi alma que cuanto os he relatado es cierto —mantuve a duras penas la calma, apelando a toda mi fuerza—. Salas no está lejos de aquí. Enviad a alguien a preguntar y os lo confirmará. Este hombre me confunde con otra persona.

—¡Mentirosa! —rugió él—. No hay tiempo para comprobaciones. Acabemos con esto cuanto antes.

—¿Y qué sugerís que hagamos? —Mi primo aún vacilaba, afortunadamente para mí.

—Al entrar en la Hermandad, jurasteis solemnemente ayudar a vuestros hermanos en toda ocasión. Sabéis por tanto lo que ha de hacerse. No podéis faltar a vuestra palabra ni poner en peligro a otros.

Recurrí a todo mi coraje para mostrar entereza, pues el menor titubeo habría resultado fatal.

—Soy inocente —proclamé con la cabeza alta.

—Podríamos encerrarla en una de las alcobas de arriba mientras se hacen las oportunas averiguaciones —sugirió la dueña de la casa, saliendo al rescate de su esposo.

—Excelente idea —agradeció él—. ¿No os parece, mi estimado Muñiz?

—Es vuestra huésped, haced lo que os plazca, pero sabed que, si nos delata, seréis tenido por responsable.

* * *

Pasé treinta y nueve días encerrada entre cuatro paredes. Treinta y nueve días sin ver la luz del sol ni poder asearme apenas. Treinta y nueve días con la misma ropa, a excepción de una camisa limpia que me trajo la criada, acaso para no soportar el hedor que desprendía la sucia. Treinta y nueve días de incertidumbre absoluta, temiendo por mi vida.

Durante ese cautiverio me alimentaron sin escatimar y nunca me faltó el vino. Aun así, la saya iba quedándome cada vez más holgada, pues apenas probaba bocado. Mi único entretenimiento eran los retazos de información que lograba juntar a base de pegar la oreja a las tablas de madera de la pared o del suelo, a través de las cuales se filtraban las voces con suficiente claridad como para entender cuanto allí se hablaba. Una auténtica bendición, dadas las circunstancias.

Así supe que mi señora había llegado a Galicia y, desde su castillo de Lobeira, se había dirigido a Iria Flavia, donde fue recibida con honores por Gelmírez, acompañado de sus soldados. Desde allí avanzaron juntos hasta Compostela, a donde entraron con un fuerte ejército. Otras fuerzas no menos nutridas quedaron fuera de la ciudad con el infante y su ayo, de modo que no eran dos, sino tres, las huestes desplegadas para someter a los alzados.

Ante tal exhibición de gentes armadas, de a pie y de a caballo, los burgueses más comprometidos acudieron a refugiarse en sagrado; entre ellos, el propio Arias, mi acusador, quien poco después tomó el hábito de monje en San Martín para escapar a su castigo. Mi primo comentaba todo aquello desolado. Se lamentaba de que las cosas se les hubieran ido de las manos y avizoraba un porvenir sombrío para sí mismo y sus compañeros, puesto que no veía la forma de dar marcha atrás. Pese a ello, cada noche regresaba a su casa, reacio a seguir los pasos de sus hermanos más exaltados.

Muchos de los rebeldes se habían acogido a la obra de la catedral. Pensaban convertir esa guarida en fortaleza cuando se produjera el asalto final, y para ello habían hecho acopio de espadas, hachas, hoces y otros aceros. Estaban fuertemente armados, lo que contravenía frontalmente las normas reguladoras del asilo debido a toda persona perseguida que se hiciera fuerte en una iglesia. Aquello planteaba un dilema que, durante días, dividió a la soberana y al prelado, a tenor de cuanto relataba mi atribulado primo a su esposa.

Doña Urraca exigía a Gelmírez que expulsara a los alzados de la basílica, a lo que él se negaba, temeroso de ofender a Dios. ¿Cómo salir de esa trampa? Puesto que los burgueses no confiaban en el amparo de la Iglesia y se habían aprestado al combate, la soberana y el obispo dispusieron que mandarían entrar en la catedral a un contingente similar de soldados, con la misión de custodiar a los que en ella se encontraban. Cuando fue comunicada la decisión a los que se hallaban dentro, su reacción fue perseguir a los emisarios, obligándolos a huir y encastillarse en el triforio.

—¿Cómo pudieron ser tan necios? —se lamentaba esa noche Germán, anticipando lo que ese acto iba a desencadenar.

Al correrse por la ciudad el rumor de que las tropas del prelado y de la soberana habían atacado a los burgueses y violado el sagrado, los ánimos se inflamaron y la lucha se generalizó. El tumulto era tan estruendoso que llegaba con nitidez hasta mis oídos. Bajo las bóvedas del templo se oyeron gritos de muerte, al tiempo que empezaban a volar saetas, piedras y antorchas, según el relato desgarrado que mi primo hizo después a Gaudiosa. La madera de las cimbras se incendió y las llamas se elevaron a la altura en la Iglesia Apostólica, suministrando a los contornos un espectáculo aterrador.

Y lo peor estaba por venir.

Doña Urraca, Gelmírez y sus respectivos séquitos ocupaban a la sazón el palacio episcopal, que se alzaba frente a la puerta norte de la catedral. Dada la gravedad de los disturbios, no debieron de considerar el lugar suficientemente seguro, por lo que se trasladaron a la torre de las campanas. Instantes después, el palacio fue invadido por una muchedumbre sedienta de botín y destrucción. Las ricas vestiduras, las joyas, los vasos de plata y oro fueron pasto del saqueo, mientras los cabecillas de la insurrección ideaban el siguiente ataque.

Desde el palacio y los tejados de la catedral, la turba amotinada continuó arrojando flechas y piedras contra la torre de las campanas donde se cobijaban la reina y el obispo, sin producir grandes daños ni amenazar su integridad. A esas alturas andaban ya todos ebrios de furia. El terreno estaba abonado para la voz que arengó:

—¡Sacaremos a esas ratas prendiendo fuego a la torre!

El pobre Germán lo relataba con tanta vehemencia como pesar. Necesitaba compartir esa carga con su esposa, pues estaba convencido de que iban a recibir el más severo de los castigos por desatar semejante infierno.

Contó que los asaltantes descendieron hasta el pie del edificio y, a través de la ventana inferior, lanzaron teas ardientes en su interior. Las llamas se alzaron, victoriosas, aprovechando la chimenea formada por el hueco de las escaleras, junto con los rugidos jubilosos de la turba impaciente por consumar el linchamiento.

«¡Que salga la reina si quiere, pero solo a ella le concedemos la vida! —gritaban los atacantes—. Los demás morirán todos por el fuego o por el hierro».

—Y ella cometió el terrible error de salir —concluyó mi primo, sobrecogido—. ¡Nunca lo hubiera hecho!

—¿Qué pasó? —le urgió a continuar Gaudiosa, mientras, desde el piso superior, yo escuchaba atentamente, enferma de preocupación.

—Apenas la vieron aparecer —contestó él—, se arrojaron sobre ella, desgarraron sus vestiduras, la derribaron en el suelo, la golpearon sin piedad... Dios mío, ¿qué hemos hecho? Una mujer le arrojó una piedra con tal saña que hirió gravemente su mejilla.

—¿La han matado? —Imaginé a mi prima llevándose las manos a la cara, presa del espanto.

—Es probable, no lo sé.

—¿Y tú no hiciste nada para impedirlo?

—¿Qué querías que hiciese? Estaban desatados. Anhelaban sangre. Aproveché la confusión para salir de allí de una pieza, que no es poco. Mañana, cuando se calmen los ánimos, intentaré hablar con otros miembros del Concejo en busca de una salida. Ahora solo nos queda rezar, suplicar al Señor misericordia.

Doña Urraca había sido muerta a pedradas, lapidada brutalmente por esa horda de salvajes.

—¡Asesinos! —aullé desesperada, golpeándome la frente contra el suelo de mi prisión.

Estaba segura de que esa sería también mi última noche. Después de cuanto había visto y oído, nunca me dejarían vivir. Solo confiaba en que, al menos, mi final fuese rápido. Acabar como mi señora me producía un miedo cerval.

38

Desnuda en el barro; deshonrada

No había amanecido todavía, cuando alguien descorrió el cerrojo que mantenía cerrada la puerta de mi alcoba desde fuera. Me preparé para lo peor. Alumbrado por el tenue resplandor de una lámpara de aceite, el rostro desencajado de mi primo se dibujó bajo el quicio.

—¿Vas a ser tú mi verdugo? —lo desafié, pugnando por no dejar traslucir mi terror.

—Nadie va a hacerte daño, Muniadona. Bastante sangre ha corrido ya hoy.

—Habéis matado a la reina...

—¡No! —me quitó ese peso de encima—. Gracias a Dios consiguió escapar. Dicen que está cobijada en la iglesia de Santa María, a quien a buen seguro debemos el milagro de su salvación. ¡Bendita sea!

Callé, mordiéndome las ganas de suplicar, a la espera de conocer qué iban a hacer conmigo. A la vista de su aspecto, no obstante, parecía estar más desazonado que yo. La inquietud se reflejaba en sus rasgos tensos y sus ojos enrojecidos por la falta de sueño. Todo lo sucedido constituía una verdadera catástrofe para él y la mayoría de los conjurados contra Gelmírez.

—Ninguno de nosotros había planeado afrentar a la reina —se lamentó, probablemente confiando en que yo se lo transmitiera a ella—. Ni por lo más remoto. Tal como te dije antes de que Arias Muñiz viniese a sembrar cizaña, habíamos depositado en su persona nuestras últimas esperanzas de ser escuchados. Ahora solo nos queda encomendarnos a su clemencia. Le hemos enviado embajadores suplicando su perdón y ofreciéndole una escolta armada para trasladarla a donde desee.

—¿Puedo irme entonces? —Evité darme por enterada de la mediación que me estaba pidiendo, pues no tenía intención alguna de confesar mi relación con doña Urraca—. Yo no soy nadie. Nada puedo hacer y nada quiero, sino regresar a Toledo.

—Eres libre, prima. Sabes lo que arriesgo al soltarte, pero no pienso cargar el peso de tu muerte sobre mi conciencia. Si nos dijiste la verdad, ambos compartimos el linaje de Ramiro y Auriola, aunque yo me sienta más cercano al de mis antepasados francos. Somos familia.

—¡Siempre he dicho la verdad! —mentí sin el menor pudor.

—Razón de más para rogarte que olvides cuanto has visto y oído, nuestros nombres, nuestras palabras, la ubicación de esta casa... Nos va la vida en ello, Muniadona. A Gaudiosa, a mí y a nuestros hijos. No nos traiciones. Esa es la única condición.

* * *

Corrí todo lo aprisa que pude hasta la iglesia de Santa María, guardada por gentes armadas que quisieron impedirme el paso. No era de extrañar. Iba sucia, harapienta, como una más de las comadres implicadas en la agresión sufrida por la soberana la víspera. Lejos de resignarme, chillé, protesté, me revolví con todas mis fuerzas, hasta que fui reconocida por uno de los clérigos integrantes de su séquito habitual. Él me condujo hasta ella, que descansaba en la sacristía, visiblemente alterada.

Estaba recostada en un banco apoyado contra la pared. Le habían echado encima una capa, a la espera de que un criado trajera la ropa que habían mandado a buscar. Alguien había depositado a su lado una bacinilla de agua y un paño con los que limpiar el barro que cubría su piel y su melena desgreñada. Un barbero acababa de coserle la herida abierta en la mejilla tumefacta. Cuatro puntos de sutura soportados sin un lamento, con la entereza de un veterano en el campo de batalla. Toleraba mejor ese dolor que el infligido a su honra.

Al verme aparecer a esa hora temprana, visiblemente asustada, con la cara tiznada y apestando a inmundicia, dedujo:

—¿También a ti?

Su tono era extrañamente frío, gélido. Su mirada parecía perdida en otro lugar y otro momento. Conociéndola, supe que estaría mascando una respuesta adecuada a la humillación padecida. El hecho de que yo pudiese haber sido víctima de la misma turba violenta no hacía sino acrecentar su sed de venganza.

Sobrecogida de espanto ante la visión de mi señora escarnecida de aquella manera, me arrojé a sus pies sollozando. No eran lágrimas fingidas, sino todo lo contrario. Lloraba por ella y por mí, segura de que su ira me golpearía sin piedad si llegaba a descubrir que de algún modo yo había estado implicada en la conjura, aunque fuese de forma indirecta. ¿Qué podía hacer ante esa encrucijada sino volver a mentir?

Le conté que había sido reconocida nada más llegar a Compostela, maltratada con el fin de obligarme a confesar y encerrada en un sótano, de donde había conseguido escapar esa misma noche, aprovechando la confusión. No dije ni una palabra sobre Germán o Gaudiosa. Defendiendo a los de mi sangre me protegía a mí misma. Y, además, era la única cosa honorable que estaba en mi mano hacer para corresponder a su gesto de salvarme la vida.

Mientras el barbero vendaba su rostro de arriba abajo, esto es, como si lo amortajara, aparecieron dos mensajeros de Gelmírez, muy apurados, para notificarle que el obispo había logrado huir milagrosamente de la torre en llamas y se hallaba escondido en la misma iglesia de Santa María, al amparo del altar. Peor suerte había corrido el edificio en sí, dado que, tras arder toda la madera acumulada en su interior, las mil quinientas libras de bronce de las campanas colgadas en lo más alto se habían fundido y derramado cual catarata ardiente sobre los escombros.

La reina guardó silencio. Se limitó a torcer el gesto, no tardé en descubrir por qué. Cuando al cabo de una eternidad llegaron finalmente las prendas de ropa requisadas en el domicilio de algún burgués, solicitó quedarse sola conmigo mientras la ayudaba a vestirse. Entonces, y solo entonces, se sintió libre para sincerarse:

—Me raptaron como lobos —escupió con voz de ultratumba el hueso que le atenazaba la garganta—. Desgarraron mis vestidos con sus sucias zarpas. Desnuda desde el pecho hasta abajo, quedé tendida en el fango durante mucho tiempo, vergonzosamente, para solaz del populacho.

No me atreví a preguntarle hasta dónde había llegado el rapto. Si se había consumado el ultraje hasta el punto de profanar su templo más sagrado. Tanto daba. Había sido insultada, empujada, toqueteada en sus partes más íntimas, golpeada, apedreada... Su dignidad había sido violada por esa muchedumbre rabiosa. Estaba furiosa, pero en absoluto vencida.

—Por Dios todopoderoso juro que esos perros pagarán cara esta afrenta —sentenció con sorprendente calma—. Y también lo hará Gelmírez, que pasó junto a mí, me vio tirada en el lodo, pisoteada por esa chusma, y siguió su camino sin detenerse.

—Tal vez no os reconociera —aventuré.

—¡Claro que me reconoció! —me fulminó con la mirada—. Era él quien iba disfrazado, enarbolando un crucifijo a modo de máscara. Huía como una rata, después de echarme en brazos de la turba. Debió de pensar que yo estaba desmayada, el muy cobarde. También a él le llegará la hora, más pronto que tarde. Lo juro.

* * *

Amanecía lentamente en la ciudad del Apóstol, que despertaba cubierta de humo. En las calles adyacentes todavía se concentraban grupos de exaltados cuyos cánticos y aullidos llegaban hasta nuestros oídos. La iglesia de Santa María no era un refugio suficientemente seguro, por lo cual decidimos trasladarnos al monasterio de San Martín Pinario, situado a levante, en las inmediaciones de la catedral. Nos escoltaba una guardia de hombres fuertemente armados, enviada por los propios integrantes del Concejo, horrorizados ante la violencia desatada. Entre ellos estaría mi primo, a quien imaginé buscando desesperadamente la forma de calmar la justa ira de doña Urraca.

A media mañana, en efecto, se presentó en el recinto una delegación de burgueses, deseosos de entrevistarse con la reina a fin de darle satisfacción por el oprobio del día anterior y las injurias inferidas a su persona. Tenían motivos para temer al ejército de su hijo y del conde Froilaz, concentrado a las puertas de la urbe, y pretendían sellar con ella una alianza de paz.

—Confesamos, oh reina —manifestó su portavoz, arrodillado a sus pies—, que nos hemos atrevido a hacer con la Iglesia de Santiago y contra ti cosas que nadie debería atreverse a hacer. Nos arrepentimos absolutamente y venimos a implorar tu perdón. Perdónanos y te devolveremos todas tus cosas, pues queremos que se haga entre nosotros un pacto de reconciliación.

La desfachatez de esa propuesta resultaba desconcertante. ¿Tan mal conocían a mi señora? ¿Cómo iba a darse por satisfecha con semejante oferta? De haberse sentido dueña de la situación los habría mandado cegar allí mismo. Sin embargo, las circunstancias la obligaban a extremar la diplomacia. Separada de sus tropas por la muralla de la ciudad, rodeada de enemigos, se vio obligada a impostar una respuesta inteligente:

—Me agrada sobremanera lo que decís y, si en algo faltasteis contra mí, en lo que a mí respecta, os perdono.

Al tiempo que yo trataba de disimular mi estupefacción, el legado, crecido en sus pretensiones, añadió:

—Una cosa más hemos de pediros. No queremos tener a Diego como obispo, porque hasta ahora nos ha oprimido y ha reducido a la nada la dignidad de nuestra Iglesia y de nuestra ciudad. Por ello todos lo odiamos y no queremos que nos gobierne.

—¿Qué tengo yo que ver con vuestro obispo? —replicó ella, imbuida en esos instantes de un odio comparable al de los burgueses—. Juzgadlo a él según vuestra voluntad. A quien vosotros propongáis, también yo lo propondré.

Había salido del trance con enorme habilidad. Su prioridad era abandonar cuanto antes esa ratonera, y con el propósito de conseguirlo habría dicho cualquier cosa. Su verdadera intención, no obstante, era devolver mal por mal a esos traidores en cuanto estuviera a salvo.

Esa misma tarde regresaron los embajadores con una nueva exigencia. Pedían que les fueran dados fiadores de parte de la reina y que fuera escrita y jurada la alianza establecida. Para entonces ya se habían repartido entre ellos los cargos y sinecuras del señorío, nombramientos que notificaron a la soberana con gran solemnidad.

—¿Por qué permanecer más tiempo en esta discordia? —volvió a bordar su papel doña Urraca—. Recibid de mí el juramento de paz y reconciliación que ha de ser firmado y conservado entre vosotros y yo. Luego os daré a quien vosotros queréis fundamentalmente que estén presentes en este juramento, mi hijo y el conde Pedro, que aguardan fuera de la ciudad sin atreverse a entrar a causa de estos disturbios.

La treta surtió el efecto deseado. Satisfechos con lo logrado, los integrantes de la delegación dejaron marchar a doña Urraca, convencidos de haber salido con bien del desastre.

Yo había asistido a la escena conteniendo el aliento, temerosa de que en cualquier momento mi señora perdiera los nervios. No lo hizo. Con la cara vendada, un ojo prácticamente cerrado por la inflamación y otras huellas peores de la agresión ocultas bajo la ropa, mantuvo el tipo ante sus carceleros. Los engañó. Se mostró lo suficientemente convincente como para obtener su permiso de abandonar la ciudad, lo cual hicimos, a toda prisa, antes de la puesta de sol.

Al llegar al campamento donde se concentraba el ejército, nos separamos. A mí me condujeron hasta una de las tiendas de intendencia y ella se dirigió a la del infante, no sin antes hacerme partícipe de sus planes:

—En cuanto haya relatado a mi hijo lo sucedido allí dentro —señaló con desdén a la puerta por la que habíamos salido—, ordenaré que se anuncie a los compostelanos la declaración de guerra. Que se preparen para lo que viene, pues el crimen que han cometido no ha de quedar impune.

Nunca la había visto tan decidida. Algo en ella había cambiado. La frialdad aparente con la que afrontaba su tormento escondía una determinación implacable. A menos que se produjese un milagro, la urbe del Apóstol sería reducida a escombros, bajo los cuales perecería la mayoría de sus habitantes.

¿Quién se atrevería a culparla por ello?

* * *

A partir de entonces empezó a cerrarse un cerco de hierro en torno a Compostela. Por la parte del monte Pedroso se desplegaron las fuerzas del príncipe Alfonso, acompañado de su ayo, el conde Froilaz, sus hijos y sus yernos, al frente de una nutrida hueste de infantes y caballeros. Por la parte de Iria pusieron sitio las tropas de Gelmírez, quien había logrado finalmente escapar para golpear a sus conciudadanos con el martillo del anatema. Por la parte del Pico Sacro se situaron los soldados del conde Alfonso, junto a los de Limia, los de Castela, los de Leza y otros muchos. Por la parte del monasterio de San Pedro, el conde Munio con todo su ejército. Y por la parte de Penelas, el conde Rodrigo y los de Lugo, armados hasta los dientes.

Nadie podría escapar a semejante tenaza. ¿Cómo estarían viviendo los condenados esa amenaza? ¿Qué sería de mi primo y su familia? Nunca llegué a saberlo, aunque recé con fervor por ellos. Y jamás falté a mi palabra de guardar absoluto silencio sobre su participación en el motín que estaba a punto de ser aplastado sin piedad.

La tienda de mi señora, situada en una posición elevada, constituía un observatorio privilegiado de cuanto acontecía a nuestro alrededor. El ejército sitiador hacía una guerra feroz, talando árboles, segando mieses, cortando manos o pies, decapitando a los prisioneros a la vista de los horrorizados vigías y abandonando sin sepultura los cuerpos de los ajusticiados. El terror siempre había sido un arma tan poderosa como el hambre o el acero, si no más.

Las deserciones se hicieron frecuentes y cada vez era mayor el número de los compostelanos que abandonaban la ciudad al amparo de las sombras, con el propósito de huir lejos. Entonces, algunos canónigos y burgueses que no habían tomado parte en la conspiración ni habían podido frenarla, acudieron a Gelmírez en demanda de misericordia. Pedían con toda humildad que se castigase a los traidores con el rigor merecido para que los inocentes pudieran seguir viviendo.

Enterada mi señora por el obispo de esa súplica, que él se inclinaba a acoger favorablemente, montó en cólera.

—¡No permita Dios que se perdone a los traidores que han cometido tantas y tan grandes maldades! He decidido destruir a hierro y fuego a todos los facinerosos de Compostela, pues, como ellos no perdonaron a la Iglesia de Santiago, ni a ti ni a mí, así no se les ha de perdonar. Castígueseles según han merecido y que sean borrados del libro de la vida.

Al terminar de hablar, lloró lágrimas de rabia. Las únicas que derramó. ¿Cómo se atrevía a mostrar clemencia ese prelado que no había sufrido mal alguno? ¿Quién, sino ella, debía tener la última palabra a la hora de dictar sentencia?

—Gelmírez escapó indemne, dejándome abandonada a mi suerte —se lamentó, sin más testigo que yo, mientras el obispo corría en busca del infante y Froilaz, decidido a convencerlos de que respaldaran sus medidas de gracia—. Debería tener el decoro de no interferir en mi justicia.

El destino había querido, no obstante, que Urraca fuese derrotada cuando más ardientemente necesitaba vencer. Cuando lo que estaba en juego no era su poder, sino su honor, su propia estima. El príncipe, Froilaz y el pontífice compostelano unieron fuerzas contra ella, obligándola a claudicar y avenirse al acuerdo de paz.

A cambio de salvar el pellejo, los compostelanos fueron obligados a deshacer su Hermandad. Tal como había sucedido en Sahagún, el documento que recogía las nuevas normas aprobadas por los amotinados fue destruido públicamente, para evidenciar ante todos su fracaso. Se les devolvió al obispo, a la reina y sus partidarios todo cuanto se les había robado, más mil cien marcos de plata en concepto de reparación. Un centenar de canónigos y ciudadanos especialmente significados en la revuelta acabaron desterrados, la mayoría en Aragón, y las mejores familias de la ciudad entregaron a cincuenta de sus hijos como rehenes a Gelmírez, quien entró en Compostela aclamado por el pueblo, para tomar posesión de su cargo y sentarse triunfalmente en su solio.

—No fueron ellos los violados, los mancillados —clamó esa noche la reina, iracunda, caminando de un lado a otro como una leona enjaulada—. Fui yo. Fue mi honor el que pisoteó esa chusma de malnacidos a la que perdonan, magnánimos.

La herida abierta en su mejilla había dejado una fea cicatriz, que bajaba desde el pómulo derecho hacia la oreja. Todavía le dolía el cuerpo a resultas de la paliza recibida. Pero lo más dañado, de largo, era su orgullo. Apelando al interés del reino, a costa de un enorme esfuerzo de humildad, se había plegado a la voluntad de los hombres de su entorno, pues carecía de la fuerza suficiente para imponer su voluntad. Yo comprendía perfectamente cuál era su sentir:

—Me ultrajaron a mí, por más que mis nobles y mi propio hijo piensen que cuando una mujer es raptada es la honra del varón la que sufre.

—Antes o después tendréis vuestra venganza —traté de consolarla.

—Dios te oiga, Muniadona, y permita que sea pronto.

39

«Amores tiene la reina»

Año 1118 de Nuestro Señor
Toledo
Reino de León

Los trágicos sucesos de Compostela cambiaron profundamente a doña Urraca. Se volvió más desconfiada, más insegura, más huraña, más despiadada. En cuanto a mí, por vez primera en veintidós años enfermé de gravedad.

Al poco de abandonar la ciudad, la reina me comunicó su deseo de estar sola. Dada la profundidad de unas heridas que nunca llegarían a cicatrizar del todo, de nada le servían ya mis tisanas o mis ungüentos. También le había fallado en el papel de espía. ¿Qué podía esperar de ella? Me arrojó de su lado como si fuera su perro de caza, con una palmada en el lomo, a la espera de volver a necesitar mis servicios… o no.

—Márchate a Toledo con tu madre —ordenó desde la silla de su mula torda, cuando aún eran visibles en la distancia las torres de la catedral compostelana—. Te vendrá bien un descanso.

Su decisión no me pilló completamente por sorpresa. Algo así llevaba tiempo temiendo, lo que no restaba un ápice de trascendencia a la noticia. Yo también cabalgaba a lomos de un animal manso. En caso contrario, me habría puesto de rodillas para suplicarle:

—No me despachéis, majestad. Si regreso a casa me veré obligada a contraer matrimonio con el primero que me acepte, y vos sabéis mejor que nadie cuán doloroso me resultaría plegarme a semejante destino.

—Volverás conmigo, pierde cuidado —dijo, a modo de caricia—. Yo te mandaré llamar.

—¿Por qué me alejáis de vos? —inquirí, mirándola a los ojos, sin encontrar en ellos rastro alguno de emoción—. ¿En qué os he ofendido?

—No deseo tu compañía, eso es todo.

Dicho lo cual, hizo un gesto a su escolta para acelerar el paso.

Así fue nuestra despedida. No me desamparó del todo, puesto que me asignó hombres armados aleccionados para acompañarme hasta Toledo, además de hacerme llegar una bolsa de monedas de plata acuñadas con su efigie, pero prescindió de mí. Estaba en su derecho de hacerlo, desde luego. Ella decidía, a su capricho, a quién sentaba a su diestra y a quién mantenía alejado. Tras casi dos lustros de intimidad envidiada por propios y extraños, yo acababa de ingresar en la segunda categoría.

Supe, a través de terceros, que se refugió en brazos de don Pedro, padre de dos de sus hijos y poderoso señor de Castilla. Los dominios de González de Lara, incluida la Tierra de Campos, siempre le habían sido leales, con la excepción de la revuelta protagonizada por los burgueses de Sahagún, felizmente aplastada. Allí se sentía a salvo. No percibía hostilidad, aun cuando hostilidad hubiera. Siempre la había. En todas partes. El pueblo no soportaba que se comportara como una reina en lugar de asumir el papel correspondiente a su condición de mujer.

Ignoro si acudió al regazo del conde en busca de amor o de protección. Si era al noble a quien precisaba, dada la derrota sufrida ante Gelmírez, el infante Alfonso y los magnates gallegos, o si su piel escarnecida anhelaba el dulce calor del amante. Sea como fuere, lo prefirió a él antes que a mí. No puedo reprochárselo. Yo también había escogido a Nuño.

Y ambas lo pagamos caro.

Todos los reyes de la historia salvo contadas excepciones contempladas con recelo, como el aragonés, habían tenido queridas escogidas entre las hijas de las grandes casas de sus reinos. Todos habían engendrado en esas damas hijos aceptados con alborozo y aupados a lo más alto de la escala jerárquica, con la única excepción de la sucesión en el trono. Todos eran hombres. A Urraca, soberana de pleno derecho en virtud de su nacimiento, no se le perdonaba ese atrevimiento. Sus amoríos con el de Lara eran objeto de chanzas, que la plebe traducía a coplillas, cantadas en las tabernas:

Amores tiene la reina,
de amores está embrujada.
No diré quién es el brujo,
pero lara, laralara
lara, Lara.

Yo misma escuché rebuznar esa estrofa en más de una posada, con ganas de abofetear a los borrachos que la entonaban. Mi señora, en cambio, optaba por ignorar la ofensa. Soportaba esas sucias burlas con una mezcla de entereza y desprecio. Aparentaba estar muy por encima de tales miserias, aunque tengo para mí que algún daño le causarían. ¿Quién escaparía indemne a la ofensiva conjunta de clérigos intrigantes, magnates demasiado ambiciosos y gentes del común alentadas por unos y otros a desahogar su frustración volcando en ella esas infamias?

Si pretendían hacerle escoger entre la corona y el conde, empero, pincharon en hueso. Lejos de sucumbir a las presiones, doña Urraca aprovechó ese tiempo de recogimiento para holgar junto al hombre a quien amaba e interesarse por sus vástagos, Elvira Pérez de Lara, prometida al conde García Pérez de Traba, y Fernando Pérez Furtado. Sus nombres empezaron a figurar habitualmente en los documentos reales, en calidad de confirmantes, sin que nadie osara elevar una protesta. Y por si aquello no bastara, mi señora casó a su medio hermana, Sancha Alfónsez, con Rodrigo González de Lara, hermano de su favorito. Una demostración inequívoca de la influencia que el castellano ejercía en la corte.

* * *

Entre tanto, en nuestro humilde hogar toledano yo libraba una batalla enconada contra un mal desconocido. Mi piel se había tornado amarillenta, especialmente en las palmas de las manos y las plantas de los pies. El mismo color había adquirido la parte otrora blanca de mis ojos. Todo mi cuerpo estaba preso de una enorme debilidad, que me llevaba de la cama al escaño de la cocina y de vuelta al lecho, exhausta. Apenas probaba bocado, pues lo que comía me provocaba unas horribles náuseas. Rechazaba todo alimento salvo el caldo de gallina amorosamente preparado por Josefa que, supongo, consiguió mantenerme viva.

Mi madre mandó llamar al galeno más afamado de la ciudad, un judío de avanzada edad, conocedor de tantas lenguas como tratados antiguos, cuyos honorarios excedían con creces nuestras modestas posibilidades. Recurrió para pagarlos al peculio del que me había provisto la reina y siempre creyó que sus remedios eran los que me habían sanado. Acaso tuviera razón, aunque yo me inclino a pensar que fueron más bien el caldo y mi naturaleza joven.

Tras observar atentamente mi orina oscura, oler mis heces y revolver mis esputos con una especie de cucharilla plateada, Moisés ben Simón, que así se llamaba el médico, diagnosticó que mis humores se habían desequilibrado. Ordenó sangrías, reposo y dieta blanda, y pasó una factura exorbitante. Yo estuve postrada, vomitándome las entrañas, desde el día de San Martín hasta bien pasada la Pascua.

Ya mostraba los primeros síntomas de mi afección algunas semanas antes, cuando el infante don Alfonso entró triunfalmente en Toledo, acompañado del conde Froilaz. Aunque yo me perdiera el desfile y los fastos organizados para celebrar su llegada, mi corazón se alegró. Se cumplía de ese modo el plan ideado por mi señora, quien le cedía el gobierno de esa frontera meridional con objeto de dar satisfacción a su anhelo de poder y un territorio donde foguearse en la lucha contra los infieles. Todos quedaban así satisfechos. Él por poder intitularse, al fin, emperador, y su madre por hallar la forma de calmar al menos parcialmente su impaciencia. Incluso el Batallador, despojado de manera definitiva de su mando en esa plaza tan simbólica, aceptó dejarla sin oponer resistencia. Tenía cosas más importantes en las que pensar.

* * *

El soberano de Aragón había puesto sus ojos en Zaragoza o Saraqusta, por su nombre musulmán. Su máximo anhelo siempre había sido ampliar el territorio de su reino a costa de los sarracenos, motivo por el cual se avino a ir cediendo villas y castillos a la que había sido su esposa: Atienza, Sigüenza, Osma y otras. No directamente, ya que su relación distaba de ser amistosa, sino por la persona interpuesta de su hijo, en régimen de infantado y bajo la supervisión del poderoso arzobispo Bernardo, a quien yo había visitado tiempo atrás como emisaria de doña Urraca.

Todo esto lo recuerdo hoy, mientras dicto estas líneas a la buena de la hermana Egeria. En ese momento mi mente estaba nublada por la enfermedad. Nada de cuanto ocurría de puertas afuera me producía el menor interés. Trataba de ponerme a bien con el Creador, porque pese a los cuidados y las oraciones de mis ángeles de la guarda, tenía la convicción de vivir mis últimos días.

Me contaron, tiempo después, que las tropas del aragonés pusieron cerco a la plaza mora más o menos cuando yo empezaba a levantar cabeza, en la primavera de ese año del Señor de 1118. Poco después, al frente de un poderoso ejército integrado por vasallos suyos y parientes francos venidos del otro lado de los Pirineos, el propio rey encabezó una acometida feroz calificada por la Iglesia de «Cruzada», lo que garantizaba a sus participantes la remisión de sus pecados.

Con la finalidad de derrocar las sólidas murallas atacadas, los sitiadores llevaban consigo torres de madera montadas sobre ruedas de una altura que jamás se había visto, almajaneques gigantescos y otras máquinas de guerra no menos aterradoras. Claro que esos muros eran resistentes y las puertas habían sido fortificadas. Antes de cumplirse el primer mes de asedio, empero, fue asaltado el palacio de la Aljafería, pieza codiciada por todos.

Los zaragozanos pidieron socorro al emir almorávide Abd Allah ibn Mazdali, gobernador de Granada, quien se encontraba a la sazón en Tudela y respondió presto a la llamada, presentándose en la ciudad acompañado por un grupo de aguerridos combatientes. Allí encontró una muerte rápida que propició la rendición de la urbe, donde el hambre, unida a la desesperanza, había empezado a causar estragos. Eran los últimos días del Adviento. La cristiandad se preparaba para celebrar el nacimiento del Redentor y la noticia de esa conquista, largamente esperada, no tardó en traspasar las fronteras de Aragón para propagarse, veloz, por los cuatro rincones de las Españas.

Las voces más enteradas hablaban del enorme botín hallado por los cristianos en la capital de la rica taifa, de las lágrimas derramadas por los musulmanes derrotados y también de la magnanimidad que mostró el Batallador con ellos. Decían, anonadadas, que a todos los que quisieron marchar a tierra de moros, la inmensa mayoría, se les permitió partir llevándose sus pertenencias. Que el propio don Alfonso se presentó ante esos desdichados, les ordenó formar filas y mandó que fueran inspeccionados en su presencia sus equipajes, repletos de oro, plata, piedras preciosas y valiosos tejidos. Que una vez vistos esos tesoros, esto era lo más desconcertante, les dio permiso para seguir e incluso hizo que los escoltaran, absteniéndose de tomar nada para sí o sus capitanes.

Al escuchar esos relatos en el mercado, donde confluían todas las noticias, me vinieron a la mente las palabras de doña Urraca: «Siempre fue mejor guerrero que esposo». Mejor guerrero, sin duda. Mejor rey y cristiano, también. De cuantas facetas presentaba la figura de ese hombre, la de marido resultaba ser, de lejos, la más cruel. ¿Qué habría visto en mi señora para volcar en ella tanta ira, cuando hasta con los infieles era capaz de mostrarse generoso?

* * *

Fue precisamente en esos días cuando doña Urraca me mandó llamar, tal como había prometido. Cumplió su palabra en el momento en que yo empezaba a desesperar. Y, tras más de un año apartada de ella, corrí a su lado a toda prisa, como el perro de caza fiel que se desvive por atender el silbido de su amo.

La reina estaba preocupada, además de furiosa, porque Gutierre Fernández, el que fuera su mayordomo, depuesto unos meses antes, había osado capturar nada menos que al conde de Lara, a quien mantenía preso en el castillo de Mansilla.

—¡Habrase visto atrevimiento semejante! —bramaba por los salones de su palacio leonés—. ¿Con qué derecho se permite poner las manos sobre su igual?

—Tal vez no haya digerido bien su caída y pretenda castigaros en la persona de don Pedro —apunté, tratando de hacerme valer en mi papel de consejera.

—Lo que pretende es acrecentar su poder y el de la nobleza leonesa, a costa de los magnates que me son leales en Castilla —replicó ella, evidenciando en el tono el desprecio que le inspiraban mis opiniones políticas—. Pero ha errado escogiendo para ello al de Lara. Ha ido demasiado lejos.

No repliqué, pues nada podía decir que resultara de utilidad. Era seguro, además, que no tardando mucho el conde sería liberado, máxime ahora que la soberana recuperaba el pleno control de sus dominios castellanos, dado el repliegue del Batallador hacia la frontera sur de su reino, donde estaba decidido a no dar tregua a los musulmanes.

Tal era el entusiasmo despertado por los éxitos del monarca aragonés que hasta su enconada enemiga, mi señora, no vacilaba en ponderarlos. Solo conmigo, eso sí. De haberlo tenido a él cerca, no le habría alegrado los oídos colmándolo de alabanzas, a pesar de contemplar sus gestas con tanto orgullo como el que empleaba en reivindicarse a sí misma, sobrada de motivos en ambos casos. Ya fuera juntando sus fuerzas o por separado, los dos reyes de la cristiandad hispana habían logrado frenar la marea almorávide que apenas diez años atrás había causado el desastre de Uclés.

Ahora empezaba la revancha.

De cuantos habían contribuido a obrar esa hazaña, nadie merecía más que el conde Pedro Ansúrez asistir, desde un lugar privilegiado, a las derrotas de los africanos que tanto daño habían infligido a sus hermanos de fe. En incontables ocasiones él había empuñado la espada para lanzarse a la batalla contra esos fieros guerreros, sirviendo de escudo a su rey o a su reina. A su lado había combatido mi padre, entre otros bravos soldados al servicio de la Cruz. Y si León tenía razones para bendecir su nombre, más aún tenía yo, por causa de mi familia y las incontables mercedes recibidas de su bondad. En premio por tal proceder, acorde a las reglas sagradas de la mejor caballería, Nuestro Señor lo llamó a su lado justo a tiempo de ver, desde su diestra en el cielo, los primeros reveses sufridos por los adoradores de Alá.

Enterada de su muerte, acaecida en su querida Valladolid, doña Urraca se derrumbó, incapaz de contener la pena. Aquella noche, en la soledad de sus aposentos privados, entonó un lamento sentido que no iba dirigido a mí, sino a la historia:

—Mis enemigos intentaron azuzar la discordia entre nosotros y aún lo harán con mayor empeño cuando yo falte, estoy segura. Tratarán de sembrar cizaña en sus crónicas y romanzas. Hasta dirán que lo traicioné, si con ello arriman agua al molino del aragonés. Pero faltarán a la verdad. A fe que no ha de nacer noble como él, en quien confiar ciegamente, ni conocerán los tiempos reina más agradecida. Descansa en paz, leal amigo, conde, duque, caballero; baluarte inexpugnable de un reino que hoy se une para llorarte y honrar tu legado inmortal.

40

Abominables costumbres

Año 1120 de Nuestro Señor
Galicia
Reino de León

Ese año empezó para mí tan mal como había terminado el anterior para doña Urraca.

Una vez más, con la llegada de la primavera, hubimos de viajar a Galicia, donde las constantes rebeliones de magnates locales la obligaban a entenderse con Gelmírez, a quien nunca había perdonado que la dejara abandonada en el fango durante los terribles sucesos acaecidos en Compostela.

—Esas revueltas de gallegos han sido la pesadilla de todos mis predecesores desde los tiempos de Fruela, que los sometió a sangre y fuego.

Iba rezongando mientras cabalgaba, torturada por las hemorroides. Se acomodó un momento antes de añadir:

—No hay tregua posible con ellos. Solo se someten al acero.

—El obispo os ayudará, por la cuente que le trae —repliqué, basándome en lo sucedido tantas veces en el pasado.

—Ya veremos. Desde luego, no hará nada si no es a cambio de un precio, que resultará harto oneroso. Le he dado demasiado poder, que él utiliza para arrancar más y más. Ya es prácticamente el dueño y señor de Galicia, pero no le basta.

—¡La reina sois vos! —protesté.

—Pero él es al final quien manda y posee una inmensa fortuna. Oro y plata que yo necesito para sostener el reino.

La desconfianza entre ellos dos era mutua. Llevaban años aparentando, tejiendo y destejiendo alianzas, cambiando de bando y de amigos, en aras de conquistar el poder que ambos ambicionaban y ninguno estaba dispuesto a ceder al otro. En el fondo de su mente y su espíritu él la despreciaba por ser mujer y le negaba la obediencia que habría otorgado sin discusión a un hombre. Ella no soportaba que hubiese puesto a su hijo en su contra, sirviéndose para ello de toda clase de argucias, y sumaba a ese antiguo agravio lo acaecido en Santiago.

¿Por qué comenzó mal ese año para mí? Me explico, que últimamente tiendo a perderme en digresiones inútiles.

Fue ese año de infausta memoria, el 1120 de Nuestro Señor, cuando doña Urraca firmó la cesión del castillo de Salas, con sus términos, al conde Suero Bermúdez y a su esposa, en pago por sus buenos servicios. Al fin obtuvieron lo que con tanto ahínco habían perseguido esos potentados, cuyo interés en la plaza me había comunicado la reina tiempo atrás. Seguramente ella no asoció esa donación con el dolor que me había causado la muerte de su anterior propietario. Para mí, en cambio, aquella era una llaga abierta. Una herida que volvió a sangrar mientras cabalgábamos al encuentro de nuevas intrigas y mentiras.

* * *

Compostela estaba en calma. Nadie habría dicho que allí habían ocurrido hechos tan dramáticos como los sucedidos un par de años antes. El comercio florecía, las obras de la catedral avanzaban, la maledicencia contra mi señora era moneda común en la calle:

«¿A qué no se atreve la locura de la mujer? ¿Qué no intenta la astucia de la serpiente? ¿Qué no ataca la muy criminal víbora? El ejemplo de Eva, nuestra primera madre, indica claramente a qué se atreven, qué atacan los inventos de la mujer. La muy audaz mente de la mujer se precipita contra lo prohibido, viola lo más sagrado, confunde lo lícito y lo ilícito».

Era frecuente oír comentarios como aquellos, o incluso peores, con los que los viandantes, en particular los clérigos, se referían a la soberana sin atreverse a nombrarla. La tenían por responsable de haber prendido el incendio que había estado a punto de destruir la ciudad, aunque ella misma se contara entre los mayores perjudicados. ¿Qué más daba? Era una presa fácil. Y resultaba menos peligroso culparla a ella que al obispo que los gobernaba.

Salía yo una mañana de la iglesia, a donde había ido a rezar por Nuño tras reconciliarme con Dios, cuando me abordó una muchacha muy joven, casi una niña, cuyo rostro reflejaba un profundo sufrimiento.

—Sois la dama de la reina, ¿verdad?

—Temo que te equivocas.

Traté de seguir mi camino, pero ella me cerró el paso. Su determinación era pareja a su desesperación. Me había reconocido y no pensaba soltarme.

—Os lo suplico, escuchadme, no sé a quién más acudir.

Algo de lo que vi en ella me llevó a detenerme, en contra de toda prudencia. Acaso fuera su mirada de ciervo herido, o el abultamiento de su cintura que su falda ancha no lograba ocultar. Parecía encinta, pese a su corta edad. Era evidente que necesitaba ayuda.

Nos apartamos a un rincón tranquilo, donde la animé a sincerarse prometiéndole hacer lo posible por prestarle auxilio.

Le costó arrancarse a hablar, porque la carga que soportaba era enorme, un auténtico martirio ante el cual palidecía cualquier revés sufrido por mí.

—Mi tío ya me forzaba antes de empezar a sangrar —escupió al fin el sapo, agachando la cabeza avergonzada—. Siempre. Desde que tengo recuerdos.

—¿Y no se lo dijiste a nadie?

—¿A quién se lo iba a decir?

—A tus padres, a tu confesor... ¿Qué sé yo? A un adulto. Alguien te habría protegido.

—Mi madre no quiso creerme y me amenazó con echarme al arroyo si se lo contaba a mi padre.

Me costaba imaginar que una madre pudiera comportarse de un modo tan despreciable, pero no me sorprendió en exceso. El caso de esa chiquilla distaba de ser único. Lo que no entendía era qué esperaba exactamente de mí.

—Al confesor acabé contándoselo cuando no quedó más remedio.

—Bien hecho —aplaudí su coraje.

—¡No! —se revolvió, levantando la voz quebrada—. Ahora van a casarnos, como penitencia por nuestro pecado.

—¿Vuestro?

—Mi tío dice que yo lo provoco, que la culpa es mía por despertar su lujuria.

—¿Y qué quieres que haga yo? Acepta el arreglo. Así tu hijo tendrá un padre.

—Un padre malo —rompió a llorar—. Que me pega cuando le viene en gana y también le pegará a él.

—Si eso ha resuelto el sacerdote, me temo que tendrás que resignarte —traté de zanjar, maldiciéndome a mí misma por abandonarla a esa suerte.

—No es justo —replicó, con rabia, desengañada al ver que yo me sumaba a todas las demás personas que se habían desentendido de ella—. No es justo y no pasará.

Dicho lo cual me dio la espalda y salió corriendo, desoyendo mis llamamientos para que regresara y charláramos. De pronto me habían invadido los escrúpulos. ¿Y si se quitaba la vida? ¿Si se clavaba un cuchillo en el pecho o buscaba una torre alta desde la cual saltar al vacío? No sería la primera doncella que lo hacía, desde luego, pero sí la que yo llevaría eternamente en la conciencia.

De regreso al monasterio de Martín Pinario, donde nos alojábamos, hice partícipe a doña Urraca de esa triste conversación. Confiaba en obtener su auxilio o cuando menos despertar su indignación, pero no conseguí ni una cosa ni la otra. Se limitó a constatar con frialdad:

—Esa costumbre abominable fue prohibida por el papa Pascual, aunque me consta que se sigue practicando en todas partes. Yo no puedo implicarme. Bastantes problemas tengo ya con Gelmírez, quien me ha hecho saber que le urge verme cuanto antes, a fin de aclarar un rumor que corre por la ciudad.

—¿Qué clase de rumor?

—Lo desconozco. Mañana me lo dirá.

—¿Y la muchacha? —insistí, aun sabiendo que sería en vano.

—Aconséjale que acuda al obispo. Esta es su jurisdicción espiritual y terrenal, aunque te adelanto que no hará nada.

Me pareció que estaba cansada. Harta de pelear.

* * *

El rumor que preocupaba al prelado se basaba en algún hecho cierto, sin por ello responder a la verdad. Lo habitual en los cenáculos donde se dirimían asuntos susceptibles de aupar a un hombre o condenarlo al ostracismo por un quítame allá esas pajas. Miseria.

Al parecer, un sirviente de la reina había comentado a un amigo suyo, afín a Gelmírez, que mi señora conspiraba para meter al prelado entre rejas o directamente asesinarlo. Lo cual no pasaba de ser un anhelo intemporal; una de esas aspiraciones irrealizables que salían a relucir en un buen número de conversaciones, en el bien entendido de que difícilmente se traducirían en hechos concretos. El criado había oído campanas e ido con el cuento a su compadre, a quien le faltó tiempo para divulgar la «noticia» a los cuatro vientos.

Enterado el arzobispo de la habladuría que circulaba, puso en marcha una investigación destinada a averiguar su origen. La reputación que le precedía era tal, que el soldado de su guardia, receptor de la «confidencia», se aprestó a reconocer su participación en los hechos, arrojando la culpa, no obstante, sobre el servidor de la soberana que había iniciado la cadena.

¿Qué hacer?

Como primera medida, Gelmírez recabó la versión de doña Urraca, quien por supuesto negó con vehemencia haber expresado jamás semejantes intenciones. El acusador se reafirmaba insistentemente en lo dicho y el acusado persistía en declararse inocente, por lo que se decidió dejar el juicio en manos de Dios.

Sin que el prelado lo mandara ni tampoco lo impidiese, fue celebrado un duelo entre ellos, del que salió vencedor su guardia, como era natural. ¿Qué podía hacer un fámulo frente a un hombre de armas? Llevaba las de perder y no resistió el primer embate. En castigo por su larga lengua le fueron arrancados los ojos, ante la indiferencia de la soberana, quien asistió al suplicio impávida.

La suerte de ese desgraciado le traía sin cuidado. Es más; creo que se alegró de su escarmiento, porque servía de aviso a eventuales indiscretos. Lo que sí la incomodó fue verse obligada a reiterar públicamente su amor y fidelidad a Gelmírez, en aras de disipar las sospechas que despertaba la derrota de su «campeón» en el lance llamado a dirimir culpabilidades ante el Supremo Juez. Con el fin de dar satisfacción al vencedor, tuvo que tragarse el orgullo y humillarse nuevamente ante él.

En presencia del abad de Angely y el camarlengo de Cluny, que a la sazón se encontraban en Compostela, la reina estableció un pacto de concordia con el obispo y prometió, delante de los mencionados testigos, que ella le sería fiel y amiga. Ordenó que todos sus condes le rindieran homenaje y supeditaran sus personas y sus bienes a su señorío. En otras palabras, le entregó el dominio de toda Galicia.

Los años y las batallas empezaban a hacer mella en su capacidad de resistencia. Así como su cabello se había tornado gris y la cintura de sus briales se iba ensanchando, su determinación parecía menguar. Ya no era la mujer inquebrantable que había conocido en el castillo de Muñó. En sus ojos empezaba a percibirse la sombra del miedo, no tanto a los hombres o a la muerte, cuanto a la eternidad. Por eso se sometía a la voluntad de Gelmírez. Los gobernantes, empezando por ella misma, vivían bajo la amenaza permanente del anatema, que él dictaba contra cualquiera que osara plantarle cara, además de arrasar sus tierras, matar a sus gentes, saquear sus castillos y, acto seguido, arrasarlos, piedra a piedra.

—Enfrentarse a la Iglesia se paga con el fuego eterno —empezó a decir por esa época—. No basta con tener un ejército más numeroso que el de tu enemigo o nobles suficientes decididos a respaldarte. Debes estar dispuesta a condenar tu alma. Y créeme que eso me aterra.

Solo ella llegó a saber cuánto temor la atenazó. Lo que yo atestiguo, porque lo viví, es que lo afrontó con coraje e hizo valer su corona, o cuando menos lo intentó.

Hasta el límite de sus fuerzas.

41

Sola frente al mundo

Año 1121 de Nuestro Señor
Galicia
Reino de León

Cuando yo conocí a doña Urraca, me hablaba de Galicia como de su patria chica, su edén. A medida que pasaron los años, esa tierra se convirtió en la fuente de sus pesadillas. No solo porque Gelmírez parecía ganar siempre, sino porque fue allí, en Galicia, donde tuvo lugar el choque frontal con el infante que a punto estuvo de terminar en un inmenso baño de sangre. Había pasado los primeros años de su reinado luchando contra su esposo y el destino la condenaba a seguir combatiendo sin tregua, a su medio hermana y a su propio hijo. Su familia.

* * *

Doña Teresa seguía intitulándose reina de Portugal, lo que enfurecía a mi señora, pues, con arreglo a lo establecido en el testamento de su padre, en León no había más soberana que ella y Portugal no dejaba de ser un condado de su reino. ¿Con qué derecho se atribuía una condición superior a la que por sangre le correspondía?

—A esa bastarda engreída no le basta con lo que tiene —se llevaba las manos a la cabeza cada vez que tenía noticia de esas pretensiones—. Necesita una cura de humildad y yo voy a proporcionársela.

La ocasión surgió ese mismo verano, cuando la condesa, crecida, invadió con su ejército Galicia y penetró hasta Tuy, sembrando la destrucción por doquier. La reacción de la reina no se hizo esperar. Uniendo sus fuerzas a las de Gelmírez, igualmente perjudicado por el ataque, encabezó una hueste formidable, que se enfrentó a la portuguesa en el río Miño y la arrolló, empujando a los saqueos hasta Braga. La tierra de la agresora fue devastada y ella misma cercada en una de sus fortalezas.

Durante varios días los soldados hicieron acopio de botín a costa de las aldeas y granjas indefensas. Yo contemplé, una vez más, el rostro deforme de la guerra, olfateé su hedor, sentí el aliento de la codicia enardeciendo a aquellos hombres y asistí a la transformación repentina de doña Urraca, cuya melancolía se disolvió, como por encanto, para dar paso a la euforia.

La prudencia y la mesura eran ajenas a su naturaleza. No estaba hecha para las medias tintas. Pero si la tristeza es mala consejera, la exaltación lo es aún más. Sacudida por el entusiasmo derivado de esa victoria, se decidió a ejecutar la venganza largamente aplazada contra el obispo. Era su oportunidad y no pensaba desaprovecharla.

Sin embridar sus emociones ni escuchar las voces de cuantos le previnimos de su error, utilizó un ardid para separarlo de sus tropas, lo mandó prender y lo envió al castillo de Cira, bajo la custodia de un noble llamado Juan Díaz, a la sazón alineado en su bando. Y digo bien a la sazón, porque ya he dejado constancia en este manuscrito de lo frágiles que resultaban ser las alianzas entre poderosos.

Mientras su enconado enemigo permanecía cautivo, la reina le confiscó varios de sus castillos y otras propiedades. Estaba como poseída por un afán justiciero que la había hecho rejuvenecer.

—Al fin tiene su merecido ese intrigante —celebró con el mejor vino su triunfo, rodeada de sus capitanes—. Dios ha escuchado mis plegarias.

—No os confiéis, señora —traté de advertirle en un aparte, a riesgo de disgustarla—. Si algo sabemos de él es que no se quedará quieto.

No me equivocaba.

Desde su confortable encierro, el prelado compostelano movilizó todos sus recursos para obtener su liberación. Despachó cartas urgentes al infante, su pupilo, a obispos de toda España e incluso al mismísimo papa. Cartas que produjeron el resultado deseado.

El primero en reaccionar fue don Alfonso, quien abandonó Compostela y a su madre para unirse a las huestes del conde Froilaz y otros próceres leales a Gelmírez, acampadas a orillas del río Tambre. El príncipe tomaba de ese modo partido. Escogía a su mentor antes que a su sangre y rompía con ese gesto el corazón de mi señora, que vio esfumarse de golpe la exaltación que la embargaba y se sumió en un negro desánimo.

—¿Cómo ha podido hacerme esto? —Pena, indignación y rabia se daban la mano en esa pregunta—. ¿En qué me he equivocado con él?

La traición del infante causó un hondo pesar a su madre, además de ponerla en grave peligro. Su salida de la ciudad levantó a muchos compostelanos, ansiosos por cobrarse la revancha contra la persona a quien achacaban las represalias padecidas a raíz de la revuelta acaecida años atrás. A ella ese castigo le había parecido insuficiente. A ellos, imperdonable.

La historia se repetía exactamente en los mismos términos, hasta el punto de obligarnos a buscar cobijo en el interior de la catedral con la pretensión de escapar a la violencia de esa muchedumbre iracunda.

—No pienso volver a pasar por lo mismo —nos comunicó la reina a quienes formábamos su exiguo séquito—. Clavadme un cuchillo antes de consentir que vuelva a ultrajarme esa plebe. ¡Jurad que lo haréis!

—Liberad al obispo, señora —le aconsejó uno de sus próceres—. No tenéis otra salida.

—¡Antes morir!

—Aprestaos a morir entonces —declaró él—, porque los ánimos andan calientes y no creo que la turba retroceda ante el sagrado.

Como en tantas ocasiones anteriores, a pesar de la reticencia inicial acabó agachando la cabeza, muy a su pesar. ¿Qué otra cosa iba a hacer? Doblegada su voluntad, envió a Juan Díaz a abrir las puertas de la celda en la que Gelmírez había permanecido ocho días. Ni uno más. Ocho días que le bastaron para tejer una tupida red de complicidades, cuyo empeño compartido era someter a doña Urraca.

* * *

El primero en secundar los planes del obispo fue, como ha quedado dicho, el infante, decidido a defender los intereses del clérigo a cualquier precio, seguramente porque al hacerlo debilitaba a su madre y acrecentaba su propio poder como cogobernante del reino. En el acuerdo alcanzado entre ella y él tiempo atrás se había establecido que Alfonso limitaría su dominio a las Extremaduras, en espera de ascender al trono tras el ciclo natural de las cosas, pero el arreglo parecía habérsele quedado pequeño. Quería más y lo quería ya, probablemente azuzado por la ambición insaciable de sus más estrechos consejeros, el propio prelado y Froilaz, impacientes por extender el alcance de su influencia.

A ellos se sumó enseguida doña Teresa, no menos ducha en intrigas ni ávida de poder, a quien el pontífice compostelano también atrajo a la coalición, reconociéndola como reina de Portugal y prometiéndole recuperar los territorios que había perdido en el Miño.

Buena parte de la nobleza galaica terminó de conformar esa peculiar alianza, empeñada en imponer la abdicación de mi señora, con la consiguiente renuncia al cetro y la corona en beneficio de su hijo.

Y por si los nombres de los conjurados y la fuerza de sus mesnadas no constituyeran suficiente respaldo, acudió en auxilio del mitrado el propio papa, Calixto, con una carta en la que exhortaba a la reina a restituir de inmediato a Gelmírez los títulos y las propiedades que le había arrebatado: «Si no procuras con la mayor rapidez corregir tu gravísimo atrevimiento, en verdad has de temer ser castigada gravísimamente en el juicio de Dios».

¡Qué poco la conocían quienes creían que sucumbiría sin más a la extorsión! Lejos de ablandarla, aquello le devolvió ímpetu:

—Llegará el día en que haya de hacer las paces con Alfonso, pero no será hoy —proclamó, sin vacilar, mientras cabalgábamos hacia el castillo de Cira, donde se aprestaba a concentrar sus fuerzas antes de la batalla.

—Nos superan de largo en número —me permití señalar, no tanto por temor a perecer yo misma en el lance, cuanto por el miedo que me causaba la posibilidad de perderla a ella—. ¿No habría forma de hallar otra solución?

—No la hay, no —me despachó, convencida—. Llegados a este punto, tienen que hablar los aceros. Buscaremos una posición ventajosa y haremos valer nuestra razón.

Desde el otero del Pico Sacro, que habíamos ocupado madrugando al enemigo, teníamos una vista aterradora sobre la multitud de gentes de a pie y a caballo congregadas en la llanura. En cuanto sonaran las trompetas que llamaban al combate, empezaría a correr la sangre. Ni unos ni otros parecían dispuestos a ceder, aunque tampoco se adelantaban ordenando cargar a sus jinetes. Los hombres estaban listos, revestidos de sus gambesones, soportando el peso abrumador de las lorigas y corazas. Prestas las armas. Los músculos tensados. Las almas purificadas merced a la absolución otorgada por los clérigos antes de la eucaristía celebrada al rayar el alba.

Entre tanto, el sol iba ascendiendo en el cielo. Las horas discurrían con enorme lentitud, entre maldiciones de algunos y oraciones de los más. Yo me preguntaba quién arrojaría la primera piedra, cuando vi subir la colina a un soldado, uno solo, enviado claramente en calidad de mensajero. Doña Urraca arqueó las cejas, sospechando de la añagaza. Yo en cambio respiré aliviada.

Cuando la reina regresó a la tienda, tras parlamentar con sus capitanes, no pude contener la curiosidad:

—¿Habrá paz, mi señora? ¿Han recapacitado?

Ella no parecía muy satisfecha con el arreglo.

—Serán nombrados cuarenta jueces que examinarán nuestro litigio y pronunciarán sentencia.

—Con tal desproporción de fuerzas, la derrota estaba cantada —me permití señalar.

—Las únicas batallas perdidas son las que no se dan, Muniadona. Digan lo que digan esos jueces, no tengo intención alguna de rendirme.

* * *

Al final no hubo vencedores ni vencidos. La decisión fue salomónica, puesto que permitió a doña Urraca seguir llevando la corona a costa de devolver al obispo su señorío, renunciar a las tierras conquistadas a doña Teresa y ampliar los territorios bajo dominio de su hijo. Era sin duda mucho más de lo que ella deseaba entregar, pero menos de lo que le habrían arrancado de haber sucumbido a la fuerza. Su coraje la había salvado de perder el trono, aunque de nuevo se vio obligada a humillarse ante Gelmírez.

* * *

> En el año de 1121, yo, la reina Urraca, doy mi palabra de fidelidad a vos, don Diego, arzobispo y legado de la Santa Iglesia Romana, por Dios Padre omnipotente y por todos sus santos, que os seré fiel señora y amiga como un buen rey para con su buen arzobispo durante toda mi vida, aumentando vuestro provecho y destruyendo vuestro mal. Y defenderé vuestra vida y vuestras iglesias y el señorío que tenéis o que habréis de tener, según los medios a mi alcance, contra todos los hombres y por encima de todos los hombres, sin artimañas ni mala fe. Y ni por mí ni por mi consejo seréis hecho prisionero o expulsado de vuestro señorío, y nunca haré pacto con hombre alguno para detrimento vuestro y de la ciudad de Santiago, en toda mi vida.

El juramento pronunciado en ese 1121 del Señor, tanto más doloroso cuanto que entre los fiadores estaba don Pedro González de Lara, testigo de la humillación, se repitió, con fórmulas similares, a lo largo de los años siguientes. Se reprodujo cada vez que mi señora intentó frenar las ambiciones de Gelmírez, Froilaz o ambos magnates unidos para acabar chocando con la muralla levantada a su alrededor por su hijo. El infante don Alfonso fue el valedor incondicional de su ayo y su mentor, que lo había coronado en Santiago. Su madre siempre estuvo relegada en su corazón y sus decisiones, muy por detrás de esos próceres, cuando no fue situada directamente enfrente y tratada como enemiga.

¿Qué madre no habría sufrido al constatar tal evidencia?

Doña Urraca estaba sola. Lo estuvo desde el mismo instante en el que alcanzó el poder. Me he preguntado a menudo si esa soledad derivaría de la corona en sí misma o se debería más bien a su condición de mujer firmemente decidida a no renunciar a nada. No tengo respuesta. Pero sí doy fe, porque lo vi con mis propios ojos, de la fiereza con la que unos y otros intentaron someterla y el coraje que mostró ella al aguantar sus embates.

A esas alturas de nuestra peculiar relación yo ya no temía sus cóleras. La posibilidad de ser castigada me dejaba indiferente. Como he dicho, la muerte de Nuño me había librado por completo del lastre que arroja sobre nosotros el miedo. Además, notaba la fuerza de Huma en mí. Desde mi visita a las Babias su espíritu me acompañaba; era una presencia casi física, a la que me aferraba en las horas bajas.

Mis sentimientos hacia doña Urraca habían ido mutando paulatinamente desde el respeto reverencial a la compasión por ella, tan poderosa, tan ensalzada, tan adulada y tan traicionada. Era la dueña y señora de un reino, pero no había ni una persona en quien pudiera confiar plenamente. Nadie. Tampoco su amante, el conde don Pedro, que la amaba, no lo dudo, sin por ello renunciar a su anhelo de medrar en la corte. ¿Cómo habría actuado el magnate castellano si sus intereses y sus emociones hubieran entrado en conflicto? Acaso ni siquiera él mismo llegara a saberlo nunca.

Creo, con sinceridad, que únicamente yo la servía sin condición, sin aspirar a nada, con una devoción absoluta y una absoluta sumisión. La amaba pese a sus muchos defectos. La admiraba por su tenacidad y valentía, aun sin comprender sus frecuentes cambios de humor ni aprobar su tendencia a golpear con puño de hierro. Le había dedicado mi vida y no pensaba abandonarla cuando más me necesitaba a su lado.

Tampoco ella me abandonó a mí.

42

Por el amor de un caballero

Año 1125 de Nuestro Señor
Palencia
Reino de León

Las dos personas que mayor empeño habían puesto en arreglar las desavenencias existentes entre la reina y su hijo ya no pertenecían a este mundo. Uno era el conde Ansúrez, quien nunca escatimó esfuerzos para propiciar ese acercamiento que consideraba indispensable pensando en el bien del reino. El otro, el arzobispo de Toledo, a cuyo lado don Alfonso combatió a los almorávides en múltiples ocasiones, entre las cuales destacó la que los llevó a expulsarlos de la fortaleza de Alcalá de Henares. Él enseñó al infante muchas de las cosas destinadas a hacer de él un gran rey y le prestó un último servicio que mi señora agradeció especialmente: brindarle un motivo de peso para hacer las paces con su madre.

El año anterior, al alcanzar la mayoría de edad, el príncipe había sido armado caballero coincidiendo con la festividad de San Veda el Venerable, en un acto solemne oficiado, cómo no, por don Diego Gelmírez, a quien el papa Calixto II acababa de elevar a la condición de arzobispo, alimentando con ello su insaciable apetito de poder. Doña Urraca no asistió a la ceremonia, aunque tampoco se opuso al hecho en sí. De haber sido cualquier otro el oficiante, tengo para mí que habría participado jubilosa en ese momento decisivo de la vida de su hijo. Pero viajar a Compostela le resultaba penoso y alimentar con su presencia la vanidad del prelado le desagradaba todavía más.

Por entonces don Alfonso había sentado su propia corte en Sahagún, plenamente pacificada tras la derrota de los burgueses. Desde allí gobernaba los dominios cedidos a su control por su madre y había pasado a intitularse rey, e incluso emperador, sin que ella intentara impedírselo. Aceptaba, resignada, compartir el reino con él. Tal vez sintiera de algún modo que la muerte empezaba a rondarla. Si así fue, no me lo dijo. Pero tengo la certeza absoluta de que miraba con orgullo a su hijo y veía en él a un sucesor digno de la Corona leonesa. Tanto más cuanto que, a esas alturas, su hija Sancha ya ejercía de leal consejera de su hermano y mi señora era consciente de la prudencia y sabiduría que habitaban en la infanta.

Yo también, por motivos que explicaré y a los que debo la fortuna de haber podido vivir para cumplir la promesa que le hice a mi señora.

Decía que don Bernardo de Cluny, arzobispo de mi querida Toledo, propició, antes de fallecer, una alianza de intereses entre don Alfonso y su madre, contra el clérigo compostelano. Una pequeña revancha que la Providencia concedió a la reina y ella celebró después en brazos de su amante, con consecuencias que, a la postre, se revelarían funestas.

No adelantemos acontecimientos.

Fue a raíz de la campaña emprendida por Gelmírez para obtener del papa la primacía de la Iglesia española aprovechando la ausencia temporal de un arzobispo en la antigua capital del reino visigodo. El prelado gallego llevaba años persiguiendo ese objetivo, había movido cielo y tierra para conseguirlo, sin alcanzar el resultado anhelado. Él y don Bernardo habían sostenido por ello un duro y largo conflicto, al que no podían resultar ajenos ni la soberana ni su hijo.

Tan estrecha era la relación entre el infante y su mentor, tan incondicional había sido siempre su apoyo, que, llegado el momento decisivo, la oportunidad de alcanzar el cenit de su gloria, el obispo debió de pensar que la victoria era suya. La respuesta le llegó en forma de carta breve y rotunda. Tanto, que yo misma me sorprendí al escuchar cómo la dictaban al alimón, madre e hijo, al amanuense encargado de trascribir sus palabras:

> Alfonso y doña Urraca, por la gracia de Dios rey y reina de España, al queridísimo don Diego, arzobispo compostelano y legado de la Santa Iglesia Romana; vivir en Cristo.
>
> Sepa vuestra santidad que nosotros estamos unidos por indisoluble lazo de amistad a vosotros. Pero os advertimos y aconsejamos que, en adelante, no turbéis en modo alguno la dignidad de la Iglesia de Toledo, que durante largo tiempo os habéis esforzado en disminuir o aniquilar perturbándola, de manera que —lo que Dios no permita —la referida Iglesia no pierda su dignidad por vuestra intervención mientras esté vacante.
>
> Gozad de salud.

Confieso, sin avergonzarme, que semejante rapapolvo me produjo una satisfacción imposible de ocultar, al imaginar la expresión que su lectura habría producido en el rostro afilado del obispo.

* * *

La fortuna, por una vez, parecía sonreírnos. Entre cristianos reinaba la paz. Algunos enclaves castellanos seguían en manos del aragonés, pero él centraba todos sus esfuerzos en recuperar territorio hispano ocupado por los musulmanes y brindar auxilio a nuestros hermanos de fe de al-Ándalus.

—Alfonso se ha propuesto la locura de reconquistar Granada —me confió una mañana doña Urraca, que estaba de muy buen humor.

—¿Vuestro hijo? —inquirí anonadada.

—No, mi esposo. O, mejor dicho, el hombre con quien me casé ignorando que su vocación era la propia de un monje guerrero.

—Dicen que Granada es muy rica —apunté, repitiendo lo que comentaban quienes se las daban de entendidos—, que sus vegas son las más fértiles y sus sedas las más lujosas.

—Eso debe de pensar él también, aunque al parecer no es la codicia la impulsora de esta campaña para la cual ha movilizado a sus mejores caballeros y llamado a sus parientes francos.

—¿La piedad entonces?

—En efecto —asintió la soberana, presta a reconocer las virtudes del Batallador ahora que no se veía obligada a padecerlas—. Según las noticias que me han llegado, le escribieron en demanda de socorro los cristianos de la taifa, abrumados por la opresión sufrida a manos de los africanos.

—¡Esos demonios salidos del infierno! —Me santigüé, evocando los horrores contemplados en Toledo—. No puedo ni imaginar lo que será vivir bajo su yugo.

—Ya están conociendo ellos lo que es padecer la furia desatada de Alfonso —sonrió mi señora, complacida—. Lleva meses corriendo sus campos, los ha derrotado en la única batalla campal que se han atrevido a darle y soporta con admirable entereza los rigores del invierno.

—¿Ha caído ya la ciudad de Granada?

—No. Pero un gran número de mozárabes han escapado de allí para unirse a sus filas y trasladarse a Aragón. ¡Qué injusticias no soportarían cuando dejaron todo atrás en aras de empezar de nuevo, aunque fuera con las manos vacías!

—Don Alfonso no los dejará sin amparo —expresé mi convicción, a pesar de la escasa simpatía que me inspiraba ese hombre.

—Ellos obtendrán libertad y medios para rehacer su vida —zanjó la soberana, quien conocía mejor que nadie el compromiso del aragonés con la defensa de su fe—. Peor suerte espera, me temo, a los que decidieron quedarse. ¡Dios los guarde de la ira de esos infieles feroces!

Habrían de pasar años hasta que, por azar, tuve noticia del atroz destino corrido por esos cristianos. Su castigo fue pavoroso. Unos pocos accedieron a convertirse al islam, como única forma de eludir las represalias. Los más acabaron deportados al otro lado del Estrecho, en los áridos arenales de los que habían venido sus verdugos almorávides.

Quiera Dios que llegue el día en que puedan ser vengados.

* * *

El verano estaba en su cenit el día en que doña Urraca me comunicó su embarazo. Lo recuerdo como si fuese ayer. Estábamos a la sazón en Palencia, en compañía del conde de Lara, de quien mi señora procuraba separarse lo menos posible. Yo ya tenía mis sospechas de que algo así era probable, pues no en vano compartía una gran intimidad con ella. Estaba al tanto de sus sangrados, velaba por su bienestar. No había osado preguntarle si mis temores eran fundados, pero tampoco me sorprendió el anuncio:

—Llevo dos faltas consecutivas y se me han hinchado los pechos, como sin duda habrás notado. —Su expresión denotaba cierta inquietud, no exenta de satisfacción—. Al principio pensé que habría acabado de menstruar, pero al parecer no es así. Reconozco los síntomas.

Acababa de cumplir cuarenta y cuatro años, ¿qué celebraba? Debería haberse mostrado sumamente preocupada, pues tenía motivos sobrados para ello. Yo había asistido a sus dos últimos partos y daba fe de lo terribles que habían resultado ser esas pruebas. ¿Realmente deseaba someterse de nuevo al suplicio a una edad tan avanzada?

Si ella me lo ordenaba, buscaría a una mujer experta en resolver esa clase de problemas. No me sería demasiado difícil y nadie lo sabría nunca. Estaba segura de que abundaban entre las propias parteras conocedoras de los secretos del cuerpo femenino y también en otros oficios mirados con hostilidad extrema y perseguidos sin piedad precisamente por llevar a cabo esas prácticas. Yo misma había conocido a una de ellas, Enya, la hermosa bruja gallega quien, al verme aparecer en su cabaña, presa de una gran inquietud, me preguntó con total naturalidad si llevaba en mi seno a un hijo que no conviniera traer al mundo.

Tras una breve reflexión, pensé que lo más prudente sería buscar esa salida y se la planteé con toda la delicadeza de la que fui capaz, conociendo el grave riesgo en el que incurría al hacerlo. Su respuesta fue un no rotundo.

—¿Has perdido la cabeza? —Me fulminó con la mirada—. ¿Cómo se te ocurre una idea semejante?

—Temo por vuestra salud, mi señora.

—¿Y no sabes lo peligroso que es eso que me propones? —Alzó el tono de su voz, agudizada por el enfado—. Ni siquiera voy a pronunciar su nombre.

—También encierra un gran peligro seguir adelante con la preñez —rebatí, imbuida de un mal presentimiento.

—A otros peores me he enfrentado —desdeñó mi advertencia—. Mi madre, Constanza, solo me tuvo a mí, y aun así quedó maltrecha. Yo estoy hecha de otra pasta. Mal que bien he parido cuatro vástagos y engendrado al que está por venir. Parece mentira que no me conozcas.

—Consideradlo al menos, os lo ruego —insistí, en contra de toda prudencia—. Aún estamos a tiempo.

Doña Urraca se levantó de su escaño a fin de ponerse a mi altura, pues yo permanecía en pie ante ella, después de lo cual me apuntó con dedo acusador:

—En consideración a la lealtad que siempre me has demostrado, no voy a darme por enterada de lo que acabas de sugerir. Pero te lo advierto, solo será esta vez. La próxima tendrá consecuencias.

Opté por retirarme en silencio, caminando hacia atrás en dirección a la puerta para no darle la espalda. Estaba a punto de salir, cuando la oí hacer una afirmación de la que deduje que mis palabras habían hecho mella en ella:

—No tengo intención alguna de matar a un inocente ni añadiré un pecado más a la larga lista que arrastro. Si Dios quiere que este niño nazca, nacerá. En caso contrario...

No terminó la frase.

A diferencia de mí, don Pedro recibió la noticia jubiloso. Un hijo siempre era un motivo de alegría, y si era de la soberana, quien ya le había bendecido con dos vástagos sanos, la felicidad se multiplicaba. El mero hecho de su concepción demostraba tanto su vigor masculino como la extrema fecundidad de doña Urraca, lo cual no hacía sino acrecentar el orgullo que lo embargaba. Por eso derrochaba galantería con ella, la colmaba de caprichos, no se separaba de su lado, se mostraba en todo momento cariñoso y gentil, tratando de compensar el creciente malestar que su estado le causaba, contraviniendo el optimismo con que lo había encarado al principio. Un deterioro veloz, imposible de ocultar, que a menudo la obligaba a permanecer postrada en la cama.

La reina perdía fuerzas a ojos vista. Le costaba retener los alimentos, se mostraba somnolienta, débil..., radicalmente distinta de la mujer que había sido. Su mente y su voluntad se mantenían firmes, indoblegables a la fatiga, pero su cuerpo acusaba el esfuerzo de alimentar una vida decidida a abrirse paso.

A comienzos del otoño se produjo un hecho insólito, que ensombreció todavía más mi ánimo y mis presagios. Doña Urraca quiso hacer una donación a un monasterio, no recuerdo cuál, aunque se sintió incapaz de ocuparse personalmente de los trámites necesarios. Aquello era sumamente impropio de ella. Si en algo había puesto siempre el mayor empeño era en dictar y rubricar los documentos reales, además de estar presente en el momento de la firma. En esa ocasión envió en su lugar al conde de Lara, con el encargo de velar porque todo se hiciera según sus deseos. Yo me quedé con ella, en Palencia, intentando entretener su angustia y que lograra tragar al menos unas cucharadas de caldo.

43

La batalla final

Año 1126 de Nuestro Señor
Castillo de Saldaña
Reino de León

Al acercarse la hora del parto, mi señora decidió trasladarse al castillo de Saldaña, situado a pocas leguas de Sahagún y de la propia Palencia, en el corazón de la Tierra de Campos. A diferencia de la mayoría, esa fortaleza gozaba de comodidades apreciables, máxime pensando en el trance que se disponía a afrontar. Era confortable y segura, a pesar de su evidente antigüedad, que nadie conocía con exactitud. Demolida hasta los cimientos en una de las terribles aceifas de Almanzor, había sido reconstruida siguiendo criterios compatibles con su defensa, pero también con el bienestar de sus moradores. De ahí que contara con dos amplias torres de planta rectangular, situadas a ambos extremos de la muralla y habilitadas como residencia de los condes y sus invitados, entre los cuales figuraba con frecuencia doña Urraca.

En una de ellas nos instalamos, ocupando todo el espacio de la primera planta. Un amplio ventanal abierto al sur dejaba pasar durante el día luz suficiente para bordar, que era el entretenimiento favorito de la soberana cuando no dormitaba tumbada en el lecho. Al anochecer nos alumbrábamos con velas abundantes colocadas en candelabros de plata. Un par de braseros permanecían siempre encendidos en la estancia, forrada de arriba abajo de tapices coloridos y alfombras. Todo lujo era poco para honrar a tan ilustre huésped. Todo calor insuficiente en el empeño de combatir el frío que, poco a poco, se iba apoderando de ella.

El viaje hasta allí, aunque corto, resultó ser harto penoso. Incapaz de cabalgar, dado el estado avanzado de su embarazo, la reina fue trasladada en un carruaje construido especialmente a tal efecto; una suerte de jaula hecha con tablones de madera, de paredes altas inclinadas hacia afuera, rematada en la parte superior por una estructura destinada a sostener un toldo. Estaba provista de cuatro ruedas macizas y tiraban de ella dos mulas uncidas a un mismo yugo. En la base del artilugio se había dispuesto un asiento acolchado para la única pasajera, que lanzaba improperios con cada bache del camino, cada viraje brusco y cada parada en seco, porque se veía zarandeada como una gallina llevada al mercado. No estaba acostumbrada a moverse de esa manera. Se sentía atrapada en esa cárcel y lo expresaba exhibiendo un humor de perros.

Quienes formábamos su comitiva tampoco gozamos precisamente de una travesía agradable. La lluvia nos acompañó en todo momento, semejante a un manto empapado cuyo peso desdibujaba los contornos del paisaje chato. Era aquella una tierra negra, feraz, generosa, aunque todavía desnuda. La cosecha se haría esperar. Los aparceros del conde permanecían resguardados en las casas de labranza dispersas aquí y allá, a la espera de la siega que llegaría con el verano y quitaría mucha hambre. Yo lo sabía. Conocía de sobra la abundancia de cereal que producían esos campos, a pesar de lo cual se me antojaron inhóspitos.

Al fin dimos vista al castillo, situado, como todos, en lo alto de un otero. Parecía un gigantesco nido de piedra gris asediado por nubes negras, desde el cual se dominaba una vasta extensión plana. A sus pies crecía una aldea de viviendas humildes, levantadas con barro y paja, arracimadas muy juntas alrededor de una plaza, un horno de pan y una taberna. Desde allí partía el sendero que conducía a la fortaleza, serpenteando colina arriba entre charcos y piedras sueltas.

Era el final del camino. Lo habíamos recorrido juntas.

* * *

Habrían transcurrido cinco o seis días desde nuestra llegada, cuando mi señora se despertó en plena noche tras sentir una punzada aguda en el vientre.

—¡Muniadona!

Me llamó de idéntica manera que aquella primera vez en el castillo de Muñó. Exactamente la misma. Potente, autoritaria, agitada, impaciente. En esta ocasión, no obstante, yo sabía por qué lo hacía y respondí de inmediato. Dormía en el mismo aposento, sobre un jergón de paja dispuesto a ras de suelo en el extremo opuesto del cuarto. Llegué hasta ella en dos zancadas.

Encendí rápidamente una candela y la miré. Se había incorporado hasta quedar sentada, ligeramente arqueada hacia adelante. Se abrazaba la abultada barriga, como tratando de sofocar el tormento que le deformaba el rostro hasta convertirlo en la viva imagen del dolor. Estaba pálida, sudorosa, habría jurado que asustada, aunque ella lo habría negado.

—Ya viene —dijo escueta—. Manda llamar a la partera y avisa al conde.

—¿Os traigo algo?

—Cualquier pócima de esas que mezclas para calmar los calambres. ¡Rápido!

Cumplí los encargos tan deprisa como pude. Un guardia fue despachado al galope hacia la villa, en busca de la matrona, mientras el conde se echaba una capa encima de la camisa antes de acudir al lado de su dama. No permaneció allí mucho tiempo. Lo que iba a suceder entre esas cuatro paredes era cosa de mujeres. Los hombres estaban de más.

Comenzó en ese instante un largo calvario, llamado a durar hasta bien entrada la noche siguiente. Un círculo completo de horas, desgranadas con lentitud entre contracciones cada vez más frecuentes y penosas, esfuerzos baldíos por alumbrar a la criatura, que se resistía a salir, e intentos inútiles por mi parte de calmar la ansiedad creciente tanto de mi señora como del padre que aguardaba afuera.

No me recrearé relatando los detalles de ese parto atroz, a pesar de recordarlos con extraordinaria viveza. ¿A qué fin? El niño nació muerto. Era un varón hermoso y bien formado, demasiado grande, empero, para atravesar las caderas de su madre añosa. Se había ahogado con su propio cordón durante esa larga agonía, por lo que su carita arrugada presentaba un color entre morado y azul. Su visión quebraba el alma. Convinimos ahorrársela a doña Urraca, quien había perdido el sentido cuando la partera le introducía una mano en la vagina en un intento desesperado de acabar de una vez con el trance. Aquello superaba de largo lo que podía soportar.

Tras despertar, la mañana siguiente, de un sueño profundo inducido por las drogas que le había suministrado, recibió con entereza la noticia de esa muerte. Acaso se la esperara. Tampoco tenía fuerzas para derramar muchas lágrimas. Bastante hacía con abrir los ojos y empeñarse en respirar, dado que había quedado gravemente maltrecha, con las entrañas desgarradas y una herida como de puñal abierta entre las piernas. No dejaba de sangrar. Aun así, conservaba el pundonor suficiente para pedirme que la aseara antes de recibir en su aposento a don Pedro González de Lara.

Ignoro lo que se dirían en ese encuentro mantenido a solas. Cabe imaginar que palabras dulces. Quiero pensar que él la consoló con caricias y ella pudo desahogar su pena. Lo seguro es que, al salir, la expresión del conde era inequívoca. Mostraba algo peor que preocupación o angustia; una pesadumbre honda, muy superior a la atribuible a la pérdida de ese hijo nonato. ¿Qué le diría mi señora para causarle tal abatimiento?

—La reina ha preguntado por vos —me comunicó del modo distante empleado con los criados—. Precisa de vuestros servicios.

Esbocé una reverencia y corrí junto a ella, que parecía haber menguado de repente, hasta perderse entre las sábanas y los edredones de plumas. Estaba ardiendo de fiebre.

—¿Os traigo algo? —inquirí solícita—. ¿Una tisana?, ¿un tónico?

—Siéntate aquí —replicó con un hilo de voz, golpeando suavemente el espacio que quedaba libre a su lado en la cama.

—Saldréis de esta, majestad. —Tomé su mano entre las mías, emulando el gesto que ella tenía conmigo las raras veces en que pretendía mostrarse cariñosa—. Solo debéis descansar y comer.

—Escúchame con atención —endureció el tono—. No tengo tiempo para discutir contigo. Ni fuerzas.

—Os escucho —me rendí, como siempre había hecho ante ella.

—Cuando yo falte…

—¡No digáis tal cosa ni mucho menos la penséis! —rebatí, aterrada ante esa posibilidad—. Os vais a reponer.

—Cuando yo falte —ignoró mi respuesta—, deberás pedir a Sancha que te busque un esposo digno o bien una orden en la que profesar.

—Ni vos vais a faltar ni yo haré ninguna de esas cosas.

—No tendrás elección, mi buena Munia —dijo mirándome con ternura, para añadir en tono sarcástico—: Has visto lo que yo he tenido que sufrir, siendo hija de mi padre. ¿Qué crees que te ocurrirá a ti?

—Vos seguiréis velando por mí —persistí en el empeño de ignorar la realidad—, superaréis esta prueba y pondréis mayor cuidado en evitar los peligros que encierra el amor.

—Si de algo no me arrepiento es de haber amado a Pedro —rebatió mi crítica velada, recuperando por un instante la luz que había perdido—. ¡Cuántas horas felices he pasado a su lado! El amor nunca constituye un error, Munia. No puede ser una falta. Digan lo que digan.

Hablaba de una forma extraña. Parecía haber hecho el cómputo de las cuentas que iba a rendir pronto ante el Supremo Juez y colocado cada cosa en su platillo correspondiente de la balanza. No se engañaba. Por más que yo insistiera en infundirle ánimos, ambas conocíamos la naturaleza de su mal, así como su desenlace. Si no se producía un milagro, las fiebres acabarían llevándosela después de una atroz agonía. Mataban a más mujeres que el acero sarraceno a soldados en la guerra. Nadie escapaba a sus garras. Era el tributo implacable cobrado por la muerte a las madres, ya fueran siervas, nobles o reinas.

—Escúchame, testaruda —volvió a la carga—. Si te obstinas en no casarte, pide a Sancha que te proteja. Entre los muros de uno de sus conventos estarás a salvo.

—No penséis en eso…

—¡Te lo ordeno! —sacó a relucir el genio con el poco aliento que conservaba—. Dejo el reino en manos de Alfonso y a mis hijos menores en las de Pedro. Tú encomiéndate a Sancha. Nunca me ha defraudado.

Fueron las últimas palabras con sentido que me dedicó.

Los días siguientes estuvo sumida en un duermevela poblado de pesadillas; una semiinconsciencia febril que solo abandonó en una ocasión para ponerse a bien con Dios y con su hombre. Perdida toda esperanza, mandó llamar a su capellán, quien la oyó en confesión y perdonó sus pecados antes de administrarle la extremaunción. Después se despidió a solas del conde, antes de rendir el alma.

* * *

La valiente doña Urraca no merecía un final tan doloroso, tan prematuro, tan carente de gloria, tan terrible. O acaso sí. ¿Sería su penitencia por haberse atrevido a vivir desafiando todas las normas? Sea como fuere, no bastaron nuestras oraciones para librarla de los tormentos que precedieron a su muerte. Aunque resistimos con fiereza, la parca nos la arrebató.

A mí al menos siempre me quedará el consuelo de no haber dejado de luchar. Hasta el último instante la cuidé, velé su sueño, traté de aliviar su padecer recurriendo a las fórmulas aprendidas de mi madre, sostuve sus manos entre las mías, le di calor con mi propio cuerpo cuando tiritaba de frío consumida por la calentura. Al exhalar su último aliento, estaba conmigo.

Era el octavo día de marzo.

El cielo seguía llorando.

* * *

Don Alfonso, el nuevo rey, se encontraba a la sazón en Sahagún, a un tiro de piedra del castillo, pero no acudió a velar el cadáver de su madre. Marchó a toda prisa a León para recibir la sumisión de la nobleza, del clero y del pueblo, temeroso de que una demora diese lugar a posibles disturbios. Llevaba mucho tiempo esperando y tenía prisa por ocupar el trono. Era lo natural. No podía reprochársele.

En Saldaña, entre tanto, yo pedí y obtuve de don Pedro el honor de amortajar el cuerpo de mi señora. Nadie la conocía mejor que yo. Nadie lo habría hecho con más devoción de la que puse yo al cerrar sus párpados y sus labios, lavar la sangre pegada a su piel, peinar su larga melena enredada hasta devolverle el brillo y, una vez cumplido el ritual, amortajarla con su brial favorito: el de paño azul bordado de estrellas con ribetes plateados. Deseaba que se presentase hermosa al encuentro con su Creador.

Mientras realizaba esa última tarea, con el respeto debido a su real persona y una inmensa gratitud por cuanto me había dado, le hice una promesa solemne que ha dado sentido a mi vida: dedicar el resto de mis días a impedir que sus enemigos mancillaran su memoria o la condenaran a vagar eternamente en el olvido.

Epílogo

Año 1180 de Nuestro Señor
Monasterio de Santa María de la Santa Espina, Valladolid
Reino de León

Hace mucho tiempo que descansan juntas mi señora y su hija, Sancha, en el Panteón de Reyes de San Isidoro, en compañía de las infantas Urraca y Elvira de quienes tanto aprendieron. Yo aguardo impaciente la hora de reunirme con ellas y el resto de mis seres queridos, sin que mis plegarias sean escuchadas. Pareciera que Dios se ha olvidado de mí. ¿A qué espera para conducirme a donde mi alma anhela estar? Ya me rechazó una vez, cuando tras perder a Nuño le supliqué que me llevara con él. Entonces se mostró esquivo y ahora vuelve a prestar oídos sordos a mis súplicas. Me pregunto cuál habrá sido la ofensa merecedora de este purgatorio en vida.

Lo cierto es que yo ya no pertenezco a este mundo. Ninguna de las personas que aparecen en mi relato, de aquellos a quienes amé o por el contrario aborrecí, sigue aquí para dar fe de que cuanto he narrado es cierto. Y aun así me ratifico. La historia de Urraca Alfónsez, reina de León y emperatriz de España, ocurrió exactamente tal como la he contado. Así al menos la viví yo, testigo humilde de unos hechos llamados a ser recordados.

La tarea que me propuse llevar a cabo al fallecer mi señora está cumplida. La hermana Egeria ha tenido la bondad de recoger en este manuscrito cada una de mis palabras, e incluso corregirlas cuando veía que la fatiga las emborronaba. Lo importante ha quedado hecho. Cuanto queda por narrar es poca cosa.

Tras la muerte de la soberana, fui a Toledo a refugiarme en casa de mi madre, donde me impuse una clausura más estricta que la de cualquier convento. Nada quería saber de lo que sucedía de puertas afuera. Solo deseaba descansar, gozar de los placeres menudos y cuidar de las dos mujeres con quienes compartía techo, Juana y Josefa, a quienes debo días de alegría tranquila y la pena inmensa que sentí al perderlas, una tras otra. Fuimos inseparables y diría que felices.

Después hallé acomodo en este cenobio de Santa María de la Santa Espina, merced a la generosidad de doña Sancha, quien sufragó la cuantiosa dote requerida para poder permanecer aquí en calidad de donada; esto es, sin tener que tomar el hábito y en condiciones algo más confortables que las de mis hermanas monjas.

Para entonces ella ya era propietaria de cuantos infantados había en el reino y los administraba sabiamente, como siempre hizo. Por si tal tarea no le acarreara suficientes preocupaciones, nunca dejó de aconsejar en todo a su hermano, el rey, quien reconoció su valía otorgándole el título de reina y elevándola por encima de su propia esposa, Berenguela, hija del conde de Barcelona.

Sancha no llegó a casarse ni engendró descendencia. Su poder dependía de mantenerse soltera, consagrada por entero a la gestión de los graves asuntos que Alfonso delegaba en ella, y jamás lo defraudó. Crio, eso sí, a dos de sus sobrinos, como habían hecho sus tías con ella, lo cual, según me dijo en alguno de nuestros encuentros, compensó en cierto modo la añoranza de vástagos propios, que nadie comprendía tan bien como lo hacía yo.

Doña Urraca no erró en el pronóstico referido a su hija. No solo cumplió sus expectativas, sino que las superó de largo. En ella habitó toda la inteligencia de su madre, su fortaleza y su carácter, atemperados por una mayor sensatez. Justo es reconocer, no obstante, que, a diferencia de la reina, Sancha no hubo de vivir rodeada de enemigos, envidiosos, maledicentes, ambiciosos e intrigantes imbuidos de prejuicios. Nunca aspiró a un papel distinto del que la tradición leonesa otorgaba desde antiguo a las hermanas de los monarcas.

Tampoco el infante resultó ser una decepción después de ascender al trono. Todo lo contrario. Una vez convertido en rey, zanjó definitivamente las disputas con su padrastro, sometió a su autoridad a los señores levantiscos e incluso doblegó al mismísimo Gelmírez, a quien obligó a pagar tributos a la Corona. ¡Quién le iba a decir al prelado compostelano que su adorado pupilo, a quien tanto protegió a costa de atormentar a su madre, iba a triunfar allá donde había fracasado ella!

No diré que gobernó sin enfrentarse a enconadas resistencias, porque faltaría a la verdad. Al igual que había hecho doña Urraca, combatió y derrotó a su tía, Teresa, aunque fracasó ante su hijo, Enrique, quien acabó cumpliendo su sueño de convertir el condado portugués en un reino independiente. Agradezco al cielo que mi señora no viviera para verlo.

A pesar de ese y otros reveses, empero, don Alfonso se ganó a pulso el título de emperador, que llevó con honra hasta el mismo día de su muerte, acaecida hace ya más de dos décadas, cuando regresaba de una expedición contra los sarracenos en al-Ándalus. De haber podido escoger, estoy segura de que habría elegido ese final propio del gran conquistador que fue. Encabezó decenas de expediciones contra los infieles y recuperó plazas tan importantes como Baeza, campaña en la que destacó por su arrojo mi hermano, recompensado con un dominio enclavado en sus inmediaciones.

Finalmente fue el rey quien armó caballero a Lope, cumpliendo de esa forma la promesa que me había hecho su madre. Él ya no está con nosotros, pero dejó una prole abundante que no para de crecer. Desde el cielo, donde a buen seguro observan cuanto acontece aquí abajo, nuestros abuelos constatarán, satisfechos, que el linaje está asegurado. Nunca he visitado el castillo levantado en esas serranías donde crece el cereal y el sol luce casi siempre, aunque rezo porque esté construido en un lugar bien guarecido y no se vea abocado a terminar como el de Mora. ¡Dios no lo permita!

También elevo mis plegarias a menudo por mi señora, máxime conociendo el miedo al infierno que se adueñó de ella en sus últimos días, debido en gran medida a la crueldad calculada con que Gelmírez y el mismo papa azuzaban ese temor. Cuando pienso en la prodigalidad con que otorgó cotos, privilegios, oro, plata y poder a monasterios de todo el reino, y en particular a la Iglesia de Santiago, me pregunto cómo podrían cerrársele las puertas del cielo. Si no bastara con todo el bien que hizo en vida, si el sufrimiento que padeció no resultara suficiente para expiar sus pecados, tales dones deberían garantizarle el perdón de Dios, aunque solo sea porque, en gran medida gracias a ellos, pudo terminar el obispo las obras de la catedral que alza su hermosa figura en la ciudad del Apóstol.

¿Qué más?

Siguiendo el ejemplo de su bisabuelo, don Alfonso dividió el reino entre sus vástagos, legando León al mayor, Fernando, y Castilla al pequeño, Sancho. Fallecido este prematuramente, hoy gobierna allí su nieto, llamado también Alfonso. Dicen que es un digno continuador de la estirpe regia, de quien hablarán los siglos. Ojalá sea verdad, porque la cristiandad vuelve a estar gravemente amenazada. Los almorávides ya no representan demasiado peligro, al parecer, pero en los desiertos africanos ha surgido otro peor, un nuevo imperio de guerreros despiadados decididos a imponernos su yugo en nombre de su falso dios. Se hacen llamar «almohades», han empezado por subyugar a sus propios hermanos de fe y ahora vienen a por nosotros. ¡Que el santo patrón nos asista!

¿Cuándo librarás a tus hijos del azote sarraceno, Señor?

Últimamente sueño mucho con mi padre, a quien veo vestido de hierro, con el rostro crispado en un gesto de preocupación, cogerme en sus brazos de gigante y subirme al carro dispuesto para trasladarme junto a mi madre y mis hermanos desde el castillo de Mora, asediado por los almorávides, a la seguridad de Toledo, protegida por sus murallas. Siento sus manos fuertes en mi cintura infantil, el cosquilleo de su barba en mi mejilla al darme un último beso. Leo en su mirada algo parecido a la tristeza, incapaz de ensombrecer su determinación de resistir. Oigo con claridad su voz firme en la despedida: «¡Marchad ya o no llegaréis!».

Él sabía que iba a caer defendiendo esa fortaleza, pese a lo cual no vaciló.

Quiera Dios Padre todopoderoso que su sacrificio y el de tantos otros no acabe siendo baldío. Quiera su hijo, Jesucristo, conceder paz a esta tierra bañada en sangre. Y quiera nuestra Madre, la santa Virgen, que regrese el tiempo de una reina semejante a Huma, amada y respetada por su pueblo. Una soberana más afortunada que mi señora, doña Urraca, a quien el destino persiguió con saña desde el mismo día en que empuñó el cetro y ciñó su cabeza la corona.

Anexos

(1004-1159)

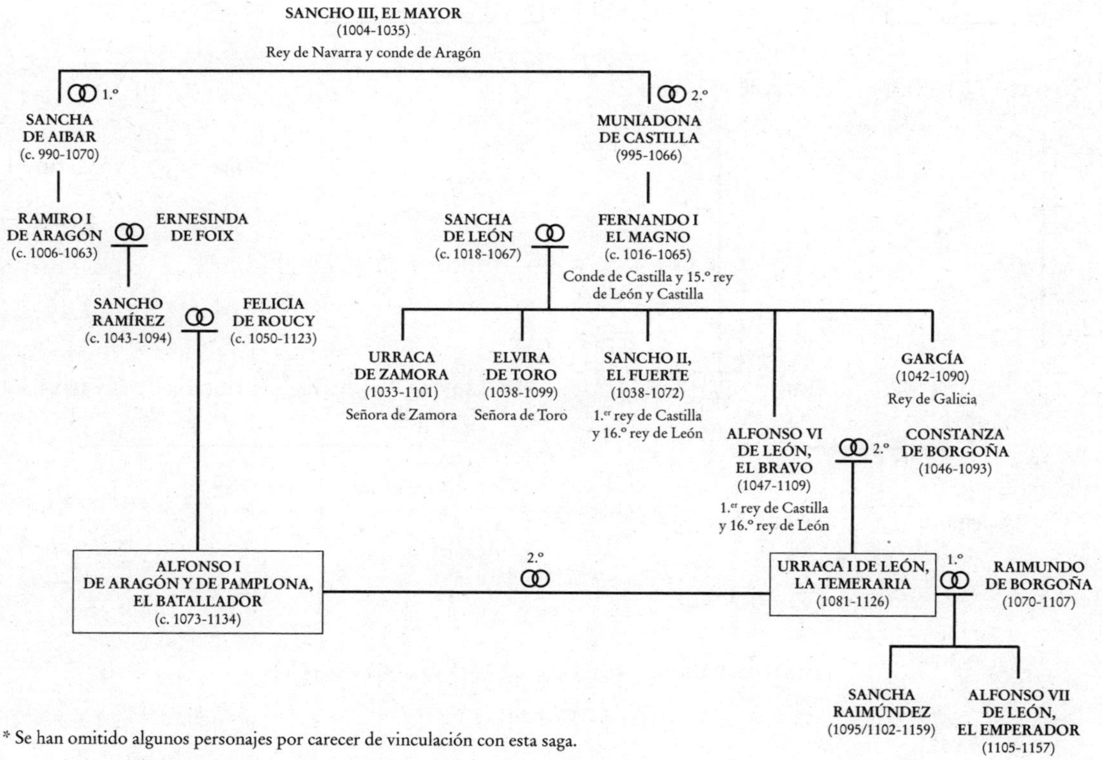

* Se han omitido algunos personajes por carecer de vinculación con esta saga.

La estirpe de Huma
(Genealogía del ciclo de la Reconquista)

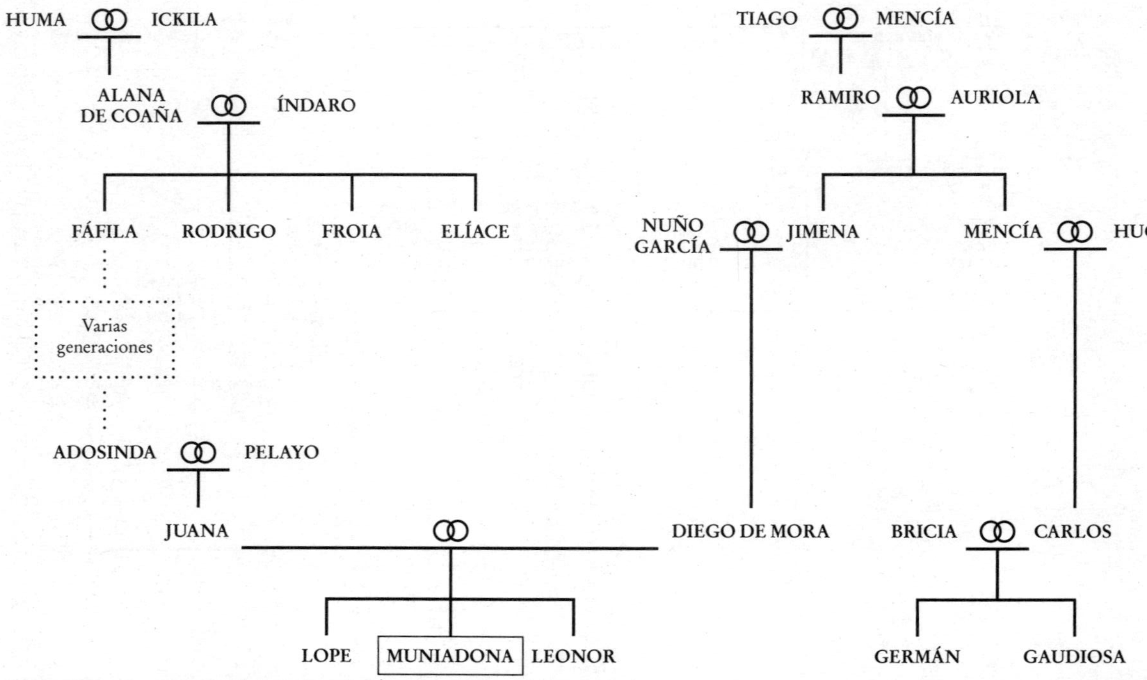

Personajes históricos

Abd Allah ibn Mazdali (siglo XI-1118). Gobernador de Granada. Logró la victoria en Tarazona sobre un destacamento cristiano enviado para detenerle. Ibn Mazdali quedó a cargo de la defensa almorávide de Zaragoza. Se hizo fuerte en Tudela y trató de ahuyentar a las tropas que rodeaban la ciudad. La muerte de Ibn Mazdali, hacia septiembre de 1118, hizo que Alfonso intensificara el asedio sobre una Zaragoza que se había quedado sin líder que la defendiera.

Alfonso I de Aragón, el Batallador (1073-1134). Rey de Aragón y Pamplona (1104-1134). Hijo del monarca Sancho Ramírez y Felicia de Roucy. Con intención de asegurar la lucha contra los almorávides, aceptó unirse en matrimonio con Urraca, reina de León y Castilla. Sus numerosas victorias le brindaron el apelativo de «el Batallador»: triplicó el territorio heredado de su hermano Pedro I. Entre sus conquistas destacan la toma de Ejea (hacia 1105), Zaragoza (1118), Tudela (1119) y Calatayud (1120).

Alfonso VI de León, el Bravo (1047-1109). Rey de León, Castilla, Asturias y Nájera, y reconquistador de Toledo. Cuarto hijo de Fernando I y Sancha. Heredó de su padre el mayor de los reinos, León, y por ello tuvo que enfrentarse a su hermano mayor, Sancho, que lo derrotó en las batallas de Golpejera y en la de Llantada. Murió en Toledo tras haberse intitulado emperador de toda España.

Alfonso VII de León (1105-1157). Rey de León (1126-1157). Hijo de Raimundo de Borgoña y Urraca I de León. Tras el matrimonio de su madre con Alfonso I el Batallador, perdió los derechos de sucesión al trono de León y Castilla, lo cual provocó la rebelión de la nobleza gallega en su defensa. El obispo Diego Gelmírez y el tutor del infante, Pedro Froilaz, lo proclamaron rey de Galicia. Tras la muerte de su madre en 1126, fue coronado rey de León. En constante batalla contra las fuerzas de Alfonso I, Alfonso VII logró firmar el llamado Tratado de Támara con Aragón en 1127, pero no alcanzó la hegemonía hasta años más tarde: en 1135 fue coronado *Imperator totius Hispaniae*, «emperador de toda España». Murió a su vuelta del sitio de Almería en 1157.

Álvar Fáñez (1047-1114). Infanzón castellano, capitán de Alfonso VI y amigo del Cid, que lo llamaba «Minaya», ('mi hermano'). Formó parte de la reconquista de Toledo (1085), realizó varias misiones para el soberano en los reinos de taifas, gobernó Valencia entre 1085 y 1086, y Toledo entre 1108 y 1109. Murió en combate en defensa de Urraca.

Cidiello (siglo XI-1145). Yoseh ha-Nasí Ferruziel. Físico judío de Alfonso VI de León. Llegó a alcanzar gran importancia dentro de la corte del monarca en Toledo, donde fue considerado persona de confianza del rey. Fue una figura de relevancia en la protección de los judíos en al-Ándalus, que se encontraban bajo las autoridades almorávides. Apodado «Cidiello» ('pequeño Cid').

Constanza de Borgoña (1046-1093). Reina consorte de León y Castilla por su matrimonio con Alfonso VI. Hija del duque de Borgoña y madre de Urraca. Su influencia fue decisiva para facilitar la penetración de los monjes de Cluny en España y alentar el poder creciente de dicha orden en los asuntos políticos y religiosos de la Corona castellanoleonesa.

Diego Gelmírez (1068-1140). Primer arzobispo de Santiago (1100-1140). Fue una de las figuras imprescindibles en el impulso de la peregrinación jacobea: promovió la construcción de la catedral y logró elevar Compostela al rango de arzobispado.

Domingo (¿?). Abad de Sahagún. Religioso que apoyó firmemente a Urraca I en su conflicto contra Alfonso I el Batallador. Su elección como abad de Sahagún ocurrió a principios de 1111. Su abadía sufrió los ataques de Guillermo Falcón y los aragoneses, y, más tarde, los de Giraldo Diablo.

Elvira Alfónsez (1079-1159). Condesa de Tolosa. Hija de Alfonso VI y de su amante Jimena Muñoz. Desposó en 1094 a Raimundo de Tolosa. Durante la Primera Cruzada de 1096, acudió junto a su marido a Tierra Santa. Allí nació Alfonso Jordán, único hijo de la pareja. Tras la muerte de su marido, volvió a casarse en 1117 con el conde Fernando Fernández de Carrión.

Elvira Fernández (1039/1040-1100/1101). Infanta de Castilla y León. Hermana de Urraca Fernández. Recibió, en el reparto de las tierras de su padre, el dominio de la ciudad de Toro. Su vocación política quedó siempre a la sombra de la de su hermana Urraca.

Eylo Alfonso (siglo XI-1112). Primera esposa del conde Pedro Ansúrez (1073). Conocida como condesa Eylo. En 1074, el rey Alfonso VI encargó al matrimonio la misión de repoblar Valladolid. El papel de la condesa en este esfuerzo fue destacable: fundó las principales iglesias de la ciudad y tres de sus hospitales, imprescindibles para la expansión de la urbe.

Giraldo Diablo (¿?). Vizconde de Girona. Alfonso I el Batallador lo nombró su lugarteniente en Sahagún, como sucesor de Guillermo Falcón. Por la dureza de sus ataques, fue llamado «Diablo» por sus caballeros, y descrito en toda su fealdad moral y física por los monjes de Sahagún.

Gómez González (1067-1110). Conde castellano y alférez de Alfonso VI de León. Al fallecer su padre, Gonzalo Salvadórez, se hizo cargo de las comarcas burebanas (1095-1100). Fue candidato a contraer matrimonio con Urraca, quien finalmente se desposó con Alfonso I el Batallador. Durante el reinado de esta, la anulación del matrimonio afloró esperanzas en el conde. Murió combatiendo en la batalla de Candespina, conflicto que, tras su fallecimiento, le otorgó el apelativo de «el de Candespina».

Imad al-Dawla (siglo XI-1130). Último rey musulmán de Zaragoza (enero-junio 1100). Su nombre significa 'pilar de la dinastía': pertenecía a los Banu Hud, que reinaban en la taifa del Valle del Ebro. Tras aliarse con los aragoneses, fue expulsado de la capital por los zaragozanos y se retiró al castillo de Rueda de Jalón.

Jimena Muñoz (siglo XI-1128). Aristócrata berciana y concubina de Alfonso VI, con quien fue madre de dos hijas, Teresa y Elvira. Ejerció la tenencia feudal del castillo de Cornatel (1093-1108). Contribuyó económicamente al monasterio de San Pedro de Montes, a la catedral de Astorga y al hospital de San Juan.

Obispo Bernardo de Toledo (1040/1048-1128). Monje cluniacense y arzobispo de Toledo. Fue una de las figuras más importantes en la misión de promover el rito romano en Toledo tras su reconquista por Alfonso VI en 1085. A causa de estos esfuerzos, fue nombrado arzobispo de Toledo por el papa Gregorio VII. Durante su vida, llevó a cabo numerosas reformas dentro de la Iglesia y se mantuvo fiel defensor de la tarea reconquistadora.

Pedro Ansúrez (1037-1118). Conde de Liébana, Carrión y Saldaña, y señor de Valladolid. Compañero de juegos de Alfonso VI en la infancia y posteriormente magnate principal de su corte. Combatió siempre junto al rey y recibió de sus manos múltiples tenencias.

Pedro Froilaz (siglo XI-1126). Conde de Traba, ayo de Alfonso VII. Consiguió recobrar la influencia de los Traba en la política de Galicia al alcanzar el puesto de hombre de confianza de Raimundo de Borgoña. Su importancia se vio establecida por completo cuando, en 1105, Urraca I y Raimundo de Borgoña lo dejaron a cargo de la educación de su hijo, el futuro Alfonso VII.

Pedro González de Lara (siglo XI-1130). Conde de Lara. Sirvió a Alfonso VI durante su juventud. Se opuso al matrimonio de Urraca con Alfonso I el Batallador, ya que favorecía al conde Gómez González. Tras el fallecimiento de este último, ocupó su puesto como noble más influyente de la región y se convirtió en amante de la reina Urraca.

Raimundo de Borgoña (1070-1107). Primer marido de Urraca I (1093), con quien tuvo dos hijos, Sancha y Alfonso. Al reforzar las relaciones de la monarquía leonesa con la casa de Borgoña, Raimundo incentivó la influencia de la orden de Cluny en el occidente peninsular. Falleció en 1107, tras otorgar el monasterio de San Mamede de Piñeiro a su amigo y colaborador Diego Gelmírez.

Sancha Alfónsez de León (1018-1067). Reina de León. Hija de Alfonso V y Elvira Menéndez. Estuvo a punto de casarse con García Sánchez, conde de Castilla, asesinado justo antes de la boda. Finalmente desposó a Fernando, hijo de Sancho Garcés III y heredero del condado, a quien dio cinco hijos. Tras la muerte del rey, se recluyó en un convento donde murió dos años después.

Sancha Raimúndez (1095/1102-1159). Infanta de León. Hija de Raimundo de Borgoña y Urraca I de León. Creció bajo el cuidado de la infanta Elvira, su tía abuela. Su infancia se vio marcada por la muerte de su padre y de su abuelo, el rey Alfonso VI, así como por el turbulento segundo matrimonio de su madre con Alfonso I el Batallador. Inteligente e independiente, su hermano la declaró infanta-reina al convertirse en el monarca Alfonso VII.

Teresa Alfónsez (1080-1130). Condesa de Portugal, hija de Alfonso VI y de su amante Jimena Muñoz. En 1093 se unió en matrimonio con Enrique de Borgoña. Alfonso VI otorgó a la pareja el condado de Portugal en 1095, y Teresa, tras el fallecimiento de su marido, tomó las riendas de este, al ser su hijo menor de edad. Su poder peligró en varias ocasiones (en pugnas contra Urraca I y contra su propio hijo), hasta que, en 1128, fue derrotada en la batalla de San Mamede. Su hijo, Alfonso, se convirtió en el primer rey de Portugal.

Urraca Fernández (1033/1037-1101). Infanta de Castilla y León. Primogénita de Fernando I y Sancha. Urraca sintió siempre una especial predilección por su hermano Alfonso, que la llevó a ejercer un papel maternal con él y a intervenir en política para asegurar su triunfo sobre Sancho, su primer hijo, que lo había derrotado en dos ocasiones. Su intervención fue decisiva para salvarle la vida, y se atribuye a una maniobra suya el asesinato de Sancho a las puertas de Zamora.

Agradecimientos

Escribir es un trabajo solitario, imposible de llevar a cabo sin el aliento y la ayuda de mucha gente, más de la que cabe en esta página. Pero no quiero dejar de agradecerles la contribución decisiva a esta novela a dos personas muy queridas:

Gracias a Benjamín Alba, mi compañero y mi guía en el Camino de Santiago que tantas veces recorren la reina y Munia, así como en la travesía de la cordillera Cantábrica por el puerto de Pajares, desde León a Oviedo, actualmente conocida como «Camino del Salvador».

A él le debo haber conocido de primera mano los rigores de esas sendas que sufrí y gocé a su lado, los secretos de la trashumancia o las tradiciones y formas de vida ancestrales en Asturias. También descubrí con él la tristeza de la Tierra de Campos bañada por la lluvia y lo poco que queda en pie del castillo de Saldaña, donde falleció Urraca. ¡Gracias, «Assur»!

Gracias a Alberto Marcos, mi editor, mi respaldo en las horas bajas que sobrevienen inevitablemente cuando flaquean las fuerzas y se acumula el cansancio. Mi maestro en el arte de contar historias con minúscula y dejar fluir las emociones. Mi consejero. Mi amigo.

Índice